KB076881

충청도 촌놈덜과 함께한 백두대간 동행 종주기

어쩌다
백두대간

어쩌다
백두대간

2021년 4월 12일 제1판 제1쇄 발행

지은이   우장식
펴낸이   강봉구

펴낸곳   북만손출판사
등록번호   제406-2018-000139호
주소   10892 경기도 파주시 와석순환로 307, 1107-101(목동동, 산내마을11단지 현대아이파크 아파트)
전화   070-4261-5926
팩스   0505-499-8560
홈페이지   http://www.bookmanson.co.kr
이메일   bookmanson@naver.com

© 우장식

ISBN 979-11-90535-04-5   03810
값은 뒤표지에 있습니다.

충청도 촌눔덜과 함께한 백두대간 동행 종주기

어쩌다
백두대간

우장식 지음

북산손

충청도 춘부탈과 함께한 백두대간 동행 종주기

1

산은 삶이었다. 다른 이에게는 어떠했는지 모르겠지만, 나에게
는 그렇단 말이다. 촌에서 자란 탓인지 산은 늘 내 곁에 있었다.
산이 주는 편안함이 나를 산으로 이끌었다. 그렇다고 이름 있는
산을 오른 건 아니다. 뒷동산을 앞마당처럼 뛰놀았단 말이다.

남들이 알아주는 산에 오른 건 고등학교에 들어가서이다. 수
학여행 때 울산바위를 오른 것이 내가 오른 최초의 등산인 셈이
다. 하기야 그때 기차를 처음 구경한 촌놈이니 더 말해 무엇하겠
는가?

그후 대학에 가서 산은 더욱 가까이 다가왔다. 친구가 된 듯싶었다. 서클, 지금으로 말하면 동아리 활동을 하면서 더 친하게 된 것이다. 그렇다고 산악부인 것은 아니다. 당시는 학과든, 동아리든 산에 오르며 친목을 다졌고, 이를 통해 의기투합하던 시절이었다.

대전발 0시 50분 기차를 타고 대구에 가서 팔공산에 오른 게 그 시작이었던 것으로 기억된다. 막차를 타고 대전역에 도착하면 기차가 출발할 시간까지 긴 기다림의 시간이다. 마냥 시간을 죽칠 수는 없는 법! 안주 없이도 마실 수 있는 술인 막걸리를 마시며 기다림의 시간을 채운다. 한 잔 한 잔 또 한 잔을 마시면 술은 술을 마시게 되고, 이미 얼큰한 상태가 되어 기차에 오른다. 그 젊은 청춘들이 어찌 잠에 길들여질 수 있겠는가? 기타에 노랫가락이 빠질 수 없고 술은 더더욱 빠져서는 안 되는 그 무엇이었다. 날밤을 새워 가며 동대구에 도착하면 팔공산행 버스가 대절한 차처럼 우릴 기다리고 있다. 그렇게 팔공산에 오르고 금오산을 찾으며 산을 벗처럼 껴안게 되었다.

충청도 촌놈들과 함께한 백두대간 종주기

2

80년 서울의 봄! 내가 다니던 학교에도 봄이 찾아왔다. 학도호국단이 직선제 학생회로 바뀌게 되었다. 그 와중에도 계열별로 학교에 들어온 우린 그런 변화에 별 관심이 없었다. 그 엄중한 시기에 철모르는 우린 계열 단합대회를 했던 것으로 기억된다. 단합대회를 하던 날 학보사 기자가 단식 중 쓰러져 병원에 실려 갔다는 소식이 들리기도 했다. 대학이 생긴 후 처음으로 금강교를 건너 시내까지 가두행진을 하기도 했다. 그런데 그 봄은 오래 가질 않았다. 5월 17일 전국적으로 계엄령이 확대되면서 수배와 투옥 소식이 은밀하게 들려왔다.

그러는 사이 많은 이들이 더욱 은밀하게 사회과학 서적에 빠져 들고 있었다. 진리처럼 믿었던 교과서 지식이 얼마나 거짓이 었는지를 설마설마하면서 받아들였던 시기다. 그 어렴풋함이 분명해지면서 뭔가를 실천해야 한다는 강박에 빠져들었다. 할수 있는 능력도, 할 용기도 없으면서 갖게 된 그 강박은 방황의 길로 빠져 들게 했다. 이러지도 저러지도 못하는 고민이 어깨를 무겁게 짓눌렀다. 이럴 때 만난 것이 계룡산이다. 거의 일주일에 한 번은 계룡산을 찾았던 것 같다. 산에 올라 지쳐 쓰러질 정도

로 걷다 보면 마음이 개운해지고 힘이 솟는 기분이 들었다. 아마
도 그 힘으로 그 시기를 건너온 것이라 나는 믿는다.

3

산과의 인연은 삶과 함께 계속 이어진다. 나중에 군대 가서 죽
은 친구가 있는데, 대학시절 그와 지리산을 오른 기억도 또렷하
다. 지리산을 종주하기 위해 바리바리 짊어지고 뱀사골을 걸어
올랐던 그때 기억 말이다. 그 긴 거리에 지쳐 중간에 포기해야
했던 쓰라림도 그 기억의 끝을 따라다닌다. 그런 지리산이기에
기회 있을 때마다 종주하길 마다하지 않았다. 학과 동기들과 오
른 덕유산도 어제 일처럼 눈에 선하다. 그때는 어떤 산도 거뜬히
오를 수 있다고 생각하던 시기였다. 나이를 먹고 결혼을 하면서
아내와 함께 산에 오를 기회가 많았다. 지리산부터 두타산, 소백
산 등 웬만한 산은 발길이 닿지 않은 곳이 없을 정도다. 산이 주
는 편안한 안식이 그렇게 날 산으로 끌어들인 게 분명하다. 아이
를 낳고도 산은 아이들과 함께 이어진다. 태백산 겨울 산행부터
큰 딸 한빛과 함께한 공룡능선 종주까지 산은 우리 가족에게는

충청도 춘눌팀과 함께한 백두대간 동해 종주기

또 다른 가족이었다.

이렇듯 산을 오르는 등산은 나에게 있어서는 '등삶'이었다. 그러기에 산에 오르면 오를수록 갈망은 더욱 커져만 갔다. 지금까지 오른 산들을 쭉 이어 보고 싶은 꿈 말이다. 산을 잇는 것은 삶을 묶는 것과 크게 다르지 않은 일이라 여겼다. 그러기에 백두대간 종주의 꿈은 더욱 간절하게 가슴 한구석을 채우며 시나브로 자라난 것이 아니었을까? 백두대간 종주의 꿈! 그 꿈은 아주 오래전부터 그렇게 가슴속에 자리 잡고 있었던 것이다. 약혼 여행으로 시작한 한라산 등반이 수차례이고, 장백산에 올라 백두산 장군봉을 애타게 바라본 것이 그 얼마였던가. 그때마다 한라에서 백두까지 우리 산하를 발로 걸으며 온몸으로 느끼고 싶은 욕망은 더욱 커져만 갔던 것이다.

4

2013년 지리산을 종주하며 마침내 그 기회가 찾아왔다. 대간 종주 경험이 있는 이인우 대장의 제안으로 다섯 명의 대간 종주 팀이 꾸려진 것이다. 2014년 1월 세찬 바람을 가르며 성삼재에서 대간 종주를 시작하게 되었다. 나와 이인우 대장을 제외한 세 명이 교체되는 아쉬움이 있었지만 종주는 계속 이어졌다. 산을 잇고 삶의 이야기를 풀어 가며 3년 6개월의 시간이 흘렀다. 더 이상 걸을 수 없는 길만 남기고 이천 리를 묵묵히 걸었던 것이다.

내 삶이 미완성이듯 내 등산도 아직은 미완이다. 살아 있는 한 북녘의 산하를 걸어보고 싶다. 그 걸음이 백두대간의 완성으로 이어지고 이 땅의 하나됨으로 나아간다면 얼마나 행복하겠는 가! 남북의 긴장감이 고조되고 있는 이 시기에 더욱 간절히 간절히 꿈꿔 본다. 발걸음이 아직은 끝나지 않았지만 더 넓고, 더 높은 곳을 내딛기 위한 디딤돌을 놓는 심정으로 지금까지의 길을 정리해 본다. 800km를 걸으며 그 걸음의 흔적을 점점이 남기다 보니 이 책이 나오게 되었다.

2021년 봄에
우장식

충청도 촌놈들과 함께한 백두대간 동행 종주기

차례

충청도 충주달과 함께한 백두대간 동행 종주기

충청도 춘남댁과 함께한 백두대간 동행 종주기

충청도 춘느렁과 함께한 백두대간 동행 종주기

충청도 혼뉴팀과 함께한 백두대간 동행 종주기

함께 걷는 사람들

이인우대장/한정일보급/김미경총무/최강산식사/우장식사진

새로 걷는 사람들

조진행식사/이재문보급/이학원총무

원칙 몇 가지

- 산행은 한 달에 한 번 하기로 한다.

- 이인우 대장 말에 절대 복종한다.

- 지출한 비용은 1/N을 한다.

- 차량은 정해진 순서로 한다.

- 종주 후 백두대간 시작인 백두산을 등반한다.

백두대간 (향로봉~천왕봉)

1 천왕봉~**지리산**~여원재
2 여원재~**덕유산**~덕산재
3 덕산재~**삼도봉-황학산**~화령재
4 화령재~**속리산-월악산**~저수령
5 저수령~**소백산**~도래기재
6 도래기재~**태백산**~피재
7 피재~**청옥두타산**~대관령
8 대관령~**오대산**~구룡령
9 구룡령~**점봉산**~한계령
10 한계령~**설악산**~향로봉

향로봉

한북정맥

북한강

구룡령

한계령 설악산(1708m) 9

10

오대산(1563m) 8

대관령

남한강

한남정맥

청옥산(1403m) 7

피재

철현산

매봉산(1303m) 6

소백산(1439m)

태백산(1567m)

월악산(1097m)

도래기재

금북정맥 한남금북정맥

5

저수령

낙동정맥

속리산(1058m) 4

화령재

금강

금남정맥

낙동강 3

덕산재

덕유산(1614m)

주화산

금남호남정맥

2

영취산(1076m)

여원재

호남정맥

천왕봉 1

지리산(1915m)

금정산

섬진강 백운산

낙남정맥

영산강

충청도 충남달과 함께한 백두대간 동행 종주기

지도출처 · 『백두대간 생태지도』 산림청

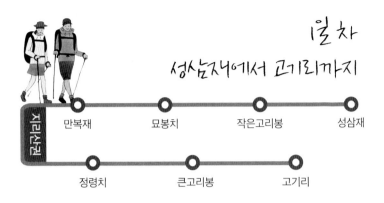

1일 차
성삼재에서 고기리까지

지리산권

만복재 ── 묘봉치 ── 작은고리봉 ── 성삼재

정령치 ── 큰고리봉 ── 고기리

충청도 충북일과 함께한 백두대간 동행 종주기

날짜 2014. 1. 12(일) 산행거리 / 시간 13km / 7시간

　마음은 제 마음이 아니다. 기분 좋은 설렘이 잠까지 설치게 한다. 설핏 든 잠이 알람 소리에 깨어난다. 첫날부터 약속 시간을 지키지 못했다. 6시에 만나기로 했는데 5시 반에 알람을 맞춰 놓은 게 문제였다. 전날 모든 준비를 해 놓기는 했지만, 커피를 내리고 씻기까지 해야 하니 늦을 수밖에 없었다. 첫 출발부터 기다리게 하여 대원들에게 낯이 서지 않는다. 한정일 대원의 속도감 넘치며 안전감 있는 운전 솜씨 덕분에, 늦은 시간을 한참이나 만회할 수 있었다. 예정했던 시간보다 빨리 시암재에 도착한 것이다. 지난 가을 지리산 종주를 할 때 다녀왔던 길이었기에 낯익은 길이 계속된다. 그때의 기억을 떠올리며 조수석에 앉아 편안

한 마음으로 내비게이션 역할을 할 수 있었다.

천은사 앞 매표소에서 입장료 문제로 옥신각신 다투고 있는 차량을 추월하여 시암재를 향해 달린다. 이런저런 문제가 없는 게 아니지만 지금까지 존속되고 있다면 그만한 이유가 있을 거라 마음 편하게 정리하고, 정해진 일정이 있어 바쁜 마음에 입장료를 내고 올라온 것이다. 시암재까지의 구절양장 길은, 남향의 따뜻한 날씨 덕분에 겨울임에도 대부분 녹아 있다. 남쪽 능선을 타고 오르는 차 안은, 따뜻한 햇살로 인해 따스하다 못해 나른함까지 느껴지게 한다. 그것도 잠시 시암재 휴게소에 도착하여 차에서 내리자, 차가운 기온에 세찬 바람은 지금까지의 분위기와는 전혀 다른 세상을 온몸으로 느끼게 한다. 다들 만반의 준비를 아니할 수 없다. 가져갈까 말까 망설이며 가져온 모자는, 없어서는 안 될 소중한 방한 장비가 되었다.

시암재에서 성삼재를 오르는 아스팔트 길은 앞바람이 얼굴을 때리는 사나운 길이었다. 성삼재에 도착하니 대절 버스에서 많은 산꾼이 우르르 한꺼번에 쏟아진다. 그 산꾼들을 앞지르려고 기념 촬영도 하지 않은 채 급히 출발한다. 하지만 눈밭이 계속되면서 아이젠을 착용하지 않을 수 없는 상황이다. 할 수 없이 그 산꾼들을 먼저 보내고 뒤를 따라 걸어간다. 해발 고도가 1000m쯤 되는 성삼재에서 출발하여 눈 쌓인 크고 작은 봉우리를 여러 차례 오르내린 후에야 작은고리봉1248m에 오를 수 있었다. 매서

17

운 바람이 몰아치는 추위 때문에 쉴 자리를 찾기가 쉽지 않다. 다시 출발하여 얼마를 걸은 후, 묘봉치에 도착해서야 겨우 휴식을 취할 수 있었다. 싱삼새를 출발한 지 두 시간만이다. 이인우 대장이 나눠준 밤과 함께 입을 축인 한 모금의 물은, 기운을 돋우는 묘약과 같은 것이었다. 그 와중에 코앞에서 앞서거니 뒤서거니 하던 산꾼들이 막걸리 병을 놓고 맛있게 술을 들이켜고 있다. 그걸 보자마자 막걸리 한 잔이 굴뚝같이 마시고 싶어진다. 아마 그 한 잔을 얻어 마셨다면 펄펄 날아다녔을지도 모른다. 허나 침만 흘리며 말도 못하고 발걸음을 옮겨야 했다.

눈꽃으로 덮인 흰 누대가 옅은 안개 속에서 아스라이 보인다. 만복대가 멀리서 우릴 손짓하는 모습인 것이다. 흰 눈으로 덮인 만복대에 홀려 걸음을 빠르게 옮긴다. 완만하지만 끝없이 이어진 오르막길이다. 고도가 높아지면서 바람은 더욱 거세지고 체감 온도는 급격히 떨어져 간다. 힘든 상황이지만 그렇다고 고통만 계속되는 건 아니다. 춥기에 피어날 수 있는 꽃! 바로 눈꽃이 추위 속에서 곳곳에 피어나 있었다. 무등산 서석대에서 마주했던 눈꽃에 비하면 아직은 온전히 피지 않은 꽃이었지만 꽃은 꽃이었다. 흰 눈밭에서 억새나 나뭇가지에 피어오르고 있는 눈꽃은 보는 이의 가슴을 흥분시키기에 충분했다. 추위에도 아랑곳하지 않고 카메라 셔터를 정신없이 누르는 사이, 일행은 벌써 만복대 정상에서 매서운 바람을 마주하고 있다. 일행을 따라잡기

충청도 촌놈님과 함께한 백두대간 동행 종주기

위해 헉헉거리며 뛰다시피 올라간다. 정상에 오르니 칼바람이 온몸을 깊숙이 파고든다. 온갖 방한 장비도 너무 쉽게 무력화된다. 주위를 돌아볼 여유가 전혀 들지 않는다. 만복대1433.4m 표지석을 배경으로 급히 사진 한 장 찍고 정령치로 향할 수밖에 없었다.

하이얀 설원에 끝없이 펼쳐진 녹색의 조릿대 숲이 눈을 시원하게 한다. 평상시와는 또 다른 맛을 선사하고 있다. 길 옆에 푸르름으로 서서, 걷는 이를 호위하며 길을 안내해주는 조릿대가 한참이나 계속 이어진다. 그 길을 편안한 마음으로 걷고 걸어 정령치에 도착했다. 정령치에 도착하니, 조릿대 길을 걸어오면서 느끼지 못했던 바람이 더욱 세차게 얼굴을 때린다. 나무와 대숲이 온몸으로 막아주던 바람이 바로 이 바람이었다는 것을 깨닫는 순간 새삼 고마움을 느낀다. 이 매서운 바람을 맞으며 점심을 먹는다는 것은 상상할 수 없는 일이다. 이리저리 돌아다니며 겨우 찾은 곳이 화장실 앞이다. 이것저것 따질 상황이 아니라는 것을 무언의 눈짓으로 확인하며, 바람을 피해 화장실 앞에 오종종하게 자리를 폈다. 옹기종기 모여 앉아 도시락을 꺼낸다. 대장은 라면을 끓이기 위해 버너를 꺼내 불을 붙인다. 가스가 얼어 불이 붙지 않는다. 보온병에 담아온 뜨거운 물로 간신히 녹여 불을 붙인다. 라면이 끓기 시작하자 각자 준비한 냉랭한 음식을 나눠 먹으며 얼었던 몸을 푼다. 따뜻한 커피 한 잔에 삶은 계란 하나가

충청도 촌눔덜과 함께한 백두대간 종주기

이렇게 풍족함을 줄 수 있다는 것에 고마움을 느낄 뿐이다. 인간사 모든 일이 상대적이란 것을 몸으로 체득하는 순간이다.

몸이 더 식기 전에 출발해야 한다는 대장 말에, 우리는 곧바로 산행 모드로 들어간다. 다시 걷고 걷는 평범한 일상으로 돌아온 것이다. 삶의 대부분이 일상을 통해 가꾸어지듯 백두대간을 걷는 일도 특별한 것이 아닌 결국은 일상으로 이루어지는 것은 아닐까? 일상일지라도 오르고 내려가고 걷고 또 걸으며, 흰 눈이 뒤덮인 산줄기를 만나는 기쁨은 걷는 자만의 특권이다. 정령치까지 내려온 길을 다시 오르고 올라 어느덧 오늘 산행의 마지막 고지인 큰고리봉1304.8m에 발을 디디게 되었다. 좁은 봉우리에 많은 산꾼들이 인증샷을 찍느라 혼잡하다. 우리 일행도 얼른 한 컷씩 찍은 후 곧바로 하산길로 접어든다. 경사가 심한 내리막은 오르는 사람들에게 저절로 존경의 감탄사를 보낼 만큼 경사가 심한 길이다. 관절이 좋지 않은 사람들에게는 무척 힘들게 하는 코스였다. 천천히 조심스럽게 내려올 수밖에, 다른 방도는 없다. 인가가 있는 근처까지 내려오니 잣나무나 낙엽송을 조림한 숲이 눈에 띈다. 깊은 산속에서 사람 사는 곳으로 되돌아 나오는 신호인 양, 무덤도 나타나고 개소리도 멀리서 들려온다.

방한 장비를 정리한 후 대리 운전사가 가져다 논 차량에 몸을 싣는다. 10년도 더 지난 이인우 대장의 기억을 떠올리며, 다음 출발지인 노치리를 확인하기 위해 차로 이동한다. 다음 산행의 출발점인 노치샘을 둘러보고 차는 집을 향해 달리기 시작한다. 완연한 평지가 넓게 펼쳐진 운봉고원이 한눈에 들어온다. 이곳이 고원이었다는 것은 얼마 지나지 않아 바로 확인이 되었다. 폭포를 만들어 내는 급경사의 내리막길이 굽이굽이 이어지며, 험준한 산이 겹겹이 펼쳐져 있는 것이 아닌가? 운봉읍 일대가 해발 500m에 자리 잡은 고원분지라는 것이 새삼스레 다가왔다.

아침에 달렸던 길을 되짚어 조금은 이른 시간에 대천에 도착했다. 백두대간 종주의 시작을 기념하기 위해 막걸리로 축배를 들었다. 삶의 충전이 만들어 낸 행복한 시간들이었다. 노곤하고 고단한 몸을 바쳐서 새로운 도전을 시작할 수 있어 기분이 무척 좋았다. 마무리 발언으로 이인우 대장의 선언이 이어진다. 백두대간을 완주하지 못하고 중간에 멈출 수밖에 없는 이 땅의 현실이 안타깝지만, 그럼에도 백두산만은 다 함께 오르며 백두대간을 마무리하자!

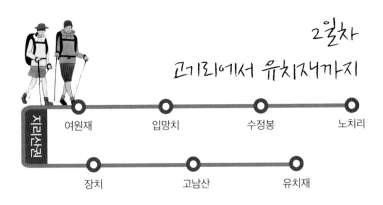

2일차
고기리에서 유치재까지

지리산권   여원재   입망치   수정봉   노치리
         장치   고남산   유치재

날짜 2014. 2. 16(일) 산행거리 / 시간 16.5km / 8시간

새벽 5시까지 여음기타학원 앞으로 집합하란다. 테니스 월례회가 있는 날이었는데도 다음 날의 긴 산행을 위해 저녁을 마다하고 집으로 들어왔다. 술자리가 길게 이어질 가능성이 매우 높았기 때문이다. 같이 근무했던 김철승 샘 환송회 날, 무리하게 테니스를 친 것이 문제였다. 그때 생긴 종아리 통증이 아직도 가시지 않아 여러모로 불안하다. 토요일 날 아침에 불편한 몸 상태를 점검하며 몸풀기를 겸해서 진당산을 느긋하게 다녀왔다. 그런 후 테니스를 쳤는데도 크게 통증이 느껴지지 않아 그런대로 불안감은 가신 상태다.

새벽 4시 정각에 알람을 맞춰 놓고 밤 10시에 잠을 청했지만,

충청도 촌부부녀와 함께한 백두대간 동행 종주기

잠은 좀처럼 올 생각을 하지 않는다. 1시간여를 뒤척이다가 잠이 들었는데 03시 20여분에 눈이 떠졌다. 그 후 잠을 청하나 잠은 그 청을 아주 무시해 버린다. 잠을 부르다가 알람이 울리기에 무거운 몸을 마지못해 일으킨다. 세수를 하고 커피를 내린 후 가방을 챙겨 나온다. 점심인 김밥 살 돈을 잊고 와 도둑고양이처럼 다시 들어갔다가 나왔다. 04시 50분에 만나기로 한 이인우 대장을 동부아파트 앞에서 기다리며, 순간 깨달았다. 손전화를 집에 놓고 온 것이다. 지갑까지도! 출발시각이 다 돼서 집에 다녀오는 것은 포기하고 그냥 출발이다.

그렇게 정각 05시에 출발하려는데, 오늘의 길라잡이인 김미경 대원이 복사해둔 지도를 집에 두고 왔다는 것이다. 가는 길이기에 김 대원의 집에 들러 지도를 챙겨 출발했다. 머리가 아픈 상태에서 한숨도 못 잤다는 최강산 대원이 운전을 한다. 이미 다닌 길이기에 여유롭게 달려 예정대로 오수휴게소에서 아침을 먹었다. 춥지 않은 겨울 날씨에 하늘까지 맑은 날이라 여러모로 기분 좋은 아침이다. 운봉 고원을 오르기 직전인 구룡폭포 지역을 제외하면, 겨울임에도 운전하기에 크게 무리가 없는 도로였다. 마을 입구에 주차한 다음 출발하기 전 노치샘 약수로 오늘 하루를 시원하게 시작한다. 노치샘을 출발하여 08시가 조금 지난 시간에 오늘 산행을 시작했다.

조금 오르다 보니, 아름답고 우람한 노송이 당산을 지키고 있다. 너무도 당당하고 매력적이다. 사람은 늙으면 푸대접을 받는 게 일반적인데 자연은 그렇지 않은 듯하다. 특히 나무는 어떤 종류라도 오래 묵으면 그 자체로 연륜과 품격이 느껴진다. 멀리 큰고리봉을 바라보면서 마을을 꿋꿋이 지킨 500년의 풍상이 그자태에 확연히 드러난다. 오랜 풍상을 멋지게 가꿔온, 그 모습 그대로 당당하고 아름다웠다. 인간이 감히 따를 수 없는 그 무엇이 느껴졌다. 이 노송의 10대손쯤 될 법한 소나무들이 빽빽이 들어찬 경사길을 힘차게 걸어 오른다.

아침 기운을 충분히 만끽할 수 있는 시간이다. 몇 개의 돌탑을 쌓으며 자연에 대한 고마움을 표시한다. 이 길을 걷는 사람이 혹여 이 탑에서 아름다움을 느낀다면 이 또한 기분 좋은 일이리라. 겉옷을 벗어가며 오르고 또 오른 끝에, 오늘 산행에서 두 번째 높은 봉인 수정봉804.7m에 도착했다. 이 봉우리는 수정이 나오는 암반이 있다 하여 붙여진 이름이란다.

간식을 먹으며 잠시 휴식을 취한 후 다시 발걸음을 옮긴다. 아주 멀리 산불 감시탑이 서 있는 봉우리가 보인다. 우리가 걸어가야 할 곳이란다. 오늘 산행에서 가장 높은 봉우리인 고남산이 까까마득한 거리에 불쑥 솟아 있다. 오르내리고 돌고 돌아 걸어야하는 긴 여정이 한눈에 펼쳐져 보인다. 이 긴 여정을 걷고 또 걸어야 한다는 생각을 하니 벌써 마음이 무거워진다. 그러면서 다시 한 번 드는 생각! 등산은 '등삶'이 아닐까?

힘겹게 오른 길을 계속해서 다시 내려가 보니 입망치란 고개가 나타난다. 경운기나 트랙터가 다닐 수 있도록 길이 닦여 있고, 집들도 가까이 다가와 있어 친근하다. 700봉까지 또 올라야 한다. 걸어가는 길 위에서 자연으로 돌아가고 있는 무덤들을 만났다. 자손이 없든지 아니면 있어도 관리를 하지 않는 듯한 무덤들이었다. 나무와 어울려 자연으로 자연스레 돌아가고 있는 중이었다. 하지만 사람이 만든 빗돌들은 자연과 어울리지 못하고, 쓸쓸한 풍경을 만들고 있었다. 이름을 새긴 상석이 소나무 사이로 더욱 쓸쓸히 얼굴을 내밀고 있다. 어렵게 오른 봉우리에 앉아 땀을 식히며 간식을 먹는다.

다시 내려오고 내려오니 큰길이 보이고 자동차도 쌩쌩 달린다. 여원재란다. 대장 말로는 그 옛날 백제와 신라를 오가는 유일한 길이었단다. 그리고 여원女院은 태조 이성계와 관련이 있는 곳이란다. 이성계가 왜구를 물리칠 때 꿈에 나타나 도움을 준 노파를 기리기 위해 지은 사당이 여원이라고 한다. 고남산이 태조산이라 불리는 것도 이런 사건과 연관이 있는 듯싶다. 막걸리를 판다는 빨간 지붕을 한 술집을 침만 삼키며 그냥 지나친다. 야트막한 산을 오르내리면서 걷고 또 걷는다. 561.8봉을 오르고 장치로 내려와서 또 다른 봉우리를 오르고 까막재로 내려왔다. 그런 후 마지막으로 오늘의 최고봉인 고남산을 향해 걸음을 옮긴다. 배가 고프고 힘까지 빠진 상태라 발걸음이 무거운데 경사 또한 만만치 않다.

점심 먹을 자리를 찾아 빨리 쉬었으면 하는 마음뿐이다. 말은 없지만 모든 대원의 마음이었을 것이다. 길라잡이가 잡은 자리도 마다하고 대장은 계속 올라만 간다. 있는 힘을 다해 오르다 보니 전망도 좋고 양지바른 자리를 차지하고 있는 무덤이 나타난다. 점심을 먹을 자리로 제격이다. 바람도 닿지 않고 따스한 햇살을 받는 곳이라 몸도 마음도 활짝 열린다. 벌써 대장은 버너를 켜서 라면을 끓이고 있다. 각자 싸온 김밥과 과일을 펼쳐놓으니 어떤 식탁도 부럽지 않은 한상이다. 입가심으로 마신 따뜻한 커피 한 잔은 더 이상 말로 표현할 필요가 없는 마침표다. 음음흠흠 더 이상 부러울 것이 없다. 이런 분위기를 사진에 담기 위해 자동으로 연속 찰칵찰칵찰칵!

배불리 먹어 나른한 몸으로 마지막 경사를 오르는 일은 쉽지 않다. 왼쪽에서 몰아붙이는 칼바람과 오른쪽 뺨에 닿는 따뜻한 햇살은 코끝에서 오묘한 회오리를 만들고 있다. 그런가 하면 왼쪽의 경사면은 기암괴석을 쌓아놓은 천 길 낭떠러지요, 따뜻한 햇살을 받고 있는 오른쪽은 완만한 언덕에 옹기종기 모인 집들이 길게 이어져 있다. 로프를 타고 경사진 사다리를 오르니 산불감시원이 고남산846.4m 정상을 지키고 있다. 감시 초소에서 망원경까지 들고 두 사람이 산불을 감시하고 있었다. 누가 새겼는지 모르지만 돌에 새겨진 '불조심'과 '산불조심'이란 글자를 보면서, 신불이 자주 나는 곳이 아닐까 하는 생각이 들었다. 그러고 보니 올라오면서 불에 탄 흔적이 있는 소나무들을 본 듯도 하다.

이젠 내려가는 일만 남았다고 생각하는 순간 올라가는 길이 나타난다. 그러다 다시 내려가는 길이 이어지고 또다시 오르기를 반복한다. 통안재로 내려오니 지도상에 나오는 고목이 서 있다. 네 그루의 소사나무 고목이 옛사람들을 그리워하며 아직도 묵묵히 서 있다. 예전에 이 고개를 넘나들던 사람들의 길동무 역할을 해주던 나무들이었을 것이다. 북진하던 대간 길이 동진으로 바뀌고 우린 운봉읍을 오른쪽으로 끼고 에둘러 걷고 또 걸어나갔다. 멀리서 개구리 소린지 맹꽁이 소린지 요란하게 들린다. 불당재라는 저수지에서 나는 소리였는데 대장 말로는 도롱뇽 소리란다. 황소개구리 울음소리와 비슷한 소리였다. 저수지 위쪽은 늪지를 형성하고 있어 다양한 생물종이 서식하고 있을 것 같았다. 끝없이 이어진 소나무 숲길을 8시간 가까이 걷고 또 걸어 오늘의 종착지인 매요마을에 도착했다.

매요 휴게소가 있지만 문이 닫혀 있다. 운성초등학교도 있지만 오래전에 문을 닫은 것 같았다. 텅 빈 복도에는 시래기가 축늘어져 복도를 지키고 있다. 아이들이 쉬면서 이야기를 나눴을 학교 정원에는 생각하는 로댕만이 아직도 아이들을 기다리며 생각에 잠겨 있다. 콜택시를 부르고 매요 삼거리에서 해바라기를 하며 기다린 지 얼마 되지 않아 택시가 온다. 아니 벌써 우리

충청도 춘남현과 함께한 백두대간 동행 종주기

가 부른 택시까? 과연 그렇다. 우린 산길을 멀리 에둘러 왔지만 택시는 운봉읍에서 곧바로 달려온 것이다. 인심 좋은 택시 운전수의 얘기에 의하면 2만 명에 가까웠던 읍민이 5천 명도 채 되지 않는단다. 더구나 젊은이들이 없어 여섯 개나 있었던 초등학교가 한 개만 남았다고 안타까워하신다. 이런 좋은 풍광을 지닌 고원 분지에 젊은이들이 용광로처럼 들끓는 날이 오기를 기대해 본다. 선유 식당에 들러 표고버섯 파전과 더덕구이 안주에 지리산 막걸리 한 잔을 걸치니 더 이상 바랄 것이 없구나.

충청도 촌놈님과 함께한 백두대간 동행 종주기

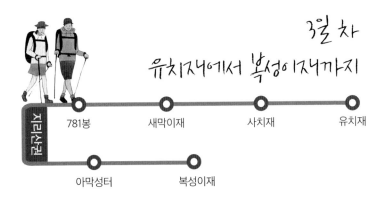

3일 차
유치재에서 복성이재까지

지리산권

781봉　　　새막이재　　　사치재　　　유치재

아막성터　　　복성이재

충청도 충북녀님과 함께한 백두대간 동행 종주기

날짜 2014. 3. 9(일)　산행거리 / 시간 11km / 5시간

　이번 산행의 길잡이를 맡게 되었다. 며칠 전부터 카톡으로 일
정을 안내하고 산행지도도 복사해 두었다. 이번 산행은 20km를
10시간에 걸쳐 걸어야 하는 빡빡한 일정이다. 아침 8시에 시작
하여 산행이 끝날 때까지 길잡이로서의 역할을 꼼꼼히 점검한
다. 코스를 익히고 쉬어야 할 곳도 나름 정리해 두어야 한다. 2일
차와 마찬가지로 05시에 만나 출발하기로 했다. 산행 횟수가 쌓
이면서 상황에 익숙해진 탓인지 제시간에 정확하게 출발할 수
있었다. 비가 온다는 예보가 있었는데 정말로 비가 조금씩 내려
걱정이 앞선다. 늦은 오전에는 날씨가 갠다는 일기 예보에 희망
을 걸고 신나게 차를 달린다. 비가 내리는가 싶더니 얼마 지나지

않아 눈이 섞여 내린다. 바람이 휘몰아치니 눈은 어느새 싸락눈이 되어 차창을 때린다. 수면 부족으로 몽롱한 상태에서 무거워 오는 눈을 맘 편히 감을 수가 없다. 아침을 해결하려고 진안 마이산 휴게소에 들렀다. 아침을 배불리 먹고 나오니 눈이 차를 비롯하여 온 세상을 하얗게 덮어 버렸다. 덮인 눈만큼 걱정은 커져 갔지만 서로 내색은 하지 않는다.

이내 차는 중치를 향해 달린다. 함양 IC를 나와 중치를 향해 올라갔지만 오를수록 눈이 쌓여 빙판을 이루고 있었다. 경사 또한 만만치 않아 모두 마음을 졸이며 창밖을 바라보고 있는데 헛바퀴가 돌면서 미끄러지다가 차가 멈춰 선다. 오도 가도 못하는 상황이 되어 버렸다. 오후에는 눈이 그치고 날씨도 따뜻해질 것이니 예정대로 일정을 소화하자는 주장부터 모든 일정을 포기하고 귀가하자는 얘기까지 설왕설래하다가, 만나기로 약속한 택시 기사에게 전화를 걸었다. 일단 차를 평지에 주차하고 택시가 있는 쪽으로 걸어가기로 했다. 택시를 타고 이동하면서 오늘의 일정에 대해 의견을 나눴다. 각자의 의견을 모은 결과 새로운 절충안이 나오게 되었다. 오늘의 일정을 줄여서 소화하자는 것이었다. 중치까지 걷는 것은 시간적으로나 날씨를 고려할 때, 소화하기 어려운 일정이라는 결론에 도달한 것이다. 복성이재까지 걷기로 의견을 모으고 택시를 타고 유치재까지 이동한다.

예정보다 시간 반이나 늦은 시간에 산행을 시작했다. 공사 중

33

이니 우회하라는 표지판을 무시하고 원 백두대간 길로 걸음을 옮긴다. 눈보라가 얼굴을 때리는 매서운 날씨임에도 익숙한 걸음으로 천천히 나아간다. 618봉을 지나 급격한 내리막을 내려가니, 88 고속도로가 지나가는 사치재가 나타난다. 헌데 길이 끊겨 있다. 당황스러울 수밖에 없다. 고속도로 밑으로 나있는 터널이 막혀 있는 것이 아닌가. 어쩔 수없이 고속도로를 무단 횡단하기로 한다. 난간을 뛰어넘고, 차를 피해 도로를 가로질러 건넜다. 상당한 경사를 이루고 있는 697봉을 향해 쉼 없이 오른다. 숨이 턱까지 차오르고 땀이 속옷을 흠뻑 적신다. 언제 일어난 산불인지 알 수 없지만 불이 난 흔적이 있고 큰 소나무는 보이지 않는다. 모든 것을 태워버린 현장에서 작은 소나무만이 예전의 모습을 회복해 가고 있었다. 자연의 복원력이 확연히 느껴지는 현장이다. 밋밋한 봉우리가 계속되는 데다 안개와 눈보라로 사라진 조망 때문에 오늘 산행은 그야말로 자신과의 싸움 그 자체였다. 더구나 아이젠을 차지 않은 채 등산화만으로 내리막길을 내려갈 때는 말할 수 없는 고된 산행이었다.

화창한 날씨에 진달래까지 피었다면 얼마나 걷기에 좋았을까 하는 아쉬움을 드러내는 우리에게 이인우 대장이 한마디한다.

"사람 속에서 사람과 부딪치느라 앞으로 나갈 수 없는 상황임에도 그렇게 좋을까?"

어느 정도 상상이 가는 말이다. 어떤 일이든 양면성을 지니고 있는 것은 분명한 사실이고, 이를 받아들이며 사는 것이 자연의 순리가 아닐까? 그래도 끝없이 펼쳐진 진달래 숲을 눈에 담으며 길게 이어진 진달래 터널을 걷는다면 얼마나 기분이 좋았을까? 나무만 보고 꽃을 만나지 못하고 이 길을 그냥 지나치는 것이 안타까울 따름이다.

야트막한 봉우리들을 오르내리다 보니 어느새 배에서는 점심 먹을 시간이라고 아우성이다. 점심 먹을 장소를 찾아야 한다. 장소를 물색하는 것도 길잡이의 중요한 임무인 것이다. 눈이 내리고 바람까지 불어 장소를 찾는 데 더 신중을 기해야 한다. 아늑하고 평평한 장소는 허기를 느낄 때까지 나타나지 않는다. 계속 걸어 나간다. 그런 중에 바람이 솔잎과 눈을 버무려 바위에 흰털을 새겨 놓은 게 아닌가. 생전 처음 만나는 형상이다. 그래도 오래 서서 감상할 상황은 아니다. 완만한 중턱에 뜬금없이 우뚝 솟은 바위가 눈을 잡아끌지만 바람이 만만치 않다. 멋진 소나무가 둘러친 넓은 평지도 눈보라 때문에 포기하고 만다. 바위가 바람을 막아주는 옹색한 곳에 겨우 자리를 폈다. 그렇지만 각자 준비한 먹을거리를 늘어놓으니 만찬이 부럽지 않다. 특히 추운 날씨에 뜨거운 라면 국물은 온몸을 녹이기에 충분했다. 평상시대로 준비했지만 중간에 한 잔씩 마셨기에, 소주가 턱없이 부족하다. 추운 마음을 녹이기에는 참으로 부족한 양이었다. 그래도 이런 와중에 따뜻한 커피 한 잔은 마음까지 녹이기에 충분했다.

몸을 추스르고 짐을 챙겨 또 걸음을 옮긴다. 백제와 신라가 치열하게 전투를 벌였다는 아막성터가 나왔다. 표지판을 읽으며 당시 전투에 참가했던 병사들의 고달픔을 떠올려 본다. 스스로 원해서 걷는 길임에도 배낭 속 카메라를 꺼내기가 싫을 정도로 춥고 힘든데 말이다. 사진놀이를 그렇게 좋아함에도 사진 찍기를 접은 내 마음에 비춰 보면서, 당시의 병사들이 어떤 심정이었을지 떠올려 보지만 그 깊이를 헤아리기 어렵다.

철쭉으로 둘러싼 자그마한 무덤이 남쪽을 향해 누워 있다. 눈 내리고 안개가 자욱하여 앞을 볼 수 없지만 정말로 따스한 곳에 누워 있다는 느낌이 들었다. 조금 내려오니 흥부 묘라는 표지판이 보인다. 조금 전에 보았던 무덤이 흥부 묘가 아닐까 궁금했지만 오늘은 더 이상 확인하고픈 욕심이 생기지 않는다. 흥부 묘가 있다는 것에 놀라고, 복성이재를 통해 넘나드는 성리마을이 흥부가 살았던 동네라는 것에 더욱 놀랐다. 날씨가 좋아서 마음에 여유가 있었다면 흥부가 묻혀 있는 무덤을 찾아봤을 텐데, 약간은 아쉬움이 남는다. 복성이재로 내려와 표지판을 배경으로 기념 촬영을 한 다음 도착한 택시에 올랐다. 택시기사의 말로는 놀부의 묘도 있다고 한다. 더구나 이 지역이 고원지대라 포도가 잘되어 전국적으로 알아주는 포도 산지란다. 흥부네 동네라는 이점을 살려 아영고원에서 출하되는 포도를 흥부포도라 부른다. 좋은 생각이다. 지금까지 먹어보지 못한 흥부포도를 올해는 꼭 맛보고 싶어진다.

　15시쯤 출발하여 한 번도 쉬지 않고 달리고 달려 17시에 대천에 도착했다. 한정일 대원 승진 축하 겸 뒤풀이를 위해 아우내 순대집으로 갔다. 순대전골이 짜지 않고 담백해서 먹기에 좋았다. 배달하는 친구가 들어오더니 인사를 한다. 제자다. 얼마 후 주인이 들어오는데 역시 제자였다. 술맛이 제대로다. 최소한 소주 세 병은 마셔야 한다는 김미경 대원의 성화에 세 병을 넘어 두 병을 더 마셨다. 쓰디쓴 소주를 마시니 고소한 들기름이 그 소주병에 가득 담겨 각자의 품에 안긴다. 한정일 대원의 어머님의 정성과 김미경 대원의 마음이 만들어낸 고소함이 코에 확 퍼진다. 일행과 헤어지고 이인우 대장이 입가심으로 맥주 한 잔을 청한다. 마다하지 못하고 옆집에 있는 비어팝으로 자리를 옮겼다. 시원한 맥주를 한 잔 마시다 보니 주인이 와서 인사를 한다. 또 제자를 만난 것이다. 내가 해직되는 해에 1학년이었다고 한다. 이래저래 기분 좋은 날이다. 마음이 맞은 일행과 산도 타고 즐겁게 소주 한 잔을 나눌 수 있으니 이 얼마나 기분 좋은 날인가. 더하여 열심히 살고 있는 제자들을 만난 날이니 더욱 행복한 하루가 아닐 수 없다.

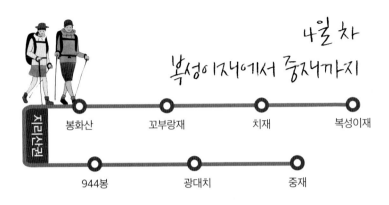

4일 차
복성이재에서 중재까지

지리산권

봉화산 — 꼬부랑재 — 치재 — 복성이재

944봉 — 광대치 — 중재

날짜 2014. 4. 6(일) **산행거리 / 시간** 13.5km / 7시간

　카톡으로 일정이 통보됐다. 여러 고민 중 가장 안전하고 편안한 방안으로 정리된 듯싶다. 하루의 산행이 다섯 시간 정도의 여정으로 짜인 것이다. 한결 마음이 편안해지면서 드는 생각은 막걸리를 실컷 마실 수 있겠다는 마음이다. 예정대로 실행한다면 13시간이 넘는 긴 여정인데 중치까지 끊어서 하루를 더 투자한다는 것이다. 훨씬 수월해진 일정이라 마음까지 편해진 것은 당연한 일! 약속한 시간에 반가운 얼굴들을 만나 예정된 시간에 출발할 수 있었다. 아직도 어둑어둑한 것이 완연한 새벽의 느낌이다. 우리를 태운 차는 빠르면서 흔들림 없는 속도로 달린다. 예정했던 시간보다 많이 단축되었다. 지난번과 마찬가지로 진안

충청도 춘부님과 함께한 백두대간 동행 종주기

휴게소에서 닭개장을 먹었다. 맵지 않으면서 간이 적당하여 먹을 만하다. 아침 햇살을 받은 신비한 암수 마이봉을 뒤로하고 중기마을을 향해 달린다.

고속도로를 빠져나와 한참을 달리다 보니 낯익은 곳이 나온다. 지난번에 오르지 못한 고갯길이 우릴 반긴다. 지난 산행에 대해 얘기를 나누며 내비게이션이 가리키는 곳으로 차를 몰아간다. 길은 굽이굽이 한참을 에둘러 뻗어있다. 시내버스도 들어가기가 힘들 것 같은 좁은 길이다. 한참을 올라 대장의 추억이 담겼다는 중기마을에 도착했다. 출발지로 이동하기 위해 택시를 기다리던 중, 시내버스가 회전하기 어렵다며 마을회관에 주차한 차를 옮겨 달란다. 중치에서 내려오는 길가에 차를 주차하니 바로 택시가 올라온다. 낯이 익은 택시기사인지라 반갑게 인사를 하고 바로 복성이재로 이동이다. 중기마을을 빠져나와 백전면 소재지로 가는 길은 벚꽃이 하얀 터널을 이루고 있었다. 출향민인 재일동포가 희사한 나무라고 기사분이 말씀하신다. 오늘도 날씨가 좋은 편이 아니라며 기사는 우리에게 눈발을 몰고 오는 사람들이란다. 내내 화창하다가 우리의 산행 날에 눈을 뿌리는 이유는 뭘까? 아마도 시험을 통해 시험에 들게 하려는 것은 아닐까?

낙동강과 섬진강의 분수령인 복성이재에서 오늘의 시작을 한 컷의 사진에 담는다. 30분 정도 오르니 멀리 큰고리봉과 반야봉

이 한눈에 들어온다. 우리가 밟아 온 고남산은 아주 가까이에서 우릴 배웅하고 있다. 진달래 밭을 지나 조금 오르니 매봉^{712.2m}이 나타난다. 시야가 확 트이고 아침 햇살이 좋아 즐겁게 포즈를 취한다. 진달래는 이미 지고 철쭉은 아직 피지 않은 시기다. 우리의 산행은 꽃과는 인연이 없나 보다. 철쭉 군락이 터널을 이루고 있는 내리막을 아쉬움을 뒤로하고 스키 타듯 내달린다. 철쭉제를 위해 정자와 산책로가 철쭉 사이에 만들어져 있다. 여기가 꼬부랑재라고 한다. 얼마 지나지 않아 보리수 군락지가 나타난다. 남향인 데다 따뜻한 햇살이 기분을 한껏 끌어올린다. 꽃샘추위를 견디고 있는 온갖 생명들을 바라보면서 이런저런 생각에 잠기며 발걸음을 옮긴다. 몇 컷의 사진으로 그 모습을 담아본다. 푸르름이 흰 눈을 만나 유난히 빛날 수 있다는 생각을 한다. 그러다가도 이미지는 아름다운데 차가운 촉감을 견디는 생명은 얼마나 고통스러울까 하는 안쓰러움이 들기도 한다. 양지바르고 진달래 꽃잎이 흩뿌려진 곳에 앉아 한 모금의 물로 목을 축인다.

어느새 2개의 도와 3개의 시군이 경계를 이루고 있는 봉화산 _{919.8m} 정상이다. 봉화산은 이름처럼 봉화를 올렸던 곳이다. 발굴이 진행 중이라 사진만 찍고 내려올 수밖에 없었지만 봉수대의 모습이 뚜렷이 남아 있었다. 봉화산을 지나니 시야가 트여 기분이 상쾌하다. 억새까지 펼쳐진 산정을 바라보니 마음까지 흐뭇해진다. 억새밭엔 층층나무가 숲을 이루고 있다. 오던 길에 보았던 층층나무 가로수 길이 이 지역에 왜 조성되었는지 알 듯도 했다. 왼쪽으로 장수군 번암면을, 오른쪽으로는 함양군 백전면을 바라보면서 걷고 또 걸을 뿐이다. 차가운 서풍과 따뜻한 햇살을 동시에 받아 코끝의 좌우가 시리고 따뜻하다. 야트막한 봉우리를 오르내리면서 편안한 마음으로 걸음을 내딛는다. 더구나 멀리 펼쳐진 지리산 자락을 바라보는 것만으로도 걸음은 한결 가볍다. 무명봉을 지나다 보니 멧돼지가 파헤친 커다란 구덩이들이 여기저기 널려 있다. 먹을 것을 찾아 들쑤신 자국이 밭을 일군 것처럼 산자락에 펼쳐져 있다. 무쇠 주둥이가 아니고서는 상상이 안 되는 흔적들이다. 그 깊이와 넓이가 상상을 뛰어넘는 그 무엇인가를 보여주고 있었다.

경사를 따라 내려오고 또 내려와 광대치에 이르러서야 점심을 먹을 수 있었다. 각자 준비한 먹을거리를 내놓는데 상추가 나오고 상추에 싸 먹을 주물럭까지 나온다. 공기 맑은 산자락에서 맛본 주물럭을 영원히 추억하기 위해 '광대치주물럭'이라 이름 붙여본다. 아마 이런 주물럭은 세상 어디에도 존재하지 않을 거라는 생각을 하며 맛있게 먹는다. 배불리 먹은 후 마시는 커피 한 잔은 바로 지금을 여유롭게 하기에 충분했다. 포만감에 피곤한 다리를 곧추 세우고 경사면을 오르자니 숨이 목까지 차오른다. 약초 시범단지를 보호하기 위해 쳐진 철조망에 수많은 리본들이 바람에 나부끼고 있다. 이곳을 걸었던 무수한 발자국을 떠올리며 우리도 기념사진을 찍는다.

　월경산980.4m까지는 계속 오르막길이다. 월경산 표지목에서 한 컷씩 찍는데 포즈가 묘하다. 이인우 대장은 자연스럽게 월경산을 껴안고 있고, 한정일 대원은 손으로 '산'을 가리면서 웃음을 흘린다. 최 대원은 월경산과 나란히 서서 찍는데, 남편의 장난을 본 김미경 대원이 '경' 자를 손으로 가려 달산을 만드는 재치를 보인다. 오르고 또 올라 월경산 좌측을 끼고 돌자, 급경사의 내리막길이 계속 이어진다. 우리의 산행도 인생과 닮아서 오르고 내리고의 끝없는 연속은 아닐는지. 다음 산행의 가장 높은 봉우리인 백운산이 멀리 보인다. 흐드러지게 핀 진달래가 우리를 반갑게 반기면서 발걸음을 붙잡는다. 얼마 걷지 않아 느티나무 숲이 나오더니 바로 오늘의 목적지인 중재가 나왔다. 대장의 기억 속에 남아 있는 소사나무 고목을 배경으로 기념 촬영을 하고, 오늘의 일정을 여기서 마무리했다.

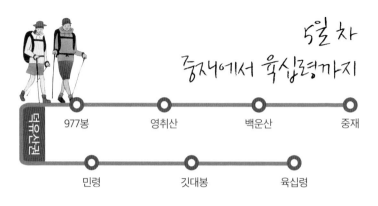

5일 차
중재에서 육십령까지

977봉   영취산   백운산   중재

민령   깃대봉   육십령

날짜 2014. 5. 18(일) 산행거리 / 시간 21km / 11시간

충청도 춘호랑과 함께한 백두대간 동행 종주기

　평소처럼 다섯 시에 만나 출발하기로 한다. 알람을 맞추고 잠
이 들어도 늘 일찍 깨어나게 된다. 막걸리를 한 잔 걸치고 잤는
데도 여전하다. 다행히 한 시쯤 깨어 다시 잠든 후에는, 알람이
울릴 때까지 잠을 잘 수 있었다. 오늘은 여러모로 힘든 여정이
기다리고 있다. 왕복 대여섯 시간을 운전해야 하고 20km가 넘
는 거리를 걸어야 하는 상황이다. 잠이라도 푹 자 두는 게 무척
중요한 일이었던 것이다. 제시간에 출발하여 쉬지 않고 달린다.
날이 길어졌다는 것이 실감 난다. 군산도 못 미쳐 해가 떠올라
날이 훤해진 것이다. 아침 식사를 위해 진안 휴게소에 또 들렀
다. 나와 정일 대원은 끝까지 닭개장으로 밀고 나갔고, 이인우

대장과 미경 대원은 순두부로 갈아탔다. 결과는 역시였다.

육십령 휴게소에 도착하여 장계면 모범택시로 바꿔 타고 중기마을로 향했다. 낯설어하는 운전기사와는 달리 세 번을 지나온 길인지라 눈에 선하다. 중기마을에 도착하여 홧팅을 외치고 곧바로 중재를 향해 오른다. 출발한 시간은 08시가 좀 지난 시간이다. 오늘의 대간 출발지인 중재까지 삼십 분이 걸렸다. 이후 완만한 경사에 짙은 녹음을 따라 끝없이 걷는다. 진달래는 물론이고 철쭉도 이미 진 상태다. 그렇지만 다양한 야생화들이 녹음 속에서 은근히 자태를 뽐내며 피어 있다. 중기마을을 오른쪽에 두고 우회전 방향으로 돌아 돌아 올라간다. 무덤 위에 풀이 자라고 큰 나무가 이미 무덤을 차지하고 있다. 어떤 이유인지 모르지만 주인을 잃은 무덤들이다. 자연으로 자연스레 돌아가고 있는 모습을 걷고 있는 사람들만이 묵묵히 지켜볼 뿐이다.

급경사가 이어지더니 어느 순간 전망이 트여 보인다. 아직 꽃을 피우고 있는 철쭉도 있지만, 대부분은 꽃잎을 떨구고 있다. 카메라에 담고 싶은 마음은 간절했으나 스틱을 사용하고 있기에 참고 참으면서 걷기에만 집중한다. 그것도 잠시, 카메라를 꺼내 들고 스틱을 가방에 챙겨 넣는다. 몇십 년을 자랐을 흰 철쭉의 모습에 반해 셔터를 누르지 않을 수 없었던 것이다. 시간이 많이 흐른다. 일행을 따라 잡기 위해 카메라를 둘러메고 바쁘게 걸음을 재촉한다. 숨이 차다. 그래도 찍을 건 찍어야 한다. 백운산 정상 부근에서 힘들게 일행을 따라잡을 수 있었다. 대간 종주 길에서 사진 찍기가 얼마나 힘들고 어려운 일인지 많은 경험 속에서 똑똑히 알고 있다. 특히 오늘 같은 빡빡한 일정을 소화해야 할 때는 속도가 빠른 산행이라 더욱 그러하다. 볼 것도 많고 오랫동안 걸어야 하는 여정은 찍사를 무척 힘들게 만든다. 해가 지기 전에 계획된 지점까지 가야 하는 숙명과도 같은 여정이 자신 앞에 놓여 있기 때문이다.

정상 가까운 곳에 이르자 무덤 둘이 산마루에 편안하게 자리를 잡고 있다. 긴 산자락을 뻗어 내려가서 지리산을 맞이하는 듯한 자세를 취하고 있다. 아름다우면서 장쾌한 전망을 펼쳐 보이고 있었다. 드디어 백운산 정상이다. 최근에 일괄적으로 세운 듯한 표지석을 배경으로 기념 촬영을 한다. 주위를 둘러보려고 돌아다니는데 가장 높은 곳에 다소곳이 앉아 있는 또 다른 표지석이 보인다. 문명의 도움 없이 사람의 손으로 옮겼을 법한 앙증맞은 표지석이다. 당연스레 사진기에 손이 간다. 간식을 먹은 후 영취산을 향해 또 쉼 없이 움직인다. 산죽으로 무성한 숲을 이루고 있는 곳이었다. 터널처럼 이어진 산죽을 헤치며 걷고 또 걸었다. 걸으면서 만나는 풋풋한 향기와 담담한 꽃들, 때때로 펼쳐지는 광활한 산줄기들은 걷는 이의 노고를 씻어주는 청량제다. 눈이 기쁘고 귀가 즐겁고 코가 흥겨워하는 길인 것이다. 손발이 힘들고 어깨가 무거울지라도 얼마나 행복한 걸음인가?

싸리나무 군락을 지나자 군락 속에 백일점처럼 자리한 흰철
쭉이 화려하게 빛을 발하고 있다. 얼마 걷지 않아 선바위 고개가
나왔다. 700m만 가면 무령고개이고 물을 보충할 수 있다고 대장
이 말한다. 남은 물이 충분하지는 않았지만 아껴 마시면 될 듯해
무령고개로 물을 보충하러 가지 않았다. 영취산을 향해 마지막
오르막을 힘겹게 오른다. 그 길에서 만난 산죽꽃을 보며 대꽃의
운명을 생각해 본다. 대의 운명처럼 산죽도 꽃을 피우면 모두 말
라죽는 것은 아닐까 하며. 거친 숨을 몰아쉬며 영취산 정상에 오
르니 봉화산과 마찬가지로 발굴 중이었다. 봉화산처럼 봉수대
터 같지는 않고 성터가 아니었을까 하는 생각이 들었다.

영취산 정상에서 조금 내려와 햇살이 비치는 곳에 점심 먹을
자리를 잡는다. 넓은 평상에서 열심히 걸어준 발을 위해 등산화
까지 벗어 놓고 맛난 점심을 먹었다. 그리고 약간의 오침 시간도
가졌다. 그러고는 바로 출발이다. 출렁거리는 나무 계단을 타고
얼마간 내려갔다. 대장의 말이 무령고개란다. 그러고는 물이 나
오는 곳으로 이동한다. 물은 찔끔거리고 먹기에도 부적절한 물
이었다. 다시 올라가기 시작하는데 우리가 내려온 길이다. 길을
잘못 든 것이었다. 이 길은 무령고개에서 백두대간을 타기 위해
오르는 접속로였던 것이다. 식곤증이 밀려오고 한참을 쉬었기
에 몸이 풀린 상태였지만 어쩔 수 없이 무거운 몸을 이끌고 급경
사를 올랐다. 맥이 빠지고 지친 몸이었지만 누구도 불평을 내뱉

지 않는다. 그럴수록 힘이 더 든다는 것을 분명히 알고 있기 때문이다. 삼십 분쯤 허비한 후에야 본궤도에 접어들 수 있었다.

산죽과 굴참나무 숲이 이어지고 때로는 전망이 트여 보인다. 그러다가 편안한 산책길이 펼쳐지기도 한다. 덕운봉 오른쪽을 끼고 돌아 두세 시간을 걸었을 즈음 커다란 바위가 나타난다. 북바위란다. 돌북이 바위 받침에 끼어 있는 모습이었다. 한참을 내려오니 민령이라는 고개가 나타난다. 아름다운 소나무가 멋진 자태를 뽐내고 서 있는 고개였다. 이곳에서 왼쪽으로 내려가면 논개의 생가지가 있는 대곡리라고 한다. 억새가 펼쳐져 있고 철쭉이 군락을 이루고 있는 곳이었다. 많은 철쭉이 꽃잎을 떨구고 있는 시기였기에 아쉬움이 컸지만 수십 년 묵은 산배나무와 다래덩굴이 철쭉 대신 꽃을 피우고 있었다. 자신의 계절을 분명히 지키는 것들에게서 배움을 얻는 순간이었다.

오늘 일정의 마지막 봉우리인 깃대봉을 향해 걷고 걷다 보니 어느새 그 정상에 서 있다. 그런데 표지석에는 깃대봉이 아니라 구시봉이라 쓰여 있는 게 아닌가. 내력을 보니 백제와 신라의 국경지대로 군사들이 기를 꽂았다고 하여 깃대봉이라 칭하다가 풍수상 산의 형태가 구유 형이라 구시봉으로 개칭했단다. 외우기 쉽고 역사성이 있는 깃대봉이 훨씬 친근감이 간다. 깃대를 달 깃대까지 마련한 마당에 왜 이름을 바꿨을까? 그 의도가 새삼 궁금하기도 하다. 다음 산행에 걸어갈 할미봉과 서봉, 남덕유산

충청도 춘남협과 함께한 백두대간 동행 종주기

이 눈앞에 또렷이 보인다. 육십령 고개를 향해 내려오다 보니 깃대봉 약수가 우릴 반갑게 반긴다. 물이 바닥난 상태고 심한 갈증을 느끼던 터라 약수가 있다는 것이 무척 반갑고 고맙다.

　육십령 휴게소에 내려와 막걸리를 한잔하려는데 안주가 마땅치 않다. 상당히 실망한 눈치들이다. 이런 상황임에도 한겨레신문에서 소개한 곳이라 저녁까지 먹고 싶었는데 뭇 일행은 전혀 반응이 없다. 결국 맥주로 축배를 들고 막걸리 두 병을 해치운 후, 일곱 시쯤 육십령 휴게소에서 출발했다. 집에 도착하니 열 시를 가리킨다. 네 시에 일어나 열 시에 모든 여정이 끝난 오늘도 역시 길고 긴 하루였다.

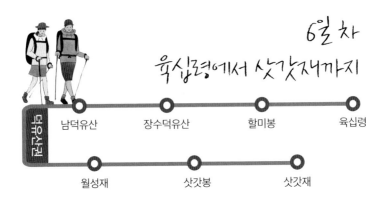

6일 차
육십령에서 삿갓재까지

덕유산권

남덕유산　　장수덕유산　　할미봉　　육십령

월성재　　삿갓봉　　삿갓재

날짜 2014. 7. 13(일) **산행거리 / 시간** 17km / 8시간

　　이인우 대장으로부터 단톡이 왔다. 12일 토요일 05시에 만나 출발한단다. 여러 곡절이 있어 이해가 쉽지 않았다. 한정일 부부가 아버님 때문에 빠지고 셋이 1박 2일로 추진한다고 했었는데, 당일로 날이 잡히고 날짜가 12일인지라 어리둥절할 수밖에 없었다. 결국 대장과 통화하지 않을 수가 없는 상황이다. 결과는 생각보다 의외로 깔끔하게 정리되었다. 한정일 대원 부부가 함께 하기로 하면서 당일치기로 결정이 되었는데 날짜를 잘못 입력한 것이란다.

　　1박 2일 산행은 여러 가지로 힘든 추진과정을 거칠 수밖에 없었다. 대피소를 예약하는 것부터 먹거리를 준비하는 것까지 할 일이 많은 것이다. 날짜를 잡는 것도 쉬운 일이 아니다. 두 번이나 옮겨가며 여러 의견을 주고받은 끝에 간신히 잡은 날이었다. 힘들게 결정된 그날을 위해 건배까지 나누기까지 했다. 그런 상황에서 한정일 대원 부부가 함께하지 못한다고 하다가 동행하게 되면서 날짜도 당일치기로 바뀐 것이다.

우여곡절이 많은 6일차 산행이었지만 한 달 반 만에 출발하는지라 설레는 마음은 어쩔 수 없다. 1박 2일이었다면 함께 하지 못했을 큰 동서와 처형의 회갑연에 참석할 수 있었다. 이래저래 괜찮은 결정이라 나 역시 기분이 좋았다. 다만 막내딸에게 드는 미안한 마음은 가슴 한 구석을 떠나지 않는다. 학교 기숙사에서 집에 데려다 놓고 회갑연에 다녀온 후, 바로 산행 준비를 하느라 수선만 피우는 아빠의 모습을 보면서 어떤 생각을 했을까? 고3인지라 수능 공부도 해야 하고 진로에 대한 고민도 많을 텐데 아빠는 자신의 일에만 열의를 보이고 있으니 말이다.

모든 준비를 끝내고 새벽 4시에 알람을 맞춰 놓고 잠을 청한다. 알람을 듣고 일어날까 아니면 그냥 제시간에 눈이 떠질까를 궁금해하며 잠이 든다. 눈이 떠지고 희미하게 보이는 시계를 보니 새벽 3시 반이다. 잠이 보약이니 조금이라도 더 자자꾸나. 한참을 뒤척이면서 희미한 소리에 다시 깨니 알람이 울고 있다. 커피를 내리고, 씻어 두었던 과일을 챙기고, 가방을 싸고 나니 4시 반이다. 이인우 대장을 만나고 김밥을 산 다음, 약속 장소에 도착하니 5시 2분 전이다. 모두들 제시간에 나와 기다리고 있다.

오늘도 제시간인 5시에 정확하게 출발했다. 빗낱이 떨어지며 길이 물빛으로 번지르르하다. 그런 길을 오늘의 드라이버 한정일 대원은 시속 140에서 160km를 달린다. 예정보다 이른 시간에 육십령 휴게소에 도착했다. 그런데 다들 급하단다. 속이 좋지 않아 뒷간을 여러 차례 다니고 있는 상태이다. 그런 사이 빗방울은 잦아들었지만 비옷을 입고 우중산행을 해야 할 상황이다. 길라잡이가 앞장서 걷는다. 길라잡이는 지형을 숙지하고 시간을 적절하게 안배하며 걸어야 한다. 비옷을 입고 있는 데다 오랜만의 산행인지라 천천히 여유를 갖고 쉬엄쉬엄 걷는다. 비가 내리고 안개 또한 자욱하여 앞만 보고 걷고 있는데도 다들 맑은 날보다 걷기도 좋고 기분 또한 상쾌하단다.

할미봉1026m에 도착할 즈음 시야가 완전히 사라졌다가 어느 순간 산봉우리가 열리더니 두 봉우리가 구름 위에 앉아 있다. 대장 왈 서봉과 남덕유산이란다. 왼쪽의 봉우리가 서봉장수덕유산이고 오른쪽은 남덕유산이란 설명이다. 이 봉우리들이 우리를 마중하듯 구름 위에서 지켜보며 서 있다. 상당히 먼 거리인 듯 보이지만 세 시간이면 도착할 수 있는 이번 구간의 최고봉들이다. 최고봉인 서봉1510m과 3m 정도밖에 차이 나지 않는 남덕유산1507m이 구름 속에서 도토리 키재기 하듯 자신을 뽐내고 있다. 할미봉 표지석에 서서 한 컷씩 남기고 서봉을 향해 곧바로 걸음

충청도 충남땅과 함께한 백두대간 동행 종주기

을 옮긴다.

약간의 내리막길을 지나고 평이한 산책길을 맞아 속도를 올린다. 한참을 앞장서 걷다가도 뒤처진 대원들로 인해 멈추기를 자주 한다. 비도 그치고 구름에 갇혀 있는 햇빛 때문에 크게 덥지 않은 산행인데도 속도가 붙지 않는다. 그나마 일찍 출발한 것이 다행이었다. 시간이 충분하니 천천히 걷기로 한다. 그러다가 많이 뒤처진 대원들을 뒤로하고 대장과 함께 최대한 속도를 높여 정상을 향해 치고 오른다. 극한을 느낄 수 있게 온 힘을 다해 오르고 올라 정상에 발을 디딘다. 예정 시간보다 30분 정도 늦게 서봉1510m에 올랐다. 숨이 가쁘고 땀이 비 오듯 한다. 바람에 실려 오는 시원한 공기를 폐 속 깊이 빨아들인다. 몸은 상쾌하고 마음은 흔쾌하다. 바람에 몸을 맡기고 대원들을 기다린다. 기다려도 기다려도 보이지 않더니 20여분이 지나서야 저 멀리 대원들이 보인다. 시간상으로나 체력적으로나 더 걷기가 무리라는 판단이 든다.

정상에서 점심을 먹고 출발하기로 한다. 간식 시간에 최 대원이 얼려온 막걸리를 한 잔씩 한 상태인지라 소주 맛이 더욱 간절하다. 이인우 대장에게 물으니 준비를 못했단다. 지금까지 한 번도 빼놓지 않고 준비한 소주가 없다니 말도 안 된다. 내가 아무도 모르게 몰래 준비한 소주를 이미 알고 있기라도 하듯, 소주를 챙기지 못했다니 우연치고는 기막힌 우연이다. 늘 맛있게 마시

던 김미경 대원은 몸이 힘든지 소주를 마다한다. 대장과 함께 소
주 뚜껑을 닫아가며 소주를 마신다. 구름 사이로 펼쳐진 산봉을
바라보며 입에 털어 넣는 소주 맛은 돈으로는 환산할 수 없는 그
무엇이었다. 점심을 맛있게 먹고, 커피 한 잔에 풍경을 담아 마
시니 더 이상 바랄 것이 없다. 비가 그쳐 가끔씩 햇살을 보여 주
고 있으나 산봉우리는 아직도 온전한 모습을 드러내지 않는다.

　가벼워진 배낭을 메고 다시 출발이다. 급경사 계단이 가파르
게 설치되어 있다. 내려가면 내려간 만큼 다시 그 높이의 남덕유
를 올라야 한다는 명확한 진리 앞에서 우린 신나게 내려갈 수가
없다. 구름이 순간순간 우리가 내려온 서봉을 가린다. 온갖 야생
화를 눈에 넣으며 내려온 높이만큼 급경사를 또다시 오르는 동
안 누구도 입을 열지 않는다. 이런 침묵은 오르는 고통을 안으로
감내하고 있음을 보여주는 증거다. 남덕유산의 정상에 오르니
산꾼들이 무리를 지어 점심을 먹고 있다. 굽이굽이 계곡을 이루
고 꾸불꾸불 산줄기들이 이어져 한 폭의 산수화를 그려내고 있
었다. 때로는 구름이 살짝 가려주고 가끔은 안개가 다양한 모습
을 만들어낸다. 그 시간에 그 산을 오른 사람만이 만나고 맛볼
수 있는 유일한 풍경이다.

　지리산 다음으로 품이 넓고 깊은 덕유산이기에 갖가지 꽃들
이 우리를 반기고 있다. 오이풀이 언뜻 보이고 까치수염이 끝없
이 펼쳐지는가 싶더니, 노루오줌도 흔하게 고개를 든다. 물레나

물과 동자꽃의 노랑과 빨강 꽃잎이 어울려 푸른 풀잎을 물들이더니, 여기저기 꽃망울을 내밀고 있는 비비추가 망울을 바람에 내맡기고 있다. 꽃들을 키우고 있는 숲은 다양한 나무를 품고 있었다. 1000m 이상의 고지에서 몇 백 년을 견뎌온 나무들이 어우러져 만든 숲은 그 자체로 멋진 자연이다. 나무는 오래될수록 멋진 기품을 드러내고 그 나무의 기품을 느끼며 삿갓봉을 지나 삿갓재 대피소에 도착했다. 1박 2일 여정이었다면 우리가 묵었을 바로 그 대피소다. 내부 수리를 끝낸 숙소가 있고, 그 옆에 새로 방을 만들 준비를 하는 곳도 있었다. 풍력 발전기는 바람이 불어도 아무 반응 없이 묵묵히 서 있다. 어떤 이유에선지 작동을 멈춰서는 무언가를 마냥 기다리고 있는 듯하다. 이제는 멀리서 바라볼 때 삿갓재의 표지로 남아 있을 뿐이었다. 대원들이 내려오기를 기다리며 몸을 부린다. 대피소 아래에 있는 약수를 한 바가지 들이켜고 자신의 속도로 황점마을을 향해 걸어 내려간다. 오늘의 종점인 황점마을까지는 4.2km의 거리가 남았다. 내려가는 산행인지라 한 시간이면 족한 거리다.

내려오면서 기시감이 느껴져 대장에게 얘기를 꺼냈더니 역시 그렇단다. 쌍계사에서 대원사로 지리산을 종주할 때 대원사 부근으로 내려가는 길이 이와 비슷한 분위기란다. 그 말을 들으니 그 느낌이 더욱더 확연해진다. 오래된 갈참나무를 비롯하여 계곡을 옆에 끼고 내려오는 것, 급경사에서 완경사로의 높낮이, 비

숫한 방향에서 저녁 햇살을 받으며 내려오는 상황, 계단을 비롯한 설치된 구조물 등등이 상당히 흡사했다. 채 한 시간도 걸리지 않아 도착한 황점마을은 뾰족한 봉우리 사이에 편안히 자리 잡은 마을이었다.

겨울에는 차도 들어오지 않는 골짜기라는데 지금은 전혀 그런 느낌을 주지 않는다. 500년이 넘었다는 보호수가 여러 그루 서 있다. 참나무 비슷한데 참나무가 아니라 고욤나무였다. 이리 오래되고 품위가 느껴지는 고욤나무는 난생처음이다. 대원들을 기다리며 황점슈퍼에 들러 안주에 막걸리 한 병을 시킨다. 산골 막걸리에 촌두부가 나온다. 맛이 꽤 괜찮다. 직접 만들었다는 촌두부에 양념간장, 묶은 김치가 곁들여 나왔다. 이 역시 소박하면서 맛이 일품이다. 예정보다 두 시간이나 더 걸린 산행이었지만 빼어난 경치와 변화무쌍한 자연에 마음을 뺏긴 기분 좋은 하루였다.

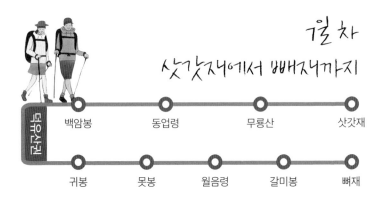

7월 차
삿갓재에서 빼재까지

| 덕유산권 | 백암봉 | 동업령 | 무룡산 | 삿갓재 |

귀봉　　　　못봉　　　　월음령　　　　갈미봉　　　　뼈재

날짜 2014. 8. 10(일)　산행거리 / 시간 24km / 11시간

　이번 여정도 대장의 카톡에서 시작된다. 바로 반응한다. 즐거운 마음으로 기다렸다는 증거다. 한정일 대원도 바로 응답한다. 그 다음날 대장이 전화를 한 흔적이 있다. 그래서 전화를 했더니 엄청난 일이 벌어졌다. 최 대원이 더 이상 함께 하기 어렵다는 것이다. 몸이 좋지 않은 데다 산행 후 며칠씩 아프기도 하고, 더구나 수술한 허리가 재발할 수 있기 때문이란다. 우리들에게 미안해서 그런 것이라 짐작만 할 뿐이다. 더하여 한정일 김미경 부부 대원도 함께하기 어렵단다. 나중에 들은 얘기지만 아버님이 입원한 상태라 함께 산행하기가 무리였다는 것이다. 하여튼 오늘의 어렵고 지난한 산행은 이인우 대장과 단둘이 감당할 수밖

에 없었다. 긴 여정과 태풍 '할롱'의 북상 소식으로 이런저런 준비가 예전보다 많았다. 출발하기 전날 이인우 대장은 내가 운전하면 안 되겠냐고 묻는다. 특별한 이유가 없기에 흔쾌히 수락하니 그랬으면 고맙겠단다. 이래저래 힘든 상황이다.

 일정이 2시간 당겨진 바람에 알람을 02:20에 맞춰 놓고 잠을 청한다. 허나 잠은 오지 않는다. TV를 보면서 떠드는 소리와 함께, 둘째 딸의 큰 리액션이 꿈나라에 오르지 못하게 잡아끈다. 잠깐 잠을 잔 듯하다 깨어보니 12:15이다. 그 후 잠을 부르고 불러도 다시 오지 않는다. 결국 일찍 일어나 배낭을 챙기고 집을 나섰다. 김밥을 사고 대장을 기다리면서 차 안에서 쪽잠을 청한다. 하지만 여전히 잠은 올 생각이 없다. 대장이 나오더니 자신의 차로 가잖다. 한정일 대원과 달리 여유 있게 운전하는 이인우 대장의 차를 타고 조수석을 지킨다. 편안히 잠을 청할 수 있는데도 운전자만 옆에 두고 눈을 감을 수는 없다. 그렇게 청해도 오지 않던 잠이 밀려오는데, 조수석을 지켜야 할 상황이라 비몽사몽 눈꺼풀이 무겁다. 오늘까지 다섯 번째 진안 마이산 휴게소에서의 아침이다. 오늘도 역시 엄나무 닭개장을 시켜 먹었다. 배를 든든하게 하고 맛도 괜찮은 편이기 때문이다. 오늘의 출발지인 황점마을에 도착하여 06:12에 삿갓재 대피소를 향해 출발한다. 내려올 때 50분가량 걸린 거리를 다시 올라야 하는 상황이다. 천천히 출발하여 중간에서 한 번 쉬고 약수터까지 오르는데 1시간 17분 걸렸다. 좋은 컨디션이다.

약수로 식수를 채우고 속을 비운 후, 삿갓재 대피소에서 대간 길을 시작한다. 구름과 안개가 시야를 가려 전망이 좋지 않다. 한참을 올라가니 차츰 구름이 걷히고 멀리 산줄기가 파노라마처럼 펼쳐진다. 스틱을 정리해 가방에 넣고 카메라를 챙겨 든다. 갖가지 야생화가 만발하여 걸음을 붙잡는다. 꽃으로 자신을 온전히 피워내고 있는 원추리가 보인다. 초록 바다에 노란 꽃으로 수를 놓은 원추리를 가슴에 담으며 천천히 걷는다. 한 시간이 채 지나지 않아 이번 여정의 두 번째 높은 봉우리인 무룡산^{1491.9m} 정상에 올랐다. 급히 기념사진을 찍고 오늘의 최고봉인 백암봉을 향해 출발이다.

산줄기를 걷는다는 것은 오르면 내려가고 내려가면 또 올라야 하는 너무도 당연한 진리를 몸으로 받아들이는 일이다. 완만하면서 긴 내리막길을 수많은 봉우리를 동무 삼으며 걷고 또 걸었다. 지루함을 더하는 산길에서 만나는 산꽃은 동행의 즐거움을 안겨주기에 충분하다. 지난달엔 비비추가 꽃망울을 터트릴 준비를 하더니 오늘은 모싯대가 온 산을 보랏빛으로 물들이고 있다. 취나물도 수수한 모습으로 그 옆을 지키고 있다.

한 시간 가까이 내려가 동엽령에서 잠시 숨을 고른 후, 오늘의 최고봉인 백암봉을 향해 오른다. 숨이 가빠지고 이마엔 구슬땀이 흐른다. 때때로 불어오는 시원한 바람이 흐른 땀을 식혀준다.

충청도 충남편과 함께한 백두대간 동행 종주기

그와 동시에 탁 트인 시야로 인해 눈까지 시원하다. 자연은 말없이 모든 걸 내어주고 있었다.

뿌연 안개가 걷히자 겹겹의 산줄기가 파란 하늘과 함께 한눈에 들어온다. 숨을 몰아쉬며 백암봉1503m 정상에 오르니 막걸리를 곁들이며 점심을 먹고 있는 산꾼들이 있다. 아침을 일찍 먹은 탓에 배도 고프고 땀을 흘린 몸이라, 막걸리 한 잔이 너무나도 간절하다. 저번 산행 때 최 대원이 가져온 얼린 막걸리가 눈에 어른거린다. 이런 내 마음을 읽었는지 대장이 조금만 더 가서 점심을 먹자고 한다. 표지석도 없는 데다 산꾼들이 차지하고 있는 산정이라 우린 급히 백암봉을 뒤로하고 바삐 걸음을 옮긴다.

비가 내리려는지 구름이 깔리며 시야를 가린다. 아쉬움이 클 수밖에 없다. 덕유산 정상인 향적봉1610.6m이 아주 가까이 있고 중봉1594.3m도 그 앞으로 겹쳐진다는데 아무것도 보이지 않는다. 무주 구천동 계곡에 자리한 백련사도 한눈에 들어온다는데 구름만이 눈에 들어올 뿐이다. 구름은 따가운 햇살을 가려 시원한 그늘을 만들어 주기도 하지만 때론 누구도 예상하지 못한 다양한 풍광을 연출하기도 한다. 그런데 오늘따라 아름다운 풍경을 품속에 감추고 혼자만 감상하려는 욕심쟁이가 되어 버렸다.

대간의 줄기는 북쪽을 향해 달리다 백암봉에 이르러 북동쪽으로 방향을 틀어 뻗어가고 있다. 이후의 여정은 여러 개의 봉우리와 고개를 넘나들어야 한다. 수많은 봉우리를 다 기억하자니

충청도 촌눔덜과 함께한 백두대간 동행 종주기

머리가 아플 지경이다. 그래서 나름의 요령을 생각해 냈다. "귀에 못이 박히도록 말을 했지만 대꾸도 하지 않아 갈피를 잡지 못해 그놈을 빼 버리기로 우린 작정한다"라는 문장을 만들어 봉이름을 외운다. 이 문장을 통해 앞으로 오를 봉우리 이름을 떠올려 보면 다음과 같다. 귀봉1390m, 못봉1343m, 대봉1263m, 갈미봉1211m, 빼봉1039m을 거쳐야 하고 횡경재와 월음재를 지나야 오늘의 최종 목적지인 빼재에 도착할 수 있는 여정이다.

백암봉에서 내려오다 지천으로 피어 있는 취나물 꽃을 보며 취나물의 진한 향을 떠올린다. 점심에 먹을 김밥을 생각하니 취의 향이 더욱 간절해진다. 취나물을 몇 개 채취한다. 꽃을 피울 만큼 잎은 억셌지만 취나물 잎으로 싸 먹는 김밥은 일품이었다. 이를 두고 어찌 산해진미라 말하지 않을 수 있겠는가. 산나물과 바다나물의 향을 적당히 빚어 만든 산과 바다가 입에 머무는 맛이다. 소박한 산해진미를 맛보고 커피 한 잔으로 입가심을 하니 세상에서 부러울 것이 없다.

다시 짐을 챙겨 귀봉을 오르고 횡경재로 내려가 다시 못봉을 향해 오르는데 소낙비가 거세게 나뭇잎을 두드린다. 급히 비옷을 챙겨 입고 정상을 향해 걸음을 재촉한다. 땀방울인지 빗방울인지 구분이 안 된다. 못봉에 올라가니 작은 직사각형의 표지석에 지봉이라 새겨져 있다. 아마도 못 지池인 듯싶다. 못이 있는 곳이라 하늘에서 이 못에 물을 채우려고 이리 비를 뿌리는 것은 아닐까? 소나기인 듯싶던 비가 줄기차게 내리니 겉옷이 젖고 속옷을 적시고 기어이 등산화 속의 양말까지 적신다. 비가 줄기차게 뿌리니 쉴 수도 없고, 간식은 물론 물도 마시기 어렵다. 어떤 것도 보충하지 못한 상태로 걷고 또 걸을 수밖에 없다. 자신과의 싸움 그 자체다. 하늘도 볼 수 없고 좌우를 돌아볼 수도 없다. 멀리 앞을 쳐다보는 것도 허용되지 않고 오직 발만 바라보며 걸어야 한다. 그럼에도 시간은 흐르고 가야 할 길이 점점 줄어든다는 사실만이 고단함을 위로할 뿐이다.

이런 와중에도 대간 정비 사업의 일환으로 길을 만드는 사람들이 있다. 돌로 계단을 만들거나 나무로 턱을 만들어, 걷기에 편안한 길을 내고 있는 것이다. 몇 km나 되는 산길에서 우중임에도 통나무를 지게로 나르고 있는 것이 아닌가. 미안하고 고마운 마음을 담아 인사를 나눈다. 예정했던 10시간보다 좀 더 일찍 오늘의 목적지인 빼재에 도착했다. 광주에서 왔다는 산악회원들이 우릴 부른다. 막걸리를 한 잔 하고 가란다. 너무나 반가운 인사다. 염치 불고하고 내리 석 잔을 들이켰다. 막걸리 맛이 장난이 아니다. 지금까지 즐겨 먹던 최고의 맛 내포 막걸리보다 맛있다는 생각이 들 정도다. 여러 가지 요인이 있었겠지만 말이다. 택시를 불러 다시 황점마을로 이동한다. 이동하면서 북상면 일대의 계곡이 깊고 맑다는 것을 실감했다. 계곡에 몸을 담그고 새 옷으로 갈아입으니 마음도 몸도 날아갈 듯하다. 참으로 기분 좋은 시간이었다. 손도 발도 빗물에 퉁퉁 불어 쭈글거리지만 말이다.

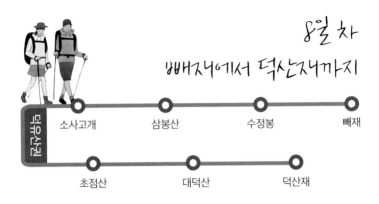

8일 차
빼재에서 덕산재까지

소사고개 ● 삼봉산 ● 수정봉 ● 빼재

덕유산권

초점산 ● 대덕산 ● 덕산재

날짜 2014. 9. 21(일)　산행거리 / 시간 15km / 7시간

　　최 대원이 불참하면서 새로운 대원으로 조진행 대원이 합류
하게 되었다. 그와 동시에 기획 행사로 부부 동반 산행을 추진하
기로 했다. 백두대간 일정 중 가장 짧은 거리인데다 가을이라는
계절 요인을 고려하여 부부가 산행을 함께하기로 한 것이다. 그
러나 당일 출발 인원은 백두대간팀 이외에 대장 부인인 백승하
씨만이 동행하게 되어 부부 동반 산행은 물거품이 되어버렸다.

　　새벽 5시 정각에 출발하여 서서히 날이 밝아오는 아침을 맞이
하며, 상쾌하게 달린다. 여섯 번째 거치는 진안 마이산 휴게소에
서 역시 여섯 번째 시키는 엄나무 닭개장을 배불리 먹었다. 이제
이곳을 거치는 것도 마지막일 것이다. 아쉬움을 달래며 아침 햇

충청도 충남북권과 함께한 백두대간 동행 종주기

살 속에서 또렷한 암수 마이산을 눈에 챙겨 넣고 빼재를 향해 달린다. 비를 맞으며 내려왔던 빼재^{수령}에 도착하니, 오늘은 비비추 대신 쑥부쟁이들이 아침햇살 속에서 머리를 살랑살랑 흔들며 우리를 맞는다. 처음으로 합류한 조진행 대원이 멀리 지리산 천왕봉이 보인다며 손으로 가리킨다. 우리가 시작한 대간의 출발점이 멀리서나마 보인다니 감회가 새롭다.

가볍게 몸을 풀고 여장을 챙겨 오늘의 여정을 시작한다. 처음부터 가파른 오름길이다. 꾸역꾸역 오르고 또 오르니 다시 내리막이다. 30분이 지나 잠시 휴식을 취한 후, 또 오르다 보니 어느새 수령봉을 휘돌아 삼봉산을 향해 걷고 있다. 모싯대를 만났던 지난 산행 때와는 달리 이번에는 구절초가 눈부신 흰빛으로 우리를 맞이하고 있다. 비비추에서 모싯대로 그 후 구절초로 이어 달리기를 하는 꽃의 향연이 지친 우리를 반갑게 반긴다. 이런 자연이 있기에 자연을 찾게 되고 자연 속에서 심신을 자연스레 풀어놓을 수 있는 게 아닐까?

거친 숨을 내뱉으며 급경사를 오르니 삼봉산이 불쑥 나타난다. 삼봉산^{1254m}을 오르며 만나는 산줄기들은 끝없이 이어지고 겹겹이 겹쳐져 아름다운 수묵화를 펼쳐 보이고 있다. 강은 산을 넘지 못하고 산 또한 강을 건너지 못한다는 것을 눈으로 똑똑히 확인하는 순간이다. 흐르고 이어지는 강/산을 지켜보며 새삼스레 우리의 삶을 되돌아보게 된다. 아름다운 풍경을 보여주면서 깊은 깨달음으로 머리를 끄덕이게 하는 이런 자연스러움이 진정 자연의 참모습이 아니겠는가.

삼봉산 줄기를 편안하게 따라가다가 갑자기 급경사의 내리막길로 접어든다. 눈으로 보기에는 계곡을 따라 산을 내려가는 길로 보였는데 또 다른 대간 길로 이어지는 능선이 나타나는 것이 아닌가. 길을 잘못 든 게 아닌가 걱정했는데 참으로 다행이다. 소사고개를 향해 내려가는데, 일정한 시간에 맞춰 포성이 울린다. 산짐승과 들새들로부터 사과를 지켜내려는 농부들의 간절한 마음이 담긴 포성이었다. 그런 간절함이 산속에서 숲을 걷고 있는 우리들에게는 당연히 온전한 소음이다. 잊을 만하면 터지는 그 포성은 철저히 현실적 소리다.

사과나무가 울긋불긋 물들이더니 어느덧 고랭지 배추가 점점이 박혀 푸르름을 자랑하고 있다. 밭 사이로 이어지는 백두대간 길을 따라 농막을 지나자, 개들만이 낯선 이를 맞고 있는 텅 빈 농가가 몇 채 자리하고 있다. 나무 그늘이 주는 고마움이 뼈저리게 느껴지는 순간이다. 쨍쨍한 한낮의 햇살을 받으며 걷는 일이 얼마나 어려운지 실감하는 시간이었다.

초점산에서 내려오는 산꾼은 우리들에게 고행만 남아 있는 길이라고 말한다. 그때만 해도 그 말이 크게 가슴에 다가오지 않았다. 여정을 분명히 숙지하고 있고 지도를 통해 고도까지 파악하고 있었기 때문이다. 앞으로의 산행 강도를 충분히 이해한다

충청도 춘남댁과 함께한 백두대간 동행 종주기

고 생각했는데 따가운 햇살만은 제대로 읽어내지 못했던 것이다. 중턱을 오를 때까지 숲은 사라지고 숲 그늘 대신 햇살이 온전히 온몸으로 쏟아지는 대간길이다. 대간을 걷는 사람으로서는 아쉬움이 아주 많은 길이었다. 그나마 시야가 트여, 보는 즐거움이라도 느낄 수 있어 약간의 위안이 될 뿐이다.

상당한 경사를 오르고 또 올랐다. 삼봉산에서 해발 700m까지 내려간 소사고개에서 다시 삼봉산의 높이인 초점산1249m을 올라야 했던 것이다. 산을 오를 때 몸이 고통을 느끼는 것은 분명 당연한 일이다. 헌데 산줄기를 타 본 사람은 내려갈 때도 심적 고통을 상당히 느낀다. 그 이유를 실감나게 체득하는 순간이다. 내려가는 것이 좋은 것만은 아니라는 것을 확실히 깨닫게 된 것이다. 우리의 인생살이도 이와 마찬가지지 않을까? 내려가면 올라가야 하고 올라가면 언젠가 또 내려가야 한다는 평범한 진리를 몸으로 똑똑히 체감하는 시간이었다. 초점산은 삼도봉이란 또 다른 이름도 가지고 있었다. 이는 경상남북도와 전라북도가 이 초점산에서 만난다 하여 붙여진 이름이다.

잠시 쉬었다가 오늘 산행의 최고봉인 대덕산을 향해 오른다. 약간의 내리막에 다시 오르기를 몇 번 반복한 후에야 대덕산1290m에 오를 수 있었다. 사방이 트여 있어 전망은 더 이상 좋을 수가 없었다. 표지석에는 큰 덕을 품은 산으로 봉황이 날아가는 형상의 산이라 적혀 있다. 이곳에서 기를 받은 사람은 뜻을 이루지 못한 사람이 없었다는 말도 있다.

표지석을 끌어안고 사진을 찍은 후, 덕산재를 향해 길고 긴 내리막길을 걸어 내려간다. 얼마 지나지 않아 약수터가 나왔다. 이름하야 얼음골 약수터다. 긴 산행에 물이 떨어진 사람이나 무더운 여름날 더위에 지친 산꾼에게 이 약숫물이 얼마나 고마운 약이 되었을까? 가지고 간 물을 다 마신 후 약이라 생각하며 물통에 한가득 담는다. 얼음처럼 차갑지는 않지만 아주 시원하게 목을 축일 수 있는 약수였다.

30여 분가량 내려오는데 계곡에서 물소리가 들려 반가운 마음에 그곳을 찾는다. 얼음 약수가 땅 속으로 흐르다가 이곳에서 작은 폭포를 이루며 떨어지고 있었다. 그리하여 얼음 폭포라는 이름이 붙었단다. 호기심에 손을 담가 본다. 30초를 견디기 어려울 정도로 차갑다. 다들 머리에 물을 축이며 땀을 식히는데, 얼마나 차가운지 한겨울에 냉수로 머리를 감은 느낌이란다.

한 시간가량 더 내려와서야 오늘 목적지인 덕산재644m에 도착할 수 있었다. 가방에 힘들게 지고 다니며 대덕산 기운을 받은, 김밥과 그 외 먹거리를 내놓고 맛있게 허기진 배를 채운다. 무주군 관광 안내판을 보니, 우리가 걷고 있는 길이 대부분 도나 군의 경계에 있다는 것을 새삼스레 알게 되었다. 백두대간 줄기는 크고 작은 강과 계곡을 거느리며, 인간에 의해 도와 시군을 나누는 경계가 된다는 것을 몸으로 확인하는 시간들이었다.

충청도 충북 땅과 함께한 백두대간 동행 종주기

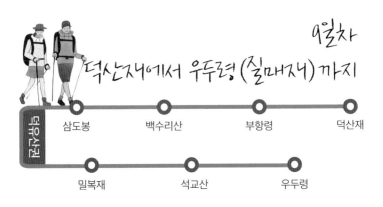

9일차

덕산재에서 우두령 (질매재) 까지

덕유산권

삼도봉　백수리산　부항령　덕산재

밀복재　석교산　우두령

충청도 춘향별과 함께한 백두대간 동행 종주기

날짜 2014. 10. 5(일) **산행거리 / 시간** 24km / 11시간

　새벽 3시에 출발한단다. 02시에 일어나 평소처럼 준비를 마치고 이인우 대장을 만나러 갔다. 03시에 전화를 했더니 10분쯤 늦을 거란다. 잠시 기다리니 차를 몰고 나왔다. 한정일 대원이 운전하는 날인데 부부가 산행을 하지 못하게 되었단다.

　여러 가지 이유가 있었다. 가장 핵심적인 이유는 아버님이 위중한 상태라 마음이 편하지 않기 때문이란다. 이 애기를 전하며 이인우 대장이 한마디 던진다. 그렇기는 하지만 어떤 일이든 가장 중요한 것은 결국 자신의 문제라고. 살아가면서 부딪히는 자신의 문제에 대해 자신이 어떻게 생각하느냐가 중요하단 말이다. 그리고 그 생각을 생각한 대로 실천하느냐가 더 중요한 문제가 아닐까? 이렇게 생각하고 행동으로 옮기는 이인우 대장의 삶의 태도가 대단하다는 생각이 들었다. 나중에 안 사실이지만, 산행을 그만둔 이유는 좀 엉뚱한 데 있었다.

새벽 3시가 조금 넘은 시간에 조진행 대원과 함께 세 명이 단출하게 출발한다. 우두령을 향해 오랜만에 서해안고속도로를 벗어나 청양으로 방향을 튼다. 어둠을 뚫고 낯익은 청양 길을 달려 청양 IC로 들어가 공주를 거쳐 대전에서 경부고속도로를 따라가다가 금강 휴게소에서 아침을 먹는다. 아침을 먹는 사람이 우리밖에 없다. 여섯 번에 걸쳐 아침을 먹었던 진안 마이산 휴게소를 벗어나 금강휴게소에서 아침을 먹게 된 것이다. 앞으로 최소한 세 번은 이곳에서 아침을 먹게 될 것이라 한다. 아침 메뉴도 당연히 엄나무 닭개장에서 우거지 해장국으로 바뀌었다.

황간 IC를 나와 우두령에 도착하니 새벽 6시쯤 되어 간다. 미리 연락이 된 대덕콜벤 기사는 30분 전에 도착해서 우리를 기다리고 있었다. 다른 산꾼들도 차에서 내려 산을 향해 오르고 있다. 기사의 말에 따르면 이 팀은 우리와 정반대로 우두령에서 덕산재로 걸어갈 거란다. 대덕면에 가까이 오자 콜벤 아저씨가 청암사의 경관이 빼어나다며 말을 건넨다. 그 말에 조진행 대원이 바로 맞장구를 친다. 오래된 나무가 주는 품격 있는 풍경이 마음을 매료시킨다는 것이다. 내소사의 전나무길보다 더 좋다고 하니 그 느낌이 확 다가왔다. 여기에 수도산 중턱에 있는 수도암까지 다녀오면 더욱 괜찮은 산책길이 될 거라 한다. 차는 대덕면 소재지를 지나 덕산재 오름길을 오르고 있다. 말이 많은 아저씨는 또 다른 얘기를 꺼낸다. 대덕산의 기가 대단하단다. 그 대단한 기가 대덕면에서가 아니라 대덕산 서편에 자리를 잡은 무풍면에서 나타났다는 것이다. 그 힘찬 기운으로 무풍면에서 황인성 국무총리를 비롯하여 별이 6명이나 나왔다고 한다.

06시 40분에 덕산재에 도착하여 기념 촬영을 한 다음 힘차게 산행을 시작한다. 단출하기도 하고 완만한 봉우리가 이어지면서 산행은 예상보다 빠른 속도로 진행된다. 성황당재가 어딘지도 모르게 지나갔고, 그 후 1시간 반쯤 걸어 부항령에 도착했다. 지금까지의 웅장한 표지석과는 달리 아담한 표지석이 깔끔하면서 다소곳이 앉아 있다. 그 자리에서 자리를 잡고 자신의 역할을 다하고 있었다. 처음으로 카메라를 꺼내 단체 사진도 찍고 표지석도 사진에 담는다. 두 시간 가까이 걸어오는 동안 나무숲에 가려 좌우 어느 곳도 전망은 없었다.

스틱을 잡고 묵묵히 걷고 또 걷고, 오르고 또 오르는 시간의 연속일 뿐이다. 부항령680m에서 한 시간 가까이 오르자 백수리산1034m 봉우리가 눈앞에 나타난다. 부항령에서 봤던 어리숙하면서 담박한 글씨의 표지석이 환한 표정으로 가장 먼저 우릴 반긴다. 김천 산꾼들이 만든 것이라고 써 있다. 그들의 마음이 읽혀진다. 산정에 올라 멀리 펼쳐 보이는 산줄기를 바라보니 땀 흘

충청도 충남팀과 함께한 백두대간 동행 종주기

린 보람이 확 다가온다. 땀 흘려 오른 사람들에게만 자신을 보여
주는 산의 미덕을 깨달을 수 있었다. 우리가 걸어가야 할 삼도봉
이 멀리 보이고 그 옆에 석기산과 민주지산도 펼쳐져 있다.

　다시금 출발하여 내려가고 올라가기를 계속하며 걸어 나간
다. 걷고 또 걷는 중에 이마를 스치는 바람은 땀을 식혀주기에
충분하다. 그런 중에도 온몸을 강하게 때리는 바람은 코를 얼얼
하게 한다. 태풍 '판폰'의 영향으로 거칠게 부는 바람 때문에 콧
물은 절로 흐르는데 땀은 날땅말땅하다가 식기를 반복한다. 편
안한 산구릉을 걷다가 무성한 굴참나무 숲을 걷는다. 가도 가도
끝없이 이어진 길을 무심히 걸을 뿐이다. 열매를 맺는 계절답게
열매를 달고 있는 것도 있지만 벌써 땅에 떨어져 번식을 위한 준
비를 끝낸 것도 있었다. 짧게 스쳐 가는 가을 속에 바쁘게 꽃을
피워 올리는 것들도 눈에 띈다. 자주색 용담도 그중에 하나다.
용담은 약용으로 쓰는 약초라고 조진행 대원이 말한다. 그러면
서 초등학교 시절 오서산에서 약초를 캐 용돈을 벌었던 이야기
를 꺼낸다. 그런 중 약용 식물인 당귀가 자주 눈에 띈다. 이인우
대장이 먼저 몇 뿌리 캐 갈무리한다. 아직도 남아 있는 먼 길을
생각하며 욕심을 누르다가 당귀 밭을 만나고서야 그 욕심에 결
국 넘어가고 만다. 오래된 것부터 열댓 뿌리를 캐서 배낭에 챙겨
넣는다.

　이런 와중에도 예정보다 한 시간 빠르게 삼도봉1176m 정상에

도착했다. 전에 만난 삼도봉은 전라북도와 경상남북도의 경계였는데, 이번에 오른 삼도봉은 전라북도 경상북도 충청북도의 경계를 나누는 봉우리였다. 바람이 닿지 않는 양지바른 곳에 자리를 잡는다. 열을 빼앗기지 않기 위해 방한복을 입은 후 점심을 먹기 시작한다. 조진행 대원이 싸온 도시락에는 양념한 밥을 호박잎으로 써서 만든 일명 호박잎 밥이 주먹밥과 함께 가지런히 놓여 있다. 신기한 나머지 서로 가져다 맛을 본다. 독특하게 만든 이 호박잎 밥의 맛 또한 새삼스러운 것이었다. 내가 가져간 인삼주를 맛나게 곁들이며 즐거운 점심시간을 마쳤다. 이내 산줄기를 타기 위해 발걸음을 옮긴다.

이 즈음에서는 만날 수 있을 거라 예상했던 우두령에서 출발했던 산꾼을 결국 만날 수 없었다. 이런저런 추측만 무성히 하고 우리는 발길을 재촉한다. 몸은 무겁고 다리도 힘이 드는 시간이다. 그래도 눈앞에 펼쳐진 풍경은 눈에 넣어도 아프지 않을 만큼 아름답다. 이때 조진행 대원이 명대사를 읊는다. '다리를 혹사시키니 눈이 호사로구나!' 멋진 시적 표현이다. 이구동성으로 격한 동의를 하며 맞장구를 친다.

가까운 숲은 서서히 단풍으로 물들어가고 멀리 보이는 산줄기들은 겹겹이 흐르고 흐르며 파아란 하늘과 어우러져 있다. 이런 풍경 속에서 흔들거리는 억새가 가을 분위기를 한껏 돋우고, 석양빛이 만들어준 그윽함은 더욱 매력적인 풍광을 만들고 있다. 우리도 이런 풍경 속에 하나의 점으로 자연스레 그 풍경이 되어 간다.

　오늘 산행의 가장 높은 봉우리인 석교산^{1207m}을 향해 바쁘게 발을 옮긴다. 멀리 석교산^{일명 화주봉}이 눈앞에 서 있고 그 봉우리를 향해 우린 마지막 힘을 낸다. 로프를 타고 내려갔다가 또다시 힘들게 올라가서야 석교산을 만날 수 있었다. 시간을 보니 17시를 가리킨다. 이인우 대장은 마음이 바빠 보인다. 앞으로 한 시간은 더 가야 하는데 산속에서 18시면 어둠이 깔리기 시작한다는 것이다. 앞서서 쉬지 않고 빠른 걸음으로 내려가고 있는 대장을 따라잡기가 만만치 않다. 끝날 것 같은 하산 길이 이어지고 또 이어지고 있다. 그래도 언젠가는 끝날 수밖에 없는 길임을 우린 잘 안다.

　따라가고 또 따라간 끝에 오늘의 종착지인 우두령에 도착했다. 속도를 낸 덕분에 40여분 만에 도착하여 남은 식량을 모두 먹어 치우며 약간의 휴식을 취한다. 소머리의 의미를 지닌 고개답게 이름다운 소 형상의 비가 세워져 있었다. 24km나 되는 긴 거리를 11시간 만에 돌파한 산행이었다. 긴 여정이었기에 힘은 들었지만 아름다운 길을 걸을 수 있어 행복한 시간이었다.

충청도 충북일과 함께한 백두대간 동행 종주기

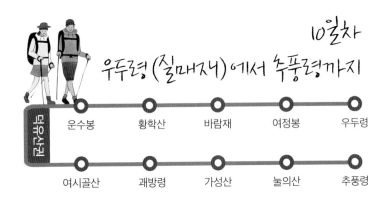

10일차

우두령(실매자니)에서 추풍령까지

백두산권

운수봉 — 황학산 — 바람재 — 여정봉 — 우두령

여시골산 — 괘방령 — 가성산 — 눌의산 — 추풍령

충청도 춘남말과 함께한 백두대간 동행 종주기

날짜 2014. 10. 25(토) 산행거리 / 시간 23km / 11시간

　　조진행 대원의 요청 때문에 일주일 미뤄 산행 날짜가 잡혔다. 전번과 마찬가지로 여전히 긴 여정이란다. 새벽 3시에 만나 출발하기로 한다. 이재문 대원이 합류하기로 했는데 이런저런 사정으로 다음 산행부터 같이 한단다. 이번에도 셋만 함께하는 단출한 산행이다.

　　이인우 대장을 태우러 갔는데 알람을 잘못 맞춰서 내가 전화해서야 겨우 일어났단다. 출발 시간인 3시를 15분이나 지나 배낭을 메고 나타난다. 약속 장소에 도착하니 조진행 대원이 차를 대고 기다리고 있다. 차를 구매하지 못하면 내가 운전할 상황이었는데 중고차를 싼 값에 구입했다고 자랑이다. 조금 오래된 구형이지만 주행거리가 짧고 엔진 상태가 좋아 상당히 경제적인 선택이라 했다. 운전 습관이 차분하고 부드러워 조수석에 앉아서도 편안하여 졸음이 온다.

금강휴게소에 들러 전번과 같이 우거지 해장국으로 아침을 해결했다. 이인우 대장은 어제 먹은 술이 아직도 깨지 않은 모양이다. 조진행 대원은 국물까지 말끔히 비운다. 조금 짠 듯하여 뜨거운 물을 부어 나 역시 깔끔하게 해결했다.

3번째 이용하는 대덕 콜벤을 6시에 만나기로 약속을 했단다. 조진행 대원 말로 '시카고 아저씨'라 칭하는 기사를 말하는 것이다. 처음 만날 때부터 정년하고 다녀온 미국 애기를 계속했기에 붙여진 이름이다. 추풍령 나들목으로 나와 약간 헤매다가 약속시간을 조금 넘겨서 만날 수 있었다. 반갑게 우릴 맞아 주어 기분이 좋아진다. 안개가 많이 끼어 애를 먹었다는 말에 충분히 공감이 갔다. 우리도 여기까지 오면서 확인한 사실이기 때문이다. 따뜻하게 난방을 한 콜벤을 타고 이동하는데, 물한계곡을 끼고 가다가 옆길로 빠져나오니 우두령이다. 낯익은 표지석인 소의 형상이 나타났다. 하차를 하고 콜비를 계산한다. 8만 원이라 한다. 너무 비싸다고 생각했는데 다들 말이 없어 묵묵히 계산을 하고 산행할 준비를 한다. 계산할 때는 별말이 없더니 너무 비싸다고 한 마디씩 한다. 한 6만 원정도면 이해가 가는데 8만 원이라니 뒤통수를 친 것이라고 대장이 말한다. 격하게 동의한다. 그렇지만 안개 낀 이른 새벽부터 운전한 대가라고 생각하니 마음이 한결 편해진다.

　오늘 걸어야 할 거리는 23km 정도다. 7시부터 걸어서 11시간은 걸어야 도착할 수 있는 거리다. 벌써부터 산정은 따스한 햇살을 받으며 당당한 자태를 뽐내고 있다. 3주 전만 해도 야생화들이 마중 나와 있었는데 오늘은 마중 나온 꽃이 없다. 더구나 온갖 색깔로 물을 들이며 마중 나올 줄 알았던 단풍은 벌써 잎을 떨구고 있다. 숲을 이루고 있는 굴참나무들이 앙상한 가지로 우리를 손짓할 뿐이다. 잎을 버리고 앙상하게 서 있는 나무들 사이로 운무에 둘러싸인 산봉우리들을 바라보며 걷고 또 걷는다.

　삼성산985.6m 정상에 이르니 산줄기들이 한눈에 보인다. 안개로 몸통을 가린 산마루가 언뜻언뜻 솟아 한 폭의 동양화를 그려내고 있다. 보는 것만으로도 기분이 황홀하여 어떤 힘듦도 잊게 만든다. 그 시간 그곳이 아니면 도저히 만날 수 없는 유일한 풍경을 만나고 있는 것이다. 힘든 걸음이지만 즐거운 마음으로 이 길을 걸어갈 수 있는 것도 어쩌면 여정 속에서 만나는 이런 풍경 때문이 아닐까? 우리가 알 수 없는 미래를 묵묵히 살아나갈 수 있는 것도 어쩌면 살아가며 만나는 그 무엇이 있기 때문일 것이다. 여정봉에 이르는 여정에서 빛과 안개와 온갖 봉우리들이 만들어낸 풍광은 어떤 말로도 표현할 수 없는 한 폭의 그림이었다. 그냥 '좋다'라는 말 이외에 그 어떤 표현도 끼어들기 어렵다.

따뜻한 가을 햇살을 받고 있는 여정봉1034m의 표지석이 아기자기하면서 아늑한 분위기를 자아낸다. 바람재를 향해 내려가며 만난 풍경은 바람에 살랑살랑 몸을 흔들고 있는 갈대의 몸짓 그 자체였다. 바람재를 지나자 경사가 있는 오르막의 연속이다. 땀을 흘리며 오르고 또 오르다 보니 형제봉이 눈앞에 나타난다. 2년 전쯤에 걸었던 길인데도 어쩐지 낯설다. 황학산에 올라 이곳을 거쳐 신선봉으로 내려갔었던 기억을 떠올려본다. 계절의 바뀜으로 다른 느낌을 줘서 그런지 낯선 느낌이 든다. 같은 산을 매번 올라도 늘 다른 느낌일 수 있다는 것을 실감나게 한다. 이 세상 어떤 것도 똑같은 순간이 단 한 번도 없다는 것을 새삼스레 떠올려 본다. 인간의 오감으로 느낄 수 없을 뿐, 분명 이는 진리임에 틀림없다. 때때로 낯익은 곳이 있긴 했지만 세밀한 분위기는 새로운 느낌으로 다가오기 마련이다. 여름의 뜨거운 햇볕을 받으며 걸을 때와 가을의 따뜻한 아침 햇살을 쬐며 걸을 때의 차이이리라.

드디어 오늘 산행의 가장 높은 봉우리인 황학산1111m에 도착했다. 자그마한 표지석에 돌무더기가 그 옆을 지키던 예전과는 다른 모습이다. 아주 큰 자연석에 이름을 새겨 넣은 표지석이 당돌하게 정상을 차지하고 있다. 아름다운 자연석을 이렇게 거만하게 만든 인간의 욕심이 느껴진다. 아기자기하며 자연과 자연스레 어울리는, 지금까지의 표지석과는 완연히 다른 모습이다.

자연을 대하는 서로 다른 생각이 이런 차이로 나타날 수 있다는 것을 깨닫게 한다. 산을 좋아하는 산꾼들이 만든 것과 산을 이용하려는 생각으로 만든 것이 어떻게 다른지 분명히 알 수 있었다.

하산길은 김천 직지사를 오른쪽으로 굽어보며 아래로 아래로 끝없이 내려가는 길이다. 지금까지 걸어오며 우리들만의 길이었던 산길에서 처음으로 산꾼을 만났다. 손은 반갑게 인사를 나누고 발걸음은 백운봉을 지나 운수봉에 다다른다. 직지사로 가는 갈림길에서 우린 방향을 틀어 여시골산을 향해 걷는다. 고도가 낮아지면서 나무들이 다양한 빛깔을 띠고 있다. 따뜻한 햇살 속에서 가을을 만끽할 수 있는 순간이었다. 여우가 많이 살아 자주 출몰했다는 여시골에 도착한다. 이런 이유로 붙여진 여시골산을 지나자 길은 급강하한다. 해발 300m도 안 되는 괘방령을 향해 내려가기 때문이다.

괘방령에 도착했다. 이 고개를 넘어 과거를 보러 가면 급제를 알리는 방에 붙었다 하여 붙여진 이름이다. 당연히 과거를 보러 가는 선비들이 즐겨 넘던 고개였으리라. 낮은 고개다 보니 많은 이들이 이 고개를 넘어 과거를 보러 갔을 것이고, 그중에 많은 이들이 과거에 붙으면서 괘방령이란 이름을 얻지 않았을까?

이런 고개에 멋진 산장이 자리를 차지하며 지나가는 나그네를 유혹하고 있다. 다양한 안주에 시원한 막걸리로 산꾼을 붙잡는다. 땀을 많이 흘려 갈증 나는 상태인지라 무엇보다 막걸리를 찾는다. 애타게 찾던 막걸리가 있다고 하니 여간 반갑지 않다. 두말할 것도 없이 여장을 풀고 막걸리를 마시기로 한다. 점심도 겸하여 해결하기로 하고, 부추전을 안주로 막걸리 두 병을 시켰는데 둘이 먹다가 하나가 죽어도 모를 맛이다. 한 병에 딱 세 잔이다. 두 잔을 마셨으니 한 잔을 더 채워야 한다는 말이 튀어나오기도 전에, 조진행 대원이 한 잔을 더 하잖다. 그 말이 끝나기도 전에 이인우 대장 왈 "그래도 두 병은 시켜야죠." 아무렴 짝수로 마실 순 없지, "당연히 한 병을 더 시켜야지." 이구동성으로 소리친다.

그리하여 우리는 다섯 잔을 내리 마시고 한 시간이나 지체된 상태에서 추풍령을 향해 출발했다. 안내판을 보니 금강과 낙동강의 경계라 한다. 비가 내려 어느 쪽으로 흐르냐에 따라 서해바다로 흘러갈 수도 있고 남해의 끝자락에 도착할 수도 있다니 얄궂은 운명의 갈림길인 셈이다. 우연히 결정한 하찮은 선택이 삶을 송두리째 바꿔 놓을 수 있다는 것을 똑똑히 새기게 된다.

점심을 먹을 예정이었던 418봉을 지나 가성산을 향해 오르고 또 오른다. 술기운에 배까지 더부룩하여 만만치 않은 산행이 계속된다. 한참을 오르다 보니 소나무가 김천 시내를 행해 오체투지를 하고 있다. 절벽에 뿌리를 박고 온몸으로 김천을 향해 엎드려 있는 소나무로 인해 김천 시내뿐만 아니라 그 주위가 한눈에 들어온다. 저수지처럼 보이는 비닐하우스가 들판을 덮고 있고,

그 주위를 산이 빙 둘러 서 있다. 그 들판을 경부고속도로와 경부선이 가차 없이 가로질러 지나가고, 고속철도도 뻥 뚫고 더욱 가차 없이 질주하고 있다. 그렇게 오르다 보니 어느덧 가성산 730m 정상이다. 가을볕을 받으며 편안히 자리를 지키고 있는 표지석이 행복해 보인다. 표지석 옆에 앉아 나도 덩달아 표지석이 된다. 시간이 많지 않아 편안한 마음으로 오래도록 공감할 수 없는 것이 안타까울 뿐이다.

아쉬움을 뒤로하고 눌의산을 향해 걷는다. 해발 고도가 낮아지면서 산등성이를 장악하던 굴참나무 대신 참나무가 자리를 차지하고 있다. 참나무 숲을 걸으며 이런저런 생각에 잠겨본다. 그 많던 꽃 대신 붉게 물든 잎을 보여주며 가을은 이렇게 가고 있었다. 그 잎을 떨구면서 가을은 더욱 깊어가고 많은 열매는 낙엽 위를 터전으로 가을을 더욱 풍성하게 만드는 건 아닐까? 걷는 길 위로 널려 있는 상수리는 온갖 동물이 가져가고도 널널하게 남아 우리의 발아래 널려 있다. 이런 풍족함을 느끼며 산등성을 오르내리다 보니 장군봉을 만나게 된다. 그렇게 걷고 걸어 말씨는 친절해도 더듬거린다는 뜻을 지닌 눌의산744.5m에는 16시가 넘어서야 도착할 수 있었다.

앞으로 우리가 걸을 봉우리들이 좌우로 펼쳐져 있다. 추풍령까지는 3Km가 조금 넘게 남았다. 내리막길이지만 시간 반은 족히 걸릴 거리다. 더구나 힘이 빠진 상태라 무리하지 말고 여유롭게 천천히 내려가야 한다. 급경사에서 완만한 내리막이 이어지더니 포도밭을 덮은 비닐하우스가 보인다. 조금 내려오니 배나무가 서 있고, 복숭아나무가 만든 터널이 붉게 물들어 있다. 자두나무도 간혹 보이고 호두나무도 있다. 이어 매실나무도 봄을 기다리며 서 있고 감나무가 다양한 종류를 자랑하며 늦가을 속에 서 있다. 사과나무도 사과를 달고 우리를 유혹한다. 마을 '은편'의 모습이다. 고속도로가 놓여 있고 열차가 마을 앞을 지나가지만 마을은 다양한 과일로 자신의 모습을 가꾸고 있었다.

충청도 충북도민과 함께한 백두대간 동행 종주기

11일차
추풍령에서 큰재까지

속리산권 | 작점고개 — 사기점고개 — 금산 — 추풍령
용문산 — 국수봉 — 큰재

날짜 2014. 11. 15(토) 산행거리 / 시간 17.5km / 8시간

충청도 춘남댁과 함께한 백두대간 동행 종주기

　서울 사는 예지와 수능을 마친 듬지가 집에 와 있다. 저녁을 맛있게 먹고 가채점을 끝낸 듬지와 이야기를 나눈다. 그런 후 내일 산행을 위해 일찍 잠을 청한다.

　잠이 들었는가 싶었는데 밖에서 떠드는 소리에 잠이 달아난다. 아주 긴 시간이 흐른 줄 알았는데 밤 11시가 조금 넘은 시간이었다. 곧바로 잠을 청하나 잠은 내 청을 들어줄 생각이 전혀 없는 듯하다. 한참을 뒤척이다 일어나 수면제라 생각하며 책을 붙잡는다. 역시 어렵다. 숫자를 세기 시작한다. 역시다. 이리저리 몸부림치다 새벽 두 시가 넘어 설핏 잠이 들었나 보다.

　알람이 새벽 3시에 잠을 깨운다. 설친 잠 때문에 운전에 대한

94 · 어쩌다 백두대간

부담감이 더욱 크다. 마음 또한 편치 않다. 부산하게 준비하고 도둑고양이처럼 살금살금 문을 열고 밖으로 나온다. 시원한 공기를 마시며 하늘을 본다. 별이 쏟아질 듯 맑은 하늘이다. 싸한 서늘함을 느끼게 하는 바람이 몸을 감싼다. 기분 좋은 산행이 될 것 같다. 이인우 대장이 먼저 전화를 걸어 자신의 위치를 알린다. 약속 장소로 이동하는데 조진행 대원이 곧 도착한다는 전화다. 늘 만나는 장소에 도착하니 오늘부터 동행하기로 한 이재문 대원과 이학원 대원이 기다리고 있다.

정각 04시에 출발했다. 안개가 자욱하다. 부연 안개가 길을 언뜻언뜻 가리기는 했지만 낯익은 길이라 크게 불편하지는 않다. 고속도로를 이어 달려 금강휴게소에서 아침밥을 먹는다. 오늘 산행의 종착지인 큰재에서 택시를 타고 추풍령으로 이동한다.

07시 10분에 추풍령에 도착하여 산행 준비를 마친 후, 07시 20분에 금산을 향해 발걸음을 옮긴다. 금산을 향해 오른 지 얼마 지나지 않아 정상을 옆으로 비껴 지나간다. 위험을 알리는 표지판이 서 있다. 이를 무시하고 정상에 서서 바라보니 멀리 추풍령 저수지가 아침 햇살을 받고 있다. 위험 표지판이 왜 있는지 알만한 상황이 펼쳐져 있다. 골재를 채취하기 위해 산의 절반을 완전히 파 놓은 상태였다. 우리가 걸었던 눌의산이 보이고, 멀리 구름을 이고 있는 황학산도 한눈에 들어온다. 열매를 떨구던 숲은 이젠 잎을 떨구고 맨몸으로 겨울을 준비하고 있다. 낙엽에 대한 낭만이 사라졌다는 조진행 대원의 말에 공감하며 낙엽길을 걸어 나간다. 푹신하기는 하지만 미끌거리는 낙엽길인지라 눈길보다 더욱 힘이 든다. 발목까지 빠지는 것이 대부분이지만 바람이 몰아다 놓은 곳은 무릎까지 빠질 만큼 수북이 쌓인 곳도 있다. 푹푹 빠지고 미끌거리는 낙엽을 밟으며 끝없이 걸어야만 한다. 잎으로 깔아 놓은 양탄자의 느낌은 처음 몇십 분에 불과하다. 우린 잎의 폭탄에 너무 빨리 지쳐갔다. 땅을 바라보며 한 발 한 발 묵묵히 걸음을 옮길 뿐이다. 퍼뜩 이런 생각이 스친다. 숲을 이루고 서 있는 참나무 굴참나무 신갈나무 떡갈나무들이 가을 어느 날 무수한 열매를 깔아 놓더니, 이젠 그 씨앗을 키우려고 포근한 이불을 덮어준 것은 아닐까? 가장 자연스러운 선택을 하며 스스로 번식해가고 있는 자연을 보며 인간의 잣대가 얼마나 부자연스러운 일인지 깊이 반성하게 된다.

낮은 봉우리를 오르내리며 끝없이 이어진 나무숲을 묵묵히 걷는다. 평안한 길에 지루할 즈음 마을이 눈에 들어온다. 이재문 대원이 애타게 찾던 막걸리를 구할 수 있지 않을까 하는 기대감에 발걸음이 빨라진다. 막걸리를 챙겨 오지 못한 것을 내내 아쉬워했기에 마음 또한 무척 바쁘다. 그만큼 기대가 크다는 얘기다. 임도를 피하며 숨바꼭질하듯 대간길이 나 있는 것처럼, 마을도 대간길을 살살 피하며 우리의 기대에 부응하지 않는다. 한 사발을 쭈우욱 마시고 가야 한다는 이재문 대원과 사서 들고 가자는 이인우 대장의 말은 결국 풍성한 말잔치로 끝나 버렸다. 막걸리에 대한 기대는 그렇게 기대로만 기억되었다.

금산을 오르고 매봉재로 내려오고 500봉을 오르고 사기점고개로 내려오고 590봉을 또 오르고 작점 고개로 또 내려왔다. 작점 고개에서 잠시 쉬면서 에너지를 보충하고 무좌골산을 향해 오르다가, 한 그루의 두 줄기가 세 번 만난 연리지 나무를 보는 행운을 얻기도 했다. 땀을 흘리며 힘겹게 오른 무좌골산 정상을 지나 다시 한참을 내려가서, 오늘 산행에서 가장 가파른 용문산708.5m을 향해 마지막 힘을 쏟는다. 산줄기를 타고 걷는 대간길이기에 바람은 늘 한쪽 뺨만 스친다. 시원했던 바람이 얼마 지나지 않아 서늘한 바람이 되더니 이젠 싸한 추위가 얼굴을 때린다.

용문산 정상에 오르니 한쪽 뺨을 스치던 바람은 온데간데없이 사라지고 따뜻한 온기만 감돌고 있다. 높을수록 바람을 많이 타는 게 일반적인데 전혀 다른 느낌이다. 둘러앉아 점심을 먹기에 딱 좋은 장소다. 김천 산꾼이 세운 아기자기한 표지석이 우릴 반갑게 맞이한다. 김천을 떠나기 전 마지막 표지석으로, 이런 표지석을 더는 만날 수 없다니 아쉬움이 크다. 각자 싸온 도시락을 펴서 점심상을 차린다. 조진행 대원의 아내가 싸준 김밥을 먹던 부러움이 채 가시기도 전에, 이재문 대원이 아내가 싸준 김밥에 커피까지 곁들이고 있으니 배가 조금 아프다. 그래도 동지는 있게 마련! 이학원 대원은 나처럼 애인(?)이 만들어준 김밥을 세 줄이나 싸 왔다.

점심을 맛있게 먹고 13시에 용문산을 출발하여 오늘의 최고 봉인 국수봉795m을 향한다. 낙엽이 쌓인 길을 오르내리며 한 시간 가까이 걸어 도착한 국수봉은 주변의 조망을 흔쾌히 허락한다. 무성한 나무에 가려 볼 수 없었던 풍경을 한꺼번에 쏟아내고 있는 듯하다. 풍경을 정신없이 카메라에 담고 프사를 위해 표지석을 배경으로 사진을 찍는다. 멀리 우리가 걸어가야 할 큰재가 보인다. 상주시청 산악회가 만든 표지석이 아담한 운치를 드러내며 서 있다. 아기자기한 맛이 있는 김천 산꾼이 세운 표지석과는 같으면서 다른 느낌이다.

백두대간은 우리 산천의 가장 큰 줄기를 이루며 바다를 향해 뻗어 있다. 이 줄기를 사이에 두고 물은 서해와 동해로 또는 남해로 나뉘어 흐른다. 모든 산줄기는 자유로운 물을 자유로이 흐르게 한다. 더하여 자유롭게 흐르는 물을 한없이 감싸며 길을 내어준다. 그러면서도 자신의 길을 고집스럽게 이어 가고 있는 것이다. 바로 이런 모습이 산줄기란 생각에 가슴이 뛴다. 생각하면 생각할수록 자연의 위대함이 똑똑히 느껴진다. 이런 생각을 안고 멀리 보이는 큰재를 행해 내려가기 시작한다. 한 시간 정도 걸어야만 하는 거린데 낙엽 때문에 쉽지 않은 걸음이다. 15:10에 큰재에 도착했다. 점심시간까지 합쳐 8시간 만에 오늘의 여정이 끝났다. 처음 합류한 두 이 대원들을 위해 함지박에서 애타게 찾던 그 막걸리를 원 없이 마셨다.

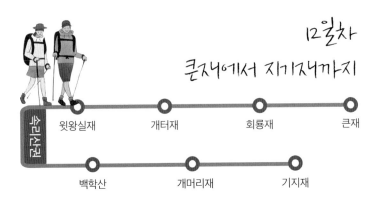

12일차
큰재에서 지기재까지

속리산권 | 윗왕실재 — 개터재 — 회룡재 — 큰재
백학산 — 개머리재 — 기지재

날짜 2014. 12. 14(일) 산행거리 / 시간 17.7km / 8시간

눈이 끝없이 내리고 있다. 12일 날도 아침부터 저녁까지 계속
해서 내렸다. 이때 이인우 대장에게 전화가 왔다. 차가 다니기
어려운 상황이라 산행을 미뤄야겠다는 것이다. 곧바로 전 대원
에게 전화로 통지를 한다. 조진행 대원에게 전화를 건다. 조진행
대원 아내가 전화를 받는다. 내일 출발하기 위해 벌써 잠이 들었
단다. 대간 산행은 어렵고 꿩 대신 닭이라고 오서산 산행을 할
계획이라고 전한다. 이재문 대원에게 전화를 하니 아쉬워하며
다른 산이라도 가쟎다. 오서산 산행을 한다고 하니 그렇게 반가
워할 수가 없다. 마지막으로 이학원 대원에게 전화를 하니 아쉬
워하는 느낌이 확연하다. 그러면서 예보에는 상주 날씨가 쾌청

충청도 충북일과 함께한 백두대간 동행 종주기

하다는 것이다. 보령도 오전까지만 내리고 그친다는 것이다. 눈이 내려도 고속도로는 눈이 녹을 것이니 산행을 추진해도 가능하단 의견이다. 전 대원의 의견을 종합하고 날씨를 고려한 결과 산행 날짜를 14일로 옮기면 될 것 같았다. 이인우 대장을 포함하여 모두 가능하다고 한다. 대장과 상의한 다음 문자로 통보한다. 단톡에도 소식을 올린다. 오서산 산행은 몸에 무리가 갈 뿐만 아니라 장비도 보호해야 하니 취소하기로 했다. 예정했던 12일차 산행은 결국 토요일에서 일요일로 하루 미뤄 진행되었다.

　새벽 3시 반에 눈이 떠졌다. 다시 눈을 부치려고 노력해도 소용이 없다. 그런 와중에 알람이 울린다. 언뜻 풋잠을 잔 듯하다. 벌떡 일어나 머리를 감고 배낭을 싼다. 여유 방한복 한 벌을 바닥에 넣고 그 위에 술, 사과, 배즙을 올리고 커피를 담은 커피병도 챙긴다. 귀마개, 넥워머, 스패치, 방한장갑도 챙긴다. 카메라를 넣고 배낭을 메니 상당한 무게다. 어제 만든 개떡도 다섯 장 싸서 주머니에 넣는다. 늘 먹었던 점심으로 김밥을 준비한다. 이인우 대장 집 근처에 가 전화를 하니 이미 학원에 도착했단다. 급히 차를 돌려 약속 장소로 이동하니 조진행 대원을 빼고 모두 차에 타고 있다. 배낭을 트렁크에 싣고 차에 오르니 조진행 대원에게 전화를 해 보란다. 전화를 건다. 또 건다. 다섯 번도 여섯 번도 대답이 없다. 조진행 대원의 처에게 전화를 걸어야 한다고 한다. 번호를 알기 위해 새벽 다섯 시에 이재문 대원이 이용우 샘에게 전화를 한다. 그러나 전화번호를 모른단다. 할 수없이 집사람에게 전화를 걸어 사정 얘기를 하니 곧 전화가 온다. 이제 일어나 준비하고 나온다는 것이다. 전화기는 차에 있고 알람은 벌써 눌러져 있고 마누라는 깊이 잠이 들어 일어날 수가 없었단다. 몸을 뒤척이다 늦게 잠이 들어 알람 소리를 못 들었을 거라고 모두 인정한다.

45분 정도 늦은 시간에 겨우 출발할 수 있었다. 길이 얼었을지 모르는 상황이다. 더구나 늦게 출발해 시간을 당겨야 하는 상황인 것이다. 오늘의 운전수인 이인우 대장은 마음이 조급하기만 하다. 다행히 따뜻했던 어제 날씨 덕분에 길은 무난한 상태였다. 개떡을 나눠 먹으며 고속도로를 달려 금강휴게소에 도착했다. 예전 같으면 어둑했던 휴게소가 오늘은 날이 훤하여 매점들이 문을 열 준비를 하고 있었다. 우거지 해장국으로 아침을 뚝딱 해치우고 차에 올랐다. 차에 오르니 이학원 대원이 한마디한다. 오늘 종착점인 지기재는 아주아주 멋질 거란다. 경상도 사람들이 아주 멋있을 때 '지~기 재'라고 말한다며 농을 한다. 모두 한바탕 웃고 나니 마음 또한 편안해진다. 좀 더 여유로워진 마음으로 지기재를 향해 출발한다. 지기재에 도착하여 택시 기사에게 전화를 하니 다른 곳에 가서 당장은 올 수가 없단다. 모서면에는 유일한 택시인데 난감할 수밖에 없다. 다른 택시를 물색해야 하고 그런 다음에도 택시가 도착하려면 시간이 꽤 지체될 게 뻔하다.

결국 우린 타고 온 차를 돌려 큰재로 향했다. 모서면에서 유일한 택시 운전사에게는 저녁때 전화하기로 약속을 했다.

이런저런 우여곡절 끝에 오늘의 산행이 시작되었다. 예정보다 늦은 7시 45분에 산에 오른다. 오늘의 길잡이인 나는 늦은 시간을 만회하려고 초반부터 속도를 낸다. 춥기도 하고 짧은 휴식을 취하며 걷고 또 걸은 덕분에 회룡재까지 시간 반도 걸리지 않아 도착했다. 백두대간 중 가장 낮은 능선을 걷는 여정이고, 전망 또한 그리 좋지 않아 시간을 당길 수 있었다. 눈이 내려 발아래만 바라보며 걷고 또 걷기를 계속할 수밖에 없는 상황도 시간을 단축하는 데 한몫했다. 대간길 양 옆으로 인가가 깊숙이 들어와 있다. 목장도 보이고 과수원도 있으며 인삼밭도 능선을 따라 길게 이어져 있다. 개터재를 지나고 윗왕실에 도착하니, 지기재에서 출발했다는 산꾼이 우릴 반긴다. 처음으로 만나는 사람들이다. 오늘의 최고봉인 백학산615m을 향해 다시 걸음을 옮긴다.

윗왕실을 출발한 지 한 시간 만에 백학산 정상에 오를 수 있었다. 12시 40분을 가리키고 있다. 기념 촬영을 하고 사방을 둘러본다. 전망이 열려 있지만 나무에 가려 호쾌한 풍광은 아니다. 점심 먹을 자리를 찾다 보니 우리보다 먼저 도착한 산꾼들이 라면을 끓여 먹고 있다. 우리도 그 옆에 자리를 폈다. 이학원 대원이 나무 등걸을 가져다 앉을자리를 만든다. 자리에 앉자마자 이인우 대장은 라면을 끓일 준비를 한다. 이학원 대원이 가져온 52

도짜리 고량주를 연거푸 들이킨다. 이때 조진행 대원이 은밀한 미소를 지으며 꺼낸 담금주를 돌린다. 35도가 넘는 야관문을 몇 잔 마시니 알딸딸하다. 거기에다 소주까지 더하니 점심의 술자리는 얼큰하게 끝났다. 이인우 대장은 산에 와서는 술을 누구에게도 나눠주지 않는다고 한다. 그만큼 소중하고 귀하다는 뜻이리라. 라면의 얼큰한 국물을 시원하게 들이켜고 커피로 입가심을 한다. 이리하여 오늘의 점심은 한 시간 가까이 늘어졌다.

더 춥기 전에 길을 나선다. 앞으로 2시간 반이면 도착할 거리다. 개머리재에 도착하니 인가와 포도밭이 마루금 가까이 펼쳐져 있다. 고랭지 포도가 재배되는 곳이란다. 낮은 능선에 사람들이 옹기종기 달라붙어 삶을 꾸려 가고 있었다. 낮은 산줄기가 이어진 지역이라 서로 오가며 왕래를 했었기에 재가 많은 것 같다. 지금까지 걸어오며 많은 고개를 만난 것도 그런 연유 때문이리라. 개머리재에서 택시 기사와 통화를 한 다음 마지막 힘을 다해 지기재를 향한다. 이학원 대원이 이때 한마디 내뱉는다. 걷기가 '지~기 재'. 대답이 죽인다. 풍경도 지~기나? 완만한 내리막길이라 여유 있게 걷는다. 마음까지 편안하다.

오늘의 종착지인 지기재에 도착하니 먼저 온 산꾼들이 오뎅 국물을 한 그릇씩 떠준다. 얼큰한 국물과 따뜻한 인정에 얼었던 몸이 사르르 녹으며 마음까지 푸근해진다. 18km나 되는 거리를 8시간 만에 돌파한 하루였다. 지기재에서 16시 30분에 출발하여 대천에 도착하니 19시를 가리킨다. 송년회를 해야 한다며 함지박에 가자고 한다. 지난 산행을 신나게 추억하며 앞으로의 행복한 산행을 자축한다. 막걸리로 막 돌아가며 즐겁게 건배를 나눴다. 이야기가 풍성해지고 그 애기를 안주 삼아 술이 술술 들어간다. 술이 들어가자 송년회는 더욱 무르익고 그렇게 하루가 행복하게 물들어간다.

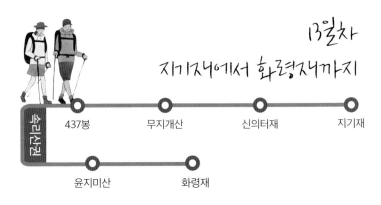

13일차
지기재에서 화령재까지

속리산권

| 437봉 | 무지개산 | 신의터재 | 지기재 |
| 윤지미산 | 화령재 | | |

충청도 충북팀과 함께한 백두대간 동행 종주기

날짜 2015. 1. 4(일) 산행거리 / 시간 15.2km / 7시간

  05시에 만나기로 통지가 왔다. 대장이 전화를 걸어 아침에 같이 가잔다. 방학을 맞아도 방학답지 않던 시간이었다. 어제 있었던 주례 때문인 듯싶다. 제자의 주례를 부탁받고 주례사를 준비하면서 늘 그렇듯이 생각이 많아서 그럴 것이다. 제자의 행복한 삶을 부탁하는 것으로 주례사를 마무리한 다음 바로 산행 모드로 들어간다. 그러니 생일을 맞는 큰딸에게는 볼 낯이 없고 미안할 따름이다. 산행이 아니었다면 조카 딸 돌잔치에 참여했을 것이고, 그런 다음 한빛의 자취방에서 한빛의 환한 웃음 속에 미역국을 함께 먹었을 것이다. 못내 아쉽고 미안하다.

  이 모든 아쉬움을 뒤로하고 04시에 울리는 알람을 잠결에 들고 일어났다. 어제 챙겨 놓았던 등산 장비를 배낭에 쟁여 넣고 차에 오른다. 예정했던 05시에 만나 정확하게 출발할 수 있었다. 청원-상주 간 고속도로를 탈 예정이었는데 현지 택시가 연결되지 않는 바람에 예전처럼 금강휴게소를 거치는 여정으로 일정이 변경되었다. 그런 까닭에 금강휴게소에서 우거지 해장국을 또다시 먹을 수 있었다. 황간 IC에서 나와 지기재를 향해 가다가 방향을 잘못 잡아, 노근리평화공원을 언뜻 거쳐 어렵사리 목적지에 도착했다. 겨울 산행이라 걷는 중에 비를 만나는 건 최악의 상황이다. 다행스럽게 가장 우려했던 일은 벌어지지 않았다. 겨울임에도 영상의 기온을 보였기에 구름을 만나는 건 엄청난 부담이 아닐 수 없다. 비를 뿌릴 수 있는 가능성 때문이다. 겨울 산행에서 눈은 그래도 가뿐하게 견딜 수 있지만 비는 어떤 일이 일어날지 예측이 불가능하기 때문이다.

봄날 같은 포근한 날씨 탓에 아이젠을 차지 않고 출발했다. 대간의 능선을 타고 걸을 수 있는 길임에도 사유지인 까닭에 우회해서 접근해야 하는 곳이 여럿이다. 고도가 낮아지고 골짜기도 부드러워지면서 마을이 친근하게 다가와 있다. 사람들이 백두대간에 가까이 스며들어 살고 있는 것이다. 마을이 앉아 있고 밭과 논이 펼쳐지고, 연기가 피어오르는 집도 보인다. 농장과 과수원이 넓게 자리 차지하고 있는 마을이 나타나더니 인삼밭이 끝없이 이어지는 곳도 있다. 인간의 흔적을 자연스레 만나는 산행

이었다. 지기재에서 08:15에 출발하여 신의터재까지 시간 반이
걸렸다. 묵묵히 앞만 향해 걷는 시간이다. 길라잡이인 이재문 대
원을 따라 약간은 빠르지만 편안한 걸음으로 걷고 또 걷는다. 눈
이 있는 것도 아니고 없는 것도 아닌 애매한 산길이라 어느 정도
는 미끄러움을 감수할 수밖에 없다. 대부분의 능선을 차지하고
있는 참나무들을 물리치고 소나무 군락을 이루는 곳에서 우린
한숨을 돌렸다. 소나무를 키우고 있는 바닥을 보니 온통 바위 투
성이다. 여러 구비의 산이 하나의 통바위로 연결되어 있는 느낌
이다. 이런 척박한 곳에서 뿌리를 내리고 자신을 키워낼 수 있는
나무는 역시 소나무밖엔 없다. 이런 소나무의 매력에 흠뻑 빠져
서 걷고 있기에 속도가 전혀 나지 않는다. 그래도 시간은 가고
거리는 좁혀지기 마련이다.

　어느덧 신의터재에 도착했다. 신의터재는 김준신 의병장이
상주성에서 왜적을 죽이매, 그 보복으로 마을 사람들을 학살하
자 부녀자들이 신의를 지키기 위해 낙화담에 몸을 던져 죽음으
로써 그 이름을 얻었다 한다.

　신의터재를 출발하여 무지개산을 향해 걸음을 옮긴다. 이곳
도 시간 반 정도 걸리는 여정이다. 이름이 아름다운 무지개산을
머리에 그리며 걸어가는 오솔길에는 잣나무 숲이 장관을 이루
고 있다. 그런 드넓은 잣숲의 땅이 경운기로 로타리를 친 듯이
깔끔하게 정리되어 있다. 자세히 확인해보니 멧돼지의 짓이었

다. 이렇게 넓은 잣숲을 빈틈없이 갈아놓은 멧돼지의 힘과 끈기가 여실히 느껴진다. 지도상 무지개산438m인 듯한 곳에서 간식을 먹고 무지개산이라 여기며 한참을 걸어갔다. 그런데 갑자기 표지판이 나타나더니 무지개산의 정상을 화살표로 가리키고 있다. 남는 게 시간인지라 약간의 시간을 내서 정상에 올라보자고 농반진반 건네 보지만 일행은 농담으로 생각한다. 잠시 쉬고 그냥 스쳐 지나기로 한다.

결국 오늘의 최고봉인 윤지미산538m을 향해 걸음을 옮긴다. 이인우 대장은 현재 시간 12시이고, 앞으로 30분 내에 점심을 먹자고 제안인 듯 명령을 내린다. 걷고 또 걷는 시간이 이어진다. 막바지 오르막을 앞두고 점심을 먹기로 한다. 바람이 잦아들고 햇살이 따스하게 내리쬐는 무덤 옆이다. 후손이 찾지 않는 무덤인지라 거의 자연으로 돌아간 상태였다. 2~30년이 된 나무가 무덤 주인의 외로움을 달래주고 있을 뿐이다. 이런 현실을 어떻게 받아들여야 할까? 백두대간의 기를 받는 양지바른 곳이라 후손들이 너무 잘 풀려 이 땅을 등진 것인지, 아니면 너무 멀고 힘든 곳이라 찾아뵙지 못하는 것인지 쓸데없는 궁금증이 머리를 스친다.

이인우 대장은 라면을 끓이고, 이학원 대원은 보리수 담금주를 따르고, 이재문 대원은 아내가 싸준 유부초밥을 꺼내 놓는다. 그 옆의 조진행 대원은 조용히 귤을 꺼내 놓고, 난 뒤끝이 따뜻한 커피를 한 잔씩 따른다. 무덤 옆 식탁에 차려진 풍요로운 만찬이다.

다들 배부르게 먹고 마시고는 추워가는 몸을 추스르며 재빨리 걷기 자세로 돌아간다. 낮지만 그래도 낮은 대로 높은 오늘의 최고봉을 향해 오르고 또 오르니 윤지미산538m이 눈앞이다. 전망이 트여 보일 줄 알았는데 그렇지도 않은 너무나 평범한 산정이다. 표지석 역시 그 평범함을 여과 없이 보여 주고 있다. 우린 그 말없이 보여 주는 산정의 소박함을 마음으로 받아들였다.

이젠 산행의 마지막! 하행길만 남았다. 우뚝 고개를 쳐들고 있는 형상의 윤지미산을 분명히 확인할 수 있는 하산길이다. 꼿꼿이 쳐들고 있는 목 줄기를 타고 내려오듯이 급격한 하산길이다. 급경사를 내려오니 골을 따라 깊숙이 파고들어온 산촌의 집은 이미 주인이 없다. 산을 지키던 집은 헐려서 골짜기에 그 흔적만 남겨 놓았다. 햇살 따뜻한 남향에는 그 터를 지키던 주인들의 안식처만이 그 자리를 당당히 차지하고 있을 뿐이다. 고목의 감나무들이 그 시절의 이야기를 묵묵히 간직하며 그 자리를 떠나지 않고 있다. 한참을 걷다 보니 나무숲에 가려졌던 윤지미산의 자태가 온전한 모습으로 우리 앞에 우뚝 서 있다. 그 산을 그리워하듯 온몸으로 올려다보는 무덤도 보인다. 이런 고요한 산중의 평화를 깨는 것이 있어 아쉬웠다. 급경사를 내려오니 요란한 소음이 지금까지의 고요함을 깨며 짜증스럽게 다가온다. 고속도로에서 들려오는 찻소리가 자연의 질서를 부자연의 혼란으로 빠뜨린다. 이런 곳이기에 움직일 수 있는 동물은 당연히 떠나고, 움직일 수 없는 나무도 떠나고 싶어 뿌리를 들썩이고 있지는 않을까? 백두대간을 끊고 길을 낸 것은 아니지만 평화로운 골짜기에 인위적인 횡포가 무섭게 달려드는 느낌이었다.

　이번 산행을 한마디로 정리한다면 가장 낮은 능선을 가장 빠른 시간에 완주한 하루였다. 2015년 첫 산행을 가볍게 끝내고 오늘도 여지없이 함지박으로 모였다. 여지가 없을 수밖에 없는 이유는 이학원 대원이 마련한 붕어찜이 기다리고 있었기 때문이다. 고수가 더 고수에게 물어 만든 붕어찜과 막걸리 한잔을 나누며 새해의 산행을 이렇게 마무리한다.

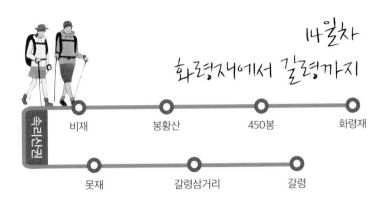

14일차
화령재에서 갈령까지

속리산권 | 비재 — 봉황산 — 450봉 — 화령재
못재 — 갈령삼거리 — 갈령

날짜 2015. 2. 15(일) 산행거리 / 시간 16km / 7시간

　조진행 대원의 요청에 따라 토요일에서 일요일로 산행 날짜가 바뀌었다. 길라잡이인 이학원 대원이 메일로 일정을 보내왔다. 진정성이 느껴지면서 그 열정이 확 다가온다. 방학 중이라 여유로운 마음으로 느긋하게 지내고 있는데 강렬한 자극으로 다가왔다. 테니스를 치다가 뭉친 장딴지가 아직도 풀리지 않아 어찌해야 할지 걱정이 앞선다. 그래도 어쩌겠는가? 마음을 다잡고 짧은 거리에 위안을 삼으며 잠자리에 들었다. 더구나 스페인 여행 앨범을 편집하느라 늦은 시간에야 잠을 청하게 된다. 다행스럽게도 새벽 4시에 정확하게 눈이 떠졌다. 정신이 들자마자 04시에 맞춰 둔 알람이 울린다. 예정된 시간인 04시에 잠에서

깨어난 것이다. 급히 배낭을 싸고, 점심으로 김밥을 사들고, 이인우 대장을 데리고 약속 장소에 도착하니 모두 우리를 기다리고 있다. 이재문 대원이 운전대를 잡는 바람에 모처럼 앞자리를 차지하고 앉았다. 지금까지 다니던 길에서 벗어나 청원− 상주 간 고속도로를 타다가 화서 휴게소에서 아침을 먹었다.

07시 40분에 화령재에 도착하여 산행을 시작하였다. 다른 때와 달리 한 무리의 산행팀이 우리를 앞서거니 뒤서거니 걷고 있다. 우리도 그 일행에 끼어 대간을 걷는다. 풀리지 않은 장딴지 때문에 걷기가 약간 부담스럽다. 허리가 아파 일주일 동안 침을 맞았다는 이학원 대원을 생각하며 마음을 다잡는다. 편하게 마음 먹고 일행의 끝에서 천천히 걷기로 한다. 잠시 사진 한 컷 찍고 한 숨 쉬고 나면 일행은 너무 멀리 달아나 함께 하기를 거부한다. 백두대간을 한다는 코뿔소 산악회와 겹치다 보니 걷는 속도가 예전보다 더욱 빨라진 탓이다. 게다가 뒤에서 따라가다 보면 산악회원들을 추월해야 하는 상황이라 거리를 좁히기가 여간 힘든 게 아니다. 사진 한 컷에 백 보, 멋진 전망을 누리는데 백 보, 지쳐 심호흡 한 번에 다시 백 보씩 뒤처진다. 결국 까마득한 거리를 힘겹게 따라가는 신세가 되고 만다. 가능하지 않으면 포기하게 되는 법! 너무 멀리 뒤처진지라 편히 걷기로 마음먹는다. 차가운 기온에 비까지 예고됐건만 따스하고 바람 또한 없는 날이다. 기분 좋은 마음으로 걷고 또 걷는 시간이었다. 여유롭고 맘 편하게 걷는 길 위에서, 삶에 대해 되새김질하는 맛 또한 꽤 그럴듯했다.

나지막한 길을 편히 걷다 보니 이런 길이 끝없이 이어질 것만 같았는데, 사람들과 그들의 삶을 품어주던 포근한 언덕들이 어느 순간 험한 산세로 변해 있다. 험준한 산세는 오르내림을 거칠게 하여 발걸음을 더욱 힘들게 한다. 편안하게 즐기던 길에서 갑자기 만난 거친 산세는 더욱 몸을 괴롭힌다. 우리의 삶도 때때로 이와 같지 않을까? 안락한 삶 속에서의 편안함이 마음을 풀어지게 만드는 것은 당연한 일이다. 그런 마음으로 일상을 살다가 갑자기 고된 삶을 만났을 때 얼마나 힘이 들지 똑똑히 확인하는 걸음이다. 산불감시초소가 있는 580봉에서 잠시 쉬고, 우린 빠른 걸음으로 다른 산꾼을 앞서 나간다. 바위가 있고 그 바위를 배경 삼아 소나무가 단아하게 앉아 발걸음을 붙든다. 멋지고 당당한 소나무 하나하나가 자연이 만든 작품 그 자체였다. 오늘의 최고봉인 봉황산740.8m에 올라 숨을 돌리려 하나 산꾼들이 뒤섞여 마음이 편치 않다. 아담한 표지석을 배경 삼아 한 컷씩 재빨리 찍고 아쉬움을 달래며 봉황산을 뒤로한다.

낙엽송 숲을 지나면서 나무들을 새로운 시선으로 바라보게 되었다. 이삼십 미터나 되는 길쭉한 키와 삐쩍 마른 몸매로 서로에게 관심이 있는 듯 흔들흔들 이쪽저쪽 오가며 서로에게 다가가 마음을 나누는 모습이 가슴을 찡하게 한다. 끝없이 내려가고

충청도 충북도립과 함께한 백두대간 동행 종주기

내려가니 새가 나는 형상인 비조령이 나온다. '날 비(飛)'자 비재란다. 곧바로 오르고 또 오르니 510봉이다. 풍경이 붙잡는 바람에 일행과는 상당한 거리가 벌어졌다. 조망바위에 오르니 지금까지 우리가 걸었던 길과 앞으로 걸어가야 할 여정이 한눈에 펼쳐진다. 여러 컷을 카메라에 담다가 이제는 일행을 따라잡는 것이 불가능한 상황이 되었다. 결국 포기할 수밖에 없다. 점심 먹을 시간이 되었으니 자리를 잡을 때까지 천천히 따라가면 될 일이다. 더구나 바위틈에 뿌리를 박고 굳세게 자신을 키워가는 소나무에 마음을 빼앗겨 걸음은 더더욱 더디다. 그래도 시간은 가고 가야 할 곳은 언제나 눈앞에 나타나기 마련이다.

산마루에 오르니 일행이 저 멀리 자리를 잡고 있다. 억새가 바람에 날리고 눈이 하얗게 쌓인 평평한 대지가 펼쳐져 있는 곳에 자리를 잡고 있다. 가까이 다가가니 자연으로 돌아가고 있는 무연고 무덤의 옆자리를 잠시 빌린 것이었다. 이곳의 지명이 못재라며, 견훤과 황충의 전설이 전해지는 못이 있던 자리라고 한다. 백두대간 산마루에 있는 유일한 못이지만 지금은 물이 없어 못의 모습을 찾아볼 수 없다. 이인우 대장의 말로는 맑은 물이 고여 있어서 산정의 풍광에 더욱 멋진 운치를 더했었다고 한다.

점심을 먹기 전에 한 잔의 술을 누가 마다할 것인가. 복분자술로 시작하여 야관문을 거쳐 최후로 라오스 소주가 나온다. 너무 독하여 쓰러질 수 있다는 이학원 대원의 말을 들으면서도 몸을 사리는 사람은 아무도 없다.

　오늘 우리의 산행이 더없이 즐거워진다. 기분 좋은 마음으로 걸음을 재촉한다. 형제봉을 바라보며 바위산을 오르다가 가쁜 숨을 몰아쉴 때쯤 갈령 삼거리가 나왔다. 여기서 오늘의 산행 길은 끝났다. 우리 일행은 갈령으로 하산한다. 지금까지의 산행 중에서 가장 이른 시간에 하산한 날이다. 해가 떨어지기도 전에 대천에 도착했다. 다른 때와 마찬가지로 함지박에서 막걸리 한 잔으로 오늘의 산행을 자축했다.

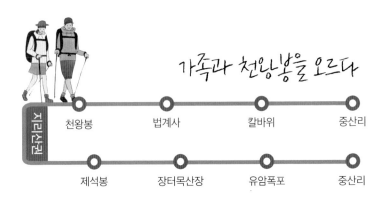

가족과 천왕봉을 오르다

지리산권

천왕봉 ─── 법계사 ─── 칼바위 ─── 중산리

제석봉 ─── 장터목산장 ─── 유암폭포 ─── 중산리

날짜 2015. 2. 22(일) - 2. 23(월)   **산행거리 / 시간** 13km / 8시간

　백두대간 후발 주자들이 대간의 출발점에서 함께 걷기로 약
속을 잡았다. 지리산 종주를 계획한 것이다. 산청 중산리에서 출
발하여 천왕봉을 오르고 장터목에서 1박 한 다음, 세석을 거쳐
연하천에서 2박, 그리고 노고단을 지나 성삼재까지 이르는 길이
다. 십여 년 전에 지리산 종주팀을 꾸려 거꾸로 종주하여 백무동
으로 내려갔던 기억이 아직도 생생하다. 하지만 겨울 지리산을
밟고 싶은 마음이 간절하여 함께하기로 했다. 그러나 막내딸 면
접 날짜도 있고 앞뒤로 바쁘게 움직여야 할 상황이다. 당연히 각
시가 말린다. 못 이기는 척하면서 그럼 온 가족이 함께 천왕봉에
가자고 운을 뗀다. 두말할 것도 없이 그리 하잖다. 이리하여 지

리산 천왕봉 겨울 산행이 잡힌 것이다.

일단은 장터목 대피소 예약이 급선무다. 한 사람이 4명까지만 예약할 수 있어 각시까지 함께 신청하여 5명 예약을 마쳤다. 이로써 겨울 지리산 산행을 출발할 최소한의 필요조건은 갖춰진 셈이다. 날짜가 잡히고 대피소 예약도 마쳤으니 출발하는 일만 남았다. 그 순간 예쁜 각시의 예쁜 말! 전날 출발하여 지리산 가족호텔에서 1박을 더 하잖다. 온 가족이 새벽부터 출발하기가 만만한 일이 아니므로 그리하기로 최종 결정한다. 호텔 예약까지 깔끔하게 마무리하니 이제 사전 준비는 끝났다.

설이 지나고 출발일이 다가오자 이런저런 준비할 것이 많다. 먼저 겨울 산행의 필수인 아이젠을 구해야 한다. 집에는 백두대간을 하며 구입한 내 것이 유일하다. 그래서 이인우 대장에게 미리 부탁하고 이미영 샘에게 전화하여 넷은 구할 수 있었다. 나머지 하나는 거금 사만 오천 원을 주고 샀다. 각시의 반찬 준비가 한나절이 걸리고, 필요한 물품을 준비하는데 또 한나절이 걸렸다. 꼬박 하루가 지나서야 모든 준비가 끝났다. 듬지가 친구들과 사진을 찍는다고 해서 두 시쯤 시내에서 듬지를 태우고 한빛이 사는 신탄진으로 향했다. 지리산 산행을 위한 준비 물품을 원룸에서 가져와야 했기 때문이다. 거리상으로는 먼 거리는 아니었지만 명절 끝이라 길이 막혀 예상보다 한 시간 가까이 더 지체되었다. 호남 고속도로를 타다가 완주 - 순천 고속도로를 갈아타

충청도 촌놈넷과 함께한 백두대간 동행 종주기

고 구례 나들목으로 나와, 18시쯤에 호텔에 도착할 수 있었다.

바로 저녁 준비를 하고 소고기 안주에 와인 한 잔을 곁들인 축배를 마시며 저녁 만찬을 즐겼다. 설거지를 마치고 다들 TV 앞에 앉아 채널을 돌리는데, <다큐 오늘>에서 장터목 대피소를 방영하고 있는 게 아닌가. 기막힌 우연에 놀라워하며 함께 격하게 공감하는 시간이었다.

다음 날 07시에 일어나 식사를 준비하여 배불리 아침을 먹었다. 그런 다음 점심에 먹을 주먹밥을 1인당 두 덩이씩 꾹꾹 눌러 싼다. 예정보다 10분 늦은 08시 10분에 호텔을 출발할 수 있었다. 어제부터 슬며시 내리던 가랑비가 오늘도 오는 둥 마는 둥 땅을 적시고 있다. 크게 걱정할 일은 아닌지라 가벼운 마음으로 중산리탐방지원센터로 향했다. 토지의 배경인 평사리를 지나 지리산을 좌측으로 끼고돌며 서북쪽에서 남서쪽으로 이동한다. 비가 그치고 구름에 가린 지리산 봉우리를 햇살이 가끔씩 비추니 마음은 절로 바빠진다.

차를 주차하고 배낭을 둘러메고 몸을 푼 다음 길잡이인 각시가 앞장선다. 11시 10분 전이다. 잠을 못 잔 상태에서 어지럽기까지 한, 각시가 걸을 수 있는 정도의 속도와 일정을 우리 모두는 아무 말 없이 따르기로 한 것이다. 해발고도가 상당히 높아 눈이 쌓였을 거라 짐작했는데 눈은 보이지 않는다. 봄비가 내려 말끔히 정리된 모습으로 깔끔하게 우리를 맞는다. 물도 많이 불어 계곡에서 나는 물소리가 우렁차게 응원하는 듯하다. 이미 비는 그치고 햇살이 따사로워 완연한 봄을 느낄 수 있었다. 따스한 봄날의 풍광을 느끼면서 마음을 한껏 풀어헤치고 느긋하게 걸음을 옮긴다.

30분쯤 걷자 칼바위가 나온다. 얼마 지나지 않아 산은 경사를 더해 가며 거친 숨을 내뱉게 한다. 추위를 대비해 껴입은 옷을 한 꺼풀씩 벗게 만든다. 법계사 방향과 장터목 대피소 쪽으로 가는 갈림길이 나온다. 각시가 힘들어하면서 쉬운 길로 오르자며 성화인지라 각시의 의견을 물어본다. 장터목으로 갈 생각이었는데, 걸어오면서 몸이 많이 좋아졌다며 법계사 쪽으로 가잖다. 원래 예정했던 코스다. 법계사로 올라서 천왕봉을 거쳐 장터목에서 1박한 후, 여유롭게 하산할 생각이었다. 묵묵히 오르는 길잡이를 따라 앞서거니 뒤서거니 세 딸들이 따라가고 있다. 뒤에서 그 광경을 지켜보며 산에 오르는 기분은 그 무엇과도 바꿀 수 없는 것이었다. 마냥 즐거웠고 그냥 행복했다. 함께 한다는 것이 바로 이런 게 아닐까 생각해 본다. 언뜻 미안한 생각이 들다가도 너무 고마워 마음까지 환해진다. 자신과의 싸움을 하면서 가족과 함께 걷는 맛을 우리 딸들은 진정 이해할 수 있을까?

두 시간을 오르니 눈이 쌓여 걷기가 상당히 불편하다. 더구나 배까지 고파 오면서 발걸음은 더욱 무거워진다. 컵라면을 끓일 물을 준비하기 위해 앞질러서 로타리 대피소에 먼저 오른다. 물

127

이 끓고 식사 준비를 끝낼 즈음 길잡이가 보인다. 13시 10분 전이다. 뜨끈한 컵라면 국물에 싸온 주먹밥을 천천히 먹는다. 서로 말은 없어도 그 맛이 어떨지 느낌이 온다.

점심을 먹고 잠시 휴식을 취한 후 정상을 향해 발걸음을 옮긴다. 대피소 요원은 13시까지 아이젠을 준비하지 않으면 더 이상 올라갈 수 없다고 방송을 한다. 방송을 듣고는 듬지가 한마디 한다. 장터목 대피소를 예약한 사람은 15시까지란다. 여유롭게 배낭을 챙기고 정상을 향해 출발한 시간은 13시 30분이었다.

얼마 걷지 않아 법계사가 나온다. 올라갔다 다시 나오는 곳이라 나만 바쁘게 들렀다 왔다. 대적광전을 비롯하여 꽤 넓게 자리를 차지하고 있었다. 얼음과 같은 시원한 약수 한 바가지를 들이켜니 속까지 시원하다. 앙증맞은 폭포와 바위 위에 앉은 탑을 여러 각도로 카메라에 담는다. 눈 덮인 등산로의 경사가 갈수록 점점 심해진다. 자작나무가 바위와 어울려 한 폭의 풍경화를 만드는 듯하더니 어느새 구상나무가 숲을 이루어 푸르름을 자랑한다. 한눈에 보이는 산맥의 흐름은 겹겹이 장대하게 펼쳐져 있다. 계곡의 물소리가 그치자 그 소리와 흡사한 또 다른 소리가 계곡 너머에서 들려온다. 애매하게 들리던 그 소리를 천왕봉에 올라서야 확연히 알 수 있었다. 그것은 다름 아닌 바로 바람소리였다. 물소리가 멀어지자 바람소리가 산등에서 넘어오고 있었던 것이다. 천왕봉 턱 밑에 이르니 낭떠러지 바위에서 떨어지는 물들이 모여 천왕샘을 이루고 있었다. 가장 높은 위치에 있는 샘이 아닐까 생각해 본다. 바위에 새긴 글씨에 이끼가 끼어 자연스런 연륜이 느껴진다. 마지막까지 따뜻한 햇살이 감싸주고, 멋진 풍경이 펼쳐진 길이기에 힘든 줄 모르고 오를 수 있었다.

정각 15시에 지리산 정상인 천왕봉1915.4㎡에 올랐다. 지금까지와는 완연히 다른 세상이다. 햇살은 그대로되 바람은 온전히 살아 거칠게 몰아붙인다. 말 그대로 칼바람이 우리를 기다리고 있었던 것이다. 표지석을 배경 삼아 기념 촬영을 한다. 매서운 칼바람 속에서도 환하게 웃으며 포즈를 취하는 네 모녀가 가상하고 기특하다. 티 없는 환한 미소를 보며 내 얼굴에만 칼바람이 부는 게 아닌가 착각이 들었다.

손이 꽁꽁 얼어 몇 컷의 사진만 남기고 바로 장터목을 향해 걸음을 옮긴다. 바람을 막을 수 있는 곳은 그래도 견딜 만하다. 매서운 바람을 맞으며, 오늘 산행은 자연이 베푼 행운이었다는 것을 새삼 실감했다. 봄날 같은 날씨에 따뜻한 햇살이 비춰 주었고, 매서운 북풍을 막아주는 지리산 능선이 있었기에 행복한 산행을 할 수 있었던 것이다.

제석봉1808㎡에 이르니, 푸른 구상나무와 앙상한 고사목이 바위에 섞여 있고, 그 사이를 적절히 채색한 하얀 눈이 한 폭의 산수화를 그려내고 있었다. 바람에 날려 높게 쌓인 눈 덮인 능선을 걸으며 바라보는 산줄기는 보는 것만으로도 황홀했다. 하늘을 통한다는 통천문을 지나고 고사목의 숲인 제석봉을 내려오니 바로 장터목 대피소다. 시계는 16:10을 가리킨다. 점심시간을 제외하고 5시간의 산행이 이렇게 끝났다.

잠시 휴식을 취하고 방을 배정받은 후 저녁을 준비한다. 저녁은 삼겹살에 누룽지다. 볶음김치로 싼 삼겹살 안주에 복분자 한 잔은 오늘의 고단함을 풀어주기에 충분한 피로회복제다. 더할 나위 없이 행복한 시간이다. 먹어도 끝이 없는 삼겹살을 약간 남기고 누룽지를 1인분씩 끓여 배불리 먹었다.

그런 후 소화를 시킬 틈도 없이 잠자리에 든다. 매서운 바람이 모든 이들을 잠자리로 몰아넣은 것이다. 더부룩한 배에 냉기가 도는 방에서 모포 두 장으로 견디기에는 여러모로 조건이 좋지 않다. 그러니 잠이 쉬 올 리 없다. 조금 지나니 옆에서 코를 골고 있다. 잠은 더 멀리 달아난다. 그러다가 간신히 잠이 들었나 보다. 깨어나니 새벽 2시가 조금 지났다. 다시 잠을 청하나 잠은 돌아올 생각이 전혀 없다. 그나저나 문 쪽에서 이까지 갈면서 2중주로 들려주는 불협화음은 두 시간 가까이 잠과 헤어지게 했다. 겨우 잠이 든 듯한데 천왕봉 일출을 보기 위해 부산하게 움직이는 이들로 인해 다시 잠에서 깨어났다. 그 후 잠시 풋잠이 들었다 일어난 시간이 06시 30분이다.

방한 장비를 갖추고 07시 10분에 떠오른다는 해를 맞이하기 위해 제석봉을 향한다. 구름에 갇혀 해는 보이지 않았지만 하늘

충청도 촌놈들과 함께한 백두대간 동행 종주기

이 붉어지면서 날은 점점 밝아오고 있었다. 흐린 날이었지만 끝없이 펼쳐진 산줄기는 뚜렷하게 자신의 모습을 드러내고 있다. 바람은 아직도 세차다.

여러 컷의 사진을 카메라에 담고 아침을 준비하기 위해 급히 내려왔다. 08시 가까운 시간이다. 세 딸들이 물을 떠 가지고 온다. 얼음물을 끓이는데 의외로 긴 시간이 걸린다. 거기다가 햇반까지 익혀야 하니 아침 준비가 무척 더디다. 일단 컵라면을 먹고 나서 덜 익은 햇반을 컵라면에 만다. 맛도 떨어지고 양까지 많아 억지로 먹어치운다. 그 사이 커피를 내려서 따뜻한 커피를 한 잔씩 마시는데 그 맛이 꽤 쏠쏠하다.

정각 09시에 장터목 대피소를 출발하여 하산을 시작했다. 빙판에 급경사의 내리막길을 내려가는 500m는 긴장의 끈을 놓지 못하게 한다. 한 시간 가까이 내려오니 우렁찬 소리를 내며 떨어지는 물줄기가 우릴 맞는다. 유암폭포란다. 다들 힘들어 쉬고 있는데 예지만 기쁘게 유암폭포를 배경으로 사진을 찍는다. 구름다리를 건너고 봄볕을 받고 있는 계곡을 내려오니 너덜지대가 나온다. 누군가 간절한 소망을 담아 쌓아 올린 돌탑들이 점점이 펼쳐져 있다. 빛이 좋은 데다 풍광까지 아름다워 멋진 사진이 그려지는 곳이다. 단체사진도 찍고 독사진도 찍으며 사진놀이를 즐긴다. 그 많은 돌탑 속에 우리도 마음을 담아 돌탑을 몇 개 쌓아 올린다. 2월이건만 따뜻한 봄날의 풍경을 만끽한 후, 편안하게 발걸음을 돌릴 수 있었다. 맑디맑은 계곡물을 옆에 끼고 여유롭게 내려오다 보니 벌써 법계사로 가는 갈림길이 나왔다. 각시왈 법계사 길을 선택한 것이 얼마나 탁월한 선택이었는지 고맙고 감사하단다. 12시 10분에 하산했으니 오늘 산행은 3시간 만에 마무리된 것이다. 힘든 만큼 오랫동안 기억되리라. 그리고 깊이깊이 간직하길 간절히 빌어본다.

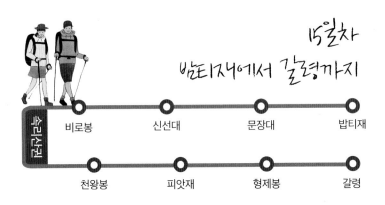

15일차
밥티재에서 갈령까지

속리산권
비로봉　신선대　문장대　밥티재
천왕봉　피앗재　형제봉　갈령

날짜 2015. 3. 14(토)　산행거리 / 시간 20km / 11시간

　　일주일 전 카톡으로 공지가 떴다. 국립 구간 내 출입 통제구역을 통과해야 하므로 일찍 서둘러야 한단다. 4시 반 집합! 아니 며칠 후 4시까지 집합하란다. 3월의 바쁜 나날 속에서도 산행의 설렘으로 마음의 여유를 찾을 수 있었다. 출발 전날 테니스를 치는데 종아리에 통증이 또 왔다. 전번에 아팠던 그 부위에 같은 증상이 나타난 것이다. 심란한 마음에 잠도 뒤척이다 깨어보니 1시 반이다. 다시 잠을 청하고 또 청하나 잠은 올 생각을 않는다. 잠은 오지 않고 종아리는 여전히 통증을 호소하니 오늘의 여정이 아득하기만 하다. 결국 알람 시간보다 30분 일찍 일어나 준비를 한다. 배낭을 싸고 커피를 내리고 똥을 싸고 옷을 입는다. 늘 챙

기던 물품 이외에 스프레이 파스를 더 넣는다. 조금 일찍 출발하여 김밥 두 줄을 사서 가방에 넣고 이인우 대장을 태운 다음 약속 장소로 이동한다.

　이재문 대원은 이미 와서 기다리며 이학원 대원이 오지 않는 것을 걱정하고 있다. 그때 이학원 대원 차가 보인다. 짐을 옮겨 실은 다음 조진행 대원이 도착하길 기다린다. 조진행 대원이 나타나지 않자 이인우 대장이 한걱정이다. 전화를 건다. 낯선 목소리가 방금 출발했단다. 군대 간 아들이 꼭두새벽에 전화를 받은 것이다. 빡빡하게 자리를 차지한 차는 그제서야 출발한다. 이인우 대장의 마음을 읽은 것인지 오늘의 운전기사는 속력을 낸다. 청양나들목을 지나 잠깐 졸고 일어나니 벌써 청원 – 상주 간 고속도로를 달리고 있다. 시속 140km로 달리는 차는 예정보다 40분 일찍 화서휴게소에 도착했다. 이재문 대원은 전 달에 먹었던 능이버섯 국밥이 너무 빨리 배가 꺼진다며 제육덮밥으로 갈아탄다. 나머지는 전에 먹었던 능이버섯 국밥을 다시 시켜 먹었다. 밤티재까지 왔는데 대간 길에서 만났던 표지석이나 안내판, 하물며 리본조차 보이지 않는다. 옥신각신 하다가 이인우 대장이 지도를 보며 판단을 내리고 차에서 내려 꼼꼼하게 확인한다. 동물 이동 통로가 있는 것으로 보아 분명히 밤티재가 맞단다.

　배낭을 메고 이인우 대장을 따라 쉼 없이 올라가는데도 알림 리본이 전혀 보이지 않는다. 의심이 가는 갈림길이든지 전망이 좋은 곳에는 어김없이 매달려 있던 리본이 사라지고 없는 것이다. 의심스럽지만 지도를 보면서 대장의 판단을 믿으며 바삐 따라 오른다. 출입 통제구역의 마지막 지점인 문장대에서 국립공원 관리원에게 걸릴 수 있다며 잠시도 쉬지 않고 오르고 또 오른다. 마음은 바쁘고 몸은 고단하다. 그러니 속도가 마음만큼 날리가 없다. 암릉이 많아 걷기에 불편한 데다 줄을 타고 올라야 하는 곳도 있어 시간은 예정보다 훨씬 더 늘어진다. 더구나 풍경이 눈을 떼지 못하게 붙드니 더욱 지체될 수밖에 없다. 대장만 애가 탄다. 이인우 대장은 마음이 바빠서, 이재문 대원은 다리가 길어서 저 멀리 앞서 가고 나머지 일행은 뒤에서 하세월이다. 조진행 대원은 오르막에 약한 데다 암릉은 더욱 취약하고, 마음 착한 이학원 대원은 끝에서 모든 사람을 챙기느라 뒤쳐져 있다. 풍경에 빠진 나는 사진 찍기에 여념이 없어 속도를 내기가 어려운 상황이다. 눈 쌓인 길에서 길을 잃기도 하며 줄을 잡고 암벽 타기를 여러 차례 한 뒤에야 문장대에 도착할 수 있었다. 거대한 통바위가 가까이 다가와서 우리를 맞는다. 7시에 출발하여 2시간 반 만에 문장대를 코앞에 둔 지점에 도착한 것이다.

헬기장을 지나 문장대 오르는 길에 도착하니 09시 30분을 가리킨다. 이미 문장대 위에서는 눈앞에 펼쳐진 풍광에 감탄사를 연발하며 사진 찍기에 여념이 없는 사람들이 보인다. 배낭을 내려놓고 문장대를 오르다 보니 천안에서 왔다는 아줌마들이 이 모든 것을 만끽하고 내려가는 중이다. 문장대1054m에 올라 일망무제의 풍광을 대하니 나 또한 자연의 일부가 된 듯하다. 손자를 본 이재문 대원이 영상통화를 하고 있다. 저번 달부터 만나는 또 다른 풍경이다. 신기한 듯 바라보다가 궁금해하며 이인우 대장이 이재문 대원에게 물어본다. 그러더니 바로 아내와 영상통화를 시도한다. 끝없이 펼쳐진 풍광을 보여주며 즐겁게 대화하는 이인우 대장이 부러워 보인다. 나 역시 영상통화를 시도한다. 계속해서 통화 신호음만 울리다 끊긴다. 아직도 잠을 자거니 생각하며 내려가려는데 통화신호가 온다. 예쁜 각시다. 바로 끊은 후 영상통화를 누른다. 바로 걸린다. 문장대 위에 움푹 파인 웅덩이에 앉아 통화를 한다. 알이 부화했다는 둥근 웅덩이에는 물이 꽁꽁 얼어 있었다. 그 위에 철퍼덕 주저앉아 눈앞에 펼쳐지는 풍경을 함께 나누며 맘껏 즐기는 시간이었다.

급히 내려오자 바로 문장대 휴게소가 보인다. 잠시 쉬었다 갈 줄 알았는데 그냥 지나친다. 몹시 아쉽다. 막걸리 한 잔이 간절한 탓이다. 침을 흘리며 자세히 보니 휴게소는 아직 인기척이 없다. 입맛을 크게 다시며 이재문 대원이 한마디 한다. 또 다른 휴게소가 있는 신선대까지 빨리 가서 막걸리를 한 사발씩 하잖다. 다들 말없이 동의하고 가차 없이 걸음을 뗀다. 멀찍이 떨어져서 아름다움을 뽐내던 문수봉이 얼마 걷지 않아 눈앞에 보인다. 멀리서 바라볼 때 멋지게 자신을 뽐내던 문수봉은 그저 바위로 된

137

봉우리일 뿐이었다. 가까운 거리에서 자세히 보아야 아름다움이 돋보이는 것이 있는가 하면 멀리서 전체를 바라볼 때 멋있는 것도 있다.

가파른 경사를 힘겹게 오르니 신선대 휴게소가 지붕을 삐쭉이 내보인다. 이미 도착한 일행이 막걸리를 시키라고 보챈다. 당귀 신선주 한 바가지에 감자전과 오뎅을 안주로 시킨다. 막걸리를 바라보는 이재문 대원의 표정은 벌써 막걸리에 푹 젖어있는 듯하다. 한 잔을 마시니 신선이 따로 없다. 당귀 향을 음미하며 문장대를 바라보는 기분은 신선 그 자체다. 신선이 된 그 마음을 깨울 수 없어 또 신선주를 주문한다. 신선주에 푹 젖어 신선이 되니 자연은 더욱 아름답게 다가온다. 자연 속에 푹 빠져 자연과 하나가 되니 우리도 역시 그 속에 있었다.

이리 신선 놀음을 하고 나서 신선의 향기를 머금고 다시 걸음을 옮긴다. 발은 저절로 가볍고 마음은 절로 흥에 겹다. 기암괴석과 노송의 어울림이 멋진 한 폭의 그림으로 펼쳐져 있다. 얼마 걷지 않아 입석대가 나온다. 무등산의 입석대에는 미치지 못했지만 거대한 바위가 우뚝 서 있는 모습이 장엄하다. 비로봉1032m을 스쳐 지나 조금 걸으니 만물상이 따로 없다. 고릴라 닮은 바위가 나오더니 어느 순간 도롱뇽 바위가 나타난다. 기기묘묘가 바로 이런 것이구나! 상고석문을 통과하고 조릿대 오솔길을 오르고 또 오르니 천왕봉이 보인다.

충청도 촌놈님과 함께한 백두대간 동행 종주기

천왕봉을 얼마 앞두고 헬기장에 일군의 산악회 회원들이 진을 치고 있다. 그들은 산신제를 지내기 위해 상을 차리고 있고, 우리는 그 옆에서 점심상을 준비한다. 이인우 대장이 코펠에 물을 붓고 라면을 끓이기 시작한다. 각자 싸온 밥을 내놓으니 바로 오늘의 점심상이 된다. 우선 술을 꺼내 한잔씩 돌린다. 조진행 대원이 야관문 담근 술을 쭉 가며 따라 준다. 난 복분자 담근 술이다. 이학원 대원은 라오스에서 사 온 40도가 넘는 라오하이를 꺼내 놓는다. 자신의 취향에 따라 마시며 기분을 점점 끌어올린다. 아! 그 순간 누가 사진을 찍는다. 호기심에서 찍나 보다 생각하는데 불 피우는 것이 금지된 곳에서 불을 피워 국립공원법을 위반했다는 날벼락이 떨어진다. 갑작스런 상황에 당황하여 웃음기는 물론 말도 나오지 않는다. 신분증을 내놓으란다. 다들 침묵 또 침묵이다. 관리원이 다시 말한다. 협조하지 않으면 모두에게 위반 딱지를 끊겠다고 협박한다. 마음 약한 의리의 사나이 이학원 대원이 신분증을 내민다. 10만 원인데 자진 납부하면 8만 원만 내면 된단다. 기분이 약간 상했지만 이런 일로 오늘을 망칠 수야 없는 법! 술은 더욱 짜릿하고 금세 우린 언제 그랬냐는 듯 원래 상태로 되돌아간다. 12시에 시작한 점심시간이 이런저런 일로 한 시간이 지나서야 끝났다.

다시 발걸음을 옮긴다. 이번 대간 길에서 최고봉인 천왕봉 1058m에 올랐다. 두루두루 돌면서 사진을 찍는다. 표지석을 끌어안고 행복한 포즈를 취하며 마지막 샷을 남긴다. 괴암과 조화를 이룬 노송의 자태는 늘 마음을 들뜨게 한다. 각자 나름의 자태를 지닌 노송 사이로 저 멀리 산줄기들이 겹겹이 흐르고 있다. 한 시간 정도 걸어 우린 708봉에 도착했다. 모든 봉우리들이 한눈에 들어온다. 우리가 걸어 도달해야 할 형제봉도 우리 눈앞에 있다. 까마득한 거리에 하얀 눈을 뒤집어쓰고 있는 저 산이 형제봉이라고 말했더니, 이재문 대원은 그럴 리가 없단다. 저 먼 거리를 오늘 이 시간부터 걸어간다는 것이 이해가 안 되는 것이다. 나와 대장만이 그렇다고 생각하고 나머지 대원들은 눈앞에 보이는 산을 형제봉이라 믿으며 걸어간다. 우린 각자 자신이 생각하는 형제봉을 향해 걷고 또 걸었다. 한 시간 가까이 걸어 도착한 봉우리를 다들 틀림없는 형제봉이라 믿었다. 표지석은 없지만 틀림없이 맞을 거라는 확신이다. 그 순간 이인우 대장의 한마디! 형제봉에는 표지석이 있다는 것이다. 우린 앞에 보이는 봉우리를 형제봉으로 믿으며 또 걸었다. 그곳에도 표지석은 없었다. 결국 모두 우려했던 멀고 먼 봉우리가 형제봉이란 것이 확인된 셈이다. 마음을 다잡고 또 출발이다. 암릉에 또 암릉을 지나자 우뚝 선 할배바위가 우리를 맞는다. 이인우 대장이 말한 대로 형제봉832m에는 예쁜 표지석이 자리 잡고 있었다. 술에 취하고 기분에 홀려서 형제봉에서 의형제를 맺자고 제안했으나 별 반응이 없다. 다들 힘든 탓이리라.

형제봉을 배경 삼아 다 같이 기념촬영을 한 후, 배낭을 둘러메고 서둘러 내리막길을 내달린다. 한참을 걸으니 갈령삼거리가 나온다. 저번 산행 때 멀리 보이던 형제봉을 뒤로한 채 아쉽게 헤어졌던 그 삼거리였다. 갈령까지 내려오는 동안 언뜻 익숙하다가도 순간순간 낯선 길이 나타난다. 지난 산행 때 쌓은 탑이 무너져 있어 그 옆에 조그만 탑을 또 쌓아 올린다. 택시로 밤티재까지 이동하니 저녁 7시가 넘는다. 20km밖에 안 되는 거리였지만 많은 암릉에, 멋진 풍광이 유혹하는 바람에 많은 시간이 걸렸다. 차에 몸을 부린 후 언뜻 눈을 뜨니 공주휴게소가 바로 코앞이다. 저녁을 그곳에서 먹고 대천에 도착하니 22시를 가리키고 있다. 오늘도 길고 긴 시간을 함께 걸어온 행복한 대간길이었다.

 충청도 춘누님과 함께한 백두대간 동행 종주기

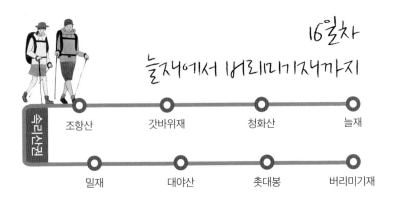

16일차
늘재에서 버리미기재까지

| 속리산권 | 조항산 | 갓바위재 | 청화산 | 늘재 |

밀재　대야산　촛대봉　버리미기재

충청도 충북알파 함께한 백두대간 동행 종주기

날짜 2014. 4. 11(토)　산행거리 / 시간 17.5km / 8시간

　이인우 대장이 보낸 단체 카톡이 왔다. 이번 산행은 늘재에서 버리미기재까지 걸을 거란다. 5km 정도의 거리지만 10시간이 넘게 걸릴 거라며 은근히 협박한다. 지금까지 산을 타면서 경험한 바로는 2km 정도는 한 시간이면 족히 걸을 수 있는 거리였기에 믿기지 않았다. 지나치게 많은 시간을 잡은 건 아닐까 하는 의구심이 생긴다. 느려도 시간당 2km, 빠르면 3km 정도는 걸을 수 있는 팀인데 지나친 노파심 때문은 아닐까 생각하면서도 약간은 걱정스러운 마음이 앞선다. 여기에다 속리산 국립공원을 걷는 일이라 국립공원관리원을 피해 일찍 산행을 시작해야 한다고 한다. 알람을 03시에 맞춰 놓고 잤다. 각시까지 청순회 식

구들과 함께 지내고 있는지라 한빛 혼자 있음에도 일찍 잠자리에 들었다. 자다 일어나 시계를 보니 01:40을 지나고 있다. 물 한 모금 마시고 다시 잠을 청하나 잠은 오지 않는다. 잡다한 생각만 끝도 없이 이어진다. 생각에 파묻혀 뒤척이다가 더 이상 잠을 잘 수 없다는 판단에 몸을 일으킨다. 머리를 감고 이런저런 짐을 챙겨 배낭을 싼다. 이인우 대장을 데리고 약속 장소에 도착하니 조진행 대원이 도착해 짐을 내리고 있다. 잠시 후 이학원 대원이 도착하고 이재문 대원은 오늘따라 늦다. 혹시 하는 생각에 전화를 건다. 신호 대기 중이란다. 일어나지 못한 건 아니니 안심이다.

정시에 출발하여 전에 다녔던 길로 접어든다. 오늘로 세 번째다. 앞으로 한 번만 더 지나면 이 길도 우리 곁을 스쳐갔던 인연으로만 남을 것이다. 화서휴게소에 도착하여 아침을 시킨다. 새로운 메뉴로 뚝배기 불고기를 시켰지만 새벽이라 불가능하단다. 결국 늘 먹던 이곳 특산인 능이버섯 국밥을 시켜 먹는다.

화서 나들목을 나와 늘재에 도착하니 06시 40분을 가리킨다. 감시원이 지킬지 모른다며 차를 민가에 주차한 후, 50분부터 산행을 시작한다. 백두대간 성황당이 출발지에서 우리를 기다리고 있다. 이런저런 내력이 깃든 기도처란다. 잣나무가 있어 두리번거리니 잣송이가 여러 개 뒹굴고 있다. 앞으로를 염려하며 잣 알 몇 개 챙기니 이학원 대원도 잣 알을 호주머니에 주워 넣는

145

다. 이인우 대장은 벌써 멀리 앞서 나갔다. 급히 따라 올라 가는데 오르막이 끝없이 계속된다. 얼마 지나지 않아 전망이 열린다. 산줄기가 빛을 받아 뚜렷한 음영을 보여주고 있다. 화강암으로 이루어진 바위와 돌과 자갈이 지천이다. 더욱 풍화 과정을 거쳐 물 빠짐이 좋은 마사토가 이 지역의 토양을 이루고 있는 듯하다. 소나무가 자라기에 적합한 토양인지라 멋진 자태의 소나무들이 여기저기서 자신을 뽐내고 있었다. 어린 소나무도 바위틈에 뿌리를 박고 생명을 키워가고 있다. 당당한 줄기를 자랑하며 멋진 자태로 우뚝 서 있는 나무도 보인다. 바위와 어울려 낙락장송으로 불릴 만한 소나무도 여기저기 눈에 띈다. 몸이 힘들수록 눈은 호강하는가 보다. 경사가 가팔라 다리는 힘들다고 아우성이지만 그에 반하여 눈은 멋진 풍광을 일찍 맞이할 수 있었다.

　30분도 채 걷지 않아 정국기원단에 도착했다. 우리가 걸어온 길이 한눈에 보인다. 속리산의 최고봉인 천왕봉도 보이고 그곳에서 뻗은 줄기가 문장대까지 병풍처럼 이어져 있다. 밤티재를 출발해서 고생 고생하여 올라간 문장대까지의 여정이 코앞에 확연히 드러나 보인다. 잠시 몸도 쉬고 눈으로 호사를 누린 후 출발하려니 안타까운 얘기를 꺼낸다. '정국'이란 말은 일본어로 '야스쿠니'라고 이학원 대원이 말하는 게 아닌가. 그러면 야스쿠니를 기원하는 단인데 그런 제단이 어떻게 이곳에 만들어졌단 말인가? 이렇게 전망 좋고 대간의 중원에 이 같은 단이 어찌 설치된 것인지 전혀 이해가 가지 않는다. 일제강점기에 일본 제국주의자들이 우리의 민족정기를 빼앗기 위해 쌓았단 말인가? 그도 아니면 해방 후 일본을 추종하는 세력들이 이곳에 단을 세운 것인지도 모를 일이다. 그럼 왜 지금까지 남아 있는 것인지도 무척 궁금하기만 하다.

이 모든 추측이 틀리기를 바라며 청화산 정상을 향해 급히 발걸음을 옮긴다. 노랑꽃이 우리를 반긴다. 제비꽃이 아닐까 생각했는데 꽃대에 잎이 있는 것이 제비꽃과는 완연히 다르다. 이름 모를 노란 야생화가 빛 속에서 빛을 발하며 우리를 환하게 맞는다. 하얀 개별꽃이 가끔씩 보이기는 했지만, 노란 별들이 처음부터 끝까지 우릴 마중하며 배웅하고 있다. 이학원 대원이 아직 피지 않은 진달래와 사진을 찍는다. 이미 피었다 지고 있는 진달래가 이곳에선 아직도 겨울인 듯하다. 더하여 우리를 반기는 게 또 있었다. 노랗게 꽃을 피우고 있는 생강나무다. 산부추가 여린 싹을 삐쭉삐쭉 들어 올리는 곳도 있다. 그 옆에는 산에서 보기 드문 민들레도 보인다.

충청도 충북녘과 함께한 백두대간 동행 종주기

시간 반을 걸어 전망이 확 터진 헬기장에 도착했다. 시간은 08시 25분을 가리키고 있다. 이번 산행의 최고봉인 청화산984m에 도착하여 표지석을 옆에 끼고 기념 촬영을 한다. 비좁은 산정에 조그만 표지석만이 청화산 정상을 지키고 있다. 곧바로 걸음을 옮긴다. 완만하고 평평한 길이 계속된다. 흠뻑 땀을 흘리고 난 뒤, 따뜻한 봄 햇살을 받으며 걷는 느긋한 길이다. 참으로 평화로운 산행길이다. 전망 좋은 바위에 앉아 간식을 먹는다. 눈은 여전히 풍경 속에 빠져 있다. 암반으로 이어진 암릉지대라 위험하고 힘든 길이지만, 그만큼 장대하게 펼쳐진 풍경이 이 모든 고통을 잊게 만든다. 앞에는 우리가 걸어갈 산마루가 펼쳐져 있고 뒤로는 지금까지 걸어온 산줄기가 꼬리 치며 우리를 따라오는 형상이다. 커다란 바위틈을 비집고 오랜 시간 자신을 키워온 노송이 우릴 반긴다. 때때로 바위틈에서 자란 산부추가 파란 싹을 흔들며 일행을 맞기도 한다. 진달래와 철쭉도 바위 틈틈이 뿌리를 박고 바위에 생명을 불어넣고 있었다.

그런 사이 멀게만 보이던 조항산이 어느새 눈앞에 나타났다. 여러 봉우리에서 만났던 조항산이 갓바위봉을 옆에 끼고 우뚝 솟아 있다. 네 시간 만에 조항산953.6m에 도착했다. 조항산 산정도 청화산과 마찬가지로 비좁다. 바위로 이루어진 산이 지닌 어쩔 수 없는 운명인 듯 싶다. 복분자 술로 기분 좋은 건배를 하고 고모치를 향해 발걸음을 옮긴다. 고모령이라고 하니 아는 것이 많고 호기심도 많은 이학원 대원이 '비 내리는 고모령'에 나오는 그 고모령이 아닌지 물어본다. 대장 왈 그럴 것이란다. 이인우 대장이 카톡에 예고한 고모샘이 있는 곳이기도 하다. 그 고모샘을 철석같이 믿고 먹을 물을 조금 가져왔는데 상태가 어떨지 한 걱정이다.

노랑꽃이 아직도 우리를 앞서거니 뒤서거니 줄기차게 따라오더니 친구를 데리고 왔다. 더욱 큰 노란 꽃인 복수초가 사방팔방에 널려 있다. 그 아래로 하얀빛의 꿩의 바람꽃이 가랑잎 사이로 꽃대를 올리고 있다. 미치광이풀 꽃을 비롯해 이름 모를 생명들이 힘차게 줄기를 세우고 있다. 그 생명들이 참으로 아름답다.

밀재에서 걸어온다는 산악회 회원을 만났다. 이인우 대장은 밀재도 감시원들이 통제하는 것이 아닐까 걱정을 하며 상세히 물어본다. 고모령 즈음에서 만난 산꾼이 들려준 정보로는 우리의 예상대로였다. 밀재는 말할 것도 없고 대야산에도 공원관리원이 떼로 다니며 단속한단다. 고모령에 도착하여 50m쯤 내려가니 고모샘이 있었다. 바위틈에서 맑은 물이 쉼 없이 흘러나오고 있는 게 아닌가. 샘이 위치한 지대를 고려한다면 상당히 많은 물이 솟아나고 있었다. 말랐을지 모른다는 걱정은 정말로 기우에 불과했다. 자연이 만들어낸 조화신공을 어찌 인간의 깜냥으로 헤아릴 수 있으리오.

더할 나위 없이 맛난 물을 실컷 마신 후 물병에도 욕심껏 채웠다. 신나게 룰루랄라 올라오니 이인우 대장은 걱정스런 표정을 짓고 있다. 밀재 입구에서 관리원이 통제하고 있어 밀재를 가기 전에 탈출해야겠다는 것이다. 시간 반이면 밀재에 도착하고 화양동 쪽으로 하산한다면 앞으로 세 시간 안에 모든 일정이 끝나는 상황이었다. 아쉽기는 하지만 여유롭게 신선놀음을 하며 내려가기로 한다.

경사에 경사를 오른 다음 마지막 급경사를 또 오르니 이름도 기이한 통시바위 갈림길이다. 점심 먹을 자리를 물색하던 중 전망 좋은 자리를 찾아 앉았는데 바로 마귀할멈통시바위였다. 저 멀리 손녀마귀통시바위를 바라볼 수 있는 자리였다. 도시락을 꺼내고 의식처럼 단체로 사진을 찍은 다음 이학원 대원이 가져온 민들레 술로 건배를 한다. 밥은 배를 부르게 하고 술은 가슴을 들뜨게 하고 풍광은 눈을 호강하게 하는 시간이다. 바위 웅덩이에 고인 물로 탁족 아닌 탁족을 하며 따뜻한 햇살을 받고 앉아 있으니 신선이 따로 없다. 바로 이런 순간이 행복 그 자체가 아닐까? 초록빛의 소나무가 무리를 지어 흰 바위산에 수를 놓은 장면은 그야말로 장관이었다. 가까이 다가가 보면 그 모습 자체로 긴 시간의 풍상을 읽어 낼 만큼 완벽한 하나의 생명체였는데 멀찍이 떨어져 바라보니 서로가 어깨 걸고 산 전체를 나름의 문양으로 수를 놓은 푸르른 색실에 불과했다.

854봉을 지나 840봉을 통과하고 내리막길을 급히 내려가니 밀재가 나왔다. 오늘 일정은 여기서 화양골로 내려가는 것으로 결정되었다. 그런데 대야산 중턱에 많은 산꾼들이 보이고 더군다나 밀재에 공원 관리원이 눈에 띄지 않는 상황이다. 그러면서 서로 간에 의견이 갈린다. 대간 길을 계속 걸어야 하다는 쪽과 대간 길을 포기하고 탈출해야 한다는 의견이 부딪쳤다. 이인우 대장은 대야산을 올라가야 한다고 하고 이재문 대원은 관리원들에게 걸려 자존심 상하는 일은 하고 싶지 않다고 말한다. 침묵을 지키고 있는 두 대원 중 이학원 대원은 오르고 싶은 마음이 얼굴에서 읽히고, 조진행 대원은 어려운지라 여기서 탈출하기를 바라는 눈치다. 그런 상황에서 오르고 싶은 마음이 굴뚝같은 내가 한마디 던진다. 어찌 되었건 부딪쳐 보자고 제안을 한다. 결정도 나기 전에 이인우 대장은 벌써 대야산을 향해 걷고 있다. 오늘 못 가면 다시 대야산을 오르기는 쉽지 않다며 앞서 걸어나가는 중이다. 결국 이인우 대장을 따라 오르기 시작하니 빼어난 풍광이 우리를 다독인다. 기암괴석이 즐비하고 그 사이사이에 노송이 멋진 자태를 뽐내고 있다. 통시바위가 나타나더니 얼마 지나지 않아 대문바위가 우리를 기쁘게 맞는다. 압도할 만큼 큰 바위 사이로 길이 있고 그 길을 통해야만 다른 세계로 들어갈 수 있는 문이 열린다. 눈을 들어 하늘을 보니 어마어마한 바위를 이고 있는 바위도 나타난다. 송이바위란다. 그 송이바위 위에도 바위 사이사이에 풍상을 이겨낸 노송이 자랑처럼 뿌리를 내리고 있다.

네 발로 기어서, 한국의 100대 명산이라는 대야산930.7m 정상에 두 발로 우뚝 섰다. 사방이 막힘없이 온전히 다가온다. 대야산 표지석을 둘러싸고 기념촬영을 한 후, 백두대간의 가장 험난한 코스라는 까마득한 절벽을 향해 걸음을 옮긴다. 100m 절벽을 밧줄 하나에 의지해서 내려가야 하는 험난한 길이다. 밧줄도 하나밖에 없는 상황이지만 돌이 굴러 떨어질 수 있는 상황이라 철저히 1명씩 내려가야 한다. 이인우 대장이 앞장서서 내려간다. 다음은 내가, 그 다음은 이재문 대원, 그리고 조진행 대원이 밧줄을 타고 내려온다. 마지막으로 이학원 대원이 가뿐하게 내려왔다. 이재문 대원이 마시다만 물통을 떨어뜨린 것 말고는 다들 무사히 내려올 수 있었다.

곧바로 발걸음을 재촉하여 촛대재에 도착했는데, 여기서 버리미기재를 버리고 탈출해서 피아골로 내려간단다. 오늘 우리의 일정은 앞에 보이는 촛대봉을 넘어 서양 이름 같은 불란치재를 거쳐, 곰이 넘었다는 곰넘이봉을 지나 버리미기재로 내려가는 길이었다. 그런데 등산이 금지된 코스이고 감시초소까지 있다 하여 진로를 바꾼 것이다. 조금 내려오니 고모샘처럼 바위틈에서 물이 흐른다. 차갑고 맑은 물에 감동하여 맘껏 목을 축이고, 세수를 하며 땀에 전 소금기를 씻어 낸다. 버리미기재로 가는 길보다 더 긴 길이 남았다. 내려오는 길옆으로 맑은 물이 크고 작은 돌 사이를 누비며 흐른다. 깨끗한 모래를 실어 나르며 흐른 물은 골짜기를 만나 계곡물로 변해 있다.

잠시 후에 우리는 달빛이 비친 모습이 아름답다 하여 붙여진 월영대에 도착했다. 이곳에서 탁족을 하자고 하니 모두 흔쾌히 동의한다. 대장의 결정이 내려지고 우린 발을 물에 담근다. 물속에서 30초를 견디기 어렵다. 발이 얼고 머리가 아프다. 첫 번은 그나마 30초 가까이 견딜 수 있었지만 두 번째는 어림도 없다. 발을 넣자마자 차가운 통증이 온몸으로 전해온다. 탁족도 하고 시간을 절약할 수 있는 묘책이 자연을 통해 자연스레 실행된 것이다.

탁족을 끝낸 후 계곡 옆으로 이어진, 진달래가 피어 있는 길을 따라 내려가자, 두 마리의 용이 승천했다는 용추 폭포가 신비롭게 다가왔다. 하트 모양의 웅덩이뿐만 아니라 승천하면서 용트림을 하다 남긴 자국이 용비늘처럼 바위에 선명히 남아 있다. 일행은 벌써 하산을 해서 시원한 막걸리를 하고 있을지 모른다. 오늘 운전을 해야 하는 책임 때문에 술을 마시는 것은 불가능한 일이다. 이런 핑계로 자유롭게 여유로움을 즐기면서 내려가기로 마음을 먹는다. 꽃구경에 이어 물구경으로 여념이 없다. 죽은 여인을 위로하기 위해 굿을 하다 그 무당까지 죽었다는 무당소를 지나니 음식점이 보인다.

계곡을 따라 내려가다 가장 먼저 자리를 차지하고 있는 식당에서 어렴풋이 부르는 소리가 들린다. 날 부르는 소리다. 여태까지 나를 기다리며 주문도 하지 않은 상태란다. 미안하고 고맙다! 옹이가 있는 노송과 송진을 짜낸 흔적이 역력한 기둥으로 지어진 식당이다. 아담한 풍취가 느껴진다. 막걸리 두 되와 도토리묵 무침을 안주 삼아 맛있게 마시는 술잔에 시원한 냉수로 건배를 나눈다.

택시를 타고 늘재까지 가는데 4만 원을 달란다. 먼 길을 돌아 돌아 가야 하는 길이란다. 우리가 가야 할 버리미기재를 지나 충북 괴산을 거쳐 화양동을 지나야 늘재가 나온다. 괴이한 이름이라 택시기사에게 물어보니 빌어먹기 위해 넘은 고개란다. 그러면서 농사지을 땅이 없고 먹을 것도 마땅치 않아 빌어먹기 위해 넘었던 고개가 버리미기재라고 한다.

19시를 넘겨서야 늘재에서 출발할 수 있었다. 공주 휴게소에서 저녁을 먹을까 하다가 계속 달려 대천에 도착하니 21시가 조금 넘은 시간이다. 이재문 대원은 막걸리가 무척 생각나나 보다. 미나리를 무쳐 놓았으니 막걸리를 사 가지고 집에 가잔다. 조진행 대원이 빠지고 나도 큰딸이 기다리는 상황이라 여기서 하루를 끝내고 싶다. 이인우 대장도 한잔이 고팠지만 늦은 시간이라 집으로 향한다.

새벽 4시에 시작하여 저녁 9시가 넘은 시간에 하루가 마무리된다. 오늘도 역시 긴 하루였다. 집에 와서 찾아보니 우리 일행을 끝까지 동행해준 노랑꽃은 '수줍은 사랑'의 꽃말을 지닌 노랑제비꽃이었다. 제비꽃과 완연히 다른 또 다른 제비꽃의 모습을 만나는 시간이었기에 더욱 반가웠다.

충청도 춘누님과 함께한 백두대간 동행 종주기

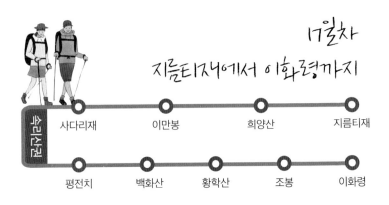

17일차

지름티재에서 이화령까지

속리산권

사다리재　　이만봉　　희양산　　지름티재

평전치　　백화산　　황학산　　조봉　　이화령

충청도 춘남정맥과 함께한 백두대간 동행 종주기

날짜 2015. 5. 16(토)　**산행거리 / 시간** 24.5km / 10시간

　이번 산행은 다른 산행과 완전히 다른 또 다른 기록을 남겼다. 그 이유 중에 하나는 산행 준비모임을 했다는 것이고 그 다음은 1박을 한 산행이었다는 것이다. 그리고 두 대의 차량으로 이동했다는 것도 기록으로 남을 만한 일이다. 꽤 긴 여정을 걸어야 하는 산행인지라 준비할 사항이 많았기에 준비모임을 할 수밖에 없었다. 모임을 한다고 하니 조진행 대원은 참석 가능하다고 하고, 이재문 대원은 야자 감독이라 21시 30분 이후에야 참석이 가능하단다. 여전히 이학원 대원에게는 소식이 없고 그래도 이인우 대장의 시간에 맞춰 20시 30분에 '막전'에서 만나기로 했다. 막걸리를 마시며 나눈 결론은 1박을 하자는 것이다. '은티산장'

에서 하루를 묵기로 결정한 후 전화를 걸어 즉시 예약을 했다. 숙과 식 모두 가능하단다. 모든 일이 일사천리로 진행된다. 호사다마라고 묵묵부답이던 이학원 대원이 중국에서 국내로 들어오는 시간이 17시는 되어야 한단다. 그럼에도 의리의 산사나이답게 이학원 대원이 도착할 때까지 기다려서 함께 출발하기로 했다. 당일 모든 준비를 끝내고 이인우 대장의 명령만을 기다리고 있는데 이학원 대원한테 연락이 왔다. 예정대로 공항에 도착은 했는데 대천 도착 시간은 상당히 늦어질 거란다. 입국 수속에 저녁까지 먹어야 하고 차량이 막힐 경우 21시나 22시는 되어야 한다는 것이다. 그러면서 먼저 출발하라는 것이다. 혼자서 산장까지 온다는 것이다. 이인우 대장과 상의한 후 연락을 하기로 하고 이인우 대장에게 전화를 한다. 이인우 대장은 일단 만나서 상황을 지켜보며 대처 방안을 논의하자고 한다. 학원에 집합하여 최종적으로 이학원 대원과 통화를 하니 최소 21시는 넘어야 도착할 수 있단다. 자신 때문에 모든 사람이 기다려야 한다는 사실을 스스로 견디기 어려워한다. 결국 이학원 대원의 간절한 요청으로 먼저 출발하기로 결정이 내려졌다.

　19시가 조금 넘은 시간에 은티마을을 향해 출발했다. 먼 거리지만 고속도로를 타고 달리면 두 시간 조금 넘게 걸리는 거리다. 서해안을 타다가 서평택에서 충주로 동충주에서 다시 중부내륙 고속도로를 타고 내려가 연풍나들목으로 나오는 코스다. 22시쯤 산장에 도착할 수 있었다. 소주에 삼겹살 안주 그리고 푸짐한 이야기는 어떤 자리에서도 느낄 수 없는 분위기를 만들어낸다. 기분 좋게 취하고 흥겹게 이야기가 오고 간다. 흥취가 오를 즈음 이학원 대원이 24시가 넘는 시간에 우리와 합류했다. '은티산장' 정원에서의 술자리를 정리한 후 방에 들어와 2차를 달렸다. 얼큰한 상태인지라 이학원 대원이 중국에서 공수해 온 50도짜리 중국술도 술술 넘어간다. 중국술을 챙겨 가냐고 물어볼 때, 다음 날을 생각하며 챙겨 오지 않기를 간절히 바랐는데 지금은 없어서 못 마시는 상황이다. 결국 이인우 대장이 간절히 원하던 대로 술자리는 이어졌다. 이인우 대장이 무척 서운한 투로 이런 날 마시지 않으면 언제 마시냐며 강력히 소원했기 때문이다. 다섯 시에 일어나야 하는 일정 때문에 독주를 입에 마구 털어 붓고 잠을 청했다.

　깜빡 존 듯한데 05시가 되었는지 알람이 울린다. 머리가 아프고 몸은 찌뿌듯하다. 그래도 시간은 가고 해야 할 일은 해야 한다. 차를 이화령에 갖다 두기 위해 세 대원은 벌써 출발하고 없다. 남아 있은 이재문 대원과 잠자리를 정리하고 마을 구경을 나갔다. 어제 언뜻 스쳤던 소나무가 지끈거리는 머릿속에서도 아른거린다. 마을 입구에 몇 백 년이 된 소나무들이 마을의 수호신처럼 우뚝 서 있다. 허겁지겁 사진을 몇 장 찍고 은티주막을 지나 은티산장에 돌아오니 해장국과 함께 시골 밥상이 한상 차려져 있다. 반찬 하나하나가 어머니 손맛을 우려낸 듯 정갈하고 맛깔스럽다.

두 덩어리씩 싸준 주먹밥을 챙겨 넣고 예정 시간보다 15분 늦은 06시 15분에 산행을 시작했다. 곳곳에 앉아 있는 크고 작은 바위에 감탄사를 내뱉으며 설핏 낀 안개를 헤치고 올라가는 산행길이다. 얼마 지나지 않아 일군의 산꾼들이 내려온다. 이화령에서 오는 길이란다. 야간 산행을 하고 07시가 되기 전에 구왕봉을 향해 가고 있었다. 산을 타기 위해 오로지 불빛만을 이용해 걷는다는 것이 나로서는 쉽게 이해가 되지 않았다. 산의 풍경을 보고 느끼며 산과 함께 하기 위해 산에 오르는 게 당연하다고 생각하기 때문이다. 넓은 바위 위에 품위를 지키며 당당히 서 있는 소나무와 포옹을 한 다음 급경사를 오르기 시작한다. 암벽 등반을 하듯 줄을 잡고 오르는 한걸음 한걸음은 또 다른 산행의 즐거움이다. 옅은 안개로 둘러싸인 산이 수줍게 미소를 지으며 하얀 철쭉으로 피어나 있다. 힘든 우리를 곁에서 격려하고 감싸주는 따뜻한 위로다. 어느덧 지름티재를 지나 희양산 턱 마루까지 왔다. 예전에는 입산을 금지하기 위해 스님들이 산막을 짓고 막아섰다는 곳이다. 최고의 수행도량인 봉암사를 감싸고 있는 산이 희양산인지라 참선을 위해 그런 조치를 취했다고 한다.

얼마간 시간을 더 내야 오를 수 있는 희양산 정상은 가고 싶은 사람만 오르기로 한다. 나와 이재문 대원, 이학원 대원이 함께 오른다. 5분도 지나지 않아 우리를 맞은 정상은 할 말을 잊게 한다. 아! 아아! 이 한 마디로 모든 것을 대신할 수밖에 없는 풍경이다. 우리가 걸어온 대야산이 보이고 그 산 주위로 날개를 펼치듯 산줄기가 이어져 있다. 아침 햇살이 적절한 빛을 비춰 주고 몽환적인 안개가 다양한 형상을 만들어내 환상적인 풍광을 선사해 주었다.

다시 대간길로 돌아와 걸음을 재촉한다. 자연석으로 쌓은 옛 성터가 고즈넉하게 이어지며 풍미를 더한다. 옅은 분홍빛의 철쭉과 어우러져 고풍스러운 느낌이다. 배너미평전을 향해 걸음은 더욱 속도를 낸다. 저 멀리 이만봉과 곰틀봉이 보인다. 내려가고 다시 오르고 또 내려가니 넓은 평지가 나온다. 이곳이 배너미평전인가 보다. 파란 잔디 같은 산풀들이 바닥을 덮고 있다. 산거울이란 풀이다. 산의 첫 이미지가 푸르름이라고 할 때 산을 비추는 산거울이 이처럼 파랄 수 있다는 것은 결코 우연이 아니다. 그럴싸한 이름이다. 이 산거울이 온산에 녹색의 양탄자를 깔아 놓고 있었다. 그 위로 연둣빛을 띠는 나무들이 줄지어 서 있고, 철쭉이 흰색부터 연한 분홍까지 다양한 빛깔로 꽃무늬를 놓고 있었다.

시루봉 옆을 지나 우린 이만봉을 향해 걷고 또 걸었다. 이제 이만봉이 눈앞에 있고 그 옆으로 곰틀봉이 가까이 보인다. 멀리 희양산이 바위산 그대로 배경이 되어 앉아 있다. 아침에 디뎠던

충청도 충남팀과 함께한 백두대간 동행 종주기

곳이 정상인 줄 알았는데 정상이 아니었던 게 분명하게 확인된다. 정상에서는 봉암사가 보인다고 했는데 우린 봉암사를 보지 못한 것이다. 더구나 표지석를 만나지 못한 것이 정상에 오르지 않은 뚜렷한 증표다. 갈 길이 많이 남아 급히 둘러보고 돌아오다 보니 그리 되지 않았나 짐작해볼 뿐이다.

얼마 지나지 않아 이만봉에 도착했다. 기계적으로 찍어낸 표지석이 화사한 연두 속에 계면쩍게 앉아 있다. 잠시 쉬고 곰틀봉을 향해 발걸음을 옮긴다. 멀리 오늘의 최고봉인 백화산이 우리가 걸어갈 마루금 끝에 당당히 서 있다. 한참을 내려갔다가 다시 올라 앞을 보니 어느새 곰틀봉 위에 서 있다. 표지석은 보이지 않고 그 대신 장승같은 나무에 곰틀봉 개미봉이라 쓰여 있다. 자세히 보니 바위에서 마디게 자란 죽은 소나무를 이용해 만든 작품 같은 표지목이다. 지금처럼 온전한 작품으로 품격을 지니고 서 있을 시간이 얼마나 남아 있을까? 바람을 견디고 눈비를 맞으며 자연스레 자연으로 돌아간다고 생각하니 당연한 일이기는 하지만 아쉽기만 하다. 그 자리에 서서 산꾼들의 눈길을 사로잡으며 오랫동안 서 있기를 빌어본다.

급경사를 한참 내려가니 어느새 사다리재가 나타난다. 다시 오르고 또 내려가니 평전치다. 산거울이 파란 머리를 흔들며 아우성이다. 철쭉도 역시 빠지지 않는다. 햇살도 연둣잎 사이로 간간히 비친다. 땀이 날 즈음 바람이 옷 속으로 파고든다, 그리고 뭐니 뭐니 해도 맛난 주먹밥이 기다리고 있다. 이러하니 더욱 힘을 내 백화산에 오르지 않을 수 없다. 시간상 백화산 정상에서 점심을 먹기가 어려울 것 같았는데, 지금의 속도라면 가능할 수 있겠다는 생각이 스친다. 부지런히 걷다 보니 바로 앞에 백화산 봉우리가 다가와 서 있다. 점심 먹을 예정이었던 12시가 지났지만 점심 먹을 생각에 마지막 힘을 내본다. 그런데 정상인 줄 알고 오른 봉우리가 백화산 정상이 아니다. 정상은 저 앞으로 물러나 지친 우릴 무심히 바라보며 앉아 있는 게 아닌가.

　더 이상 점심을 늦출 수는 없다. 12시 12분에 기념사진을 찍고 주먹밥을 먹는다. 다들 맛있단다. 다음부터 주먹밥을 싸와야겠다는 이인우 대장부터 영양분이 충분하다느니, 의외로 배부르다니 좌우지간 즐거운 점심시간이었다. 더구나 취나물로 싸 먹는 맛이라니 이보다 더한 맛은 없을 것 같다. 조진행 대원에게 당귀 고르는 법을 익히고 그 당귀 잎으로 마지막 입가심을 했다. 여기에 곁들인 복분자술은 역시 힘을 나게 하는 그 무언가가 있었다. 어제 마신 중국술 냄새가 채 가시지 않았는데 산속에서 마시는 술은 술술 잘도 넘어간다.

　점심을 먹은 후 속도를 붙여 빠르게 백화산1064m 정상을 찍고 황학산 정상을 향해 발걸음을 옮긴다. 우리가 걸어갈 길이 왼쪽에 있었는데, 백화산을 지나자 걸어왔던 길을 다시 왼편에 두고 걷게 되는 지그재그 대간길이다. 평평한 숲길이 계속되는 산행인지라 속도는 붙고 힘이 절로 난다. 산길을 파헤친 멧돼지의 소행을 두고 갑론을박이 벌어진다. 산행길에 뭐가 있다고 이렇게 들쑤셔 놓았을까부터 인간의 발길을 막고 자연 상태로 돌려놓으려는 시도일 거라는 견해까지 천차만별이다. 자연을 해치는 인간에 대한 몸부림이자 저항의 표현이 아닐까하는 생각까지 들었다.

조봉에서의 마지막 휴식은 마지막 남은 물을 나눠 마시는 것으로 마무리되었다. 우리의 발길은 마지막 봉우리인 조봉을 거쳐 이화령을 향하고 있다. 산거울은 아직도 여전하다. 내내 이를 보자니 여러 가지 생각이 든다. 나무의 빛을 자신의 색깔로 비춰주는 산의 거울이지 않을까 하는 좀 엉뚱한 생각까지 했다.

이화령에서 기념사진을 찍고 바로 은티마을로 향한다. 이재문 대원은 막걸리가 너무 간절하게 생각난단다. 은티 주막에서 막걸리 한 대접을 쭉 들이켠 다음, 차를 나눠 타고 집으로 향했다. 긴 여정이 끝나는 순간이다.

충청도 춘향이랑과 함께한 백두대간 동행 종주기

163

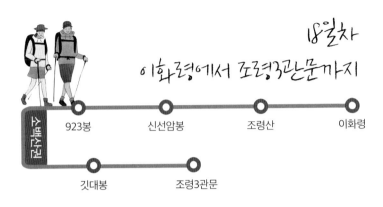

18일차
이화령에서 조령3관문까지

소백산권

923봉　　신선암봉　　조령산　　이화령

깃대봉　　조령3관문

날짜 2015. 6. 20(토)　**산행거리 / 시간** 10km / 5시간

충청도 충북대와 함께한 백두대간 동행 종주기

　　이번 산행은 준비부터 우여곡절이 많았다. 비가 온다는 예보 때문이다. 이인우 대장이 산행 일정을 통보하자 대원들의 의견이 분분하다. 전국적으로 비가 온다는 예보에다 천둥과 번개까지 동반한다는 소식이 전해지면서 다들 한걱정이다. 이런 상황에서 출발하기 하루 전, 다음 날로 산행을 미루자는 통지가 떴다. 다들 긍정적인 답변인데 이재문 대원만 9mm 밖에 오지 않는다며 아쉬움을 표한다. 그에 덧붙여 나도 의견을 올린다. 가능하다면 산행 후 하루 쉬는 것이 좋을 것 같다고. 결국 이인우 대장이 일정을 원래대로 번복한다. 비가 오더라도 예정대로 추진하잖다. 천둥과 번개가 친다는 예보가 있다고 이학원 대원이 두

번이나 올렸는데도 크게 의미를 두지 않는다.

　이런 우여곡절 끝에 토요일 날 이화령으로 출발하게 된 것이다. 전날 마신 술이 몸을 피곤하게 한다. 잠이라도 깊이 자려고 졸린 눈을 비비다가 22시가 넘은 시간에 잠자리에 들었다. 그런데 전화가 온다. 알람이 울리는 줄 알았는데 확인해보니 이인우 대장이다. 차를 아파트에 두고 같이 가잖다. 전화를 끊고 시간을 보니 23시가 조금 넘은 시간이다. 한번 달아난 잠은 몸을 뒤척여도, 책을 읽다 다시 누워도 다시 찾아오지 않는다. 어찌어찌하여 24시를 넘겨 간신히 잠이 들었나 본데, 알람이 울리기도 전에 눈이 떠지더니 잠은 끈질기게 달아나고 또 달아난다. 결국 새벽 3시 15분에 알람이 울려 무거운 몸을 간신히 일으킨다. 몽롱한 몸을 깨운 후 머리를 감고 커피를 내린 다음 약간의 배고픔을 속이느라 물을 마신다. 바삐 준비했는데도 늦게 일어난 탓에 출발 시간은 이미 지나가 버렸다. 급히 움직이는 소리에 잠이 깼는지 아내가 잘 다녀오라 배웅을 한다. 결국 나 때문에 5분 정도 늦게 출발하게 되었다. 네비게이션이 가리키는 대로 가다보니 예상했던 길로 가지 않는다. 거리는 짧고 시간은 비슷하게 걸려 이화령 산장에 도착했다.

　07시 30분에 조령산을 향해 걸음을 옮긴다. 구름과 안개로 인해 산은 아무것도 보여 주지 않는다. 뿌연 바다 위를 묵묵히 걷고 또 걷는 것 이외에 할 수 있는 일은 아무것도 없다. 몸은 시원하고 마음은 상큼하게 걸을 수 있었지만 아무래도 아쉬움이 큰 산행이다. 가장 아름다운 전망을 보여준다는 대간길에서 희뿌연 안개만 바라보며 걷는 것이 어찌 원하는 바이겠는가? 수행하는 마음으로 걷는 길이라 자위하면서 여유롭게 걷기로 마음을 다잡는다.

뱀에 놀라기도 하며 한 시간 만에 조령샘에 도착했다. 무더운 날이었다면 그 맛은 더할 나위 없이 좋았겠지만 그래도 산에서 만나는 샘이기에 희소성의 가치는 분명히 있었다. 시원하게 쏟아지는 샘물을 한 바가지씩 떠서 맛나게 들이켠다. 샘 위에 터를 잡은 버드나무가 부모와 자식의 끈을 이어가며 자라고 있었다. 어느 것이 자식인지 구분이 되지 않을 만큼 모두 우뚝 자랐다.

30분을 더 오르자 이번 산행의 최고봉인 조령산1017m이 나타난다. 기묘한 두 개의 돌탑이 표지석 앞에서 힘겹게 오르는 사람을 맞이하며 서 있다. 넓게 자리를 차지하고 있어 아쉬웠지만 글씨체는 상당히 매력적인 느낌을 주는 표지석이다. 멀리 전망을 바라볼 수 없으니 바로 코앞에 있는 것에 관심이 더 간다. 사람을 찍게 되고 나무를, 바위를 사진에 담아본다. 안나푸르나에서 실족사한 지현옥 추모비가 안개 속에 묵묵히 자리하고 있다. 들꽃처럼 산들산들 흔들리며 아무 일도 없었던 것처럼 영원한 자연의 품으로 떠난 그녀가 그곳을 묵묵히 지키고 있는 것이다. 이인우 대장이 싸온 감자를 안주 삼아 이학원 대원이 준비한 오가

피술로 추모의 마음을 담아 한 잔 따라 올린다.

신선암봉을 향하는 길은 끝없이 이어지는 암릉이다. 밧줄을 타고 내려가고 또 내려가고, 그러다 어느 순간 밧줄을 잡고 오르고 또 오르는 길이다. 몸은 힘든 길이지만 눈은 즐거운 길이라는데 안타깝게도 안개만이 우릴 감싸고 있다. 상상하며 즐길 수밖에 없다. 그러다가 언뜻 만나는 오랜 세월을 견뎌온 노송은 눈을 시원하게 하기에 충분했다. 긴 여정 속에서 만난 수많은 노송은 어느 것도 같은 모습을 지니고 있지 않다. 노송이지만 다 다른 노송인지라 일어나는 감흥 역시 다 다르다. 자태도 다르고 서 있는 자리도 다르고 그들끼리 어울려 사는 모습 또한 다르다. 바위는 칼처럼 서 있기도 하고 칼날을 세우고 누워 있기도 했다. 그런 바위 사이사이에 소나무는 기막히게 자신의 자리를 차지하고 있다. 그 자리에서 몇 백 년의 풍파를 견디면서 지금의 모습으로 거듭나지 않았을까? 이런 노송을 대하게 되니 자연히 머리가 숙여진다. 바위와 노송이 어우러져 있고, 그 노송 아래 신선이 살았을 것 같은 곳이 바로 신선암봉이다. 자그마한 표지석이 참으로 자연스럽다. 구름 속의 신선이 된 듯 여유를 누리다가 아쉬움만 남기고 발길을 옮긴다.

여전히 암릉의 연속이다. 더구나 오르고 내려가기를 계속한다. 전망이 어떨지는 마음으로 읽히지만 상상일 뿐, 아직도 안개가 앞을 가리고 있다. 그런 와중에 안개 속에서 은근한 자태를

충청도 충북 단양과 함께한 백두대간 동행 종주기

뽐내는 소나무만이 아쉬운 마음을 달래주고 있다. 살아 있는 것
만으로도 경이로움이 느껴지는 존재다. 때로 만나는 죽은 노송
은 그 멋진 자태로 인해 더욱 안타까움을 가지게 한다. 바위틈에
자리를 잡고 자신을 키워 왔던 그 나무에게서 우린 무엇을 느끼
고 배울 수 있을까? 겨울에 자신의 뿌리를 얼려 바위틈을 벌린
다는 소나무! 이 강인한 생명력을 확인하면서 극한의 아름다움
확인한다. 그 아픔을 견디며 자신을 키워왔던 나무가 왜 생명의
끈을 놓을 수밖에 없었을까? 태풍에 뿌리가 뽑히고, 함박눈에
줄기가 부러지는 시련을 당했기 때문인가. 그도 아니면 자신을
키워왔던 터전에서 생명을 정리해야 하는 또 다른 이유는 무엇
이었을까? 이렇게 상념에 젖어 걷는 길이었기에 힘든 줄 모르고
줄기를 타고 탈 수 있었다. 어슴푸레 자신을 보여주는 소나무와
은밀한 만남을 가질 수 있어 은근히 기분이 오르는 시간이었다.

　그런 와중에 12시가 되니 긴장을 하지 않을 수 없었다. 비가
내린다는 예보가 있었기 때문이다. 12시가 다가오고 멀리서 천
둥소리가 들리니 비를 맞을 수 있겠다는 느낌이 더욱 실감 나게
다가온다. 예보가 정확히 맞아떨어졌다며 이학원 대원이 안타
까운 마음을 전한다. 천둥소리가 귓전에서 울리더니 어느 순간
비가 쏟아진다. 급히 우비를 뒤집어쓰고 급하게 움직인다. 조령
3관문까지는 한 시간 정도의 거리다. 비를 피할 수 있다는 생각
에 그곳까지 쉬지 않고 걷는다. 비는 줄기차게 내리고 몸은 땀으

로 줄줄 흐르고 등산화는 속까지 축축하게 젖어간다.

한 시간이 채 지나지 않아 조령3관문에 도착했다. 여전히 비는 내리는 중이다. 그런데 예상했던 상황이 전혀 아니다. 비를 피하면서 점심을 먹을 곳이 있을 줄 알았는데 그런 곳은 어느 곳에도 없다. 조령3관문 안에 들어가면 비를 피할 수 있지 않을까 생각했던 것인데 전혀 그렇지가 않다. 할 수 없이 문 앞에서 일행을 기다리기로 한다. 처음에는 더위를 식혀주는 시원한 바람이 한없이 고맙다고 생각했다. 그런데 땀이 식어가자 바람은 서늘해지다가 차가워져 몸을 덜덜 떨게 만든다. 한참을 기다렸는데도 일행은 올 생각을 않는다. 나중에 들은 일이지만 이학원 대원이 장갑을 떨어트리고 왔고, 그것을 다시 가서 주워오는 바람에 많은 시간이 지체되었단다.

휴게소가 없었다면 우린 물에 빠진 생쥐 꼴로 비를 맞으며 점심을 해결할 판이었다. 다행히 휴게소에서 뜨끈한 라면을 안주 삼아 막걸리 한 대접을 기분 좋게 들이켤 수 있었다. 이인우 대장이 오늘은 더 이상 산행을 진행하기 어렵다고 선언한다. 여기서 그만두는 것이 아쉽기도 했지만 다행스럽다는 생각이 더 크게 들었다. 다음을 기대하며 젖은 몸을 이끌고 하산을 했다. 예정보다 일찍 집에 간다니 아내가 무척 놀라지 않을까 생각했는데 아내는 벌써 우리가 한 일을 모두 알고 있었다. 조진행 대원이 보낸 카톡을 마누라들끼리 벌써 공유한 탓이다. 그런 후의 아

171

내 반응은 말을 안 해도 알만 하지 않은가? 이래저래 아쉬움만 남는 하루다.

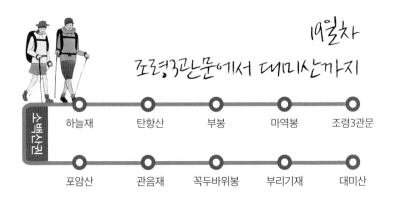

19일차
조령3관문에서 대미산까지

소백산권

하늘재 · 탄항산 · 부봉 · 마역봉 · 조령3관문

포암산 · 관음재 · 꼭두바위봉 · 부리기재 · 대미산

날짜 2015. 7. 18(토) - 7. 19(일) 산행거리 / 시간 30km /14시간

　　이번 산행 역시 우여곡절이 참 많았다. 1박을 하는 여정이라 일정 조정을 위해 모임까지 가졌던 것이다. 모임에 참석하지 못하고 그 후에 들은 결정 사항은 7월 11일과 12일로 산행 날짜가 잡혔다는 것이다. 얼마 후 이인우 대장의 통지가 카톡에 떴다. 태풍이 올라온다는 예보가 있다는 것이다. 카톡방에선 비 예보에 따른 일희일비가 수시로 교차한다. 많이 온다고 했다가 적게 온다는 얘기, 그도 저도 아니고 아예 오지 않는다는 예보 등 많은 말들이 오갔다. 이인우 대장이 최후통첩을 날린다. 어찌 되었건 출발한다는 것이다. 11일 06시 여음기타교실로 이동하는데 비가 억수로 퍼붓는다. 이인우 대장의 마음이 흔들리고 결국 날

짜를 다시 잡기로 결정되면서 날궂이 술판을 벌이기로 한다. 이
재문 대원이 예전부터 노래를 불러왔던 감자전에 막걸리를 마시
는 술자리다. 이재문 대원의 집으로 이동해서 형수가 만들어 준
감자전을 안주삼아 막걸리를 마시게 되었다. 이런 분위기에서
이리 마시는 막걸리는 누구도 마다하지 않고 술술 마시는 술일
수밖에 없다. 이학원 대원의 걸쭉한 입담이 어우러지고 춤추고
노래하는 한여름밤의 꿈같은 술자리가 그렇게 흘러 지나갔다.

　그런 후 잡힌 일정이 18일부터 19일까지 1박 2일 산행이다. 그
런데 일정에 문제를 제기하는 대원이 있어 산행이 어렵다는 애
기가 돌았다. 그런 와중에 8월에도 서로 합의했던 날짜가 불가
능해진 상태가 되어버렸다. 많은 혼란과 어수선함 속에서 7월
산행도 8월 산행도 추진할 수 없는 상황이 된 것이다. 결국 대장
의 결단이 내려졌다. 애초에 합의했던 매월 둘째 주 토요일에 산
행을 강행한다는 것이다. 가족 모임이 잡혀 불가하다고 한 그 날
짜에 산행을 진행한다는 것이다. 모든 사람이 함께할 수 있으면
좋겠지만 그렇지 못할 경우는 원칙대로 추진한다는 통보인 셈
이다. 갑자기 나홀로 산행을 해야 하는 황당한 상황이 발생한 것
이다. 급 수습에 나섰다. 이학원 대원도 7월 둘째 주에 함께하기
어렵다는 애기를 했었기에 이학원 대원에게 전화를 걸어 셋째
주에 동행하기를 청했다. 그런데 벌써 일정을 조정해서 셋째 주
산행이 어려울 것이라 말한다. 난감한 상황이다. 모든 마음을 비

175

우고 단독 산행을 결심한다. 그런데 얼마 지나지 않아 전화가 울리고 여러 정황을 전해 들은 이학원 대원이 함께 갈 수 있을 거라 전한다. 또다시 일정을 바꿔 보겠다는 내용이었다. 나중에 들은 얘기였지만 쉽지 않은 마음 씀씀이었다. 어머님을 오시라고 해서 함께 지내기로 했는데, 일정을 재조정해서 어머님을 일찍 보내 드리고 나와 함께 산행하기로 결정한 것이다.

이학원 대원과 함께 출발하기로 하고 산행 준비를 진행한다. 하늘재에서 1박을 하는 일정이므로 하늘재 산장 예약은 필수다. 그런데 산장 연락처를 알 수가 없다. 산장에 대한 얘기는 많은데 산장 연락처는 찾기가 어렵다. 114로 물어봐도 모른다고 하고, 하늘재 식당을 알려 주기에 전화를 해도 그런 곳은 모르는 곳이란다. 그런 중 블로그 사진을 검색하다 사진 속 연락처로 전화를 했는데 다행히 통화가 되었다. 처제란다. 숙식이 가능하다며 산장 연락처를 알려준다. 전화를 걸어 예약을 끝내고 출발할 날만 기다리며 하루하루를 보냈다. 독서골든벨 참가 학생을 인솔해야 했기 때문에 출발 시간은 11시로 정해졌다. 그러면서도 가능하다면 빨리 출발하기로 의견을 나눴다. 학생을 인솔하고 대천고에 가서 상황을 살펴보니 일찍 출발해도 될 것 같아 약속 시간을 10시로 당겼다. 어머님이 계신 줄 알았다면 요구할 수도 없는 일이었는데 조금 망설이더니 그렇게 하자는 응답이 떨어졌다. 이렇게 하여 우여곡절이 많았던 이번 산행은 10시 10분에 대천을 출발하면서 시작되었다.

달리고 달려 12시 30분에 시루봉 휴게소에 도착할 수 있었다. 갈비탕을 시켜 맛나게 먹고 나니 전화가 온다. 독서골든벨에 참가했던 학생이다. 행사는 무사히 끝났고 다들 귀가했단다. 상황을 알아본 후 교감에게 연락을 취하고 나니, 이젠 온전히 산에 마음을 빼앗겨도 될 상황이다. 속세의 끈을 붙들고 있으면 산에게 마음을 주기가 쉽지 않다. 출발하면서 택시 기사에게 전화를 하니 멀리 운행 중이라 다른 기사를 보내 주겠단다. 13시 40분에 만나기로 하고 여우목을 향해 출발한다. 우리가 걸을 마루금을 좌측에 두고 골짜기를 따라 오르다가 여우목 성지 입구에 차를 주차했다. 하산길이 그 즈음이라 판단하고 그곳에 주차하고, 택시로 조령3관문까지 이동하기로 한 것이다. 어렵게 택시를 만나 조령을 향해 출발했다. 조령산 휴양림을 지나 산마루에 쉽게 접근할 수 있는 곳까지 데려다 줄줄 알았는데 새재 옛길에 내려주고 가버린다. 산행 시간이 빠듯하여 택시로 최대한 올라가고 싶었는데 참 아쉬웠다. 어쩔 수 없이 30분가량은 더 걸어야한다. 이번 일정의 출발점인 조령3관문에는 14시 40분에 도착할 수 있었다.

잠시 휴식을 취한 다음 14시 50분부터 마패봉을 향해 산행을 시작했다. 경사가 심한 편이라 초반부터 땀이 쏟아진다. 돌로 쌓은 긴 산성이 급경사의 산줄기를 타고 길게 이어져 있다. 옛사람들의 노고가 또렷이 느껴지며 이 현장에서의 치열한 움직임이

충청도 충북팀과 함께한 백두대간 종주기

177

눈에 선하게 떠오른다. 당시 이곳의 지리적 중요성이 충분히 읽힌다. 힘들면 그 보람이 빨리 찾아온다더니 과연 그렇다. 20분쯤 지나니 벌써 전망이 열린다. 비가 내려 앞만 보고 지나쳤던 깃대봉이 눈앞에 환하다. 그리고 저 멀리 암릉이 이어지고 그 끝자락에 신선암봉이 우뚝 솟아 있다. 그리고 조령산도 펼쳐져 있다.

30분 만에 마패봉_{922m} 정상에 올랐다. 속옷까지 흥건히 적신 땀을 힘껏 짜내고 또 걷기 시작한다. 심심한 산행에 멋진 소나무가 반갑게 마중을 나와 양념처럼 길맛을 돋운다. 존재만으로도 아름다운 나무들이다. 멋진 자태에 가만히 기대어 그 품격을 온몸으로 받아들인다. 산성이 아직도 우리를 따라온다. 아니 따라오라고 길게 이어져 있다.

부봉 삼거리에서 잠시 갈등을 한다. 500m 거리에 있는 부봉을 올라갈까? 말까? 그러나 너무나 쉽게 하나가 된다. 언제 또 와 보나. 시간도 있고. 우리는 경사가 꽤 있는 부봉_{921m}을 향해 오른다. 마지막 줄을 타고 힘겹게 오르니 전망이 확 펼쳐진다. 오기를 잘했다는 듯 앞으로 걸어갈 산들이 쫙 늘어져 있다. 저 산들을 넘고 또 넘어 걸어야 한다니 기분 좋은 전망과는 또 다른 느낌으로 다가온다. 상당한 부담감으로 다가온다. 그러나 어쩌겠는가? 길이 있으니 걸을 수 밖에. 막상 그 길 위를 걷다 보면 까마득했던 봉우리가 어느새 발아래 있게 된다는 것을 우린 잘 안다. 그와 반대로 걸어왔던 길이 아득히 멀리 떨어져 우릴 배웅하는 것도 몸으로 경험하지 않았던가? 우보천리라고 더딘 것 같아도 질기게 걷다 보면 어느 결에 저곳이 이곳이 된다는 것을 우린 몸으로 체득하고 있었다.

문경새재 도립공원인 주흘산1106m을 오른쪽에 두고 주흘산 갈림길을 지나 평천재를 거쳐 탄항산856m에 도착했다. 굴바위에 구멍을 뚫고 매달린 듯 자라고 있는 소나무 모습을 마주하면서 그 생명력에 신비감마저 들었다. 생명력의 극한은 과연 어디까지일까? 오늘 목적지인 하늘재를 얼마 남기지 않고 모래언덕이 나타났다. 신기하다고 생각했는데 바로 이곳의 지명이 모래산이란다. 바위산 속에서도 흙을 만날 수 있었지만 뜬금없이 모래로만 이루어진 언덕을 만나다니 무척 신기할 따름이다.

19시 30분이 되어서야 하늘재에 도착했다. 숙소에 도착하여 몸을 씻으니 마음까지 시원하다. 옷을 빨아 널고 홀가분하게 맛난 저녁을 먹는다. 이런 날 빠질 수 없는 것! 막걸리 한 잔을 아니 할 수 없다. 주인장 내외와 넷이서 막걸리를 마시며 세상 애기를 주고받는다. 애기는 이런저런 요런고런 좌충우돌 개인과 세상을 넘나들며 끝없이 이어진다. 주인장의 세상 이력이 남다르다. 젊은 나이에 교장이 되어 오랫동안 그 일을 했었고, 3도 4촌을 한다고 하고, 농장이 4만 평쯤 된다고 하고, 박정희 대통령도 몇 번 만나기도 했고, 박근혜가 남 일하듯 대통령을 한다는 소리도 하고, 박원순 시장이 경험이 협소하다는 애기도 하고, 아프리카에 있는 30여 개국을 다녀보기도 했단다. 그런 얘기 속에 막걸리는 3병에서 5병으로 늘고 시간이 흘러 우리도 피곤한 몸을 눕힐 시간이 되었다. 5시에 일어나 식사를 준비해 준다기에 그 시간에 알람을 맞추고 잠자리에 들었다.

어느덧 잠이 드는가 싶더니 알람 소리가 잠을 깨운다. 벌떡 일어나 머리를 감고 식사 장소에 올라가 보니 아직 문이 열리지 않았다. 다시 내려와 커피를 내리고 산행 준비를 끝낸 후 올라가니, 술국인 북엇국에 된장찌개와 각종 나물이 입맛을 돋운다. 시원한 오미자차를 마시고 싸준 주먹밥을 챙겨 넣고 출발하기 전, 주인 내외와 기념사진을 찍는다. 75세인데 60살 정도밖에 들어보이지 않는 주인장이 대문 밖까지 나와 친절하게 배웅을 한다. 두 번 세 번 헤어짐의 아쉬움을 표한 뒤에야 숲 속으로 몸을 숨긴다. 참으로 반갑고 고마운 인연이다.

이학원 대원이 숙소에 놓고 온 시계를 찾아오고 우린 본격적으로 포암산을 오르기 시작했다. 주인장 설명으로는 바위가 베를 널어놓은 것 같다 하여 붙여진 이름이란다. 그래서 경상도에서는 비바우라 부른단다. 하늘샘에서 한 모금의 정기를 마신 후 경사가 만만치 않은 바위산을 기어오른다. 땀이 비 오듯 흐른다. 순간순간 펼쳐지는 전망과 때때로 만나는 노송이 격려를 아끼지 않는다. 힘겹게 오른 포암산 정상은 표지석만 우릴 반길 뿐 안개에 싸여 전망을 내어주지 않는다. 정상을 지나니 완만한 길

충청도 춘향
님과 함께한 백두대간 동행 종주기

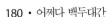

이 이어져 여유롭게 걸음을 옮길 수 있었다. 이른 시간에 산꾼과 처음으로 만났다. 하늘재에서 올라 포암산을 거쳐 만수봉을 돌아 미륵리로 간다고 한다. 빠르게 걸으며 우리를 앞질러 나간다.

만수봉 갈림길에 도착하니 대미산 길은 산행 금지 구역이란다. 여기서 되돌아갈 수는 없는 일! 우린 앞으로 나아간다. 마골치를 향해 오르다 보니 전망이 좋은 941봉이 나온다. 오르내리기를 몇 번 하더니 꼭두바위봉이 나타나고 우린 1034봉을 만나러 천천히 또 오른다. 완만한 오르막이기는 하지만 힘이 빠진 상태라 땀이 비 오듯 한다. 지쳐 쉴만한 곳을 찾는데 너덜지대가 나온다. 애라 이곳에서 푹 쉬었다 가자며 짐을 풀었다. 지도를 보니 꾀꼬리봉으로 갈라지는 갈림길인 1034봉이었다.

잠시 쉬고 다시 걷기 시작한다. 이곳에서 1062.4봉까지는 평탄한 길이 이어진다. 이어 내리막이 나오고 어느 순간 부리기재를 지나 이번 산행의 가장 높은 봉우리이면서 마지막 대미를 장식할 대미산을 향해 걸음을 재촉한다. 정상인 듯 정상인 듯하다가 겨우겨우 나무와 잡풀에 둘러싸인 대미산1115m 정상에 올랐다. 표지석의 멋진 글씨가 맘에 든다. 이 멋진 표지석이 외롭게 사람들의 발길을 기다리고 있었을 거라 생각하니 마음이 짠하다. 아마도 산행 금지 구역이라 더욱 그럴 것이라 생각했다. 13시 30분에 이곳까지 왔기에 차갓재도 충분히 갈 수 있는 시간이었지만 더 나가지 않고 여기서 발길을 여우목으로 돌린다. 다른 일행과 함께하기 위해서 나머지 구간을 남겨두기로 한 것이다. 우리가 걸을 몫만 걸으면 그뿐 더 이상 욕심을 낼 필요는 없다.

1000 고지에서 해발 500까지 내려가야 하는 하산길은 상상했던 것보다 경사가 심하다. 다리가 많이 풀린 상태라 조심하지 않을 수 없다. 내려가도 또 내려가도 민가는 우리 앞에 나타날 생각을 않는다. 한 시간이 걸리지 않은 거리임에도 애타게 민가를 찾는 것은 그만큼 몸이 힘들다는 증거다.

14시 20분쯤 마을에 도착하니 마을 사람들이 모두 한 마디씩 건넨다. 13시까지 국립공원관리원이 지키다 갔다는 것이다. 좀 더 부지런했더라면 벌금을 낼 뻔했다. 집 울안에 있는 탐스런 자두를 올려다보며 차에 도착하니 14시 30분을 가리킨다.

07시에 출발하여 7시간 30분 만에 오늘의 산행이 끝났다. 개울에서 몸을 씻고 옷을 갈아입고 나니 지금까지 흐렸던 날이 언제 그랬냐는 듯 쨍쨍하다. 그래도 여우목 성지를 둘러보기로 하고 200m 거리에 있는 성지를 찾았다. 요한 바오로 2세에 의해 성인으로 추대받은 두 분의 성인이 모셔져 있었다. 전날 10시에 시작한 이번 산행은 너른마당 식구들과 18시 15분에 만나 식사를 하면서 마무리되었다. 한빛은 출발하는 날 인사를 나눴고 예지는 도착하는 날 인사를 했다.

충청도 춘뭐뭐와 함께한 백두대간 동행 종주기

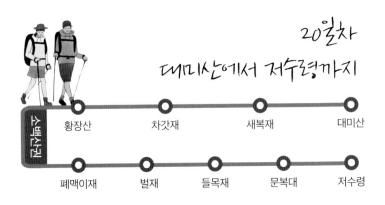

충청도 춘향랑과 함께한 백두대간 도보행 종주기

날짜 2015. 9. 12(토) **산행거리 / 시간** 30km / 12시간

　법과 다름없는 대장의 통지가 단톡방에 올랐다. 운전은 이학원 대원이요, 길라잡이는 우장식이란다. 더구나 출발 시간이 새벽 2시란다. 길라잡이로서 고민이 깊다. 긴 여정이고 비가 내린다는 말에 여러모로 긴장하지 않을 수 없다. 여정을 꼼꼼히 확인하고 다른 산꾼들의 얘기도 들여다보며 하루의 일정을 머릿속으로 그려 본다.

　이번 일정 속에서 가장 큰 문제는 뭐니 뭐니 해도 비다. 내내 드높던 하늘이 산행 날짜를 잡자마자 비를 불러온다고 하니 가을 날씨로는 이해가 안 되는 상황이다. 일본을 미친 듯이 몰아부친 태풍 '이타우'가 구름을 밀어 올리며 만든 비라고 한다. 예보에 민감하게 귀를 기울이며 예의 주시할 수밖에 없다. 출발 전 날 비를 뿌렸다. 금요일에 비를 뿌린 이유는 태풍 '이타우'가 예상보다 일찍 올라와서란다. 토요일 오후에 날씨가 갤 수 있다는 예보가 떴다.

　약간의 기대를 지닌 채 잠을 청한다. 세 시간밖에 잘 수 없는데도 알람이 울리기 전에 눈이 떠진다. 챙기고 입고 신고 가방을 메고 밖을 나와 하늘부터 쳐다본다. 아! 고맙다. 별도 없지만 비도 없다. 싸한 바람을 맞으며 기분 좋게 출발한다. 이인우 대장을 태우고 약속 장소에 도착하니 모두 반갑게 인사를 한다. 그러나 오늘 날씨처럼 좋은 몸 상태는 아닌 듯싶다. 이인우 대장은 잠을 설쳤다 하고, 이재문 대원은 비염으로 재채기를 한다. 조진행 대원은 어제 마신 듯한 술이 아직도 얼굴에 남아 있다. 이학원 대원은 알러지 때문에 주사를 맞았다고 한다. 어! 나만 정상인가? 그래도 두고 봐야지 긴 산행 속에서 어찌 반응하는지를.

　여전히 최고의 관심사는 날씨다. 출발 후에도 끝없이 생각을 붙잡고 있다. 슬슬 비가 내리다가 어느 곳에선 말짱하다. 그러다가 어느 순간 억수같이 쏟아지는 게 아닌가. 모두들 날씨에 일희일비하며 날씨를 따라 표정도 수시로 바꾼다. 차는 달리고 달려 서평택에서 음성을 지나 충주를 지나고 있다. 그즈음을 달리는데 내비게이션은 중부내륙고속도로로 길을 안내한다. 바로 직진하여 제천까지 가서 중앙고속도로를 타는 것이 빠를 것이라고 고고를 외친다. 강력하게 요구하여 어렵사리 제천을 향해 가는데 내비게이션이 자꾸 다른 곳으로 빠지라고 끝없이 쫑알거린다. 그 순간 이인우 대장이 단양에서 문경을 가려면 매우 먼 거리라며 내비게이션이 안내하는 대로 가는 것이 좋겠단다. 결국 내비게이션이 안내하는 대로 빠져나와 달리다 보니 중부내륙으로 가는 길이었다. 이 모든 것을 감당하며 예정 시간보다 삼십 분가량 늦은 시간에 목적지에 도착했다. 인간지사 새옹지마라고 그때까지 내리던 비가 그치고, 안개 자욱한 산이 우릴 기다리고 있다.

새벽 6시가 되어서야 산에 오르기 시작한다. 물기를 듬뿍 머금은 숲 속을 헤쳐 나가기 위해 스패치를 차고 대미산을 향해 걸음을 옮긴다. 출발한 지 10분도 지나지 않아 술에 쩐 조진행 대원이 쉬었다 가잖다. 이인우 대장은 천천히 더욱 천천히만 외치고 있다. 경사가 심한 데다 습도가 높아 다들 힘들다고 아우성이다. 몸이 풀리지 않은 이른 아침이기에 더욱 힘든 상태였던 것이다.

한 시간이 지나서야 마루금에 오를 수 있었다. 돼지동이란 곳이다. 추석을 맞아 벌초를 깔끔하게 마친 묘에 앉아 한숨을 돌린 후 바로 정상을 향해 출발이다. 땀을 흘리며 힘겹게 오르는 산꾼을 위해 너른 바위에 둘러앉아 환하게 웃고 있는 꽃들이 있었으니 바로 그게 구절초다. 그 구절초의 마중과 배웅을 받으며 정상을 향해 오른다. 천 미터의 거리를 한 시간 만에 올랐고 백여 미터를 더 올라야 하는 상황이다.

산마루를 걷는 여정이라 예상보다 일찍 대미산^{1115m} 정상에 오를 수 있었다. 출발한 지 두 시간 만에 정상에 도착한 것이다. 좁고 전망이 없는 대미산 정상인지라 기념 촬영을 몇 장 하고는 재빨리 걸음을 옮긴다. 문수봉 갈림길까지 편안한 길이 이어진다. 그런 후 얼마 지나지 않아 갑자기 경사가 있는 내리막이 이어진다. 한참을 내려가니 새목재인 듯한 곳이 나오고 차갓재까지는 오르내리막이 계속된다. 안식년제 시행 구간이라 모든 이정표는 사라지고 우린 지도를 보며 눈대중으로 길을 찾아 걷는다.

차갓재에 있다는 백두대간 중간지점을 생각하며 걸어 나간다. 얼마 지나지 않아 인위적으로 만든 탑이 눈에 띈다. 산중에 저렇게 시멘트를 처발라 탑을 싼 놈이 어떤 새끼냐고 소리를 칠 찰나, 백두대간 중간지점란 글자가 눈에 확 들어온다. 2015년 9월 12일 09:30에 우린 대간의 중간지점에 서게 된 것이다. 지리산 천왕봉에서 설악산 진부령까지의 거리는 734.65km라고 한다. 천왕봉에서 367.325km를 20차에 걸쳐 걷고 걸어 여기까지 온 것이다. 처음부터 함께한 이인우 대장과 기념사진을 찍으며 일행으로부터 부러운 눈총을 받았다.

얼마 걷지 않아 철탑이 나오고 차갓재가 나타났다. 작은차갓재를 지나자 너덜지대가 나오고 경사가 급해지면서 숨이 가빠진다. 힘든 만큼의 대가는 충분히 주어지는 길이었다. 비가 내린 뒤의 상쾌함에 시원한 바람까지 불어 힐링하는 마음으로 숲 속을 걷는다. 여전히 전망은 없지만 로프를 잡고 힘겹게 오르자 산봉이 병풍을 펼친 듯 쭉 둘러 서 있다. 거대한 바위가 앉아 있는데 이름하여 맷등바위란다. 우리가 걸어온 길이 대미산을 출발하여 갈 '之' 자로 이어지고 있고, 오른쪽에는 화강암으로 뒤덮인 도락산과 황정산이 한 폭의 산수화를 그려내고 있다. 오늘의 최고봉인 황장산도 코앞에 다가와 있다.

12시 10분 전 우린 오늘의 최고봉인 황장산1077.3m에 올랐다. 다섯 시간 만에 도착한 황장산에서 반듯하게 만든 표지석을 끼고 단체사진을 찍은 후 내리막을 향해 또 걷는다.

05시에 먹은 아침이 기운을 다하고 배에서 긴급 신호를 보내고 있다. 전망이 트여 있으면서 둘러앉아 식사를 할 만한 자리가 나타나지 않는다. 긴 시간이 아니었는데도 곡기가 고갈된 상태라 힘이 든다. 20분 정도 걸어 감투봉 근처 전망 좋은 곳에서 우린 도시락을 풀었다. 무지막지하게 많은 양의 김밥을 싸온 이재문 대원과 예전에 선보였던 호박잎 김밥을 내보인 조진행 대원 그리고 원할 때 언제라도 김밥을 싸 준다는 농을 건네며 김밥집 김밥을 풀어놓은 이학원 대원이 둘러앉아 김밥 시식회를 하듯 서로 맛있게 나눠 먹는다. 멀리 보이는 풍경을 눈으로 만끽하면서 반주와 함께 즐기는 점심은 어느 곳에서나 맛볼 수 없는 진미다. 술에 취하고 풍경에 젖어서 눈빛만 보아도 서로 통하는 산사나이들과 함께 하는 이런 시간이야말로 무한한 축복이 아닐 수 없다.

기분 좋은 몸으로 암릉 길을 걸어 나간다. 만나고 싶었던 1004봉의 치마바위는 수많은 기암괴석 속에서 확인하지 못하고 그냥 지나쳤다. 선바위와 책바위도 있다는데 눈으로 점을 찍지 못하고 우린 어느새 폐백이재를 지나고 있다. 내리막이 나타나면 벌재라 생각하며 내려갔는데 다시 오르막이 나오고 또 내려가기를 여러 번 반복한 후에야 벌재에 도착할 수 있었다. 도로에 의해 나눠졌던 대간 길을 최근에야 터널을 만들어 이어 놓았다고 한다.

한참을 기다린 후에야 후미가 나타난다. 상당히 힘이 빠진 후미 대원들이 이후의 일정을 얘기하자 여기서 하산하자고 아우성이다. 나도 이인우 대장도 다음 일정을 고려하면 그건 불가한 일이라 강변하자 조진행 대원과 이재문 대원이 강력 반발한다. 그럼에도 이인우 대장은 더 강력하게 앞으로 가야 한다고 고고를 외친다. 세 시간 남은 산행이 무척 힘들 것이 분명한 상황이지만 전체 일정 속에서 그렇게 결정을 내릴 수밖에 없는 이인우 대장이 십분 이해가 간다.

오늘의 목적지를 향해 출발하자마자 완만한 오르막이 시작

충청도 충북혈과 함께한 백두대간 동행 종주기

189

된다. 상당히 지쳐 있는 우리에게는 편안한 위로를 주기에 충분하다. 들목재까지는 그랬다. 하지만 들목재를 지나고 나서는 꽤 경사가 있는 오르막의 끝없는 연속이다. 1020봉까지 줄기차게 오르고 또 오르는 산행이 계속되고 있는 것이다. 다리가 무겁고 숨은 거칠어졌다. 바로 내 등 뒤에서 이인우 대장이 말없이 몰아붙인다. 오늘의 길라잡이였지만 후미에 남아 있는 일행은 안중에도 없다. 한 시간 안에 문복대1077m에 올라야 한다는 이인우 대장의 갈망이 우릴 끝없이 몰아붙이는 채찍이었다. 결국 선두 대열에서 이탈을 선언할 수밖에 없었다. 무릎에 힘이 실리지 않는 상태가 된 것이다. 뒤로 물러나 급히 간식을 먹는다. 그런 후 잠시 휴식을 취하니 몸 상태가 약간 나아진다. 천천히 걸어 오르는데 이인우 대장이 급히 내려오면서 혈압약이 있냐고 묻는다. 자세한 내막은 모르겠으나 문자가 왔다는 것이다. 급하게 통화를 계속 시도했으나 아무도 전화를 받지 않는다. 갑자기 급박한 상황이 벌어진 것이다. 조바심이 앞선다. 잠시 후 전화가 연결되고 급한 상태는 겨우 넘겼다고 한다. 참으로 다행이다.

마음을 가라앉힌 다음 힘 빠진 다리를 끌고 문복대에 올랐다. 배낭을 벗어던지고 철퍼덕 앉아 노곤한 몸을 눕힌다. 06시에 시작한 산행이 11시간을 넘기고 있었다. 한참을 기다리니 후미에서 따라오던 일행이 눈에 보인다. 지쳐 있기는 하지만 문복대 표지석을 끌어안고 환한 표정으로 사진을 찍는 모습을 보니 크게 우려할 만한 상황은 아닌 듯싶다. 11시간을 힘들게 짊어지고 온 간식을 허겁지겁 먹어 치우고 더 늦기 전에 문복대에서 일어선다. 지친 다리 상태를 고려하더라도 옥녀봉을 거쳐 장구재를 지나 저수령까지는 한 시간 정도면 가능한 거리다.

해가 질 시간임에도 해는 힘겹게 고개를 내밀어 등 뒤에서 따뜻하게 우릴 밀어준다. 이런 따스함이 있기에 마음의 위안을 받으며 걸을 수 있는 게 아닐까 생각해 본다. 산행이 곧 끝날 거라는 희망을 품고 걷고 또 걷는다. 어느새 찻소리가 들리고 저수령 휴게소가 보인다. 단양과 예천의 경계에 서 있는 저수령 표지석 앞에서 기념 촬영을 한다. 시계는 18시 20분을 가리키고 있다. 장장 12시간 20분을 걸어온 길이었다.

택시를 부르고 한 시간을 기다린 후에야 택시가 도착했다. 떨어진 기온과 세찬 바람으로 몸이 꽁꽁 얼어 버렸다. 이인우 대장이 입고 있는 겨울옷이 너무나 간절하게 느껴지는 시간이다. 20시에 여우목 고개를 출발하여 괴산 휴게소에서 흑돼지김치찌개로 저녁을 먹었다. 줄곧 운전하여 대천에 도착하니 밤 11시를 가리킨다. 웬만해선 내색하지 않는 이학원 대원이 오늘은 무척이나 고단한 하루였다고 한다. 긴 시간이었지만 어찌 되었건 이 모든 일이 하루 만에 끝났다. 01시에 시작하여 23시에 마쳤으니 말이다. 하루를 이렇게 길게 산다면 못할 일이 뭐가 있겠는가? 참

191

으로 긴 하루였다.

21일차
저수령에서 죽령까지

소백산권

유두봉　　시루봉　　투구봉　　저수령

싸리재　　모시골　　묘적령　　도솔봉　　죽령

충청도 충북권과 함께한 백두대간 동행 종주기

날짜 2015. 10. 9(금) **산행거리 / 시간** 25km / 11시간

　한글날이자 결혼기념일인 이 날짜로 산행이 잡힌 건 나로서는 도저히 견디기 힘든 상황이었다. 정해진 원칙에 따라 모두에게 양해를 구하든 홀로 그 길을 걷든지 해야 하기 때문이다. 한빛이 결혼기념일을 맞아 제주 여행을 주선했는데 그 일이 성사되었다면 이런저런 노력을 해보았을지 모른다. 그런데 이리저리 물색하던 항공편이 무산되며 결국 제주여행은 내년으로 미루어졌다. 여기에 하해와 같은 아내의 양해가 있어 일행과 함께할 수 있게 되었다. 이동거리가 비슷하고 10시간을 걸어야 하는 일정이라 지난번 산행과 같이 새벽 2시에 출발하기로 했다. 저녁을 먹고 TV 앞에 있으니 잠이 온다. 19시가 조금 넘은 시간이

다. 일찍 자면 많이 잘 수 있을 거라는 생각에 얼른 잠자리에 든다. 어느새 잠이 들었나 보다. 꿈을 꾸다가 밖에서 들리는 웅얼거리는 소리에 잠을 깼다. 시간을 확인하니 22시 30분이다. 다시 잠을 청하려 무진 애를 써 본다. 허나 잠은 다시 오지 않고 정신은 더욱 말똥거린다. 그런 중에 거센 바람이 몰아치더니 비가 쏟아진다. 창문을 확인하다가 언뜻 밖에 널어놓은 대추가 떠오른다. 물에 둥둥 떠 있는 대추를 건져다 방에 널어놓는다. 젖은 옷을 입고 다시 잠을 기다리니 잠이 올 리 만무하다. 미치겠다. 그러는 사이 알람은 울리고 급히 자리를 털고 일어선다. 커피 내릴 물을 올리고 머릴 감고 가방을 싼 다음 서둘러 출발한다. 01시 35분이다. 늘 가던 김밥집에서 김밥 두 줄 싸 들고 이인우 대장을 태우고 약속 장소로 이동한다. 정확히 2시다. 아무도 없네라고 생각하는 순간 미안해하며 이학원 대원이 나타난다. 잠시 이재문 대원도 악수를 청한다. 5분이 지나도 나타나지 않는 조진행 대원에게 전화를 거는데 멀리서 다가오는 차가 있다. 조진행 대원이다.

02시 10분에 대천을 떠날 수 있었다. 잠을 못 자 몽롱하기는 하나 그리 졸리지는 않다. 서해안 고속도로를 타다 평택 - 제천 간 고속도로를 건너 중앙고속도로를 잡아타고 달린다. 도착지에 가기 전 마지막 휴게소인 단양휴게소에 들렀다. 고속도로를 빠져나가듯 꾸불꾸불 한참을 올라서야 나타나는 휴게소다. 해

물순두부백반을 먹었는데 그다지 맛있지 않다. 단양 나들목을 나와 내비게이션이 지시하는 대로 따라가다 보니 순간 익숙한 곳이 나온다. 터널이 뚫려 문을 닫은 저수령 휴게소다.

산행 준비를 모두 마치고 촛대봉을 향해 출발한다. 05시 30분을 가리킨다. 경사가 심하고 힘든 코스라 생각했는데 그리 힘든 길은 아니었다. 늘 신는 등산화를 챙기지 않은 데다 엊그제 준비했던 헤드랜턴이 켜지지 않아 참으로 난감하다. 어쩔 수 없이 길잡이는 이인우 대장이 맡아 앞장서 나간다. 촛대봉1080m에 오르니 날이 점점 밝아온다. 빛이 부족하여 사진 찍기는 힘들지만 헤드랜턴의 도움 없이도 걸을 만하다. 연이어 두 봉우리가 눈앞에 나타난다. 투구봉과 시루봉이다. 충북과 경북의 경계인 투구봉을 지나 10여분 만에 시루봉1116m에 도착했다. 06시 20분이 조금 넘은 시간이다. 전망이 환하게 열려서 빛이 부족한 아쉬움을 감수하며 셔터를 누른다.

산정의 나무들은 벌써 단풍을 지나 잎을 떨구고 있었다. 떨어진 낙엽이 등산로에 수북하다. 대부분의 나무들은 하늘을 향해 앙상한 가지를 뻗고 서 있다. 그래도 가을이라고 붉고 노랗게 맵시를 뽐내는 나무도 있다. 이 나무들을 올려다보며 시샘이 났는지 산 아래로 내려가면서 숲은 황홀한 색 단장에 여념이 없다. '나무는 꽃이 없어도 죽고 꽃만 있어도 죽는다'고 한 누군가의 말이 떠오른다. 맞는 말이다. 열매를 맺기 위해 꽃이 필요하지만 꽃으로만 남아 있다면 더 이상 열매를 볼 수 없는 게 당연한 이치 아닌가? 그러면서도 나무는 계속 꽃으로 남아 있는 존재가 아닐까 하는 상상의 나래를 펴본다. 봄에는 벌 나비를 끌어들이는 꽃을 피우고, 가을은 온몸으로 자신을 불태우는 '단풍꽃'을 펼쳐 보여주지 않는가. 또 겨울은 수줍은 듯 살포시 눈송이를 인 눈꽃으로 자신을 환하게 드러낸다. 어찌 되었건 상상은 상상하는 자의 몫일 뿐이다.

유두봉을 가는 길에 넓게 조성된 잣나무 숲이 쭉 이어져 있다. 오른쪽으로는 잣나무가 왼쪽으로는 신갈나무가 마루금을 사이에 두고 서로 넘나들고 있었다. 인공림과 자연림이 넘나들면서 조화를 이루고 서 있는 모습을 보니 우리네 삶을 돌아보게 된다. 쌓인 낙엽을 밟고 풀을 헤치며 걷다 보니 어느새 배재를 지나 유두봉1059m에 도착했다. 우리가 걸어야 할 도솔봉이 멀리 우뚝 솟아 있고 그 앞으로는 흰봉산이 나란히 서 있다. 떠오르는 해를 바라보며 걷고 또 걸어 흙목 정상에 올랐다. 돌탑이 있다는데 만나지 못하고 그냥 지나쳤다. 대간을 가로지르는 송전탑을 급히 지나 빠른 속도로 솔봉을 행해 나아간다. 5시간 만에 솔봉에 도착했다.

구름이 끼어 가끔씩 얼굴을 내밀던 햇님이 이젠 온전히 그 모습을 드러내고 있다. 햇살이 따뜻하게 온몸을 감싸주는 데다 바람까지 서늘하게 불어와 걷기에는 더할 나위 없이 좋다. 땀이 흐를 만큼 적당한 심장박동에다 가슴 깊숙이 들이마시는 호흡은 온몸을 행복에 젖어들게 한다. 더구나 단풍옷을 입고 길게 길게 뻗어 있는 산줄기와 뭉게뭉게 떠 있는 구름을 바라보는 것은 또 다른 즐거움이다. 마냥 행복하다. 그런데 이런 행복을 즐기는 사람이 우리만이 아니었다. 대간길에서 만나기 쉽지 않은 고등학생들이 무리를 지어 산에 오르고 있는 게 아닌가. 대견하고 멋진 놈들인지라 궁금하여 묻지 않을 수 없다. 어디서 왔냐고. 흥덕고 학생이란다. 그 유명한 학교 학생이라니. 아니 그런 학교이기에 이런 산행에 도전하는지도 모른다. 흥덕고 등산 동아리팀은 우리와는 반대로 죽령에서 저수령까지 걸어간다고 한다. 선두와 헤어진지 한참 지난 후에야 후미를 만났는데 선생님과 함께 걷고 있는 여학생이다. 앞으로 대여섯 시간을 가야 하는 길인데 무척 힘들겠다는 생각을 하며 모시골을 지나 묘적령에 도착했다.

고개이기는 하나 1000m가 넘는 고개인지라 고개라는 느낌보단 산의 모습이었다. 이미 오래전 사람의 흔적을 잃어버린 고개가 갖는 숙명이 아닐까? 얼마 걷지 않아 거대한 바위가 앞을 막아선다. 지금까지 걸어왔던 산줄기뿐만 아니라 앞으로 걸어갈 마루금까지 훤히 보여주는 전망대 역할을 하는 전망바위란다. 확실히 이름에 값할 만한 바위였다. 산행을 시작한 지 6시간이 지나 묘적봉1156m에 도착했다. 아득히 보이던 도솔봉이 이젠 코앞에 다가와 있다.

도솔봉에 도착하기 전 포근한 자리를 잡아 점심을 먹는다. 인삼주, 쑥주 그리고 양주를 반주로 나눠 마시니 이 어찌 즐거운 일이 아니겠는가. 나른한 포만감에 젖어 조심조심 걸어가는데 우뚝 솟아 있는 도솔봉이 한눈에 들어온다. 계단을 오를 때마다 눈앞에 펼쳐진 풍광들이 다 다른 모습으로 다가왔다.

13시 13분 오늘 산행의 최고봉인 도솔봉1315.6m에 도착했다. 오늘의 긴 여정이 한눈에 들어온다. 솔봉1102.8m이 긴 산줄기를 거느리며 우뚝 서 있고, 그 줄기를 타고 오르면서 묘적봉1025m이 도솔봉과 손을 잡고 있는 형상이다. 다음에 걸어갈 길도 또렷이 보인다. 죽령이 발아래 내려다보이고, 그 줄기를 따라 소백산 천문대가 자리한 연화봉이 이어져 있다. 멀리 소백산의 최고봉인 비로봉이 국망봉을 살짝 가리며 당당히 서 있다. 이재문 대원이 볼일을 보러 간 사이, 이학원 대원이 여태 짊어지고 온 사과를 따뜻한 햇살을 받으며 꿀맛 나게 먹었다.

이제는 내려가는 일만 남았다. 낙엽이 쌓인 푹신한 길을 여유만만 내려가면 되는 것이다. 3시간 운전에 10시간이 넘는 산행이었지만 그리 고단하지 않다. 바위틈에서 졸졸 흘러내리는 도솔샘에서 목도 축일 겸 잠시 쉰다. 한 병의 물을 받는데 5분이 넘게 걸린다.

11시간을 걸어 죽령에 도착했다. 죽령옛길에는 아담한 죽령주막이 자리를 지키고 있었다. 부침개를 안주 삼아 호박막걸리를

충청도 춘남땅과 함께한 백두대간 동행 종주기

마시며 오늘의 행복한 산행을 정리한다. 주막 주인한테 물어 전화를 하니 영주 택시는 오는 데만 3만 원이란다. 풍기 택시에 전화를 거니 단양 택시를 부르는 것이 저렴하단다. 단양 대강면에 있는 대강택시를 부르고 택시를 기다리는 동안 다시 한 잔을 더 한다. 택시를 타고 오는데 충북으로 넘어오니 죽령휴게소도 보이고, 온갖 특산물 판매장이 널찍이 자리를 잡고 있다. 다음 산행에는 이곳에서 한잔하리라 한 마디씩 내뱉으며 다들 아쉬워한다.

택시를 타고 저수령에 도착하니 날이 어둑어둑하다. 저수령의 바람은 오늘도 역시 매섭다. 텅 빈 광장에 관광차가 누군가를 기다리고 있다. 흥덕고 학생들을 기다리고 있는 것이리라. 맨 뒤에 따라온 여학생이 무사히 도착해야 할 텐데 약간 걱정스럽다. 걱정을 뒤로하고 18시 30분에 저수령을 출발하여 안성맞춤 휴게소에서 저녁을 먹은 후, 3시간을 달려 대천에 무사히 도착했다. 마음의 행복을 누린 시간이었다.

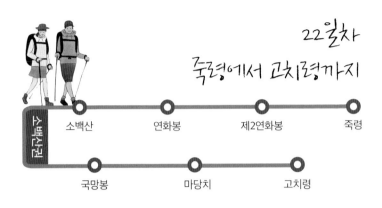

22일차
죽령에서 고치령까지

소백산국립공원 · 소백산 — 연화봉 — 제2연화봉 — 죽령

국망봉 — 마당치 — 고치령

날짜 2015. 11. 14(토) - 11. 15(일) **산행거리 / 시간** 25km / 10시간

처음으로 야영을 하는 산행이다. 그러기에 기본적인 준비가
많았다. 우선 침낭부터 사야 했다. 그리고 매트도 구입하고 텐트
를 2개나 준비해야 했다. 식사는 여럿이 나눠서 해결하기보다는
순번을 정하여 담당자가 알아서 준비하기로 했다. 세끼의 밥과
찌개를 준비할 사람을, 사다리를 타서 정했다. 내가 1번으로 당
첨되었고, 그다음으로는 조진행 대원, 이인우 대장, 이재문 대원,
이학원 대원으로 순번이 결정되었다. 산행 날짜도 우여곡절 끝
에 정해졌다. 애초에 잡았던 13~14일이 민중총궐기대회가 잡히
면서 14~15일로 미뤄진 것이다. 결과적으로는 잘된 일이 되었
다. 가을비가 14일 아침까지 줄기차게 내렸기 때문이다. 두 딸이

내려와 영화 '더 셰프'를 보자는데 심야 상영이라 각시가 어렵다 하여 무산되었다. 결국 광어회에 와인 한 잔을 마시는 것으로 만 족해야 했다. 1박을 하는 배낭을 꾸리느라 다른 때보다 생각이 많아졌다. 더군다나 먹을거리를 준비해야 하니 신경이 더욱 쓰 인다. 5인분씩 세끼의 쌀을 준비하고 김치찌개를 만들 재료를 사야 한다. 더구나 아침에 먹을 것뿐만 아니라 점심에 먹을 주먹 밥도 준비해야 한다. 삼겹살에 소주 한 잔은 당연한 몫이다.

다음 날 배낭을 비롯하여 모든 준비물을 대장이 운영하는 기 타학원에 맡겨놓고, 10시 기차를 타기 위해 역으로 향한다. 나와 이재문, 이학원 대원은 기차를 타고 서울로 올라가 민중총궐기 대회에 참여한 후 중앙선 기차를 타고 제천으로 내려가고, 이인 우 대장과 조진행 대원은 야영할 물건을 차에 싣고 제천으로 와 서 합류하기로 했다. 늦게 예매한 탓에 따로따로 떨어진 자리를 찾아 앉으니 기차가 출발한다. 차장 밖으로 가을색이 완연한 풍 경이 스쳐 지나간다. 비에 젖은 단풍이 더욱 또렷한 색으로 가을 을 수놓고 있다.

용산에 도착하니 13시를 가리킨다. 시간이 매우 촉박한 상황 이라 산행팀은 점심을 먹지 않고 따로 움직이기로 했다. 지하철 을 타고 서울역 근처까지 왔는데 13시 20분이다. 14시까지는 청 량리에 도착해야 하는데 여기서 주춤거리면 제천행 기차를 타 기가 쉽지 않다. 결국 민중총궐기대회는 대회 장소에 발도 디디지 못하고 서울을 떠나야만 했다.

제천행 기차를 간신히 타고 자리를 확인한 다음, 점심을 먹으러 식당 칸에 갔다. 도시락이 하나밖에 없단다. 도시락 하나에 다른 먹을거리를 시키니 자리를 확보해 준단다. 그러더니 이미 앉아 있는 사람을 일으켜 세우고 우리를 앉히는 것이 아닌가. 무언가 드시고 있던 아주머니가 자리를 차지하고 일어설 기미가 없다. 우린 다 드시기를 기다리고 있는데 카페 운영자가 또다시 일어나라 강권하니 서로 언성이 높아진다. 이래저래 난처하다. 그 어려운 자리를 차지하고 맥주 한 캔에 도시락을 꾸역꾸역 넣으며 점심을 때웠다.

제천에 도착하여 차를 몰고 오는 대장에게 연락을 취하니 아직 30분 정도는 더 달려야 한다는 답이 왔다. 우린 택시를 타고 남제천 나들목까지 가서 만나기로 했다. 오길 기다리는 것보다는 만날 장소에 다가가는 것이 시간을 절약할 수 있기 때문이다. 제천 나들목에서 일행과 16시 30분에 합류하여 죽령에 도착한 시간은 17시 30분이었다.

이인우 대장과 이학원 대원은 텐트를 설치하고 나머지 대원은 저녁 준비를 하기로 했다. 바람이 부는 데다 화력이 좋지 않아, 한 시간이 지났는데도 찌개는 끓을 생각을 않는다. 밥 역시 뜸이 들 기미를 보이지 않는다. 바람을 피해 텐트와 텐트 사이에 자리를 펴고 저녁 먹을 준비를 한다. 밥이 다 되기를, 찌개가 끓어 넘치기를, 기다리고 기다리다가 애라 술부터 한 잔 돌린다. 이학원 대원이 준비한 오가피술이다. 빈속에 쭉 한 잔 들이켜니 기분이 좋다. 원하는 것이 원하는 시간에 원하는 대로 이뤄지지 않아도 여유롭다. 그러기에 더욱 멋진 삶의 운치를 맛볼 수 있는 것은 아닐까? 많은 불편함이 있어도 이 맛에 야영을 하는 게 아닌가 하는 생각이 들었다. 삼겹살도 익어 가고 소주가 또 한 순배 돌아가니 기분이 쑥쑥 올라간다. 밥과 찌개까지 뱃속에 넣으니 더 이상 부러울 것이 없다.

새벽 4시에 일어나기로 하고 22시에 '미이라' 같은 침낭 속으로 쏙쏙 들어가 잠을 청한다. 한숨 자고 일어나 시간을 보니 새벽 1시 30분이다. 화장실에 다녀오고 다시 잠을 청하나 잠은 천리를 달아난다. 다양하면서 변화무쌍하게 리듬감을 살린 조진행 대원의 콧소리는 이재문 대원과 나를 길고 긴 번민의 시간으로 끌고 다닌다. 이 번민 속에 더욱 긴장감을 불러일으키는 것은 텐트 위로 뚝뚝 떨어지는 빗방울 소리다.

그런 시간도 어김없이 흐르고 04시에 맞춰 논 알람이 울린다. 다행히 비는 내리지 않고 있었다. 빗방울 소리는 안개가 나무에 엉켜 물방울이 되어 떨어지면서 내는 소리였다. 어제 먹던 김치찌개에 물을 약간 붓고 콩나물을 넣은 다음 버너에 올린다. 침낭을 힘들게 싸고 매트에 넣은 공기를 뺀 다음 텐트를 걷는다. 미리 준비해 놓은 밥에 김과 잣을 넣고 주먹밥을 만든다. 다들 쭈

충청도 춘누팀과 함께한 백두대간 동행 종주기

205

그려 앉아 찬밥에 설익은 찌개 국물을 떠 넣는다. 간신히 머리를 감고 간단히 이를 닦는 것으로 산행 준비가 끝났다.

출발 예정인 05시를 30분이나 넘겨서 산행이 시작되었다. 아직 해가 떠오르기에는 이른 시간이다. 더구나 안개가 자욱하여 헤드랜턴의 빛이 발 앞에만 머물고 있다. 앞이 멀리까지 보이지 않는 상황이지만 콘크리트 포장도로를 걷는 산행이라 크게 위험하지는 않다. 포장포로가 계속 이어지니 걷는 것이 불편하다. 제2 연화봉에 올라가서야 포장도로가 끝나고 잘 다져진 흙길이 나왔다. 안개가 끼지 않았다면 전망이 열릴 시간이었건만 아무것도 보이지 않는다. 안개 터널 속에서 앞만 바라보며 걷고 또 걷는 시간이 이어질 뿐이다. 안개 속에서 희미한 자태를 뽐내고 있는 나무의 실루엣을 사진에 담는 것이 유일한 낙이었다.

걷기 시작한 지 2시간 만에 올 여름에 아내와 함께 올랐던 연화봉1383m에 도착했다. 높이와 위치는 예전과 다름이 없건만 느끼는 풍광은 예전의 것이 아니었다. 안개 때문에 전망이 전혀 없어서인지 선두는 벌써 이곳을 스치듯 지나갔다. 지난 산행 때 걸었던 도솔봉이 늘어져 있고 그 줄기가 죽령에서 내리 꽂히다가 제2 연화봉을 향하여 솟아오른 후, 천문대를 만나고 여기 연화봉으로 이어져 있는 모습이 눈에 선하다. 이 마루금은 제1 연화봉을 거쳐 비로봉으로 펼쳐져 장관을 이루고 있었는데 너무도 아쉬웠다. 간혹 눈앞에 짠하고 나타나는 그럴듯한 나무를 만나는 재미가 없었다면 엄청 지루한 시간이었을 것이다.

그런 중 멀리 한 점으로 사라지는 안개 속 길들이 마치 나를 미지 속으로 끌어들이는 듯하다. 나무로 만든 길이 안개 속으로 사라지는가 하면 때로는 아담한 돌길이 휘돌아서 안개 속으로 숨기도 한다. 철쭉이 만든 터널을 걷기도 하고 진달래가 그 역할을 대신하는 길도 있다. 완만한 곡선을 이룬 산구릉에 가을옷을 갈아입은 풀들이 바람에 몸을 누이고 있다. 그 위에 오랜 비바람을 이겨낸 철쭉이 홀로 또는 무리를 지어 서 있다. 몽환의 길을 걸어가며 고목이 된 철쭉을 만날 수 있어 가슴이 뛴다. 꽃을 피우고 위풍당당하게 서 있을 봄의 향연이 눈에 선하게 떠오른다.

11km를 4시간 20분 동안 걷고 걸어 오늘 산행의 최고봉인 비로봉1427m에 도착했다. 이재문 대원과 이학원 대원이 바람을 피해 돌탑 뒤에서 내가 오기만을 기다리고 있다. 나머지 대원은 세찬 바람 때문에 벌써 내려갔다고 한다. 비로봉 표지석을 배경 삼아 두 대원이 각자 여러 컷 찍어준다. 이렇게 기다려 주지 않았다면 멋진 프로필 사진을 찍지 못했을 텐데 다행스럽고 고마운 마음이다. 손이 얼어 셔터를 누르기도 어려울 정도였으니 그 마음이 더욱 느껴진다.

두 대원이 앞서 내려간 다음 돌탑 한 옆에 조그만 탑 하나를 쌓아 올리고 소박한 마음을 담아 기도를 올린다. 비로봉 표지석 뒷면에는 조선 초기 대문호 서거정의 소백산 한시가 한글과 함께 쓰여 있었다.

小白山連太白山(소백산연태백산)

逶迤百里揷雲間(위이백리삽운간)

分明劃盡東南界(분명획진동남계)

地設天成鬼破慳(지설천성귀파간)

태백산에 이어진 소백산

백리에 구불구불 구름 사이 솟았네

뚜렷이 동남의 경계를 그어

하늘 땅이 만든 형국 억척일세

언젠가는 풍광이 눈앞에 펼쳐질 거란 기대를 품으며 올라온 길이었다. 지금까지는 그 기대가 여지없이 무너졌는데, 비로봉을 출발한 지 30분쯤 지나자 안개가 걷히며 산줄기가 한눈에 들어온다. 눈이 시원하다. 카메라 셔터를 연속으로 누른다. 죽령을 출발한 지 다섯 시간만이다. 안개는 변화무쌍하고 하늘이 드문드문 열린다. 빛이 곳곳을 점점이 비추는 풍경은 그야말로 자연이 연출한 예술 그 자체였다. 이런 감동 속에서 암벽에 뿌리박은 낙락장송을 만나고, 풀밭에서 마디게 자란 철쭉을 쳐다보며 걷다 보니 어느새 국망봉이다.

국망봉은 신라 말 경순왕이 고려에 자진하여 항복하자 이에 반대한 마의태자麻衣太子가 속세의 영욕을 버리고 금강산으로 가던 중, 이 산에 당도하여 옛 도읍인 경주를 바라보며 망국의 눈물을 흘렸다고 하여 붙여진 이름이다. 국망봉에서 내려오는 길은 완만한 구릉에 진달래와 철쭉이 숲을 이루고 있었다. 이것들이 이렇게 지천인 이유는 봄에 산정을 붉게 물들이며 마의태자의 피맺힌 한을 보여주려는 게 아니었을까?

상월봉을 가로질러 늦은맥이재에 도착하기 전 율천어의곡 갈림길에서 점심을 먹었다. 술 한 잔을 마시고 주먹밥을 먹는데 바람은 여전히 거세다. 잣을 넣은 주먹밥이 간도 맞고 그런대로 먹을 만하단다. 바람이 거세지며 체감온도가 떨어져 편안하게 앉아 점심을 먹을 수가 없다. 국립공원관리원을 만났는데 다음 날부터 산불예방 때문에 등산길이 폐쇄된다는 것이 아닌가. 안개 때문에 아쉬운 마음이 그득했는데 그래도 다행스러운 일이 아닐 수 없다.

앞으로 남은 여정은 마당치를 거쳐 고치령까지 9km 정도다. 4시간 정도면 걸을 수 있는 거리였다. 이인우 대장은 속도를 내기 시작했고, 난 사진에 담을 것을 찾아 눈을 두리번거리느라 속도가 나지 않는다. 내려오면서 고도가 낮아지자 안개가 서서히 걷히고 햇살이 구름 사이로 얼굴을 내비친다. 주목이 가끔 보이는가 싶더니 어느새 신갈나무나 굴참나무가 자리를 차지하고

충청도 춘향집과 함께한 백두대간 종주기

있다. 가끔 소나무가 섞이더니 이젠 다양한 잡목이 숲을 이루고 있다. 마당치에서 택시를 부를 예정이라 처지지 말고 고치령에 도착해야 한단다. 내리막에 취약한 편이라 나름의 속도로 최선을 다해 하산을 한다. 죽령을 출발한 지 10시간 만에 25km를 걸어 오늘 산행의 종착지인 고치령에 도착했다.

고치령에 도착해 보니 이미 택시가 도착해서 기다리고 있다. 좁은 급경사 내리막을 한참이나 달린 후에야 2차선 포장도로를 만나게 되었다. 택시를 타고 내려오면서 다음 대간길의 어려움을 주고받았다. 눈이 오면 도저히 접근이 불가능한 상황이라 다른 방안을 모색해야 할 수도 있다는 것이었다. 산행 경험이 많은 택시기사의 조언을 들으며 풍기를 거쳐 죽령 옛길을 따라 고갯마루에 도착했다.

16시 30분에 죽령을 출발하여 20시 전에는 대천에 도착할 수 있으리라 기대를 품고 달린다. 그런데 충주를 지나며 그 꿈은 여지없이 깨져 버린다. 전국적으로 길이 막힌다더니 평택-제천 고속도로도 안성까지 막힌다는 것이다. 그 후로도 얼마간 도로에 갇혀 저녁도 먹지 못하고 달리고 달려 4시간 만에 대천에 도착할 수 있었다. 감자탕으로 하루를 마무리한 다음 집에 도착하니 21시 30분이 되었다. 씻고 빨고 정리하니 23시가 넘는다. 오늘도 긴긴 하루였다.

충청도 춘남정과 함께한 백두대간 동행 종주기

23일차
고치령에서 마구령까지

소백산권

1096봉   미내치   950봉   고치령

마구령

충청도 춘냠님과 함께한 백두대간 동행 종주기

날짜 2015. 12. 12(토) - 12. 13(일)   **산행거리 / 시간** 8km / 7시간

22일 차 산행을 하면서 이학원 대원이 그 특유의 몸짓으로 어렵게 말을 꺼낸다. 다음 산행 날짜를 옮기면 안 되겠냐고. 날짜를 잡으려고 애를 썼지만 모두가 동의하는 날이 없다. 결국 따로 출발하기로 결정이 되었다. 예정된 날보다 새로 잡힌 날짜에 희망자가 더 많다. 난 어느 날도 가능했지만 이인우 대장 혼자 가야 하는 상황이라 대장과 함께하기로 했다. 고치령에서 택시를 탄 경험이 있는지라 눈이 내린다면 산행을 포기해야 하는 상황이었다. 하여 날씨에 민감할 수밖에 없었다. 날은 기막히게 잡힌 듯하다. 눈이 오지 않는 것은 말할 것도 없고 쾌청할 뿐만 아니라 따뜻한 날이 이어진단다. 이인우 대장이 먹을 것은 준

비한다고 하니 모든 것이 출발 상태에 와 있다. 이인우 대장의 레슨이 다음 주로 미뤄지면서 12시에 출발이 가능하다고 한다.

김밥을 준비한 다음, 이인우 대장을 태우고 출발한 시간이 12시 10분이다. 벼락을 맞아 와이어가 끊어지는 사고로, 서해안대교가 통제된다는 말에 중부고속도로를 타고 고치령으로 출발했다. 16시 즈음에 고치령에 도착했다. 물이 나온다는 곳을 찾아가보니 아이 오줌 줄기보다도 더 가늘게 졸졸거린다. 온 길을 되짚어가서 계곡물을 길어 왔다. 텐트 칠 장소를 물색하고 짐을 챙기고 있는데 산령각에 기도하러 오신 분이 청소를 하고 있었다. 사진 몇 장 찍고 마음을 담아 기도를 올린 후 짐을 옮긴다. 치성을 드리고 남은 술을 어쩌면 챙길 수 있지 않을까 하는 잿밥에 은근히 마음이 동한다.

텐트를 치고 저녁식사를 준비한다. 이인우 대장은 밥을, 나는 찌개를 끓인다. 야영의 고수답게 현미밥이었는데도 맛있게 되었다. 고등어 김치찌개도 간이 맞아 맛이 그만이다. 하늘은 노을이 지면서 별을 하나 둘 토해내기 시작한다. 이럴 때 빠질 수 없는 것이 술 아니던가. 아뿔싸! 서로 미루다 소주를 챙기지 못한 것이다. 어쩔 수 없이 다음 날 마실 담금술을 미리 댕겨 마신다. 술에 취하고 분위기에 취하니 술은 더욱 간절해진다. 아래 마을까지 내려가서 술을 공수하자는 의견이 나왔다. 치성을 드리기 위해 따라 둔 술이 눈앞에 아른거린다. 밑져야 본전이라며 말이라도 건네 보잖다. 그래도 안 되면 내려가기로 하고 어렵게 부탁을 드린다. 그런데 이게 웬 횡재란 말인가. 가져온 모든 술을 흔쾌히 내주는 게 아닌가. 생각보다 많은 양이라 약간의 두려움이 언뜻 스쳤다. 다 마시고 잔다면 부담이 될 양이었던 것이다. 그래도 분위기에 취해 한 잔, 이야기에 빠져 한 잔, 술 마신 김에 또 한 잔 이렇게 마시다 보니 저녁 7시에 시작한 술이 9시가 넘어 끝났다. 별은 쏟아지고 그 쏟아지는 별을 바라보고 우린 쏟아지는 잠에 곧바로 빠져 들었다.

새벽 4시에 알람은 울리고, 깨지 않은 술이 몸을 움직이지 못하게 붙잡는다. 머리는 빠개지게 아프고 속은 울렁거리고 몸은 천근만근 무겁다. 이인우 대장이 일어나 침낭과 매트를 정리한 다음 어제 먹고 남은 밥을 끓인다. 나도 어렵게 따라 한다. 그런데 텐트의 온도가 올라가니 울렁거리던 속이 뒤집히고 토할 것만 같다. 밖으로 기어 나와 어둑한 숲을 향해 힘껏 쏟아낸다. 한 번 두 번 또 한 번, 그러고 나니 속이 시원하다. 머리도 깔끔해졌다. 그 속에 눌은밥을 퍼 넣는다.

텐트를 걷고 배낭을 꾸려 산행을 시작한 시간은 새벽 5시 30분이다. 무거운 몸에 배낭을 메고 헤드랜턴에만 의지하여 산을 오르기 시작한다. 경사가 급한 곳을 오르니 무거운 몸은 더욱 힘들어한다. 어렵게 퍼 넣었던 눌은밥이 곧바로 자연으로 환원된다.

충청도 춘향덕과 함께한 백두대간 동행 종주기

40분쯤 오르니 헬기장이 나타났고, 갑자기 대간길이 사라져 이리저리 길을 찾아 나섰다. 헤매면서 오르내리기를 두 차례 하고 나서야 붉은 표지 리본을 발견하고 그 리본을 따라 걸음을 옮긴다. 봉우리를 오르내리며 시간 반쯤 지나자 높은 봉우리가 보인다. 지도상으로 1096봉이 분명할 거라고 생각했는데 그게 아니었다. 자개봉이란 푯말이 붙어 있는 것이 아닌가. 지도를 펴보니 완전히 다른 길로 가고 있었던 것이다. 되돌아가기에는 너무 늦고 오늘의 컨디션을 고려하면 계곡으로 내려가는 수밖에 없었다. 이인우 대장의 실수와 나의 불찰이 만든 결과였다. 산신령께 치성을 드린 술을 산신령이 하사한 술이라면서 무턱대고 처마셨던 것이 이런 결과를 가져온 것이다. 이미 산신령이 예비하신 자연스런 결과가 아니었을까 하는 생각을 해본다. 몸이 어려운데 먼 길을 걷기가 불가하다고 판단하셔서 이런 결과로 우리를 이끌었을 거라 마음 편하게 정리해 버린다. 붉은 표지를 따라 내려가는데 그 표지도 없어지고 길도 뚜렷하지 않다. 아름아름 계곡을 따라 어렵게 내려가니 마을이 보인다.

4시간 만에 마을에 도착하여 마을 이름을 알아보니 독점 마을이다. 지도를 펴고 독점을 찾으니 어제 고치령으로 올라가며 지났던 길목이다. 1박 2일을 자고 걷고 걸어서 제자리로 돌아온 것이다. 서로의 알 수 없는 웃음을 바라보며 자연스럽게 이 모든 상황을 받아들인다. 택시를 불러 마구령에 가서 고치령으로 되짚어오기로 결정했다. 마구령까지 가는 길도 고치령에 이르는 길처럼 구불거리고 경사가 심하다.

마구령에 도착하여 지도를 보니 우리가 걸을 여정이 8km쯤 남아 있었다. 처음처럼 다시 시작하는 기분으로 말없이 걸어 나간다. 전망 좋은 곳이 전혀 없고 몸에 힘도 없으니 묵묵히 걷는 것만이 유일한 길이다. 2시간 반을 걷고 걸어서 고치령을 1km쯤 남기고, 우린 길을 잃은 이유를 분명히 알 수 있었다. 새벽녘의 어두운 길인 데다 표지 리본도 없고, 더구나 눈이 대간길을 덮고 있었기 때문에 길을 잘못 든 것이었다. 누구라도 길을 찾기가 쉽지 않았을 거라 생각했다.

이 모든 것이 산신령의 조화 속이었다는 것을 몸소 깨닫게 한 하루였다. 자연이 만든 상황을 자연스럽게 받아들이는 것이 매우 자연스러운 일이라 생각할 뿐이다. 먼 길을 돌아서 겨우 깨닫게 된 너무나 단순한 진리였다.

충청도 춘남형과 함께한 백두대간 동행 종주기

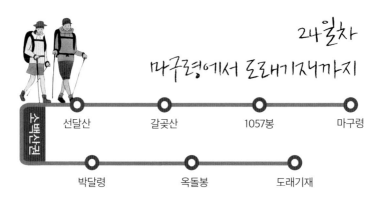

24일차
마구령에서 도래기재까지

소백산권

선달산 ─ 갈곶산 ─ 1057봉 ─ 마구령

박달령 ─ 옥돌봉 ─ 도래기재

충청도 춘天님과 함께한 백두대간 동행 종주기

날짜 2016. 1. 1(금) 산행거리 / 시간 25.4km / 9시간

　이번 산행도 많은 우여곡절 끝에 추진되었다. 조진행 대원이 어렵게 대장에게 의견을 타진한다. 대장은 1주와 5주에만 가능하다고 카톡이 올라온다. 4주는 나와 이학원 대원이 불가능한 날이다. 다행히 1주 차에 날짜가 잡혔다. 1월 2일(토)로 확정된 것이다. 그런데 출발 4일을 남기고 대장이 1일로 변경하면 좋겠단다. 안되면 혼자라도 구간 종주를 하겠단다. 밑져야 본전인데 단톡방에서 의견을 타진해보라고 한다. 이재문 대원과 이학원 대원은 가능하다고 하고 한참 지난 후에야 조진행 대원의 답신이 떴다. 선약을 조정해서 1일도 가능하단다. 그리하여 새해 첫 날로 산행 날짜가 잡힌 것이다. 새벽 3시 30분으로 출발 시간이 정

해지고 운전자도 통보되었다. 가족과 함께 해야 할 시간인데 미안한 마음이 가득하다. 모든 가족이 모인 저녁 시간, 치맥으로 망년회 겸 새해 인사를 나눴다. 세 딸들이 집에 와 온 가족이 모인 날인데 산행을 위해 나만 10시에 잠자리에 든다. 이런 날 배낭을 둘러메고 새벽에 도둑고양이처럼 집을 빠져나오게 되었으니 아빠로서 할 말이 참으로 없다.

새벽 세 시 반! 다섯 명이 차에 오르고 출발이다. 연휴라서 도로가 막히지 않을까 걱정했는데 기우였다. 아무리 일몰과 일출을 보기 위해 이동한다 해도 새벽 서너 시에 이동하는 것은 쉽지 않은가 보다. 전용 도로처럼 달리고 달려 단양휴게소에서 아침을 먹었다. 대천을 출발한 지 세 시간이 지난 06시 30분을 가리킨다.

마구령에 오르니 영춘 남대리 주민들이 해맞이 행사를 준비하고 있다. 뜨거운 오뎅 국물에 막걸리 한 잔을 권하는데 시간이 촉박해 정중히 사양하고 산에 오른다. 07시 30분에 산행을 시작하여 10분 만에 마을 주민들의 해맞이 장소인 894봉 정상에 도착했다. 해는 떠오르지 않고 사위가 붉게 물들어 있다. 더 높은 봉우리에 서서 새해의 새로운 해를 맞이하고 싶은 마음에 쉬지 않고 발걸음을 옮긴다. 완만한 오르막을 오르는데 설핏 바닥에 눈이 깔려 길이 매우 미끄럽다. 더구나 낙엽 위에 얹혀 있는 눈을 밟으면 그 미끄러움은 배가된다. 발은 미끄럽고 손끝은 시리고 코가 얼어붙는 악조건 속에서도 걸음을 멈추지 않는다. 그런 와중에도 새해의 새 해는 세상을 향해 어김없이 고개를 내밀고 있다. 꿈을 품고 어렵사리 걸었는데도 전망 좋은 봉우리는 나타나지 않는다. 8시 10분쯤 할 수 없이 알 수 없는 산정에 서서 안개 사이로 햇살을 쏟아내고 있는 새 해를 바라보며 새해의 소망을 빌었다.

그리고 나니 허겁지겁 올라오느라 보지 못했던 눈꽃이 눈에 들어온다. 안개와 매서운 추위가 만든 눈꽃이 온 가지에 하얗게 허옇게 피어 있다. 청솔가지에 흰머리가 앉은 듯하고, 갈색의 나뭇가지는 흰색의 가지로 환골탈태한 모습이다. 파아란 하늘을 배경 삼아 아름다운 자태를 햇살의 조명을 받으며 다양한 포즈를 취하고 있었다. 눈앞의 풍광은 어떤 말로도 표현할 수 없는 황홀한 매력을 지녔다. 자연이 만든 조화를 어찌 인간의 표현으로 담아낼 수 있으리오. 자연에 흠뻑 취해 있다가 뒤에서 걸어오던 일행이 도착하면서 현실로 돌아왔다. 대장이 한마디 한다. 겨울 산행은 일행과 보조를 맞춰 함께 걸어야 한단다. 대장의 말을 들으며 아름다운 눈꽃보다 더 현실적인 문제로 확 다가오는 것이 있었다. 눈을 들어 눈꽃을 바라보는 것보다 더 중요한 것이 발을 디딜 땅을 똑똑히 쳐다보는 일이다. 바닥이 얼어붙어 걷기가 쉽지 않은 상태였기 때문이다. 지금 이 순간에 꼭 필요한 일, 바로 아이젠을 차는 것이다. 미끄러지지 않으며 걷는 것이 얼마다 흔쾌한 일인지 너무나 실감이 난다. 더군다나 발에 신경을 쓰지 않으니 눈을 들어 눈꽃을 감상할 수 있어 더더욱 기분이 좋다. 여유롭게 걸으며 눈꽃의 아름다움을 즐길 수 있다니 그 설레임은 말할 수 없이 컸다. 약간의 추위와 추위를 막기 위한 도구들이 답답하기도 하지만 그것이 있어 더 행복할 수 있었다.

떠오른 해를 바라보며 동쪽을 향해 오르내리기를 계속하다 보니 갈곶산966m이 나타난다. 갈곶산 바위에 올라 나뭇가지를 헤치고 지금까지 걸어온 여정을 돌아본다. 그 끝으로 머리에 눈을 이고 있는 소백산 정상이 햇살을 온몸으로 받으며 우뚝 서 있다.

갈곶산을 기점으로 북쪽으로 방향을 틀어 늦은목이를 향해 내려가는 길이 쭉 이어진다. 9시 40분에 출발하여 30분 만에 늦은목이에 도착했다. 늦은목이는 충북 영춘면 남대리와 경북 물야면 오전리를 오가는 고개라고 한다. 오전리 하면 오전약수로 유명한 곳이다.

이곳에서부터 이번 구간에서 경사가 가장 심한 구간을 한 시간여 걸어야 한다. 겨울 산행이라 땀을 내지 않으면서도 일정한 속도로 걷는 산행 기술이 필요한 시간이다. 아무리 좋은 옷이 나왔다고는 하지만 그것으로 모든 것이 해결되지는 않는다.

한 시간만인 11시에 선달산1236m에 도착했다. 새해 첫날인지라 예정에 없던 산신제를 올리기로 했다. 올라오자마자 늘 하던 대로 기념 촬영을 하자 대장이 한소리 한다. 먼저 제를 올리고 찍으라는 소리다. 맞다. 맞는 말이다. 제를 올리는 것은 제물의 가치에 있는 것이 아니라 제를 올리는 사람의 마음에 있기 때문이다. 각자 가져온 음식으로 소박하지만 정성껏 상을 차리고 술을 올린다. 바로 1월 1일 11시 11분을 가리키는 시간이었다. 혹 11초일지도 모른다. 이런 기막힌 우연도 쉽지 않다. 이인우 대장이 첫 잔을, 그다음은 이재문 대원, 조진행 대원, 이학원 대원 그리고 마지막으로 내가 1년간 무사히 산을 탈 수 있게 해달라는 마음을 담아 잔을 따른다. 선달산은 충북, 경북 그리고 강원의 경계를 이루는 산이다. 표지석이 남쪽을 바라보고 서 있으면 좋았을 텐데 하는 아쉬움을 남기고 우린 박달령을 향해 발걸음을 옮긴다.

경사는 완만하지만 길고 긴 오르내리막이 이어지는 산행이다. 눈을 밟고 내려오는데 이학원 대원이 이상한 눈이 내렸다는 것이다. 자세히 보니 나무껍질 모양의 눈들이 설핏 내린 눈 위에 깔려 있다. 다름 아닌 눈꽃이 가지에서 떨어져 내린 것이었다. 안개가 추위의 중매로 나뭇가지와 인연을 맺고 피어오른 것이 바로 눈꽃이 아니던가. 그런 눈꽃이 고도가 낮아지고 따뜻한 햇살이 비추자 나뭇가지와 인연의 끈을 놓아 버린 것이다. 역설적이게도 추워야만 피는 꽃이 바로 눈꽃이었던 것이다. 추위를 준비하는 꽃이 단풍이라면 추워야만 피는 꽃이 눈꽃이란 사실을 새삼 깨닫게 된다.

12시가 되어 점심 먹을 장소를 찾아 나선다. 큰 바위가 바람을 막아주는 양지바른 곳에 자리를 잡고 점심상을 차린다. 대장이

라면을 끓이고 나머지는 쉬면서 자리를 정리한다. 각자 준비한 김밥을 먹으며 반주를 한 순배 돌린다. 따끈한 라면 국물까지 배 속에 들어가니 온몸이 훈훈해진다. 더 이상 부러울 것이 없다. 따뜻한 원두커피로 입가심을 마친 후 곧바로 산행이 시작된다.

온산을 꽉 채운 갈참나무들은 잎 대신 눈을 매달고 있다가 이 마저도 떨구고 묵묵히 서 있다. 수백 년 된 갈참나무는 바라보는 것만으로도 경외감을 느끼게 한다. 자연은 오래될수록 아름다워진다는 평범한 진리를 깨닫는 순간이다. 수백 년을 견디며 이겨낸 세월이 아름다움으로 드러나는 것이 아닐까? 그럼 인간은 오래 살수록 어떤 모습을 지니게 될까? 자연을 거스르는 인간이 아니라 자연스런 인간이 보고 싶은 시대다.

박달령에 도착하니 거대한 표지석과 산령각이 그곳을 지키고 있다. 옹달샘이 있다기에 바위에서 흘러내리는 맑은 물을 떠올리며 50m를 걸어 찾아갔다. 기대에 부응하지는 못했지만 맛만은 자연의 맛 그대로였다. 한여름에 물이 떨어진 사람이라면 얼마나 고마운 물이겠는가. 생명수 그 자체가 아닐는지.

이런저런 생각을 하며 다시 숨차게 50m를 올라왔다. 금성대군을 모신다는 고치령 산령각과는 달리 이곳은 박달령성황이란 명패만 놓여 있다. 14시 20분에 출발하여 10여 분만에 금강송 군락을 만났다. 늘씬한 몸매와 매력적인 자태에 눈을 뗄 수가 없다. 다들 합창으로 와! 와아! 노래를 한다. 그런 다음 나무에게 다가가 온 마음으로 껴안으며 놓지를 않는다. 예전엔 온산이 금강 소나무가 덮여 있는 소나무 숲이었다고 한다. 그런 숲이 재선충으로 인해 옛 풍취는 거의 사라지고 그 자리를 갈참나무가 차지해 가고 있는 중이란다. 참 아쉬운 현실이다.

드디어 오늘 산행의 최고봉인 옥돌봉_{1244m}에 도착했다. 15시 45분이다. 표지석을 붙들고 기념사진을 한 컷 찍고 바로 하산이다. 끝없이 내려가는 하산길이다. 해는 우리가 걸어온 산마루를 넘어가고 있다. 지는 해는 높은 산줄기와 높게 자란 나무줄기에만 빛을 나눠주고 있다. 550년이 되었다는 철쭉도 크게 자라지 못해 이미 빛을 받지 못하고 있었다. 어두운 배경 속에서 어둑어둑한 모습으로 자신의 자리를 지키고 있다. 옛적에 역이 있었다는 도래기재에 도착한 시간은 16시 40분, 7시 40분에 출발하였으니 9시간 만에 오늘 산행이 마무리된 셈이다.

17시에 도착한 택시를 타고 오전마을에 들러 오전약수를 한 잔씩 받아 맛을 본다. 탄산수의 시원함이 기분 좋게 목으로 넘어가다가 뒤끝은 쇳내로 끝나 맛이 영 아니다. 그래도 조선 시대 최고의 약수였다니 한 병씩 채워 오는 것을 잊지 않는다.

20시 30분에 행담도 휴게소에서 이인우 대장을 그 가족과 짝지어 주고 다시 차에 오른다. 서산휴게소에 들러 맛난 저녁을 먹은 후 대천에 도착하니 22시다. 오늘도 긴긴 하루를 보냈다.

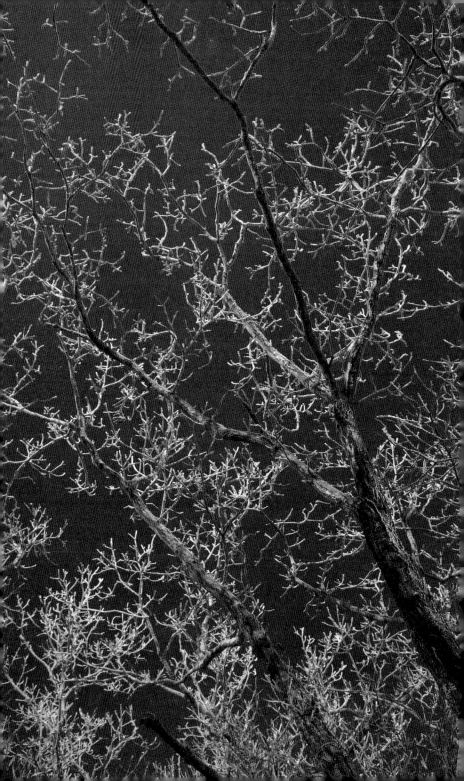

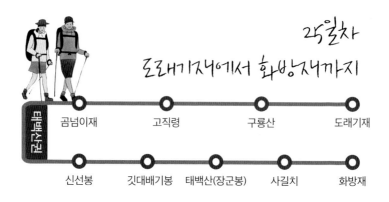

25일차

도래기재에서 화방재까지

태백산권

곰넘이재 ── 고직령 ── 구룡산 ── 도래기재

신선봉 ── 깃대배기봉 ── 태백산(장군봉) ── 사길치 ── 화방재

날짜 2016. 3. 12(토) - 3. 13(일) **산행거리 / 시간** 25km / 13시간

　2월 산행은 눈으로 인해 취소되었다. 이번 산행은 한 달을 더 기다린 그 기다림으로 인해 마음을 더 간절하게 한다. 그런데 어머님이 편찮아 이학원 대원이 함께 하지 못한다니 이래저래 마음이 불편하다. 그럼에도 불구하고 일정은 정해진 대로 추진된다. 마음이 흔쾌하지는 않지만 다시 한 달을 미루는 것은 모두가 원치 않는 일인 것이다. 대장의 최종 결정이 있었고 우리는 토요일 08시 30분에 출발하기로 얘기했다.

　모처럼만에 산행을 위해 배낭을 준비하는 시간이다. 추운 날씨와 쌓인 눈을 생각하며 준비물을 챙겨 넣는다. 새로 개업한 이인우 기타교실 앞에는 이미 이인우 대장 차가 일행을 기다리고

충청도 춘부댁과 함께한 백두대간 동행 종주기

있다. 조진행 대원의 차가 막 도착했고 나도 정각에 도착했다. 그런데 이재문 대원이 5분이 지났는데도 그 큰 덩치가 보이지 않는다. 조진행 대원이 전화를 건다. 그런데도 전화를 받지 않는다. 그 대신 차가 빠르게 다가온다. 주차 공간을 찾다가 조진행 대원 차 앞에 주차한 다음, 급히 후진하다가 조진행 대원의 차를 들이받는다. 가방을 메고 나오면서 하는 말이 전에 있던 학원에서 기다렸단다. "이놈들이 왜 나만 떼어놓고 갔지?" 속으로 욕을 하다가 퍼뜩 생각이 나서 차를 돌렸단다. 우리는 "이놈이 왜 이리 안 오는 것이여." 하며 전화하고 있었는데 말이다.

충청도 촌놈들과 함께한 백두대간 동행 종주기

출발 시간을 10분 어기고 우린 춘양면을 향해 달렸다. 드라이브하는 기분으로 여유롭게 달려 안성맞춤 휴게소에서 들렀다. 커피 한 잔을 하자는데 다들 에스프레소를 시킨다. 아메리카노가 너무 많은 양이니 두 잔을 사서 둘이 나눠 마시자고 제안하자 나온 소리였다. 이탈리아를 여행하면서 진한 그놈의 맛에 빠졌다고 대장이 한마디 한다. 유럽을 여행하면서 마셨던 에스프레소로 인해 커피와 친해진 옛일을 떠오르게 한다. 조진행 대원을 제외한 세 명이 에스프레소를 외치니 모든 것이 한칼에 정리된다. 진한 커피 향으로 입안을 채운 뒤 다시 춘양을 향해 달린다.

남제천 나들목을 나와 4차선 자동차 전용도로를 달려 2차선 도로를 나오니 상동 마을이다. 목적지까지 얼마 남지 않은 상태라 그곳에서 점심을 먹기로 했다. 시골밥상이란 메뉴에 모두 마

음이 동하나 보다. 반대하는 소리가 없다. 김치찌개에 자반고등
어를 비롯하여 여러 밑반찬이 나왔다. 계산을 하는데 6천 원씩 2
만 4천 원이 나왔는데 돈이 2만 3600원 밖에 없다고 하니 그냥
됐다고 한다. 반찬 맛이 인심을 따라가나 보다.

　도래기재를 향해 차를 모는데 꾸불꾸불 끝없이 이어져 30분
을 달려도 나타나지를 않는다. 10분 정도 더 달리니 1월 달에 택
시를 기다렸던 그곳 도래기재가 나타난다. 이번 산행은 택시비를
절약하기 위해 처음으로 크로스를 하기로 했다. 이재문 대원과
조진행 대원을 이곳에 내려 주고 곰넘이재를 향해 다시 차를 타
고 달린다. 20분을 더 달려 도착한 곳이 참새골가든이다. 곰넘이
재를 올라가려면 이곳에서 출발하여 한 시간 넘게 걸어 올라야
한다.

　상당한 경사인 비포장도로를 걸어서 한 시간쯤 오르니 곰넘
이재의 유래가 우리를 반긴다. 웅현이라는 이름이 순우리말로
바뀌면서 곰넘이재로 불리게 되었다는 것이다. 특히 이 길은 태
백산 천제단으로 제를 올리기 위해 많은 관리들이 오르내리던
길이라고 한다.

　밋밋한 길을 따라 오르락내리락하면서 걷다 보니 어느덧 오
늘의 최고봉인 구룡산1344m 정상에 도착했다. 곰넘이재를 출발
하여 2시간 만에 도착한 것이다. 예상했던 대로 이재문 대원과
조진행 대원이 먼저 와 기다리고 있었다. 도래기재에서 출발하

여 세 시간 정도 걸리는 거리라 예상했는데 정확하게 맞아떨어진 것이다. 잠시 헤어졌었는데도 여간 반가운 것이 아니다. 그 반가움을 담아 기념 촬영을 하고 크로스를 위해 차 열쇠를 교환한 다음 각자의 방향을 향해 발걸음을 옮긴다.

그 와중에 반가운 소식을 전한다. 홀딱 반할 만한 춘양목을 언뜻언뜻 만나게 될 거란 소식이다. 30분이 지나서야 춘양목의 아름다운 자태를 만날 수 있었다. 카메라에 담기 위해 갖은 시도를 했지만 그 멋들어진 품격을 담기에는 역부족이다. 압도적인 그 자태를 프레임 안에 가두는 것 자체가 불가능한 일인 것이다. 할 수 있는 일이란 부족하나마 자태를 기록하는 것뿐이다. 크기도 담기 어렵고, 연륜도 담기에는 부족하고, 오랜 기간 견뎌왔던 아픔도 프레임 속에 담을 수가 없다. 큰 것들 속에서는 큰 것도 작게 담을 수밖에 없다는 것을 똑똑히 알게 되었다. 그 반대도 가능하겠지만 말이다. 카메라에 담을 수 없는 한계를 아쉬워하며 가슴에 품어 안는 것으로 만족해야 했다.

도래기재에 도착하니 이재문 대원과 조진행 대원이 벌써 우리를 기다리고 있었다. 우리가 특히 내가 춘양목의 자태에 흠뻑 빠져 있는 사이에, 유혹하는 것이 없는 다른 팀은 내리 걷기만 했기에 당연한 것이었다. 이후 일정에 대해서 옥신각신한 끝에 내린 결론은 예정했던 대로 춘양면으로 이동해서 자고 먹고 그곳에서 내일 일정을 진행하자는 것이었다. 전화로 약속했던 모텔에 도착하여 짐을 풀고 식당으로 이동하여 저녁을 먹었다. 가볍게 걸은 산행이었지만 그래도 막걸리가 당기는 것은 당연지사! 모두들 한 목소리로 막걸리를 찾는다. 소주밖에 없다는 식당 춘양모를 시켜 막걸리를 사다가 다섯 통을 순식간에 먹어 치운다.

찬이 맛있어 배 터지게 먹은 데다 막걸리까지 마셨으니 이만하면 될 듯도 한데 2차를 해야 한단다. 먹을 만한 데를 찾다가 시장통이 끝나는 부근에 순대집 간판이 눈에 확 들어온다. 순대전골에 막걸리를 시켜 또 들이킨다. 배가 빵빵한데도 술배는 아직도 만족할 줄을 모른다. 시키고 또 시킨 다음에 그것도 문 닫을 시간이 되어서야 술판이 끝났다. 이 즐거운 술판이 내일 어떤 고통으로 이어질지 마음은 불안하기만 하다. 고치령에서의 기억이 새삼스레 떠올랐기 때문이다.

숙소에 도착하여 몸을 누이니 잠이 곧바로 찾아든다. 얼마나 시간이 지났을까? 웬 소리에 잠이 깼고 그 소리의 정체를 아는 순간 불면의 밤은 쭈우욱 이어졌다. 조진행 대원의 코골이는 기상천외의 소리다. 누구도 흉내 낼 수 없고 그 자신도 규칙성을 찾을 수 없는 행태로 이어지는 것이다. 아무리 잠을 청해도 잠은 더욱 멀리멀리 도망을 친다. 간신히 몸을 일으켜 피곤한 상태로 씻는다. 약간 더부룩한 뱃속을 채우고 정성스럽게 싸준 도시락을, 배낭에 넣기 위해 정성스런 마음을 마구 뒤섞어 구겨 넣는다. 모두 말없이 차에 오른다.

충청도 춘추님과 함께한 백두대간 동행 종주기

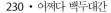

곰넘이재에서 화방재까지 걷기 위해 또다시 참새골로 이동했다. 어제 오른 그 길을 말없이 또 오른다. 침묵 속에서 오르는데 이재문 대원이 어제 본 분홍빛 자작나무가 눈에 삼삼하게 아른 거린단다. 빛을 받아 붉게 물든 몸에 얇은 비단옷을 살랑거리며 서 있는 모습이 애간장을 태운다고 말한다. 이 분홍빛을 띠는 자작나무는 붉은 자작나무라 불리는 거제수나무다. 자작나무와 엇비슷한 것으로 사스레나무도 있다.

자작나무류의 유혹에 눈을 빼앗기며 걷다 보니 어느새 우린 신선봉에 도착했다. 신선이 앉아 있을 줄 알았는데, 죽어 신선이 되고픈 손 처사가 자연 속에 누워 있었다. 신선이 되어 누었는지 신선이 되고파서 이곳에 자리했는지 모를 일이다. 가끔 후세 사람들이 그 마음을 따르려 하는지 바위에 동전을 올리고 기도를 한다.

내려가기에 취약하다는 이재문 대원을 앞세워 내리막길로 접어들었다. 산행을 시작한 지 세 시간 만에 차돌배기에 도착했다. 오가는 사람들의 쉼터였던 곳으로 차돌이 박혀 있어서 붙여진 이름이란다. 얼마 걷지 않아 조진행 대원이 엄나무라고 하며 가리키는 것이 아닌가. 그런데 도저히 믿기지 않는 굵기였다. 한 아름이 넘는 크기였으니 말이다. 지금까지 보아온 엄나무를 떠올려서는 도저히 상상이 불가능한 크기다. 자연의 품이 얼마나 큰지 실감할 수 있었다.

마루금에 올라서자 춘양목은 사라지고 신갈나무가 숲을 이루

231

고 있었다. 고도가 높아지면서 수백 년 동안 비바람을 견디고 살아낸 고목들의 흔적이 그 자체로 아름다움을 보여주고 있다. 그런 고목의 품 안에서 오래된 철쭉이 서로를 껴안고 자리를 지키고 있다. 봄이 되면 연분홍의 빛깔을 바닥에 흩뿌려 놓을 것이다. 그 틈을 인간이 자신의 자리인 줄 알고 길을 내며 걷고 있는 것이다.

얼마 지나지 않아 깃대배기봉1370m에 도착했다. 태백 산꾼이 세운 묵직한 돌로 만든 표지석이 세워져 있었다. 이제 우리의 걸음은 경상북도를 지나 강원도를 향해 내딛게 된 것이다. 마지막 여정인 강원도에 도착한 기념으로 준비한 막걸리를 나누며 자축한다. 약간의 눈발이 날리는 상황이라 차가운 막걸리가 몸을 더욱 차갑게 만든다. 더구나 온기가 전혀 없는 도시락을 먹고 나니 몸은 급속히 얼어붙는다. 젓가락을 잡은 손이 꽁꽁 얼어붙어 더 이상 움직이지 않는다. 빨리 움직여야 할 상황임을 서로의 눈치로 알 수 있었다. 급히 배낭을 둘러메고 걷는데 발걸음이 천근만근이다. 그래도 걸음을 옮기니 발이 풀리고 손에 온기가 돌며 몸이 정상으로 회복되는 듯하다.

묵묵히 생각에 젖어 걷는데 부쇠봉의 표지판이 눈에 보인다. 이인우 대장과 조진행 대원은 전망이 별로라며 지름길로 걸어 올라간다. 그렇지만 이재문 대원과 나는 다시 오지 못할 곳이기도 하고, 이 길을 아니 갈 수 없다면서 부소봉1546m을 향해 걸음을 재촉한다. 백 년이 훨씬 넘었을 아름다운 사스레나무가 흰빛을 띠며 우리를 마중 나와 서 있다. 끝없이 이어진 산줄기를 조망할 수 있는 전망대가 있었지만 안개가 자욱하여 상상으로 끝낼 수밖에 없어 아쉬움이 컸다. 초행길이라 상상조차 쉽지 않다. 막연히 끝없이 이어지는 산줄기를 떠올릴 뿐이다. 그도 잠시 살아 천년, 죽어 천년을 자랑하는 주목이 신령스러운 자태로 눈앞에 떡 나타나는 게 아닌가. 때로는 죽은 상태로, 어떤 것은 살아 있는 모습으로 주목이 묵묵히 자리를 지키고 있다. 우린 말없이 그 주목에 주목할 수밖에 없었다. 속이 텅 빈 오백 년의 삶이 앞으로의 오백 년을 담담히 지켜낼 힘으로 작용하리라 생각해본다. 이런 주목의 삶을 바라보는 것만으로도 경외감이 느껴졌다.

안개가 자욱한 천제단 쪽에서 왁자지껄 소리가 들린다. 인간의 소리다. 인간의 오염이 없다면 자연은 자연스럽게 자신의 삶을 살아낼 수 있지 않을까? 인간만이 자연을 자연스럽게 놔두지 않고 있는 것은 아닌가. 결국 자신의 필요에 의해 자연을 이용하는 인간으로 인해 자연은 부자연스럽게 변하고 만다. 결국 인간은 이곳에 천제단을 쌓고 자신의 허약함을 하늘에 의탁하기 위해 먼 길을 걸어 이곳까지 올라온 것이다.

천제단은 천왕단을 중심으로 북쪽에 장군단 그리고 남쪽에 규모가 작은 하단을 합하여 3기로 이루어져 있었다. 우리도 천왕단에서 잔술을 올리며 미욱한 인간으로서 하늘에 자신을 의

탁해 본다. 미리 올라와 추운 바람 속에서 우릴 기다리고 있었던 두 대원을 위해 급히 하산을 시작한다. 아이젠을 두고 온 것이 후회막급이다. 쌓인 눈이 완전히 녹지 않은 상태에서 설핏 내린 눈 때문에 상당히 미끄러웠다. 그런 상황에서도 그 길을 몇 백 년 지켜온 주목을 바라보는 기쁨은 황홀함 그 자체였다. 잠시 스치듯 지나가는 나 같은 존재와는 완연히 다른 존재임에 틀림없다.

한 시간쯤 내려오니 산령각이 나타난다. 태백산 사갈령 산령각이라 한다. 경상도와 강원도를 넘나드는 고갯마루에는 산령각이 여럿 있는데 그 이유가 무엇일까 궁금했다. 고치령에 있는 산령각은 금성대군을 모시는 것이라는데, 이곳은 높고 험준한 산길의 무사안녕을 빌기 위해 지은 당집이란다. 마지막 하산길은 산령각을 오르기 위해 잘 닦여진 길이었지만, 그 경사는 만만하지 않아 발가락에 무리가 갔다.

화방재에 도착한 시간이 15시 30분이니 오늘은 총 8시간 걸은 셈이다. 어제 걸은 5시간을 합하여 13시간의 산행이 끝난 것이다. 도래기재에서 화방재까지 25km 일정이 이렇게 마무리 되었다. 화방재에서 참새골까지 택시로 이동하는데 한 시간이 족히 걸렸다. 지금까지 택시로 이동한 것으로는 가장 먼 거리였고 비용도 가장 많이 들었다. 1박 2일의 산행이 우여곡절 끝에 이리 끝났다.

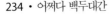

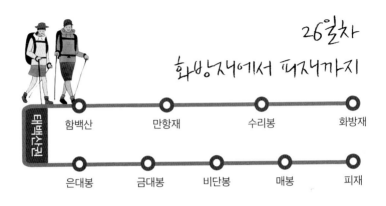

26일차
화방재에서 피재까지

태백산권

함백산 · 만항재 · 수리봉 · 화방재

은대봉 · 금대봉 · 비단봉 · 매봉 · 피재

날짜 2016. 4. 8(금) - 4. 9(토)　산행거리 / 시간 21km / 9시간

　일주일 전에 대장으로부터 통보가 떴다. 운전은 조진행 대원이 길잡이는 우장식이란다. 길라잡이로서 단톡에 구간 거리와 일정 그리고 시간 계획을 올린다. 그런 뒤 운전은 이학원 대원으로 바뀌었다. 수학여행을 다녀온 끝이라 운전하기가 쉽지 않다는 조진행 대원의 의견이 반영된 결과였다. 산행 통지가 뜨면 여지없이 마음은 들뜨고 기분이 좋아진다. 일주일이 좋은 기분으로 흐를 거란 예감이 든다. 처음 시도하는 금요일 출발이라 늦게서야 시간 일정이 잡히게 되었다. 저녁 먹고 7시에 출발하기로 정해졌다. 빡빡한 상황이었는데, 해양과학고 학생부에서 주최한 '주먹이 운다' 프로그램이 예정 시간보다 일찍 끝나게 되었다.

전반적으로 모든 일정이 당겨서 마무리된 것이다. 빠르게 학생들을 하교시키고 퇴근할 준비를 한 다음 이런저런 일을 해치웠다. 학교 옆에 있는 동사무소에서 국회의원 사전투표를 하고, 은포리 아줌마 집에 가서 도다리 쑥국의 기본 재료인 도다리를 샀다. 과학나라를 하는 황선만이 집들이를 한다고 해서 화분을 사들고 듬지를 태우러 갔다. 듬지와 함께 창동에 있는 황선만 사무실에 가서 차 한 잔을 마시며 개업 축하인사를 나눴다.

집에 와서 저녁을 먹고 잠시 쉬다가 대장을 태우고 약속 장소에 가니 이미 일행이 기다리고 있었다. 15분 늦은 시간에 태백을 향해 출발할 수 있었다. 여러 번 다닌 길이라 낯설지 않다. 서해안을 타다가 서평택 – 제천 고속도로를 갈아타고 쭉 달리면 된다. 우리의 백두대간 산행을 위해 생긴 고속도로 같다는 이학원 대원의 말에 모두 공감한다. 제천 나들목에서 나와 자동차 전용도로를 타고 태백까지 달리면 끝이다. 그러나 350km가 넘는 길이라 족히 4시간은 걸리는 거리였다.

속도광처럼 빨리 달리는 이학원 대원의 운전 솜씨 덕택에 11시에 숙소에 도착할 수 있었다. 미리 예약해 둔 알프스모텔에 도착한 것이다. 낯선 중년 남자들을 반말을 하며 스스럼없이 대하는 여주인을 보며, 약간은 어리둥절한 느낌이 든다. 짐을 부리고 술집을 물으니, 소고기를 먹을 수 없는 것을 아쉬워하며 가까운 곳에 있는 허름한 술집을 알려 준다. 그 술집에 가니 늦은 시간이었음에도 더 늦은 시간까지 가능하다며 덤덤한 기색으로 우리 일행을 맞는다. 도루묵 찌개를 시켜 놓고 소맥을 마신다. 한 잔 또 한 잔을 마시며 술병이 늘어난다. 소주 4병에 맥주 10병이 어느새 비워졌다. 시간만 가능하다면 더, 더, 더를 외칠 판이다. 12시 반이 지나서 억지로 술판을 끝내고 숙소로 돌아오는데 대장이 맥주를 또 사 온다. 결국 그 맥주까지 비우고 잠이 든 시간은 새벽 1시였다.

다섯 시에 일어나야 하니 수면 시간이 절대로 부족한 상태다. 그래도 다행인 것은 뇨기가 있어 화장실에 가는데 이학원 대원이 방으로 들어오면서 한 말이 조금은 위로가 되었다. 잠을 못 자 차에서 자고 들어오는 중이란다. 바로 그 시간이 04시 45분이었으니 난 그래도 푹 자고 일어난 셈이다. 결국 이 날도 잠을 설친 사람이 많다. 조진행 대원의 변화무쌍한 교향곡은 누구라도 적응하기가 쉽지 않다.

가장 나중에 씻고 나오니 이미 06시가 넘었다. 김밥집을 내비게이션 따라 찾아가니 엉뚱한 곳이 나온다. 기웃거리다 찾아든 곳은 김밥나라가 아닌 나들이 김밥집이다. 황태미역국과 올갱이해장국을 먹고 점심으로 김밥 5인분을 샀는데도 4만 원이란다. 싸도 너무 싸다.

김밥을 챙겨 넣고 차를 몰아 화방재에 도착하니 07시다. 예정보다 한 시간이 늦었지만 크게 부담은 없다. 컨디션도 좋고 날씨까지 도와주니 별 무리 없이 일정을 소화할 수 있으리라. 따뜻한 봄바람을 느끼며 오르고 또 올라 30분 만에 수리봉1214m에 도착했다. 조진행 대원이 오르막길을 쉬지 않고 올라 일착했다는 것은 오늘 산행이 얼마나 빨라질 것인지, 짐작하게 한다.

얼마 걷지 않아 일행의 발걸음을 붙잡을 만한 꽃이 피어 있었다. 연한 녹색 잎에 노란색 꽃을 오글오글 담고 있어, 환한 빛을 발산하고 있다. 다들 처음 보는 꽃이란다. 나중에 알아보니 졸린 고양이 눈 같다고 하여 괭이눈이란 이름이 붙은 꽃이다. 봄바람을 맞으며 처음으로 우리를 환하게 맞아준 꽃이 괭이눈이다. 반가움에 한눈을 팔다가 길잡이란 사실을 망각하고 뒤쳐진 것도 여러 번이다.

한 시간 가량 걸으니 군 시설이 보이고 얼마 지나지 않아 만항재가 나온다. 넓게 자리한 고갯마루에 여러 가지 시설이 펼쳐져 있다. 창옥봉에 오르니 기원을 드리는 제단이 동쪽을 향해 조성되어 있었다. 우리도 술 한 잔을 올리고 마음을 담아 기원을 올렸다. 이학원 대원이 이번 총선에서 승리하게 해 달라는 원을 올리자, 이재문 대원은 우리의 산행이 무사히 마무리될 수 있도록 발원한다. 난 남북이 하나 될 수 있는 날이 빨리 도래하기를 간절히 기원했다.

그런 후 우리 앞에 우뚝 서 있는 함백산을 향해 걸음을 옮긴다. 완만한 길을 잠시 오르니 급경사로 된 돌계단이 나온다. 무념의 상태로 오르고 또 오르니 전망이 확 트인다. 멀리 태백산이 길게 펼쳐져 함백산으로 이어졌고, 바로 밑으로는 선수촌이 훤히 내다보인다. 맑은 날씨로 인해 전망이 드러나서 만족스럽기는 했지만 아쉬움이 하나 있다. 뿌연 미세먼지로 인해 선명한 조망을 볼 수 없는 것이 내내 아쉬웠다.

09시 30분에 오늘의 최고봉인 함백산1572m에 오를 수 있었다. 몸을 가눌 수 없을 정도로 바람이 거세다. 간신히 표지석을 배경으로 인증샷을 찍고, 길게 이어지는 산줄기를 사진에 담기 위해 셔터를 누른다. 그런데 이게 웬일인가. 사진기에 에러가 뜨고 셔터가 눌리지 않는다. 알 수 없는 에러 때문에 몇 컷 찍지 못하고 내려오려니 아쉬움이 크다. 내려오면서 곰곰이 생각해 보니 바람 탓이지 싶다. 거센 바람으로 카메라가 흔들리면서 초점을 잡지 못해 에러가 생긴 것 같았다.

급히 이동하는 구름을 머리에 이고 넓게 펼쳐진 산줄기를 바라보고 있자니 햇살이 사스레나무 숲을 빠르게 훑치며 지나가는 게 아닌가. 이런저런 상념에 젖어 터벅터벅 내려오는데 신령스런 주목이 우릴 부른다. 태백산의 주목 노인보다는 좀 어려 보이지만 그래도 500년은 훌쩍 더 살아온 노인이었다. 신령스런 주목 노인과 함께 사진을 찍으며 그 노인의 신령스런 기운을 느껴본다. 주목을 끌어안고 그 노인의 이야기에 귀를 기울여 보기도 한다.

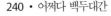

이렇게 발걸음을 옮기는데 훨씬 정정한 주목이 청청한 빛을 뿜으며 눈길을 끈다. 그 주위에 그와 연륜이 비슷한 돌배나무가 무리를 이루며 우릴 사로잡는다. 서서 자신의 모습을 뽐내는 것이 대부분이지만 어떤 것은 앉은 자세로 또 어떤 나무는 편히 누운 모습으로 서로 어우러져 있다.

중함백을 지나 평탄한 길을 오르내리니 마음까지도 편안해진다. 때로는 신령스런 고목이 눈에 들어오기도 하고, 어느 때는 수줍은 듯 피어 있는 야생화에 마음을 주기도 하며 걷는 길이다. 행복에 겨워 걷고 또 걷는 산행이었다.

그렇게 걷고 걸어 11시가 넘은 시간에 은대봉1442m에 도착했다. 따뜻한 햇볕을 쐬며 커피 한 잔을 나눠 마시고 금대봉을 향해 출발이다. 능선에 서니 금대봉이 눈앞에 잡힐 듯이 이어져 있다. 앞으로 우리가 걸을 산줄기도 쭉 늘어져 있다. 내려갔다가 다시 오르기를 반복하며 힘들이고 걷는 중이다. 앞으로 나아가다 다리에 힘이 빠질 때면 온갖 꽃들이 힘을 내라고 환하게 웃는다. 꿩의다리가 간간히 미소 짓더니 중의무릇도 웃음을 보탠다. 어느 순간에 괭이눈이 다가와 화사하게 웃으며 등을 밀어준다.

한 시간이 채 지나지 않아 금대봉1418m에 오를 수 있었다. 바람을 피한 따뜻한 자리를 잡아 점심을 먹는데 그렇게 행복할 수가 없다. 이학원 대원이 가져온 쑥술과 내가 준비한 인삼주, 더덕주를 한 순배씩 마시니 이미 신선이 된 기분이다.

이미 행복한 신선이 되어 걷고 있는데 이게 웬 횡재란 말인가. 꿈속을 걷는 기분이 들게끔 만드는 꽃길이 이어지고 있다. 노루 귀가 지천으로 피어 꽃길을 만들고 있다. 이상화의 시에 나오는 아마도 봄 신명이 지핀 상황이 이런 풍경을 노래한 것이 아닐까? 가도 가도 끝도 없이 이어지는 이 꽃길이 우리의 길잡이 노릇까지 하고 있었다. 하얀 꽃길이 이어지는가 싶더니 어떤 곳에선 노오란 괭이눈이 자리를 펼치고 있다. 그러다가 자주색 노루귀도 보이고 복수초도 가끔은 눈에 들어오고 현호색이 자기 자랑을 하는 곳도 있다.

우리가 걷고 있는 이 산줄기는 과연 무엇을 품고 있을까 생각해 본다. 한반도의 젖줄인 한강과 낙동강의 발원지를 품고 있는 곳이 바로 이 산줄기가 아니던가. 여기서 왼쪽으로는 한강의 발원지인 검룡소를 품에 안고, 오른쪽으로는 낙동강의 출발점인 황지연못을 끼고 있는 것이다. 이곳은 인간의 눈에 띄어 인간에 의해 규정된 발원지인 셈이다. 그러면 자연이 만들고 자연만이 알고 있는 발원지는 과연 어디에 숨어 있을까?

이런저런 생각에 잠겨 걷다 보니 쑤아밭령이 보인다. 안내판 설명에는 '水禾田嶺'이 이렇게 불리게 되었단다. 한자와 한글이 되섞여 만들어진 이름이었다. 화전을 일구어 밭벼를 심어 먹던 고개였기에 이런 이름을 갖게 되었다니 마음이 짠하다. 꽃길은 비단봉1281m까지 쭈우욱 이어졌다. 과연 그 이름값을 하고 있었다. 이름처럼 꽃으로 무늬를 새긴 비단이 펼쳐져 있는 봉우리였다.

한참 내려가니 멀리 풍력발전기가 보인다. 그리고 고랭지 재배지가 누런 자갈밭을 이루며 넓게 자리하고 있다. 고랭지 재배지에 도착하니 비에 쓸려간 흙 고랑이 뚜렷이 보인다. 경사가 심한 곳에 일군 경작지의 운명이리라. 이학원 대원은 얼마 지나지 않아 흙이 남아나지 않을 것 같다고 말한다.

그런 재배지에 차량이 오가고, 풍력발전기가 곳곳에서 윙윙소리를 내며 돌아가고 있다. 인간의 욕심이 파고든 아픈 상처가 곳곳에 배어 있는 곳이었다. '바람의 언덕'을 지나며 그 이름값대로 바람의 치열함을 몸소 느낄 수 있었다. 그 바람만큼 풍력발전기는 빨리 돌고 그 도는 속도에 맞춰 소리는 더욱 크게 윙윙거린다. 이는 끝없는 우리의 욕심을 소리로 표현하는 듯했다. 자연의 소리가 아님이 분명하게 느껴지는 소리였다. 귀에 무척 거슬리는 소리다. 풍력발전이 친환경적이란 말이 새삼 가슴 아프게 다가왔다. 얼마나 더 노력해야 자연스런 상태로 환원할 수 있을까? 고민이 많아지는 순간이다. 자연스럽지 않은 소리를 내며 풍력발전기가 백두대간의 등줄기에 종기처럼 자라고 있다고 생각하니 마음이 짠하다.

인위적인 곳에 인위적으로 세워진 매봉산 표지석을 지나 매봉산1303m에 올랐다. 아득히 태백산이 보이고 맞은편에는 함백산이 우뚝 솟아 있다. 오늘 걸었던 산줄기가 쭉 둘러 서 있는 것이다. 이어 걸음은 계속된다. 산줄기라고는 하지만 줄기차게 내려가는 길이다.

삼수령으로 오르는 농장에서 컹컹거리는 개소리가 가까이 들린다. 그 소리를 뒤로 하고 자작나무 숲을 지나 한참을 걸어가니 갈림길이 나온다. 백두대간과 낙동정맥이 갈라지는 곳이다. 바로 그곳에 이곳을 안내하는 표지석이 서 있었다. 이 두 줄기가 한반도의 등줄기를 이루고 있다고 상상하니 마음까지 두근거린다. 백두대간을 따라 북으로 올라가다 보면 설악산을 만나고 금강산을 눈에 넣으며 백두산으로 걸어갈 수 있는 길이 열린다. 그 반대인 낙동정맥을 따라 남으로 걸으면 경상북도와 경상남도를 지나 부산 끝자락까지 다다르는 길인 것이다.

멋지게 폼 잡고 한 컷을 남긴 후 피재까지 내려오니 오후 4시를 가리키고 있다. 9시간의 여정이 끝나는 행복한 시간이다. 이 멋진 마무리를 삼수령에서 할 수 있어 더욱 기뻤다. 삼수령에 내린 비는 운명처럼 한강으로 아니면 낙동강으로 어느 때는 오십천으로 흐른다고 한다. 하나지만 꼭 하나일 수 없는 삶을 이곳이 눈으로 증명해 보이고 있다. 단 한 번의 선택으로 서해로 갈 수도 있고, 남해를 향해 떠날 수도 있다. 그도 아니면 짧지만 굵은 동해를 향해 살아갈 수도 있다. 한자리에 떨어진 물이 한순간의 흐름으로 영영 돌이킬 수 없는 길을 자신의 길로 알고 흘러가듯,

인간도 한순간의 선택으로 주어진 삶을 끌어안고 살아가야 하는 게 우리의 인생이 아닐까?

　휴게소에 들러 옥수수 막걸리를 한 잔씩 나누며 오늘 하루를 흔쾌한 마음으로 정리한다. 기분 좋은 하루라고, 편안한 하루였다고, 행복한 하루였다고 마음을 모은다. 경기도에서 귀촌한 택시기사의 얘기를 들으며 태백의 정서를 느낄 수 있었다. 아직도 태백의 정서에 깃들지 못한 그 기사의 얘기를 들으며 산소 같은 태백의 정서를 가슴에 새긴다. 다음에 오면 소고기를 소개해 준다는 그 기사의 말을 굳게 믿으며 오늘을 마감할까 한다. 긴긴 하루가 지났다.

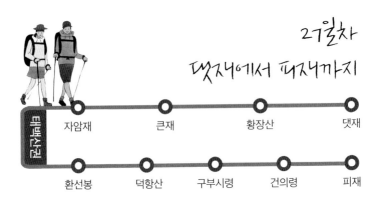

27일차
댓재에서 피재까지

태백산권

| 자암재 | 큰재 | 황장산 | 댓재 |

| 환선봉 | 덕항산 | 구부시령 | 건의령 | 피재 |

날짜 2016. 6. 3(금) - 6. 4(토) 산행거리 / 시간 26km / 10시간

긴 기다림의 끝에 성사된 산행이었다. 대학 친구들 모임 때문에 전 달 있었던 산행에 참여하지 못했으니, 근 두 달을 기다린 끝에 이루어진 산행이다. 그나마 다행인 것은 친구들과 대구 일원을 즐겁게 거닐 수 있었고, 더구나 처음 들어본 비슬산을 오를 수 있는 행운을 누린 것이다. 너덜바위로 이루어진 산에 온갖 꽃들이 만발하여 멋들어진 풍광을 만끽할 수 있었다. 수수꽃다리의 향기를 맡으면서 오르는 산행은 낭만 그 자체였다. 진달래인 참꽃이 군락을 이루는 곳이었기에 더욱 마음이 흡족했다. 대견사까지 걸어올라 산봉우리에 선 순간 펼쳐지는 참꽃 군락은 무릉도원을 떠올리기에 충분했다.

충청도 춘추덕령과 함께한 백두대간 동행 종주기

그렇다고 모든 아쉬움을 달랠 수는 없는 법! 더군다나 빠진 부분을 혼자 채워야 하는 고생까지 껴안아야 하니 말이다. 전 달에 걷지 못한 구간을 나 홀로 걸어야 하는 상황이다. 어머니가 편찮아서 태백산 구간에 참여하지 못해 보충 산행을 해야 하는 이학원 대원에게 전화를 하니 무조건 좋단다. 일정은 잡히고 아픈 다리가 약간은 걱정이 되었지만 크게 마음 쓸 일은 아니다. 어떤 상황에도 포기할 수 없는 일이다.

곧바로 보충 산행이 추진되었다. 개교기념일인 3일 오전에 아이들과 조조 영화를 보고 오후엔 겨울옷을 빨아 말린다. 잠시 쉬다가 옷을 걷어 옷장에 넣으니 17시를 가리킨다. 산행 준비를 마치고 이학원 대원이 도착하기를 기다린다. 그 시간에 아내가 퇴근을 한다. 무척 빠른 퇴근이라고 하니 늘 그렇다면서 한마디 한다. 자기는 '언제나' 이렇게 퇴근을 하는데 정시에 퇴근한 적이 '한 번도' 없기에 이런 상황을 처음 보는 거란다. 늘 부부싸움의 실마리가 되는 '언제나'와 '한 번도'를 또 거론하는 것이다. 말이 안 되는 얘기지만 가끔은 그냥 들어줘야 편안하다. 충분히 그럴 수 있다. 그렇게 느끼면서 살았으니 그렇게 말하는 것이 틀린 말은 아니지 않은가.

밖에서 '빵빠앙' 하는 소리가 들린다. 이학원 대원이 도착한 것이다. 집에서 차를 얻어 타고 출발하니 무척 반갑고 그냥 기분이 좋다. 속력을 내고 싶지만 옆에 앉은 나를 위해 천천히 달리

충청도 충북도밀과 함께한 백두대간 동행 종주기

249

는 것이 마음으로 다가온다. 고마운 일이면서도 당연히 그래야 한다고 생각하며 조수석을 지킨다. 안성맞춤 휴게소에서 저녁을 먹은 후 달리고 달려 태백에는 저녁 10시쯤에 도착했다.

세 번 연속해서 자게 되었다는 이학원 대원과 함께 알프스 모텔에 짐을 풀었다. 당연한 코스처럼 막걸리를 마시러 갔다. 이학원 대원이 두 번째 산행 때 들렀다는 '구종점'을 찾아갔다. 막걸리 맛이 꽤 괜찮다. 걸쭉하고 목 넘어가는 맛이 살아 있어 다섯 잔을 내리 마셔도 그냥 좋다. 여기에 안주로 시킨 감자전이 두툼하고 쫄깃하여 궁합이 잘 맞는다. 문제는 시간이 없다는 것과 배가 점점 빵빵하게 불러 온다는 것이다. 한 주전자의 막걸리로 배를 채우고 감자전도 어느 정도 사라졌을 때 시계를 보니 23시를 가리키고 있다. 우린 급히 좋을 했다.

새벽 다섯 시에 일어나 움직이기로 하고 잠이 들었다. 알람이 울리기도 전에 자연스레 눈이 떠진다. 일어나 시간을 확인하니 04시도 채 되지 않았다. 그만 자고 일어날 것인지를 물으니 좋다고 한다. 한번 깨고 나서 다시 잠을 청하는 것이 얼마나 힘든 싸움인지 잘 아는 나이가 된 것이다. 이를 닦고 몸을 씻고 김밥집에 들러 된장찌개로 아침을 먹었다. 김밥 두 줄씩 사서 배낭에 챙기고 차를 타니 04시 40분을 가리킨다.

서툰 솜씨로 이학원 대원의 차를 운전하고 이동한다. 천천히 댓재를 향해 가는데 이학원 대원이 한마디 한다. 오른쪽으로 보

이는 줄기가 오늘 질기게 걸어야 할 길이란다. 분지 같은 땅을
편안하게 감싸고 있는 야트막한 구릉의 모습을 하고 있었다.
차를 타고 가는 대간의 서쪽에서 보는 풍경만큼은 그랬다는 것
이다.

댓재 휴게소에 도착하니 05시 30분이다. 이학원 대원은 차를
끌고 태백산 구간을 걷기 위해 화방재로 가고 05시 50분에 모든
준비를 끝내고 혼자 산행을 시작했다. 황장산을 향해 오르다 보
니 멀리 동해 쪽으로 해가 솟아오른다. 산속은 아직도 어두워서
녹음이 검푸르게 느껴진다.

하루 종일 이런 푸르름 속에서 걷고 또 걷는 것은 아닐까 생각
하는 순간! 그 생각이 잘못된 것이라고 항변이라도 하듯 주홍빛
원추리꽃이 환하게 웃고 있다. 철쭉이 진 자리에 어떤 꽃이 그
자리를 메울지 무척 궁금하던 차에 그 빈자리를 묵묵히 지키고
있는 존재가 있다는 것이 마음 설레게 한다. 이런 현상은 원추리
꽃으로 끝나지 않았다. 이 산 저 산에 핀 이름 모를 꽃들이 푸르
른 옷감에 하얗게 노랗게 수를 놓고 있었다. 이름이 없지는 않겠
지만 이름을 알 수 있는 꽃나무는 거의 없었다. 태백의 특이한
환경이 만들어낸 식물군이 아닐까 생각해 본다.

황장산을 지나 마루금을 오르내리는 사이에 가끔씩 동해가
얼굴을 살짝 내민다. 그런가 하면 야트막한 구릉에 자리 잡고 있
는 산촌이 나타나기도 한다. 나만의 속도로 나만의 공간을 맘껏

누리면서 혼자 걷는 즐거움을 만끽하는 산행이다. 꽃이 유혹하면 꽃에게 눈길을 주고 나무가 손짓하면 나무에게 한눈을 팔며 걷는 여유로운 길인 것이다. 온갖 풀과 나무들도, 언뜻 보이는 풍광도 실컷 만나는 시간이다.

큰재를 지나 두 시간쯤 걸었을 때, 윙윙거리는 소음이 들리더니 풍력발전기가 눈앞에 나타난다. 풍력발전기 주위에는 고랭지 채소 단지가 계곡을 사이에 두고 넓게 펼쳐져 있다. 그 밑으로 안온하게 자리잡은 마을 귀네미골이 보인다. 1박 2일 촬영지라는 안내판이 이 마을의 특별함을 말해주는 듯하다. 깊고도 높은 위치에, 바람 또한 세차게 부는 이곳에 누가 자리를 잡았을까?

대간 서쪽에 자리한 마을을 돌고 돌아 자암재에 도착했다. 그리고 이번 산행의 최고봉인 지각산^{환선봉 1081m}에 올랐다. 09시가 조금 넘은 시간이다. 열대여섯 개의 봉우리를 오르내려야 하는 이번 산행에서 가장 오랫동안 걸어 오른 산마루다. 약간의 요기를 하고 표지석을 배경으로 몇 컷의 사진을 남겼다. 그곳에서 멀리 보이는 동해안의 풍광은 호쾌했다. 멀리 동해바다가 펼쳐져 있고, 그 안으로 깊숙이 계곡을 따라 자리한 곳이 환선골과 대금굴이다. 그리고 절벽 위에 얌전히 앉아 있는 귀내미 마을이 풍력발전기와 함께 아스라이 펼쳐져 있다.

조금 걸어가자 나무로 막아 놓은 길이 보인다. 호기심을 자극

하는 상황이다. 밑져야 본전이란 생각으로 안으로 걸어 들어간다. 그리 한 것이 얼마나 다행인지 모를 멋진 풍경이 눈앞에 드러난다. 너무나 환상적인 자리가 누군가를 기다리며 고즈넉이 앉아 있는 것이 아닌가. 둘이 앉아서 180도를 완벽하게 감상할 수 있도록 자그마한 나무의자가 절벽 위에 놓여 있었다. 그 자리에 앉아 파노라마처럼 펼쳐진 풍광을 마음에 담고 다시 발걸음을 옮긴다.

얼마 걷지 않아 덕항산1072m을 알리는 표지판이 나왔다. 이 산의 유래는 이렇게 적혀 있었다. 삼척에서 이 산을 넘어오면 화전을 할 수 있는 편편한 땅이 많아 덕메기산이라고 부르다가 한자로 표기하면서 덕항산이 되었다는 것이다. 그리고 산 전체가 석회암으로 되어 있어 산 아래에는 유명한 환선동굴과 크고 작은 석회동굴이 분포되어 있다고 한다.

마음 가는 대로 걸어가는데 잔대가 눈에 띄는가 싶더니 자주 보인다. 가만히 살펴보니 아주 잔대밭이라 해도 될 듯싶다. 큰 것은 아니지만 각종 잔대가 무리 지어 끝없이 펼쳐져 있다. 한 명의 아내가 남편을 9명이나 모셨다는 전설이 담겼다는 구부시령을 지나도 상황은 여전히 마찬가지다. 아니 가장 많은 분포를 이루고 있는 곳이 그곳이었다. 한내령에 도착해서야 잔대는 서서히 자취를 감추고 참취에게 그 자리를 내주고 있었다. 이름을 알 수 없는 마을이 멀리 보인다. 몇 집만이 자리를 지키고 있는 마을에서 몇몇의 사람들이 함께 어울려 일하는 모습이 한가롭다.

건의령을 알리는 표지목에 표시된 숫자를 보니 걸어갈 거리가 얼마 남아 있지 않다. 마지막 힘을 낸다. 푯대봉 삼거리에 도착하니 푯대봉까지는 100m를 더 걸어 올라야 한단다. 다시 올 가능성이 거의 없는 걸음인 만큼 시간을 내본다. 전망을 기대했으나 나무에 둘러싸인 곳에 멀뚱히 표지석만이 그곳을 지키고 있다. 푯대봉에서 건의령까지는 완만하고 편안한 길이 이어진다.

시간을 잊은 채 여유로운 마음으로 생각에 잠겨 걷는다. 언뜻 머리에 스치는 것이 있었다. 다른 대간길과는 달리 안내판에 봉우리가 아닌 고개가 주로 등장하는 이유가 무엇일까 궁금했다. 환선봉과 덕항산이 있긴 하지만 큰재 지암재 구부시령 한내령 그리고 건의령이 안내판을 장식하는 이름들이다. 수많은 봉우리가 있긴 하지만 이름난 산이 없는 데다 동서를 넘나드는 고개가 사람들의 삶 속에 깊이 뿌리박은 결과가 아닐까 자문자답해본다.

건의령에 도착해 확인해 보니 7시간 반 만에 20km를 걸어온 것이었다. 널리 알려진 이름이라 큰 고갯길인 줄 알았는데 지금은 잡풀만 무성하게 자라고 있다. 인위적인 안내 통로만이 산꾼을 대간길로 인도하고 있었다.

충청도 충남팀과 함께한 백두대간 동행 종주기

삼수령인 피재까지는 6km가 남아 있다. 높은 봉우리는 없지만 작은 봉우리가 많아서 여전히 오르내려야 하는 길이다. 어려운 길은 아니어도 무릎을 힘들게 하는 산행이었다. 눈에 확 들어오는 풍광이 없어 발에 스치는 수많은 풀들을 온몸으로 느끼며 걷는 시간이다. 그런 중에 때때로 만나는 수려한 태백송이 마음을 들뜨게 한다.

가볍게 걸어 두 시간 만에 6km를 돌파할 수 있었다. 15시 20분에 오늘의 종착지인 삼수령에 도착한 것이다. 10시간에 걸쳐 26km를 걸었던 긴 하루의 여정이 이제야 끝나는 순간이다.

전날 약속했던 택시 기사와 통화를 하고 삼수령에 왔는데 택시는 아직 오지 않았다. 삼수령 상징탑을 카메라에 담으며 가다린다. 잠시 후 도착한 택시를 타고 차가 세워진 화령재까지 이동했다. 화령재에 도착하니 16시를 가리킨다. 그곳에서 이학원 대원을 만나기 위해 도래기재까지 가는데 한 시간이 넘게 걸렸다.

도래기재부터는 운전대를 이학원 대원에게 넘겼다. 운전대를 잡으며 들려주는, 태백산의 멋진 풍광과 아름다운 철쭉 애기에 빠져들면서 시간 가는 줄도 모른 채 휴게소에 도착했다. 안성맞춤 휴게소까지 두 시간이 채 걸리지 않았다. 그곳에서 저녁을 먹고 22시 전에는 충분히 도착할 거라고 집에 전화를 건다. 그런데 서평택에서 서해대교까지 지체란다. 스틱을 운전하는 이학원 대원에게는 무척 고통스러운 일이다. 그 옆에서 편안히 앉아 있는 난 마음만 미안할 따름이다. 홍성휴게소에서 잠시 쉬고 집에 도착하니 10시 10분 전이다. 다행히 크게 막히지 않아 시간을 줄일 수 있었다. 집에 도착하니 한빛이 반갑게 맞는다. 듬지도 역시 반가운 몸짓이다.

28일차
댓재에서 백복령까지

태백산권

고적대 — 청옥산 — 두타산 — 통골재 — 댓재

갈미봉 — 이기령 — 상월봉 — 1022봉 — 백복령

날짜 2016. 6. 11(토) - 6. 12(일) 산행거리 / 시간 36km / 14시간

　학생들과 해양 선박 실습을 갔다 온 사이에 많은 논의가 있었
나 보다. 숙소에서 1박을 할지, 아니면 텐트를 가지고 가서 1박을
할지, 그것도 아니면 일찍 출발할지… 많은 말이 오고 간 뒤에
결정된 결과는 의외였다. 금요일 23시에 출발하여 세 시부터 산
행을 시작하여 걷고 또 걸은 다음 다시 차로 이동하는 일정이었
다. 한빛과 병원을 다녀온 후 함께해야 할 상황이라 괜찮은 결정
이라 생각했다. 하루에 36km를 걸어야 하는 무리한 일정이지만
여럿이 같이 걷는다면 어떻게라도 해낼 수 있을 거라 생각했다.
논의하면서도 여러 얘기가 있었겠지만 운전자가 가장 힘든 상
황이다. 잠을 자지 않고 4시간을 운전한 다음 열서너 시간을 걷

고 다시 4시간을 운전한다는 것은 누구라도 무리가 아닐 수 없다. 운전자인 이재문 대원이 승낙을 해서 추진되는 것으로 알고는 있었지만 걱정은 걱정이다.

서울까지 왕복으로 댓 시간 운전을 하고 저녁을 먹은 후 집에 도착하니 19시를 가리키고 있다. 간단히 씻은 후 잠시라도 눈을 부치기 위해 누웠는데 그 시간이 아홉 시 반이다. 숙면은 아니라도 잠시라도 자고 나니 몸이 가뿐하다. 23시를 조금 넘겨 출발할 수 있었다. 차도 운전자도 순조롭고 편안한 마음으로 달리고 달려 안성맞춤 휴게소에 도착했다. 그곳에서 커피 한잔을 나눈 후, 또 달리고 달려 댓재에 도착하니 03시가 조금 지난 시간이다.

등산 장비를 갖추고 몸을 푼 다음 산행을 시작한다. 시계는 03시 30분을 가리키고 있다. 헤드랜턴의 불빛만이 우리의 걸음을 보여줄 뿐이다. 새소리도 들리지 않는 칠흑의 어둠을 걷는다. 미안한 마음으로 자연을 깨우며 묵묵히 나아가고 있을 뿐이다. 어느 순간부터 우리의 걸음에 동행하는 것이 있다. 바로 불빛을 쫓아 날아든 나방들이다. 나방이 함께하는 산행은 생각보다 훨씬 우리의 발길을 붙잡는다. 더구나 너무 완만한 오름이 마음을 편치 않게 한다. 이른 시간에 오르는 만큼 동해에서 떠오르는 일출을 품에 안고 싶었기 때문이다. 일출의 꿈을 마음에 품고 오르는데, 지루하게 이어지는 대간길은 조급함만 앞서게 한다. 발걸음은 가볍고 가벼운데 전망 좋은 풍광은 나올 기미가 전

충청도 충남팀과 함께한 백두대간 동행 종주기

혀 없다.

완만하게 오르내리는 산길이 통골재까지 이어지더니, 어느 순간 경사를 더하여 두타산 산정을 향해 곧바로 오르는 게 아닌가. 반가웠지만 기대했던 일출을 보기에는 쉽지 않은 시간이다. 정상까지의 거리가 많이 남아 일출 시간에 맞춰 정상에 오르기는 불가능한 상황이다. 더하여 하늘을 덮고 있는 구름이 마음 편하게 포기하라고 속삭이는 듯하다. 산정 가까운 무덤 옆에는 초롱꽃이 여러 개의 초롱을 들고 무덤을 지키고 서 있다. 조금 건자니 산목련^{일명 함박꽃}이 어둠을 하얗게 밝히며 바쁜 걸음을 붙잡는다. 산목련은 너덜바위에 뿌리를 박고 푸르른 잎을 무성하게 달고 바위를 덮고 있었다. 그 잎 사이를 비집고 머리를 내민 흰 꽃송이를 보노라면 자신도 모르게 걸음이 멈춰진다. 그러는 사이 시간은 05시 30분이 지나고 해는 벌써 구름 사이에서 놀고 있다. 아침 해의 희미한 빛 속에서 산줄기들은 아름다운 자태를 은은히 뽐내며 뻗어나가고 있었다.

두타산^{1355m} 정산에 오르니 대원들은 표지석을 배경으로 인증샷을 찍기에 바쁘다. 시간은 05시 40분을 넘어서고 있었다. 가장 먼저 오른 이인우 대장은 벌써 산정 가까이에 있다는 샘에 다녀오는 중이다. 그러면서 물이 말라 청옥산 샘터에 가야만 물을 보충할 수 있다고 한다. 명당이라 여겨지는 이곳에 자리를 차지하고 있는 무덤을 보니 그 마음과 정성이 충분히 느껴진다.

충청도 춘남정맥과 함께한 백두대간 동행 종주기

과연 요즘 세상에 이런 곳에 있는 무덤이 명당이라 할 수 있을까?

그새 아침 먹을 시간이 가까워졌다. 정상에서 먹을까 하다가 바람이 불어 체온이 떨어질 수 있으니 내려가면서 더 찾아보잖다. 얼마 지나지 않아 적당한 장소에 자리를 잡고 각자 싸온 음식을 늘어놓는다. 이인우 대장은 여전히 도시락이고, 이재문 대원은 그 바쁜 저녁 시간에 밥을 해서 싼 김밥이고, 조진행 대원은 식빵에 녹차 소스를 싸 왔다. 이학원 대원과 나는 아직도 여전히 김밥집 김밥이다. 어찌 되었든 언제라도 요구하면 말없이 싸 주는 이 김밥이 최고다.

먹고 챙기고 다시 청옥산을 향한다. 육산인지라 식물들이 무성하게 자라, 서로 어우러져 기분 좋은 표정을 짓고 있다. 거대한 몸집을 자랑하는 것부터 그 밑에서 꼬물꼬물 자라는 각종 식물에 이르기까지 모양뿐만 아니라 그 종류도 무척 다양하다. 다양한 식생 속에서 그것들이 만들어내는 조화에는 인간이 범접할 수 없는 그 무엇이 있는 것 같았다. 자연의 조화 속에서 핀 꽃들의 모습을 보며 그 향기를 맡을 수 있는 것만으로도 자연을 닮아가는 느낌이었다.

박달령을 지나 문바위재를 거쳐 이번 여정의 가장 높은 봉우리인 청옥산1403m에 도착했다. 시간은 여덟 시를 가리키고 있다. 잠시 쉬었다가 샘터에 가서 물을 보충한다. 물은 차가운데 양이 많지 않고 약간 지저분한 느낌이다.

다시 고적대를 향해 출발하니 꽃길이 펼쳐진다. 난 종류의 큰 식물들은 굵은 줄기를 높게 뻗어 올려 그 위에 꽃을 달고 있다. 그런가 하면 흔하지 않은 산해당화도 수줍게 연분홍 꽃을 피워 보인다. 다양한 꽃들이 만발하고 무성한 나무가 숲을 이루던 길이 고적대에 가까워지자 바위가 나타나기 시작한다. 머리는 햇살을 받아 따갑지만 눈이 호강할 수 있는 기회가 찾아온 것이다. 망군대에 오르니 산줄기가 한눈에 들어오고, 푸르른 숲 사이로 온갖 바위들이 머리를 내밀고 있다. 기암절벽이 누대를 형성하고 있어 고적대1353m라 부르는데, 이곳에서 의상대사가 수행을 했다고 한다. 이 고적대는 두타산 청옥산과 더불어 해동 삼봉이라 일컬어지는데, 이 삼봉에서 출발하여 흐르고 흐르는 물이 무릉계곡을 이루면서 명산의 대접을 받고 있는 것이리라.

이곳에서 갈미봉에 이르기까지 다양한 암봉이 손에 손잡고 이어지고 있다. 눈이 지루할 틈이 없을뿐더러 몸도 가볍고 마음도 즐겁다. 갈참나무 숲길이었던 많은 대간길과는 달리 진달래와 철쭉이 만든 터널 숲이 계속 이어진다. 터널 사이로 언뜻언뜻 스치는 풍광은 지루할 틈을 주지 않는다.

갈미봉에 이르니 다른 대간꾼이 도착하여 사진을 찍고 있다. 우리보다 늦게 출발했지만 우리를 앞질러 진부령을 향하고 있던 산꾼들이었다. 그들은 한 달에 두 번 내지 세 번을 걷는다고 한다. 그들과 앞서거니 뒤서거니 뒤섞이며 이기령을 향해 걸어 나갔다.

오른쪽으로 언뜻언뜻 보이던 도시가 삼척에서 동해로 바뀌어 있었다. 꾸불꾸불 휘돌던 대간길이 북쪽을 향해 곧바로 치고 올라가면서 금새 지역이 바뀌었던 것이다. 심심할 즈음 몇 백 년을 족히 살았을 소나무 군락이 위풍당당한 모습으로 우리를 끌어당긴다. 그럴듯한 사진으로 남긴 적은 별로 없지만 정신없이 셔터를 누른다. 기대가 너무 크기 때문에 기대만큼 표현할 수 없는 것이라고 스스로 위안을 해본다. 조진행 대원도 노송의 자태를 열심히 스마트폰에 담는다. 멋진 노송 그림을 위해 멋진 노송을 담고 있는 것이다. 춘양목과 다른, 그리고 금강송과도 다른, 또 다른 모습을 하고 있는 소나무들이었다. 이러기에 태백송이라는 또 다른 이름이 붙은 것이다. 느낌을 카메라에 담기에는 무언가 부족함이 있었는데, 이번에는 그 느낌을 약간이라도 담을 수 있어 다행이었다.

이기령에 도착하니 12시 20분이다. 점심 먹을 준비를 하고서 이인우 대장과 이재문 대원이 우리를 기다리고 있다. 그러면서 갈미봉에서 만난 대간꾼들은 이기동으로 하산했단다. 백복령까지 가기로 했었는데 일행 중에 힘들어하는 사람이 있어 그런 선택을 했다는 것이다. 6km를 내려가야 하고 다음 산행 때 이 길을 다시 올라야 한다며, 다들 내 일처럼 안타까워한다. 그러면서

263

백복령까지 10km밖에 남지 않았기에 죽을 것 같아도 계속 전진해야 한다고 한목소리다. 점심에 반주를 걸치니 다시 힘이 솟는다. 쑥술에 보리수술 그리고 더덕주까지, 취기와 함께 마음은 훨씬 자연스러워진다.

그럼에도 앞으로의 산행을 생각하니 무거운 몸이 더욱 무겁게 느껴진다. 최고의 고비는 원방재까지 내려간 다음 1022봉까지 다시 치고 올라야 하는 오르막이다. 마음은 무엇이든 다 할 수 있을 것 같지만 몸은 많이 지쳐있는 상태다. 생각하면 생각할수록 걱정이 아니 될 리 없다.

그래도 가야 할 길이라 다시 걸음을 옮긴다. 970봉까지 오른 후 다시 한참을 내려가더니 상월산970m까지 또 올라야 하는 길이 이어진다. 숨을 헐떡거린다. 볕이 따갑다. 불던 바람도 멎었다. 간혹 불어오는 바람에 기대며 나무 그늘 사이로 숨어 가면서 상월산에 도착했다.

대간 줄기는 왼쪽은 완만한 구릉을 이루고 있는데 오른쪽으로 펼쳐진 동해바다 쪽은 수직 절벽을 이루고 있었다. 그런 현상을 한눈에 볼 수 있는 곳이 상월산이다. 왼편은 동네 뒷산처럼 편안해 보이는데 오른편은 깎아지른 기암절벽이 한없이 깊은 계곡을 만들고 있었다.

원방재로 내려가 1022봉까지 올라야 하는 산길이 한눈에 훤히 들어온다. 아찔하다는 생각뿐이다. 급경사를 이루는 내리막길을 내려가자 계곡이 바로 옆에서 흐르고 있다. 먹을 물이 부족하여 계곡에서 물을 보충했다. 올챙이가 득실거리는 물이라도 물이 없을 때는 생명수가 아니던가.

급경사를 오를 줄 알았는데 그렇게 가파르지 않다고 생각할 즈음 오르막이 계속해서 이어진다. 더구나 그 경사가 지금과는 완연히 다른 각도다. 상월산에서 출발한 지 1시간 반만에 1022봉에 오를 수 있었다. 더 걸어 나가니 지금까지 걸어온 길이 시원하게 펼쳐 보이는 전망대가 나타난다. 상월산과는 깊은 계곡을 사이에 두고 남북으로 마주하고 있는 형상이다.

백봉령까지 3.5km를 알리는 표지판을 만난 후부터는 완만한 내리막의 산책길이 계속 이어진다. 내려갈 때 늘 힘들었던 생각을 하면 참으로 다행스런 일이다. 오후 햇살을 받으며 편안한 숲길을 걸으니 한층 여유로워진다. 오랜만에 찾아온 여유로움 속에서 하루를 되돌아본다.

백봉령에 도착하니 시계는 18시를 가리킨다. 36km에 가까운 거리를 14시간 반을 걸어 도착한 것이다. 특별한 산행 일정에 가장 긴 산행을 무사히 마무리하는 순간이다. 그때 마셨던 옥수수 막걸리의 시원하고 담백한 맛이 아직까지 입안에서 감도는 듯하다.

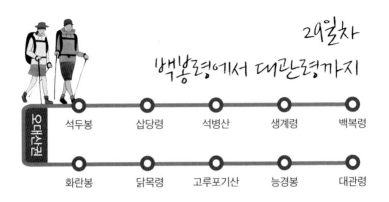

29일차

백봉령에서 대관령까지

오대산권

| 석두봉 | 삽당령 | 석병산 | 생계령 | 백복령 |
| 화란봉 | 닭목령 | 고루포기산 | 능경봉 | 대관령 |

날짜 2016. 7. 8(금) - 7. 10(일) **산행거리 / 시간** 46km / 20시간

충청도 충남팀과 함께한 백두대간 동행 종주기

이번 산행은 1박 3일의 일정으로 짜여진 멀고도 힘든 여정이
다. 백복령에서 삽당령까지 18km, 삽당령에서 닭목령까지
14km, 그리고 닭목재에서 대관령까지 14km를 합하여 총 46km
를 걸어야 하는 길고 긴 산행이다.

준비 모임을 통보하는 단톡이 떴다. 이학원 대원을 제외한 모
든 대원이 가능하단다. 약속 시간이 늦은 9시라 집에서 뒹굴거
리다 약속 장소에 나가보니 아무도 없다. 대장 왈 잠시 기다리란
다. 잠시 기다리니 대장이 나타나고 다른 일행은 참석하지 못한
다는 전갈이다. 먼 길을 걸어야 하는 산행이라 고민을 많이 해야
하는 데다, 함께 결정할 사항도 여럿인데 약간은 난감한 상황이

다. 그런데다 조진행 대원은 허리가 아파 치료 중이라 긴 거리를 소화하기 힘들 거라 한다. 농사일 때문에 오늘도 참석하지 못한 이재문 대원을 생각해 보면 우리의 일정이 여러모로 무리라는 생각이 들었다. 약간 김 빠지는 상황이었다. 왕복 10시간을 운전해야 하는 먼 길을 가서는 달랑 18km만 걷다가 온다는 것이 너무 안타까운 일인 것이다.

대원들의 개인 사정을 제쳐 놓고, 의견을 종합한 결과 1박 3일의 산행을 추진하기로 한 것이다. 첫째 날은 04시에 산행을 시작하여 삽당령을 지나 닭목령까지 32km를 걷는다. 그리고 그곳에서 1박 한 후 다음 날 대관령까지 14km를 걷는 일정이다. 여러 가지 변수를 인정하는 선에서 추진하기로 결정이 되었다. 닭목령에 민박을 구하는 것을 시작으로 빠르게 일이 진행되는데, 조진행 대원만 함께 하기가 어렵다고 한다. 삽당령까지도 걷기가 어려운 형편이라고 한다. 조진행 대원을 제외한 나머지 대원끼리 예정했던 대로 산행이 추진되었다.

금요일7. 8 23시에 백복령을 향해 출발했다. 우리가 생각했던 길을 내비게이션이 정확하게 알고 있는 게 아닌가. 보령에서 출발하여 400km, 즉 천리를 다섯 시간 가까이 달려 백복령에 도착했다. 내비게이션이 가리키는 곳은 아직 7km가 남았는데 이재문 대원이 방금 백복령을 지나쳤다고 말하는 것이 아닌가. 서서히 차를 운전해 가며 이러저러한 판단을 해본다. 이인우 대장

은 아직 멀었으니 더 가야 한다고 하고, 이재문 대원은 백복령이 분명히 맞다는 주장이다. 그렇다면 더 가기 전에 먼저 확인이라도 하고 가는 것이 좋겠다는 생각이 들어 천천히 차를 돌렸다. 이재문 대원의 말대로 낯익은 장소가 나타나는 것이 아닌가. 지난번 긴 산행을 마치고 시원한 옥수수막걸리를 얼큰하게 마셨던 곳이 눈에 익숙하다. 확인하기를 잘했다는 생각이 드는 순간이다. 강원도에서 젊은 시절을 보낸 이재문 대원의 눈썰미와 무거운 입을 신뢰한 것이 참 다행이었다.

그런 후 차에서 내리자마자 다들 탄성을 지른다. 시골에 살고 있어도 이렇게 총총한 별을 만나기는 쉽지 않다는 감탄사와 함께 탄성이 저절로 흐른다.

03시 45분에 산행이 시작되었다. 짐을 정리하고 머리에 불을 밝힌 다음, 나란히 숲 속을 걸어 들어간다. 짙은 여름을 생생하게 느낄 수 있는 등산길이다. 수많은 사람들이 수없이 걸어갔을 길에 무성한 풀들이 자라고 있다. 그런데다 안개가 자욱하고 그 안개로 인해 맺힌 이슬이 바짓가랑이를 슬슬 잡아당기는 게 아닌가. 깜깜한 밤에 불빛을 보며 달려드는 나방이 눈앞에서 현란하게 곡예를 하니 이 또한 산행을 어렵게 하는 지점이다. 덥지 않고 오로지 걷는 일에만 집중할 수 있는 야간 산행의 장점에 혹처럼 딸린 아쉬운 부분이다.

한 시간을 걸었을까. 새소리가 들린다. 잠도 없는 늙은 새가

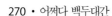

아침을 알리는 신호인 듯하다. 잠시 지나니 여기저기서 이런저런 새소리가 자연의 음악을 연주하듯 아침을 깨운다. 해는 아직 고개를 내밀지 않았지만 사물을 분간할 만큼 어둠이 가셨다. 시간 반 걸었을까 멀리서 안개인지 산봉우리인지 분간이 안 되는 경계 너머로 붉은 해가 올라서고 있다. 숲에 가려 아쉬워하면서 제대로 된 일출을 보고자 발걸음은 마음만큼 빠르게 움직인다. 아무리 마음이 바쁘더라도 시간은 맘처럼 기다려 주지 않고, 해는 벌써 안개 속에 숨어 버렸다. 아쉬움은 아쉬움대로 마음에 새기며 평상의 걸음으로 걸어 나간다. 생계령에 도착하니 날은 완연히 밝아서 모든 만물이 뚜렷하게 자신의 모습을 드러내고 있다.

인증 샷을 찍고 걸음을 재촉하는데, 하늘나리가 넓은 받침 위에서 붉게 웃으면서 걸음을 멈추게 만든다. 안개 사이로 비친 햇살은 나무와 풀들을 더욱 신비하고 환상적으로 만들고 있다. 그런가 하면 안개를 배경 삼아 기품 있게 서 있는 노송은 보는 이로 하여금 전율을 느끼게 한다. 더하여 구름의 바다에 펼쳐진 산줄기의 부드러운 곡선은 감동을 느끼기에 손색이 없다. 부드러운 산줄기를 어루만지는 안개가 참으로 아름답게 느껴지는 순간이다. 이슬은 바짓가랑이를 붙들지만 찬이슬에 젖어 있는 풀과 나무들은 이로 인해 더욱 싱싱해 보인다. 가끔은 온갖 풀내와 꽃향기를 심호흡을 하며 몸속으로 깊이 끌어당긴다. 그중에 가장 강한 향으로 유혹하는 것은 싸리꽃 향이다. 너무 흔해서 눈에 차지도 않던 싸리꽃이 향기와 함께 붙잡으니 눈여겨보지 않을 수 없다. 찬이슬이 맺혀 있는 잎과 꽃은 난의 청초함을 닮은 듯했다.

산행을 시작한 지 세 시간이 넘어서자 허기가 밀려온다. 자리를 물색하고 김밥을 먹으며 허기를 달랜다. 배고플 때는 보이지 않던 하늘나리가 햇살을 받으며 환하게 웃고 있다. 자연조명 속에서 멋진 포즈를 취하며 카메라 세례를 받는다. 울창한 숲 속을 헤치고 나아가다가 만난 온갖 야생화는 힘든 몸에 활력을 불어넣기에 필요충분조건을 갖추고 있다.

다시 힘을 내서 걷다 보니 우뚝 솟은 바위가 우리를 맞는다. 주위가 훤하게 열려 사방이 한눈에 들어오는 곳이다. 바위가 병풍을 친 듯하다고 하여 석병산^{1055m}이라 불린단다. 바위 위에 있을 때에는 몰랐는데 내려가면서 바라본 석병산의 절벽은 그 이름값을 하기에 충분했다. 일월봉이라는 또 다른 이름은 일월문이 있기에 붙은 이름이다. 일월문은 큰 바위에 생겨난 문인데, 해가 뜨고 달을 맞이하는 문이기에 그런 이름이 붙은 게 아닐까 생각해 본다.

시간은 9시를 지나 햇살이 따가워지기 시작한다. 그럼에도 울창한 나무숲은 우리를 햇살로부터 아늑하게 감싸주며 발걸음을 가볍게 해 준다. 얼마 지나지 않아 두리봉^{1033m}에 오르니 먼저 도착한 이재문 대원이 평상에 누워서 숲의 공기를 혼자 들이마시고 있다. 뒤질세라 평상에 누워 가슴 깊숙이 자연을 호흡한다. 모든 대원들이 미리 마련한 듯한 각자의 평상에서 편안한 호흡으로 자연을 즐긴다. 자연을 깊이 느끼면서 조진행 대원이 왜 동행하지 않았을까 하는 엉뚱한 궁금증이 생긴다. 4인 만을 위한 특별한 자리를 미리 눈치채고 슬그머니 양보한 것은 아닐까? 지금까지 걸어오며 만난 쉼터의 자리와 그루터기가 거의 4인을 위한 쉼터였던 것이다. 나무숲이 그늘을 만들어주어 시원했지만 오르내리는 산행으로 땀이 온몸을 흠뻑 적시는 것은 어쩔 수 없다. 막걸리 한 대접을 벌컥벌컥 들이켜고 싶은 마음이 굴뚝같다. 오늘 속세는 엄청 더울 거란 위안을 안주로 삼는다. 산죽이 빽빽하게 자란 숲 속에서 산죽이 양보한 오솔길을 따라 여유롭게 발걸음을 옮긴다.

얼마 지나지 않아 멀리서 찻소리가 들린다. 막걸리의 간절함을 달래줄 삽당령에 도착한 것이다. 걷기 시작한 지 8시간이 지난 시각이다. 조그마하고 허름한 삽당령 휴게소에 도착하여 막걸리부터 찾는다. 허나 주막의 두 모녀는 TV에 빠져 내다보지도 않는다. 우린 문명을 피해 자연 속에 들어왔는데 이들은 아늑한 숲 속에서 나름의 외로움을 TV로 달래고 있다. 우선 옥수수 동동주에 감자전을 시킨다. 두 모녀가 권하는 메밀전도 추가한다. 한 대접은 시원한 맛에 맛나게 마셨다. 다시 한 병을 마시는데 시원스레 넘어가지 않는다. 탄산 맛이 나면서 막걸리의 걸죽한 맛이 전혀 없다. 다들 아쉬워한다. 메밀전 이외에 나온 반찬들도 영 입맛을 돋우지 못한다.

　간절했던 막걸리 대신 점심을 해치운 다음 닭목령으로 향했다. 여전히 산죽이 펼쳐져 있다. 얼마를 걸어가니 방화선이 구축된 구릉이 나타난다. 마루금 양쪽으로 10m 정도를 벌목해서 만들어 놓은 것이다. 나무 없는 자리에 풀만 무성하게 자라 있다. 이 풀들이 바싹 마른 가을철에는 어쩌면 불쏘시개가 되지 않을까? 방화선이 정말로 방화를 일으키는 선이 되지 않을까 걱정이 앞선다. 쨍쨍한 날빛이 머릴 강하게 내리쬔다. 간혹 서 있는 소나무는 그늘을 만들어 주면서 멋진 자태를 뽐내고 있다. 그늘로 인해 날빛의 생생함을 잠시 달랠 수 있었다. 방화선의 무성한 풀 속에는 다양한 꽃들이 지천이다. 그중 가장 왕성하게 자리를 차지하고 있는 꽃은 다름 아닌 까치수염이다. 푸른 풀잎 속에서 하얀 수염들이 끝없이 살랑거리고 있다.

　다시 산죽이 융단을 깐 숲길을 걷다가 가파른 나무 계단을 오르니 석두봉995m이 나타난다. 전망도 없고 햇살만 따가워 바로 이동한다. 오늘 산행의 최고봉인 화란봉을 향해 지친 몸을 끌고 걸어간다. 몸이 지쳐 있는 것을 아는지 길이 그리 험하지 않다. 더구나 나무는 시원한 그늘을 만들어 주고 있다. 큰 나무들이 울창하게 숲을 이루고 그 아래는 작은 나무들이 서로 의지하며 자

충청도 춘향열과 함께한 백두대간 동행 종주기

라고 있었다. 그 밑으로는 다양한 풀들이 다 다른 모습으로 자신을 선보이고 있는 게 아닌가. 참으로 풍요롭고 아름다운 길이다. 앞서거니 뒤서거니 서 있는 노송과 고목의 갈참나무를 만나는 것 또한 행운이며 보람이었다.

화란봉이 가까워지자 몸은 더욱 힘들다고 야단이다. 무릎이 삐걱거려 신경이 쓰이더니 조금 지나니 발목이 아파온다. 발목이 아파 그곳에 신경을 집중하면 이번에는 발가락이 신발 속에서 아프다고 아우성이다. 그러더니 마침내 고관절이 뻐근하게 통증을 알린다.

지친 몸을 이끌고 화란봉1069m에 도착했다. 산행을 시작한 지 13시간이 지난 시각이다. 300m를 가면 전망대가 있다는데 누구도 선뜻 나서지 않는다. 웬만하면 다녀왔을 텐데 전혀 의욕이 나지 않는다. 이재문 대원이 약간의 의지를 보였지만 앞으로 있을 전망 포인트를 기대하며 바로 포기한다. 미리 예약해 두었던 민박집에 연락을 하니 2km를 걸어오면 된다고 한다. 그러면서 200m를 잘못 들은 거라고 스스로 위안을 삼는다. 차는 당연히 있을 것이고 차가 있다면 우리의 처지를 이해하고 마중 나올 것으로 생각했기 때문이다.

사진 찍기는 이미 포기한 지 오래다. 경사가 급하지 않은 것을 다행이라 생각하며 한걸음 한걸음 스틱에 의지하여 내려간다. 그 와중에 비에 쓸려 나간 흙더미에서 간신히 뿌리를 박고 있는 잔대가 눈에 띠었다. 몇 십 년은 족히 묵었을 놈이다.

닭목령에 도착한 시간은 18시 15분이었다. 32km를 03시 45분에 출발하여 13시간을 넘게 걸어 도착한 것이다. 멀고 힘든 산행이었다. 하지만 이것으로 끝난 게 아니었다. 민박집을 찾아가는 길은 예상했던 200m가 아닌 2km가 넘는 거리였다. 걸어도 걸어도 안내판이 없다. 완만한 구릉에 감자와 배추를 심은 고랑이 끝없이 펼쳐져 있을 뿐이다. 1km를 넘게 걸었음에도 흔적이 없자 대원들이 아우성이다. 눈총도 만만치 않다. 다시 전화를 건다. 잠시 후 전화를 받는다. 그런데 전화 받는 소리가 들리는가 싶더니 자전거를 탄 젊은 친구가 나타난다. 마중을 나오기는 했는데 자전거로 온 것이다. 그러면서 한다는 소리가 1km는 더 가야 된단다. 장장 34km를 하루 종일 걷게 되었으니 상상이 되지 않는다. 간신히 숙소에 도착하여 짐을 푸니 청년이 시원한 물을 대접한다. 아! 물 한잔으로 모든 것이 용서가 되는 순간이다.

이학원 대원과 함께 백복령으로 차를 가지러 갔다. 민박 주인의 차를 타고 가며 이런저런 얘기를 나눌 수 있었다. 올해 이곳에 정착했다는 얘기부터 대농들이 많아 대부분 3만 평 이상은 경작한다는 말까지. 고랭지 작물을 재배해서 얻는 수익이 만만치 않다는 얘기를 하더니 그래서 땅값이 면 소재지보다 훨씬 비싸단다. 얼마나 하냐니까 접근성이 좋은 곳은 평당 20만이 넘는

단다. 이곳에 와서 농사라도 지려면 60억은 있어야 한다니 입이 다물어지지 않는다.

백복령에서 차를 몰고 닭목령 민박집에 도착하니 22시가 넘었다. 더위에 찌든 몸을 차가운 물로 시원하게 씻은 후, 시원한 마음으로 닭백숙 안주에 시원한 소맥을 들이킨다. 이 기분은 경험하지 않은 사람은 도저히 알 수 없는 느낌이다. 이렇게 오늘의 여정이 끝나는가 싶었는데 이것으로 끝난 것이 아니었다. 춥다고 하며 난방을 틀은 게 문제였다. 난방이 계속 돌면서 너무 더워 잠을 깬 시간이 새벽 2시인 듯싶다. 그런 후 설핏설핏 두 번의 잠을 청한 뒤, 05시를 알리는 알람이 무거운 몸을 깨운다. 몸이 여러모로 힘들다고 한다. 오른쪽 다리는 뻑뻑하여 움직이기가 쉽지 않다. 겨우 아침밥을 먹은 후 만들어 놓은 김밥을 배낭에 챙겨 넣는다. 커피를 한 잔 마신 다음 출발 준비선에 절름거리며 겨우 섰다.

오늘은 06시에 출발하여 고루포기산을 넘어 대관령까지 14km를 가는 일정이다. 오늘도 여전히 안개가 우리를 반긴다. 운해를 보고 싶은 마음이 이학원 대원에게도 무척 충만한가 보다. 어제처럼 오늘도 한껏 기대에 부풀어 있다. 산구릉을 개간한 산비탈 밭에 수많은 고랑을 만들고 그 고랑에 심은 가을 배추를 만나는 구릉 길이다. 굽이굽이 펼쳐진 이랑과 그 이랑을 푸르게 장식하고 있는 모습을 보며 아름답다는 느낌이 확 다가

온다. 그러다가 순간 고단함이 스치는 것은 나만의 감상은 아닐 것이다. 안개를 배경으로 서 있는 노송의 아름다움에 취해 발걸음이 자꾸 늦어진다. 그러다 푸르른 벌판이 만들어낸 넓은 호수가 펼쳐진다. 골짜기 사이에 자리한 넓은 구릉을 손으로 일군 그 집념이 느껴지는 푸르른 호수다. 해를 기다리는 기와집이 자리하고 그 기와집 앞으로 넓게 펼쳐진 구릉 밭은 이미 푸르름으로 도색되어 있다. 안개가 신비함을 더해 주고 햇살이 겹겹의 산줄기를 넘어 환하게 비추는 풍경이야말로 이곳이 무릉도원이 아닐까 하는 착각에 빠지게 한다. 산 구릉 밭을 둘러싼 산마루에는 온갖 꽃들이 빛을 받으며 화사하게 피어 있고, 노송은 위풍당당한 모습으로 집주인을 지키며 우뚝 서 있다.

무거운 다리를 이끌고 천천히 일행의 뒤를 따른다. 사진을 찍고 난 후, 속도를 낸 일행을 따라잡을 수가 없는 형편이라 쉼터에서만 만나게 된다. 결국 앞잡이는 힘이 남아 있는 이재문 대원의 차지가 되었다. 경사를 오르다 완만하게 내려가는 여정이 반복되는 산행이었다. 오르는 일은 자신이 있었는데 오늘은 그마저도 힘이 든다. 긴 시간의 운전과 긴 거리의 산행으로 오른발이 무척 힘든 상태다. 약간 높은 계단도 발을 쉽게 들어 올리지 못하는 상태다. 그럼에도 어느 정도 걷다 보니 몸이 풀린다. 아픈 다리도 약간 무뎌지면서 어렵지만 걸을 만하다.

다른 산꾼들과 교차하면서 어렵게 고루포기산1238m에 도착한 시간은 08시 50분이었다. 6km의 거리를 2시간 50분에 걸은 것이다. 가벼운 상태라면 좀 더 시간을 당겼을 텐데 이 정도로 오를 수 있었던 것도 다행이라 생각했다. 일반적으로 대간길을 산행할 때 걸리는 속도였기 때문이다. 아침이라는 것을 생각한다면 상당히 늦은 편이었고 계속 오르막이었다는 것을 고려하면 꽤 빠른 편이었다. 두 상황이 적절히 반영된 결과가 아니었나 생각했다.

표지석에 요염하게 앉아 인증샷을 찍고, 주위를 둘러보는데 인증샷을 찍는 자리가 멋지게 마련되어 있다. 그 자리에 앉아 다시 한번 인증샷을 날리고 전망대를 향했다. 20분가량 걸으니 전망대가 나타난다. 무겁게 들고 온 사과를 나눠 먹고 무거운 몸을 긴 의자에 눕힌다. 심호흡을 하며 무거운 다리에 휴식을 준다. 한결 가벼워진다.

오늘의 마지막 봉우리인 능경봉까지는 2시간 남짓 걸어야 한다. 내리막길을 조심스럽게 가는데 이학원 대원이 연리지가 있다고 한다. 고개를 들어 보니 백 년은 족히 되어 보이는 갈참나무 연리지가 서 있다. 그리고 그 앞에는 기타를 연주하는 듯한 나무도 서 있어서 묘한 분위기가 연출되고 있었다. 연리지의 사랑을 멋들어지게 연주하는 것이라니! 참으로 자연은 자연스럽다.

코앞의 봉우리가 별것 아니라고 손짓하듯 부른다. 저놈이 능경봉일 것이라며 걷는다. 늘 그렇듯이 능경봉은 그 뒤에 또 뒤에 있었다. 쉼터에 오니, 이인우 대장이 물을 마시면서 너무 시원한 샘물이 있다고 자랑한다. 다리가 썩 말을 듣지 않는지라 포기하려던 마음을 다잡고 물을 뜨러 내려간다. 시원하기는 하지만 썩 마음에 드는 물맛은 아니다. 분위기 있는 나무숲을 만나 사진에 담으며 걷다 보니 어느새 행운의 돌탑에 도착했다.

한숨 자고 일어난 이재문 대원이 우리를 맞는다. 배도 고프고 더 가면 적당한 장소가 없을 것 같아 이곳에서 점심을 먹기로 한다. 대장은 설사 끼가 있다며 김밥을 먹지 못하고 나머지 대원만 한 줄의 김밥으로 점심을 해결한다. 행운의 돌탑에 작은 돌탑 세 개를 쌓아 올리며 마음속으로 행운을 빈다.

능경봉1123m에 오른 시간은 12시 10분 전이었다. 이제 46km의 긴 여정이 한 시간만을 남겨 두고 있다. 이재문 대원과 이인우 대장은 속도를 내며 먼저 내려가고, 내 속도에 맞춰 이학원 대원이 천천히 나무를, 꽃을, 숲을, 그리고 자연을 즐기며 함께 걷는다. 그렇게 걷는데 임도를 만나고 더위를 피해 텐트를 치고 놀고 있는 사람도 만난다. 그곳에서 아주 시원한 물을 만나 땀을 씻고 내려오는데, 지도를 보니 영천 약수라 적혀 있다. 순간 물병에 물을 받아 오지 않은 것이 너무나 아쉽게 느껴진다. 완만한 구릉에 밀림처럼 조성된 나무와 다양한 풀들이 생태숲을 이루고 있었다. 천천히 심호흡을 하며 걸으니 기분이 한결 좋아진다.

　7시간 만에 오늘의 일정을 소화하고 대관령에 도착했다. 정확하게 시간당 2km를 걸은 셈이다. 대관령휴게소에 도착하여 양꼬치구이를 안주 삼아 옥수수 막걸리를 물바가지로 한 바가지씩 들이키는 모습을 부럽게 바라보니 천국이 따로 없다는 생각이 든다. 운전하는 나와 아토피로 고생하는 이학원 대원만 침을 흘리며 지켜볼 뿐이다. 그래도 난 아이스커피를 한 잔 마셨으니 다행이지만 이학원 대원은 그냥 부럽게 바라보는 게 전부였다.

　모든 아쉬움을 뒤로하고 차에 오른다. 차가 막히는 주말이라 영동고속도로는 당연히 포기하고 국도를 택했다. 굽이굽이 고개를 넘나들면서 힘들게 제천에 도착한 시간은 16시를 넘긴 시각이었다. 오는 중에 시원한 계곡에서 탁족을 했기에 망정이지 아픈 다리에 너무 무리한 운전이었다. 제천에서부터 고속도로를 타고 오는데, 약간 막히기는 했지만 그냥 달릴 만한 상황이었다. 그렇게 서산휴게소까지 3시간을 더 운전해야만 했다. 운전석에서 내리는데 다리가 끌려 내려온다. 결국 이학원 대원에게 운전대를 넘기고 만다. 옆자리에 앉아 아픈 다리를 확인하다 보니 벌써 대천이다. 1박 3일의 여정이 이렇게 마무리가 되었다. 이틀을 앓고 나니 평상시대로 다리가 움직인다. 참 다행이다.

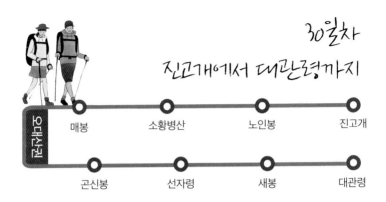

30일차
진고개에서 대관령까지

오대산권 — 매봉 — 소황병산 — 노인봉 — 진고개

곤신봉 — 선자령 — 새봉 — 대관령

날짜 2016. 8. 24(금) - 8. 25(토)   **산행거리 / 시간** 23km / 10시간

　두 달 만에 가는 산행이다. 조진행 대원이 함께 할 수 없어 한 달을 더 미뤄 진행되었다. 전 달에 잡았던 산행 날짜가 조진행 대원이 없는 상태에서 결정되어, 조진행 대원의 의사가 반영되지 않았기 때문이다. 이런 이유로 이번 산행은 8월 말인 24일로 날짜가 잡혔다. 23시에 출발한다는 카톡이 왔다. 헤드랜턴과 바람막이 옷을 준비해야 된단다. 처음으로 조진행 대원이 길잡이가 되었다.

　차는 정확하게 23시에 출발했다. 이인우 대장의 지명으로 안내 책임을 맡은 내가 조수석에 앉았다. 내비게이션을 켜고 도착 장소를 입력한다. 대관령휴게소를 검색하는데 없는 장소란다.

충청도 춘농팀과 함께한 백두대간 동행 종주기

스마트폰을 검색해 보니 대관령마을휴게소란 지명이 나온다. 그 지명으로 검색하니 그제서야 안내를 시작한다. 조금은 늦은 내비게이션같다. 차에 장착되어 나오는 내비게이션의 성능이 훨씬 뒤떨어진다는 것을 확인하는 순간이다.

전용도로 같은 기분으로 달리고 달리다 보니 두 시간 만에 안성맞춤 휴게소에 도착했다. 그냥 지나갈 듯한 분위기에서 어거지로 들른 휴게소였는데, 라면으로 밤참도 먹고 내일 요기할 간식도 샀다.

중부고속도로를 타다가 영동고속도로로 바꿔 타고 신나게 달리고 있는데, 이재문 대원이 블로그에서 읽었다며 노인봉에서 매봉까지 통제구간이란다. 가다가 걸리면 30만 원을 내야 한다며 출발지를 바꾸는 게 어떠냐고 묻는다. 의견이 분분하게 오가다가 이인우 대장이 최종 결정했다. 그로 인해 진고개에서 출발하여 대관령으로 내려오는 산행이 잡힌 것이다. 노인봉에서 소황병산을 지나 매봉까지는 2008년 3월부터 10년간 자연생태보호구역으로 지정되어 있단다. 그렇다고 이곳을 빼고 걷는다면 언제 다시 올지도 모르는 막연한 상황인 것이다. 더구나 이어 걷지 않는 종주는 그 느낌이 완연히 감소하여 김빠진 맥주를 마시는 기분이 든다. 결국 감시망을 피해 09시까지 통과하는 것을 목표로 산행 일정이 조정되었다.

진고개 정상 휴게소에 도착하여 산행 준비를 마치고 노인봉을 향해 오르기 시작한다. 새벽 3시를 가리키고 있다. 남쪽 하늘에 달무리진 하현달이 떠 있고 온 하늘엔 별이 총총 박혀 있다. 헤드랜턴의 빛을 주시하며 앞만 보고 걷기 시작한 지 30분이 지났는데도, 길잡이인 조대원은 쉴 생각을 하지 않는다. 더구나 속도도 평상시보다 상당히 빠른 편이다. 40분이 지나서야 대장의 지시로 잠시 쉬고는 곧바로 또 오르기를 계속한다. 희미한 빛 속에 유난히 눈에 띄고 발에 밟히는 것이 있다. 다름 아닌 도토리다. 숲의 대부분을 덮고 있는 갈참나무가 흩뿌려 놓은 도토리가 자글자글 굴러다닌다.

노인봉 삼거리에서 또다시 의견 충돌이 일어났다. 이번에도 이인우 대장과 이재문 대원이다. 대간길은 이 삼거리를 지나가야 한다는 이재문 대원과 노인봉 쪽으로 올라가야 한다는 이인우 대장의 견해가 충돌한 것이다. 결국 대장의 의견에 따라 노인봉1338m을 향해 걸음을 옮긴다. 노인봉 정산에 올라 어둠 속에서나마 기념샷을 찍는다. 이학원 대원은 어둠 때문에 전망을 볼 수 없다며 무척 아쉬워한다. 정상이 온통 흰 바위로 이루어서 멀리서도 노인처럼 하얗게 보인다 해서 노인봉이란 이름이 붙었단다. 그러니 얼마나 아쉬움이 크겠는가. 멀리서도 이곳이 훤히 보인다면 이곳에서의 전망은 두말할 필요가 없지 않겠는가. 이번 구간의 최고봉인 노인봉에서 전망을 바라볼 수 없다니 그 서운함은 말로 표할 수 없다.

아쉬움도 잠시, 비탐방구간이라 표시가 전혀 없어 대간길을 찾을 수가 없다. 이리저리 찾아 헤맸지만 길을 찾기는커녕 발품만 팔고 말았다. 어두움 속에서 지도를 보며 길을 찾는다는 것이 그리 쉬운 일이 아니었다. 결국 포기하고 이재문 대원이 얘기했던 노인봉 삼거리로 되돌아가기로 했다. 그곳에 도착하여 조금 더 걸어가니 지도에 나와 있는 노인봉 대피소가 나타나는 것이 아닌가. 대간길이 분명함을 알려주는 표지다. 시간이 지체된지라 대피소를 스쳐지나 잘 닦여진 등산로를 따라 급히 걸어 내려간다. 내리막을 계속 걸어가는데 어쩐지 느낌이 좋지 않다. 남쪽을 향해 나가야 하는데 남쪽 방향이 아닌 쪽으로 길이 나 있다. 망설이면서 찜찜한 마음으로 걸어가는데 순간 남쪽 방향으로 길이 나 있는 게 아닌가. 의심은 사라지고 주저 없이 앞으로 걸어 나간다.

그렇게 한참을 걸어가는데 오른쪽에서 물소리가 들리는 게 아닌가. 지도를 확인하며 상황을 살펴보니, 우리가 걷고 있는 길은 대간길이 아니라 소금강로인 것이 확실했다. 청학동 소금강으로 가는 길이었던 것이다. 낙영폭포까지의 거리를 1.5km 남겨둔 지점이니 노인봉 대피소까지도 그 정도의 거리가 될 듯했다. 우회하는 길이 있긴 한데 거리상 더 멀고 훨씬 험한 길이기에 다시 돌아가기로 결정한다. 내려오는데도 한 시간이 걸렸으니 다시 올라가는 데는 족히 한 시간이 넘게 걸릴 거리였다. 힘들게 걸어올라 노인봉 대피소에 도착하니 06시를 가리키고 있다. 노인봉 대피소에서 좀 더 진지하게 길을 찾았어야 했는데 별생각 없이 왕래가 잦은 길을 택한 것이 탈이었다.

해가 뜬 상태는 아니었으나 조명 없이도 걷기에는 별 무리가 없다. 대간길은 대피소 화장실 앞에 감추어져 있었다. 풀숲을 헤치고 나가는데 감시센서가 작동하더니 안내 방송을 한다. 생태보호구역이니 들어가지 말라며 뒤돌아가란다.

자연을 보호하고 생태를 되살리려는 노력을 탓할 수는 없다. 그러나 나름 아쉬움은 있다. 백두대간 종주길을 끊어 놓았다면 그에 합당한 근거가 분명해야 하는데 그런 근거는 명확하지 않다. 더구나 보호구역을 걸으며 생각해 봐도 뚜렷한 이유를 발견하기가 쉽지 않다. 멧돼지가 산을 파헤치는 것보다도 생태계에 크게 영향을 주지 않는 대간길이 미안한 듯이 이어져 있었기 때문이다. 자신을 합리화하기 위한 방편으로 이리 주장하는 것인지 모르겠으나, 사람이 걸으면서 훼손하는 것보다 몇 백배 아니 몇 천배 더 큰 생태계 파괴가 개발 이익을 위해 저질러지고 있는 것이 작금의 우리 현실이 아닌가.

대장은 통제금지구역을 오전 9시 전까지 통과해야 한다며 속도전을 펼치고 있다. 감시초소가 있는 소황병산까지 쉬지 않고 걸어 한 시간 만에 도착했다. 아직 이른 시간이라 초소를 지키는 사람은 없고 완만한 구릉에 목초지만 드넓게 펼쳐져 있다.

소황병산^{1328㎡}은 이미 산의 위엄을 잃고 낮은 구릉의 초지로 변해 있었다. 아침 햇살 속에 드러난 소황병산은 초지로 뒤덮인 언덕에 불과했고, 그 뒤로 군사기지를 안고 있는 황병산이 보인다. 잠시 다리를 펴고 배고픔을 달래기 위해 간식을 먹었다.

여기서 매봉까지의 거리는 4.6km 남았다. 두 시간이면 충분한 거린데도 대장은 여전히 속도를 올린다. 아침 햇살이 푸른 풀밭을 구석구석 비추고 있다. 푸른 풀 바다 위에 서 있는 하얀 풍력발전기는 서로를 마주 보며 또 다른 풍경을 만든다. 소의 그늘로 남은 소나무가 고혹한 자태로 서 있어 더욱 매혹적인 풍경을 만들고 있다. 무리를 지어 핀 구절초의 흰 빛은 바쁜 걸음을 붙들기에 충분했다. 초록의 바다에 흰 꽃이 피고 그 사이사이에 쑥부쟁이의 연보라가 수를 놓고 있었다. 그 와중에 자신도 뒤질세라 용담이 그 사이를 비집고 수줍게 서 있는 게 아닌가. 꽃의 향연이 펼쳐진 광대한 초록바다에서 아무 생각 없이 머물고 싶어진다.

어느새 가시철망이 가로막고 있는 매봉^{1173㎡}이다. 다행히도 9시 20분 전이다. 9시에 도착했더라도 큰 문제는 없었을 것 같은 느낌이다. 덕분에 시간을 단축할 수 있었지만 편안하게 풍광을 즐길 수 있는 여유를 갖질 못해 아쉬웠다. 매봉 표지석에서 기념 촬영을 했다. 여러 가지 의미를 담아 무릎을 꿇고 사진을 찍었다. 하나는 표지석에 대한 경의다. 작으면서 손으로 직접 쓴 표

충청도 충남덜과 함께한 백두대간 동행 종주기

289

지석이 다른 어떤 것보다 커 보였기 때문이다. 또 하나는 자연이 자연스럽게 자연스러워졌으면 좋겠다는 마음에서였다. 다음은 우리의 발걸음이 조금이라도 생태계에 좋지 않은 영향을 끼치지 않았을까 하는 미안한 마음이 들어서였다.

삼양 대관령 목장이 앞서거니 뒤서거니 구릉을 이루며 광활하게 펼쳐져 있다. 이 초원에 거미줄처럼 이어진 길을 따라 풍력 발전기가 곳곳에 심어져 있다. 햇빛을 가릴 그늘이 없어, 아침 먹을 자리 간신히 찾아 앉았다. 하지만 그 자리도 둘러앉아 먹을 만한 곳은 아니었다. 둘러앉지 못하고 앞을 보며, 풍경을 반찬삼아 눈에 넣으며 밥을 먹는다. 반주를 걸치는 것은 당연한 일, 그러나 그것도 오늘은 크게 즐기지 않는다. 새벽부터 힘을 너무 뺀 탓이리라. 일출을 바라보기 좋은 일출전망대에 도착했지만 이미 시간은 10시를 가리키고 있다. 햇살이 머리 위에서 뜨겁게 내려 쬐고 있는 시간인 것이다. 예정대로 대관령에서 출발했다면 일출을 일출전망대에서 맞이했을지 모른다는 생각을 잠시 하며 아쉬움에 잠긴다. 이곳은 일출뿐만 아니라 모든 곳이 한눈에 들어오는 그야말로 전망대였다. 지금까지 걸어온 소황병산과 황병산이 눈앞에 펼쳐져 있고 주문진 경포호 강릉은 물론 정동진까지 내다보인다. 앞으로 걸어갈 선자령이 코앞에 있고 쾌청한 날은 멀리 대청봉도 보인다.

얼마 걷지 않아 '태극기 휘날리며'를 촬영한 곳이 나오더니 넓은 비포장길 옆에 표지석이 하나 서 있다. 곤신봉^{1136m}이라 쓰여 있다. 초지 위에 바위가 몇 개 놓여있는데 그곳이 천 미터가 넘는 봉우리란다. 야트막한 언덕 위에 뛰어놀기 좋은 바위가 몇 개 놓인 봉우리를 곤신봉이라니 참 비현실적이다.

나즈목이를 지나 약간의 경사를 오르니 선자령^{1157m}이 떡하니 나타난다. 우람한 표지석이 사람을 압도하여 자연이 주는 편안함을 한순간에 압도한다. 그 그늘 밑에 수십 명이 앉아도 될 만큼 거대한 표지석이 산구릉에 버티고 서 있었다. 이런 행태가 생태를 파괴하는 주범이 아닐런지 모르겠다. 사람이 북적거릴 뿐만 아니라 인위적인 느낌이 강하여 오래 머물고 싶지 않은 장소였다.

그냥 스치듯 지나쳐 갈참나무가 만들어주는 그늘 속 오솔길을 따라 기분 좋게 룰룰랄라 내려왔다. 순간 콘크리트로 포장된 도로가 나타나는 것이 아닌가. 이놈이 지금까지의 모든 기분을 앗아가 버린다. 콘크리트는 걸음을 턱턱 걷게 할 뿐만 아니라 뜨겁게 내리쬐는 열을 발로 훅훅 내뱉는 놈이다. 이놈을 피해 다른 길을 택해 대관령휴게소로 내려오다 보니, 보고 싶었던 국사성황당을 그냥 지나치고 말았다. 후미에서 천천히 내려왔기에 성황당을 들를 시간적 여유까지는 없었다.

아쉬움을 뒤로하고 저번에 막걸리를 마셨던 양꼬치구이집에 들렀다. 그러나 아무도 없다. 전화를 거니 두 이 대원은 새봉을 오르느라 아직 도착하지 않았단다. 그리고 이인우 대장과 조진행 대원은 다리 밑에서 바람을 쐬며 쉬고 있는 중이란다. 일행을 만나 양꼬치구이집에 들렀지만 이미 다른 사람으로 꽉 찬 상태였다. 다른 집으로 자리를 옮겨 시원한 막걸리를 급히 찾는다. 감자전 안주에 냉옥수수 막걸리를 마시며 오늘을 자축했다.

충청도 촌놈들과 함께한 백두대간 동행 종주기

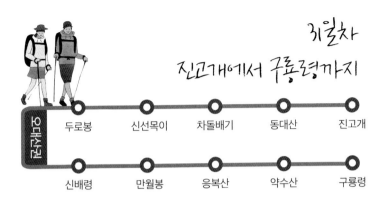

7일차
진고개에서 구룡령까지

오대산권
두로봉　신선목이　차돌배기　동대산　진고개
신배령　만월봉　응복산　약수산　구룡령

날짜 2016. 10. 21(금) - 10. 22(토)　**산행거리 / 시간** 24km / 11시간

　가을 추수 때문에 이재문 대원이 함께하지 못한 산행이었다. 지난 산행 때 날짜를 같이 잡았다고 생각했는데 그렇지 못했나 보다. 함께 얘기를 나누었고 별 말이 없었기에 날짜가 결정된 것으로 알고 있었는데, 큰 소리로 의견을 내지 않아 무시해 버린 것이 문제였다. 그냥 지나가는 말투로 벼를 베야 한다는 얘기를 들은 듯도 하다. 그러나 크게 이의를 제기하지 않았고 남은 시간이 많기 때문에 시골 인심을 생각한다면 당연히 조정할 수 있다고 생각한 것이다.

　결국 이재문 대원을 제외하고 금요일 23시에 출발하기로 했다. 지금까지 도둑처럼 몰래 집을 나왔던 것과는 달리, 아내와

충청도 촌놈들과 함께한 백두대간 동행 종주기

큰딸의 배웅을 받으며 집을 나섰다. 약속 장소에 도착하니 운전할 조진행 대원은 차에서, 이학원 대원은 배낭을 메고 대기하고 있었다. 모두 차에 오르고 우린 한숨도 못 잤다는 푸념과 함께 진고개를 향해 출발했다. 주로 1차선을 타고 달리는 나와는 달리 조진행 대원은 2차선을 주로 타고 달렸다. 안정감을 주고 편안한 느낌을 갖게 하는 운전이다. 늘 쉬어 가던 안성맞춤 휴게소를 그냥 지나고 음성휴게소에서 밤참을 먹었다. 방송에서 휘발유가 가장 싼 휴게소란 소리를 듣고 들른 휴게소였는데 상당히 낡은 모습에 을씨년스럽기까지 했다. 주유를 한 다음 익숙한 길을 달리고 달려 03시 10분에 진고개에 도착했다.

산행 준비를 갖추고 동대산을 향해 오르기 시작한 시간은 03시 20분이다. 지난번 산행 때와 비슷한 분위기가 온몸으로 느껴진다. 구름에 가려진 하현달이 언뜻 얼굴을 내밀며 수줍은 듯이 우리를 바라보던 그 정취가, 지난 산행 때와 매우 흡사했던 것이다. 다만 다른 것은 날씨가 한 달 새 무척 차가워졌다는 것뿐이다. 달빛을 받아 어슴푸레한 산자락이 아늑하게 우리를 감싸고 있다.

우린 네 개의 불빛을 밝히고 끝없이 이어진 오르막을 거친 숨소리를 뱉으며 오르고 또 오른다. 예상했던 대로 상당한 경사의 오르막이 숨을 턱까지 끌어올린다. 힘들게 오르면서도 주위를 둘러보며 여유를 찾는 건 산행의 기본이 아니던가. 가끔은 반달이 까꿍 하며 얼굴을 내밀기도 하고, 키 큰 나무는 검은 그림자를 드리우며 우리를 지켜보고 있다. 오래된 참나무가 많은데도 노인봉을 오르며 수없이 밟히던 도토리가 이곳에선 전혀 보이지 않는다. 멧돼지의 먹이가 도토리나 상수리라는데 이미 다 먹어 치운 탓일까? 그도 아니면 사람들이 주워 가서 그런 것인지 알 수가 없다.

한 시간 만에 동대산_{1433.5m}에 올랐다. 쌀쌀한 날씨임에도 이마에 땀이 맺혀 있다. 이인우 대장이 나눠준 사과를 씹으며 하늘에 떠 있는 달그림자 속의 별을 바라본다. 입도 눈도 황홀한 맛에 표현할 말을 잃는다.

다시 출발하여 어둠을 헤치며 나아간다. 평탄한 지역이지만 돌멩이가 깔려있어 발을 내딛기가 쉽지 않다. 조심스럽게 걸어가다 언뜻 하늘을 보면 거대한 그림자가 우뚝 서 있다. 정령이 깃들어 있을 것 같은 고목이 오랜 풍상을 겪은 모습으로 서 있는 것이 아닌가. 흐릿한 달빛에 온전히 볼 수 없어 안타까웠지만, 은은한 달빛을 받으며 자신의 달빛 그림자를 지켜보며 서 있는 모습은 또 다른 아름다움이었다.

빛이 어둠을 몰아내고 사물의 형상을 서서히 들어내 주는 새벽이 시나브로 찾아왔다. 바로 그 빛으로 직접이든 간접이든 사물을 인지할 수 있다는 것이 얼마나 고마운 일인가. 그 빛에 따라 사물이 다르게 보인다는 것도 알게 되었다. 태양빛을 받을 때

충청도 충북팀과 함께한 백두대간 동행 종주기

의 온전한 드러남과 달리, 태양의 간접 빛인 달빛 속에서의 은은
한 숨김은 사물을 또 다른 모습으로 태어나게 한다. 달빛 속의
풍경을 느끼며 걷는다는 것이 얼마나 가슴 떨리게 하는지 이제
야 알게 되었다.

얼마간 그렇게 걸어가는데 커다란 바위덩이가 하얗게 널부러
져 있다. 차돌백이란 곳이다. 차돌 바위가 흰빛을 발하며 지나는
이의 호기심을 자극하고 있다. 달빛이 있고 달빛을 반사하고 있
는 차돌이 있고 그 옆을 청청한 모습으로 지켜온 잣나무 고목이
있어 마냥 좋다.

북쪽을 향해 걷던 길이 북서쪽으로 방향을 튼다. 여섯 시가 되
면서 어둠이 서서히 물러나고 있다. 어느 순간 나무들이 달빛에
서 벗어나 자신의 모습을 확연히 드러내고 있다. 정신없이 정령
의 나무들을 사진에 담는데 산꾼이 나타났다. 아마도 신선목이
에서 캠핑을 하고 산행을 시작하는 모양이다. 형태만을 담을 수
밖에 없던 빛이 색깔도 담을 수 있는 빛으로 변해가고 있었다.
달이 희미하게 남아 있고 서서히 빛은 색깔을 물들이고 있다. 그
빛 속에서 순간순간 변해가는 정령의 나무들이 있으니 바쁘게
셔터를 누르지 않을 수 없다. 단풍을 기대하고 왔는데 참나무와
갈참나무는 이미 잎을 떨궜고 층층나무의 단풍만이 색색을 보
여주고 있었다. 어느덧 구름은 사라지고 하늘이 청명한 가을빛
을 띤다. 이 가을 속에서 자작나무는 하얀빛을 발산하며 높푸른

297

하늘을 향해 아우성치고 있다. 그런가 하면 겹겹의 산줄기들이 끝없이 이어지는 듯하다가 어느새 끊어져 물줄기를 받아들이고 있었다.

4시간을 걸어 두로봉1420m 삼거리에 도착한 시간은 07시 20분이었다. 이곳에서 오대산 정상인 비로봉으로 가는 길과 헤어져야 한다. 대간길은 환경보존구역으로 지정되어 출입을 통제하고 있었다. 이 정책의 옳고 그름을 따질 생각은 전혀 없다. 여기까지 왔는데 이곳에서 하산한다는 것도, 이곳을 다시 온다는 것도 생각할 수 없는 일일 뿐이다. 과태료를 낸다 해도 그냥 지나가고 싶은 것이다.

나무에 달아 놓은 센서가 우리 일행을 발견하고는 바로 산행 금지구역임을 알린다. 이런 구간은 길을 잃을 가능성이 높아 신경을 더욱 써서 길을 찾아야 한다. 지난번 산행에서 2시간을 허비하며 알바를 한 것도 바로 이 비법정 탐방 구역을 통과할 때였다. 길잡이 역할을 부여받았기에 책도 읽고 블로그를 찾아 열심히 공부한 덕분에 별 무리 없이 길을 찾을 수 있었다. 사람의 흔적은 드물었지만 멧돼지 자국은 온산을 밭으로 일구어 놓을 만큼 광범위했다. 원시림처럼 우거진 숲이 이어지고 경사도 완만하여 편안한 마음으로 자연과 하나가 되어 걷는다.

한 시간쯤 걸었을까 벌써 1234봉이 나타난다. 비법정 탐방 구역이라 맘 편히 쉬지도 못하고 걷기를 계속한다. 걸으면서 쉴 수

있는 길이 이어지고 있어, 크게 부담이 느껴지지는 않는다. 아름드리 산사과나무가 울울창창 숲을 이루고 있어 새삼 놀라지 않을 수 없었다. 일상과 상식에서 벗어난 무엇인가의 만남에는 기분 좋은 떨림이 있다.

50분 정도 더 걸어가니 앞을 가로막고 있는 로프가 보인다. 여기까지가 통제 금지구역인가 보다. 누군가가 금지구역 안내판 구석에 신배령이라고 써 놓았다. 150m 내려가면 물이 있다는 안내도 친절하게 써 놓았는데, 그 150m가 어떤 거리인지 잘 아는 대원들은 꿈쩍도 하지 않는다. 물을 보충하기 위해 대장만이 골짜기로 내려간다. 시원한 물이 철철 흐른다며 만족스러운 표정으로 대장이 물통을 들고 올라온다.

따뜻한 햇살이 비추고 안온한 장소인지라 아점을 먹기로 하고 짐을 풀었다. 끈덕지게 도시락을 고집하는 이인우 대장을 제외하고 모두 김밥을 풀어놓는다. 다 다른 김밥집의 김밥이 다 다른 맛을 선보이는 시간이다. 김밥 하나로도 뭔가를 할 수 있겠다는 생각이 퍼뜩 떠오르는 순간이었다. 이번에는 이인우 대장까지 개복숭아 술이라며 담근 술을 내놓는다. 이학원 대원도 슬며시 쑥 술을 내밀고 나도 삼지구엽초 술을 따르니 담금주 술판이 벌어진다. 허나 기분 좋게 오르는 술처럼 기분 좋은 술판이 만들어지지는 않는다. 역시 술은 이재문 대원이 있어야 얼큰해지는데, 술자리가 얼큰하게 오르지 않는 이유는 분명 그 때문이리라.

쑥스럽게 내놓은 쑥 술은 마셔 보지도 못하고 다시 배낭에서 그만큼의 무게로 이학원 대원의 어깨를 누르며 익어가야 할 운명이 되었다.

식사를 마친 후 신배령을 출발하여 오르막을 오르는 일은 어느 때보다도 발걸음을 무겁게 한다. 나른한 상태에 식곤증까지 겹친 몸은 천근만근의 무게로 다가와 걷기를 무척 힘들게 한다.

정상 궤도를 회복하며 간신히 만월봉1280.9m 정상에 오르니 시간은 11시를 가리키고 있다. 앞에 가파른 산이 우뚝 솟아있는데 우리가 걸어갈 응복산이다. 잠시 쉬고 또 걸음을 옮긴다. 앞만 보며 걷고 또 걷다 보니 갑자기 지금까지 걸어온 길이 눈앞에 확 열린다. 우리가 밟은 줄기와 어우러져 굽이치는 산줄기를 몇 장의 사진으로 담은 후, 잠시 걸어 오르니 바로 응복산1360m 정상이다. 다른 곳과는 달리 철판의 표지석이 눈에 띈다. 지금까지 지나온 길과 앞으로 걸어가야 할 길이 쫙 펼쳐져 있다. 힘들지만 눈은 즐겁고 마음 또한 기쁨으로 넘친다. 그러나 또 내려가다가 오르는 길이 계속되고 있다. 1281봉에 도착했으나 많이 지친 상태인지라 서로 말이 없다. 이때 이학원 대원이 무겁게 지고 온 사과를 반으로 잘라 건넨다. 퍼석한 사과지만 꿀사과와 비교할 수 없는 꿀맛이다. 인간사 모두가 상대적이란 말을 온몸으로 실감하는 순간이다.

오늘의 목적지인 구룡령까지는 6km 정도 남았다. 지쳐 있으

충청도 춘 눈 님과 함께한 백두대간 동행 종주기

니 구룡령까지는 꼬박 3시간은 질기게 걸어야 도착할 수 있는 거리다. 산줄기를 밟는 산행 속도가 시간당 보통 2km라 하는데, 지금까지 걸으며 거의 정확하다는 것이, 몸으로 확인되었다. 산행 초에 힘이 있거나 어두워 주위를 돌아볼 수 없을 때 그리고 평탄한 길일 경우는 시간당 3km이고, 그 이외의 길은 시간당 거의 1~2km를 걷는 것이 일반적이다. 그리하여 평균 잡아 시간당 2km를 걷는 것이 우리네 속도였다.

구룡령을 내려가기 직전에 있다는 약수산을 향해 마지막 힘을 내본다. 바로 눈앞에 펼쳐진 산줄기를 보니 마늘봉이 코앞에 있다. 그 뒤로 삐쪽하게 1261봉, 1282봉이 보이는데 약수산은 찾을 수가 없다. 무념의 상태로 오르고 내려가는 일을 반복하니 시간은 흐르고 그 시간만큼 거리는 좁혀지고 있다. 대간꾼을 위한 그루터기도 오랜 풍상에 쉼터의 지위를 잃고 자연으로 돌아가고 있었다. 날씨가 갑자기 변화무쌍하게 변한다. 안개가 덮치는가 싶더니 구름이 밀려와 비를 뿌릴 듯하다. 다행히 비는 내리지 않는다. 햇살이 구름 사이로 활짝 얼굴을 내미니 계곡의 단풍이 환하게 웃는다.

오후 2시가 조금 지나서야 약수산1300m에 도착할 수 있었다. 약수산인데 약수는 없고 힘만 드는 산이라고 조진행 대원이 구시렁거린다. 다들 말을 잃고 묵묵부답이다.

몸을 추스르고 종착지인 구룡령을 향해 걸음을 옮긴다. 지치고 힘든 마지막 내리막을 조심스럽게 내려간다. 멀리 찻소리가 들린다. 사람들의 웅성거림도 아주 가깝게 들린다. 단풍 구경을 나온 차량이 구룡령 길가에 늘어서 있다. 그들을 상대로 막걸리와 감자전을 파는 일일장터가 왁자하다.

구룡령 표지석을 배경으로 기념 촬영을 한 후, 진고개로 이동할 택시를 잡으려 하는데 옆에 서 있던 아저씨가 방금 타고 온 택시를 불러 준단다. 그 택시 기사와 10만 원에 흥정을 마치고 잠시 기다려 달라고 부탁한다. 그 짬을 이용하여 옥수수 막걸리에 감자전을 시켜 오늘의 모든 것을 담아 축배를 든다. 기분 좋은 한 잔이다. 그러면서 맛있는 두 잔이 이어진다. 그리고 얼얼한 마지막 잔을 급히 마시고 택시에 오른다. 한 시간을 넘게 달리고 달려 진고개에 도착했다. 그리고 다시 대천을 향해 졸린 눈을 비비며 6시간을 달렸다. 집에 도착하니 저녁 11시가 넘은 시각이다. 오늘도 꽉 찬 긴긴 하루를 살았다.

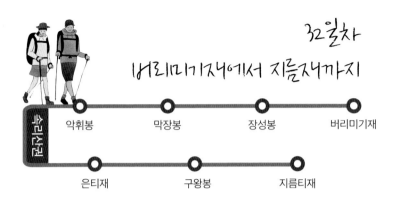

32일차
버리미기재에서 지름재까지

속리산권 — 악휘봉 — 막장봉 — 장성봉 — 버리미기재

은티재 — 구왕봉 — 지름티재

날짜 2016. 11. 5(토) **산행거리 / 시간** 16km / 8시간

충청도 춘남멸과 함께한 백두대간 동행 종주기

　이인우 대장의 열의가 대단했다. 올해 안으로 백두대간을 마무리하고픈 의지가 강렬하다는 뜻이다. 11월 한 달 동안 남은 두 코스를 완주하자는 주장을 한 것이다. 1박 3일 코스로 11월 둘째 주에 산행을 하고, 그 외 한 주를 더 투자하여 백두대간을 완결하자는 제안이다. 계획은 계획일 뿐 논의를 함께 하던 이학원 대원이 먼저 어렵다는 의견을 제시한다. 전교조 보령지회장인 이학원 대원이 11월 둘째 주에 민중총궐기대회가 잡혀 있어, 산행 날짜를 바꿨으면 좋겠다는 것이었다. 그 요구를 받아들여 둘째 주 산행이 11월 셋째 주로 옮겨지게 되었다. 그런 와중에 이재문 대원이 이리 급하게 다닐 필요가 있냐며, 빨리 마무리 짓는 것에

대해 적극 반대하고 나선다. 결국 11월은 한 번의 산행으로 만족해야만 했다. 여유가 생긴 날짜를 이용해서 보충 산행을 하기로 의견이 모아졌다.

올해 백두대간은 11월 산행을 끝으로 최종 마무리짓기로 합의한 것이다. 나머지 시간을 활용하여 보충 산행 구간인 버리미기재에서 지름재까지 걷자는 얘기가 오갔다. 17차 산행 때 버리미기재에서 이화령까지 걷기로 했는데, 버리미기재부터 지름티재까지 빼고 걷는 바람에 이 구간을 보충해야 할 상황인 것이다. 미진한 부분을 보충하기 위해 11월 첫째 주로 산행 날짜가 잡혔고, 그 구간을 오늘 걷게 된 것이다. 아쉽게도 조진행 대원과 이재문 대원이 함께 하지 못했다.

새벽 4시 30분에 출발하기로 결정됐다. 평상시와 같이 잠자리에 든다. 그런데 평상시와 다르게 잠이 오지 않는다. 23시에 출발할 때는 너무 일찍 잠자리에 들어 잠을 자지 못했다 치더라도, 평소대로 잠을 청하는데도 잠이 오지 않는 이유는 뭘까? 이리저리 뒤척이다 간신히 잠이 들었는데 누군가의 소리에 잠을 깨게 되었다. 그러고 나서 다시 잠이 들기까지는 아주 긴긴 싸움을 한 후였다.

알람이 울리기도 전에 일어나 짐을 챙기고 4시 10분에 집을 나섰다. 이인우 대장을 데리고 이학원 대원을 태운 다음 04시 35분에 버리미기재를 향해 출발했다. 청양을 지나 청양나들목을 거쳐 공주 대전 청주를 달려 문의나들목으로 나와 다시 국도를 타고 버리미기재에 도착한 시간은 07시 30분이었다.

차를 감시 초소와 떨어진 안전한 곳에 주차한 후, 출발지로 이동하다가 순간 모두 긴장한다. 이른 시간인데도 산불 감시 초소에 감시원이 자리를 지키고 있는 것이 아닌가. 도둑고양이처럼 살금살금 희미한 흔적이 나 있는 산길을 찾아가며 우회할 수밖에 없었다. 한 시간 가까이 헤맨 끝에 간신히 대간길을 만날 수 있었다. 반가운 상황임에도 소리를 지를 수도 없고, 소리를 낼 힘도 없다. 지도를 보면서 경사가 급한 것을 예상은 했지만 생각보다 훨씬 심한 편이었다. 더구나 바위로 뒤덮인 능선을 따라 오르는 길은 처음부터 힘을 부치게 한다.

잠시 쉬며 숨을 돌린 후 다시 발걸음을 옮긴다. 몇 분 지나지 않아 그럴듯한 돌 탁자가 자리를 잡고 있다. 그 옆에는 소나무가 그늘을 드리우며 서 있는 게 아닌가. 그럴듯한 풍경 속에 자리한 돌 탁자가 멋진 전망대 역할을 하고 있었다. 지금까지의 힘든 발걸음이 충분히 보상받고도 남을 시원한 전망을 내주고 있었다. 여름이라면 솔바람이 불어 흐르는 땀을 식혀주면서 멋진 풍경을 보여주었을 것이다. 혹여 겨울이었다면 흰 눈을 덮은 청송이 흰탁자와 한몸이 되어, 하얀 산줄기를 배경 삼아 묵묵히 서 있었을 것이다. 경사가 있어 오르기가 힘들었지만 그만큼의 대가를 누릴 수 있는 풍광이 있어 가슴을 들뜨게 했다.

우리네 인생이 그러하듯 자연도 마찬가지인가 보다. 늘 경사가 심하고 힘든 여정이 계속되는 경우는 없다. 내리막길도 있고 평탄한 오솔길이 이어져 여유롭게 걷기도 한다. 걷는 걸음 속에서 펼쳐지는 굽이굽이 산줄기는 힘든 겨를을 빼앗기에 충분했다.

힘들지만 힘들지 않게 장성봉916m에 오를 수 있었다. 이곳까지가 탐방 금지구역이다. 안내판은 없고 산꾼이 매단 리본만이 가끔씩 우리를 안내하곤 했다. 기념사진을 찍은 후 대간길을 찾는데 서로의 의견이 달라 지도를 펼쳐본다. 서로의 의견이 합쳐지고 다시 걸음을 재촉한다. 막장봉을 향해 걸으면 된다는 것이다. 막장봉 얘기를 들으며 이학원 대원이 탄광이 있었냐고 묻는다. 왜 막장봉인지 알 수 없지만 그리 상상하는 것도 이해가 된다. 급히 올라왔으니 급히 내려가는 것이 순리라는 듯 경사가 꽤 급하다. 그도 계속되는 것은 결코 순리가 아니라는 듯, 얼마 지나지 않아 산책길이 나타난다. 그런 후 내려온 만큼 올라가더니 다시 얼마간 무난한 길이 이어진다.

그런 길 위에 백 년 이상 자란 소나무들이 줄지어 서 있다. 고목은 어떤 나무든 아름다운 자태를 지닌다. 특히 노송은 더욱 그러하다. 이것이 나만의 생각은 아닐 듯싶다. 조선 사람 중에 소나무를 싫어하는 사람이 과연 몇이나 될까? 이 땅에서 이 땅을 덮고 있는 이 땅의 상징을 누가 마음에 두고 있지 않겠는가. 척박한 돌 틈에서 뿌리를 내리고 한해 한해를 온힘을 다해 견디고 견뎌 백 년을 살았으니, 그 자태에 누가 마음을 주지 않겠는가. 지금까지의 대간길이 참나무나 갈참나무에게 자리를 내준 길이었다면 척박한 화강암 지대인 이곳은 소나무가 그 자리를 묵묵히 지키고 있는 땅이었다. 소나무와 더불어 진달래가 이 척박한 땅을 함께 지키고 있어 더욱 감동적이다. 풍상을 견디고 있는 모습이 가슴 뭉클하게 다가온다. 바위, 소나무, 진달래는 서로서로 어울려 멋진 풍경을 그려내고 있었다. 오랫동안 자연이 비와 바람과 눈으로 가꾸어 온 멋진 풍광이 눈앞에 펼쳐지고 있는 것이다.

가을이지만 쾌청한 날이 아니기에 날씨 탓을 연발하며 오르내리기를 계속한다. 안타까움은 가능성이 있을 때 나타내는 심정이리라. 전망이 전혀 없다면 그냥 걷기만 했을 상황이다. 전망이 트여 있으니, 더 아름답게 느끼고 더 풍부하게 보기를 꿈꾸는 것이다. 지금까지 걸으면서 수없이 경험했던 것들이 이 당연한 진리를 또렷하게 일깨워 준다. 사진에 담을 자연이 많을수록 발걸음은 더욱 뒤처지고, 이를 만회하기 위해 헐떡거리며 따라갔던 기억들이 수없이 소환된다. 좋은 풍경을 그냥 지나치는 것은 삶에서의 멋진 기회를 내팽개치는 것처럼 견디기 힘든 상황이다. 다리가 뻑뻑하고 가슴이 터질 것 같아도 원하는 풍경을 담기 위해 흔쾌히 고통을 받아들인다.

사진놀이를 한 후 땀을 뻘뻘 흘리며 선두를 따라잡은 곳은 악휘봉 갈림길이었다. 악휘봉을 가지 않고 그냥 지나치지 않을까 하는 노파심에서 더욱 빠르게 따라잡았다. 바로 그때 이인우 대장이 묻는다. 악휘봉을 갈 것인지를. 당연히 다녀와야 한다고 말한다. 왕복 20분이면 다녀올 곳이기 때문이다. 오늘 일정이 길거나 지금까지 힘들게 걸어왔다면 쉽게 꺼낼 말은 아니었다. 모두가 동의하고 악휘봉을 향해 다시 내려간다. 내려간다는 것은 분명히 다시 올라야 하기에 다들 흔쾌한 표정은 아니다. 100년도 지나지 않아 무너질 듯한, 아슬아슬한 바위가 우릴 맞는다. 그 옆에는 그 바위를 지키는 노송이 우뚝 서 있다. 그리고 멀리 펼쳐진 산줄기가 끝없이 이어지며 아스라이 사라진다.

11시 30분에 악휘봉845m 정상에 발을 디딘다. 바람이 무척 시원하다. 표지석에서 기념 촬영을 한다. 돌을 깎아 만든 표지석이 바위 위에 시멘트로 붙어 있다. 확 트인 전망을 바라보며 먹는 즐거움을 누려보고 싶지만 바람이 너무 세다. 정상에 오른 지 5분도 되지 않아 몸에 냉기가 흐른다. 멋진 풍광을 눈으로 마음으로 그리고 사진으로 담은 후 바위산을 급히 내려왔다. 내려오다가 단풍으로 단장한 산줄기를 배경 삼아 서 있는 입석 바위와 노송의 조화로움을 마음에 한번 더 새겨둔다. 기암괴석의 산봉우리에 노송의 기기묘묘가 골짜기의 단풍으로 인해 더욱 도드라진 풍경을 만들고 있었다.

악휘봉 갈림길을 조금 지나자 바람이 닿지 않는 평탄한 장소가 나온다. 그곳에 자리를 잡고 준비해온 먹거리를 펼치니, 대장이 가져온 럼주를 꺼내 놓는다. 다 함께 럼주로 건배를 나눈다.

다시 산행이 시작된다. 시계는 정각 12시를 가리키고 있다. 북쪽으로 향하던 대간길이 동쪽으로 방향을 튼다. 충청북도와 경상북도의 경계를 밟으며 은티재를 향해 걸음을 옮긴다. 그리 높은 봉우리가 아닌데도 전망이 확 다가온다. 지금까지 걸어온 여정이 한눈에 들어오고 은티마을 쪽의 산줄기도 시원스레 이어져 있다. 시원스런 전망이 발걸음을 붙잡는데도, 짧은 여정인지라 크게 부담이 없어 좋다. 노송의 자태에 반하다가 기묘한 바위에 놀라고 계곡마다 펼쳐진 가을빛에 마음이 동하는 시간이었다.

커다란 고목 밑에 돌로 아담하게 둘레를 두른 서낭당이 나타났다. 자연석 돌로 만든 제단에 노란 귤 하나가 놓여 있다. 누구의 어떤 마음일까? 그 마음을 언뜻 알 듯도 하다. 이인우 대장 왈 이곳이 은티재란다. 그러면서 충격적이 발언이 이어진다. 그전에 우리가 걸었던 길은 은티재가 아니라 지름티재라는 것이다. 오늘 일정이 여기서 끝나는 줄 알았는데 앞으로 2시간은 더 걸어야 한단다. 여태까지 은티재와 지름티재를 같은 고개로 알고 있었는데 그제서야 모든 것이 확연해지는 순간이다.

잠시 쉬며 마음을 추스른 후 주치봉을 향해 걸음을 옮긴다. 야트막한 봉우리인데도 계속해서 오르는 길이라 다리를 뻐근하게 한다. 다시 높은 봉우리가 앞을 가로막고 서 있다. 구왕봉이다. 급경사를 타고 내려가니 호리골재가 나타난다. 봉암사로 가는 길은 폐쇄되어 있고, 안내판이 그 이유를 말하고 있다. 수행정진하는 도량이기에 출입을 삼가해 달라는 것이다. 수행정진을 위해 석가탄신일에만 일반인에게 도량을 공개한다고 하니 그 뜻이 읽혀진다.

구왕봉을 향해 마지막 힘을 낸다. 만만치 않은 경사에 숨이 턱까지 차오른다. 정상에 오르니 단정한 표지석이 우릴 맞이한다. 시계는 15시를 가리키고 있다. 조망이 없는 평범한 곳이지만 천년고찰인 봉암사의 창건 설화가 서린 예사롭지 않은 곳이었다. 나무 사이로 보이는 희양산을 배경으로 기념사진을 찍고 바로 하산을 한다.

하산 길은 로프가 매여 있는 급격한 내리막이 연속되는 길이었다. 힘든 하산길이지만 그 대신 전망을 확실히 보장하는 길이기도 했다. 통바위로 이뤄진 희양산이 코앞에 있고 그 아래 희양산을 등지고 봉암사가 앉아 있는 것이 한눈에 보인다. 그리고 희양산 북쪽으로는 넓은 구릉에 따뜻하게 자리하고 있는 은티마을이 정겹게 보인다. 바위틈으로 길게 뻗어 내린 나무들의 뿌리를 보며 질긴 생명력을 떠올리다가도, 인간의 발걸음에 반질거리는 뿌리를 생각하면 미안한 마음이 절로 든다.

일행을 따라잡기 위해 정신없이 내려오는데 낯익은 곳이 나

충청도 충남북과 함께한 백두대간 동행 종주기

온다. 바로 지름티재에 도착한 것이다. 일반인들의 출입을 막기 위해 봉암사에서 설치한 움막이 또렷이 떠오른다. 이제부터는 완만한 내리막을 걸어 은티마을로 가면 된다. 성터를 거쳐 희양산에 오르는 길도 보이고 구왕봉으로 가는 길도 나타난다. 봉암사로 인해 남쪽에서 접근할 수 없는 산길이 북쪽인 은티마을에서 시작되고 있는 것이다.

조금 내려오니 시루봉으로 오르는 길도, 우리가 착각했던 은티재로 가는 길도 있다. 한참 사과를 수확하고 있는 농군의 손길을 느끼며 조심스럽게 은티주막에 내려와 자리를 잡는다. 시계는 16시 30분을 가리키고 있다. 6시간을 예상했던 산행이 2시간을 더하여 8시간 만에 끝났다. 백두대간 산꾼의 영원한 쉼터인 은티주막에서 녹두전에 막걸리 한 잔으로 오늘을 자축했다.

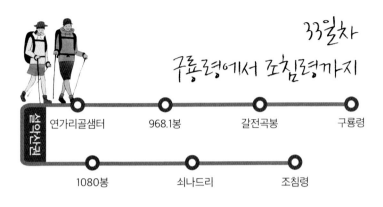

33일차
구룡령에서 조침령까지

| 연가리골샘터 | 968.1봉 | 갈전곡봉 | 구룡령 |

| 1080봉 | 쇠나드리 | 조침령 |

날짜 2016. 11. 19(토) - 11. 20(일) **산행거리 / 시간** 21km / 11시간

충청도 춘뉴팀과 함께한 백두대간 동행 종주기

　우여곡절이 많았던 산행이었다. 애초 계획은 1박 3일의 일정
이었다. 구룡령에서 조침령을 걷고 1박 후 조침령에서 한계령까
지 걸어갈 예정이었다. 이인우 대장이 단톡에 공지하자, 바로 조
진행 대원이 미협 행사가 있어 함께하기 어렵다는 댓글이 올라
왔다. 조진행 대원을 제외하고 나머지 대원끼리 출발하는 것으
로 추진되다가 갑자기 날씨가 발목을 잡았다. 토요일 오전에 비
가 내린다는 예보가 있었고, 그런 이유로 이런저런 얘기가 오가
고 있는데 조진행 대원이 토요일에 출발하면 함께할 수 있다는
것이다. 백두대간을 완주한 경험을 충분히 고려한, 대장의 마지
막 통지가 도착했다. 토요일에 출발하여 구룡령에서 조침령을

걷는 일정으로 33차 산행을 진행한다는 것이다. 그러면서 혼자 구룡령에서 한계령을 걷는 것은 상당히 무리라는 결론이었다. 결국 천천히 하더라도 함께 하자는 의견이다. 모두 공감하고 다들 찬성하여, 오늘의 산행이 결정된 것이다.

주말 중 남는 하루를 이용해 과일나무 가지치기를 하기로 했다. 토요일에 출발하니 협회장배 테니스대회에 참가할 수도 있었는데, 대회에서 무리를 하면 산행에 지장이 있을지 몰라 욕심을 내지 않았다. 토요일 아침밥을 먹고 전지 작업을 하러 갔는데 간간이 빗방울이 떨어진다. 전지 작업을 중단하고 예정에 없던 백두대간 일지를 정리하기로 한다. 11시가 넘어가자 비가 그치기에, 부랴부랴 과일나무 전지를 하러 갔다. 점심 먹을 시간을 훨씬 넘기고 배고픔을 참으면서 전지를 끝냈다.

일을 마치고 집에 오니 오후 4시가 넘은 시각이다. 급히 점저를 먹고 노곤한 몸으로 잠을 청한다. 근데 잠은 기막히게 산행이 있다는 것을 아는 모양이다. 잠이 오지 않는 것이다. 누워서 노곤함이 약간 풀리니 정신은 더욱 말똥거린다. 결국 일어나서 불후의 명곡을 시청한다. 이날 주제인 시를 노래한 곡들을 감상하며 시에 취해 본다. 그런 후 다시 한번 잠을 부르지만 잠은 결코 올 생각이 없는 듯하다. 다시 일어나 백두대간 일지를 정리한다.

여정 속에 정신이 팔려 있다가 시계를 언뜻 보니 약속 시간이 지났다. 부랴부랴 짐을 챙겨서 약속 장소에 나갔다. 출발시간인

23시 30분이 지났는데 술에 취한 조진행 대원을 태우기 위해 집으로 가야 한단다. 조진행 대원을 데리고 우리의 전용도로와 다름없는 서해안고속도로를 달린다. 차는 경부를 거쳐 영동을 타고 평창 나들목으로 나와 구룡령에 도착했다. 예상 시간보다 빠른 03시 20분을 가리킨다. 채 4시간이 걸리지 않은 것이다.

03시 30분에 산행 장비를 챙기고 갈전곡봉을 향해 오르기 시작한다. 오늘도 예전과 같이 하현달이 우릴 반긴다. 새벽 산에 오르는 산꾼을 위한 달 같다는 느낌이다. 달밤이지만 앞길을 밝히는 것은 어쩔 수 없이 헤드렌턴이다. 헤드렌턴의 불빛만이 우리의 발길을 비추며 나란히 이어가고 있다. 예전에 걸었던 약수산을 바라보니 흐릿한 불빛이 흔들거리며 줄지어 내려오고 있다. 아마도 야간 산행을 하고 있는 산꾼인 듯싶다. 우리도 저들처럼 불빛을 데리고 묵묵히 걸어가고 있는 중이다.

앞만 보고 걸으며 이런저런 생각에 빠져든다. 중천에 떠 있는 달은 이런 산꾼들을 내려다보며 무슨 생각에 잠겨 있을까? 하늘에 떠 있는 하현달은 왜 우리를 하염없이 따라오는 것일까? 나뭇가지에 달려 초롱초롱한 별을 별꽃나무라 부르면 안 될까? 이런저런 생각에 취해 여유로운 마음으로 한걸음 한걸음을 즐긴다. 아직도 술에 젖어 있는 조진행 대원과 보조를 맞춰야 하니, 몸 또한 아주 태평한 상태다. 몸은 거뜬하고 마음은 밤의 정취에 취해 가뿐하다. 오늘의 새벽 산행은 평화로움 그 자체다.

충청도 촌놈답게 함께한 백두대간 동행 종주기

2시간 만에 오늘의 최고봉인 갈전곡봉1204m에 올랐다. 아직도 달은 우리를 따라오고 별은 여전히 가지 끝에 매달려 별꽃으로 피어있다. 조그만 자연석 돌에 이름을 새겨 넣은 표지석이 정상 귀퉁이에 쪼그려 앉아 있는 게 아닌가. 소박하다 못해 처량하단 느낌이 든다. 사진으로 담기에는 빛이 모자라 마음에 새기고 내려올 수밖에 없었다.

급경사를 내려가고 다시 오르다가 또 내려오니 편안한 길이 우릴 기다리고 있다. 다시 힘들게 오르다가 만난 봉우리가 1107봉이고, 방향을 틀어 내려갔다가 다시 올라가니 1016봉이 동터 오는 아침 빛으로 환하게 우릴 맞는다. 06시 30분이 조금 지난 시간이다. 아직 해는 솟아오르지 않았지만 희미한 빛이 만물을 어둠으로부터 해방시켜 주고 있었다.

사물이 보이기 시작하니 고목이 눈에 들어온다. 특히 눈에 확 들어오는 것은 고목에 붙어 푸르른 생명을 유지하는 겨우살이다. 그리 흔치 않은 식물인데 이곳에는 유난히 눈에 많이 띈다. 잎을 떨구고 앙상한 가지로 겨울을 보내는 고목에게 겨우살이는 과연 어떤 존재일까? 녹색의 생명력을 불어넣은 은인일까? 아니면 귀한 생명수를 뺏어 먹는 악인일까? 두 존재의 본질을 정확히 꿰지는 못했지만 그냥 아름답게 느껴졌다.

휴게소에서 새벽 참을 먹지 못하고, 2시간이 넘게 걷다 보니 다들 배가 고프단다. 조금 더 걷고 아점을 먹자는 주장은 배고픔

충청도 춘늬넘과 함께한 백두대간 동행 종주기

317

의 욕구 앞에 발을 붙일 수가 없다. 산행을 시작한 지 4시간이 지난 07시 30분에 아침밥을 먹는다. 조진행 대원은 아직도 몸이 제정신이 아니다. 아침밥을 준비하지 못해 못 먹는 게 아니라 컨디션이 좋지 않아 먹지 못하는 것이다. 대장이 준비한 연태고량주로 건배를 하고 김밥을 안주 삼아 먹는다. 새벽을 걸어왔던 몸에 온기가 돌고 마음이 확 풀리니 기분까지 좋아진다. 배부른 나른함에 아침 햇살까지 곰살맞게 다가오니, 이 어찌 즐겁고 행복하지 않으리오.

아침 풍경에 젖어 있다가 다시 걸음을 옮긴 시간은 정각 8시다. 얼마 걷지 않아 무덤이 남향의 산줄기를 바라보며 자리를 잡고 있다. 여러모로 좋은 기운이 느껴지는 무덤인데 이재문 대원은 범인의 묘로는 기가 너무 세서 문제란다. 그럴 수도 있겠다는 생각이 든다. 스스로 감당하기 어려운 기운은 스스로를 파멸시킬 수 있다는 것을 역사는 증명하고 있지 않은가. 고목의 기기묘묘한 모습이 걸음을 붙잡는다. 오랜 세월을 견뎌온 삶의 흔적이 생생하게 각인된 모습이었다. 전망 좋은 곳은 없지만 숲을 이루는 나무들이 산행의 고단함을 위로해 준다. 나뭇잎까지 있었다면 전망이 전혀 없었을 텐데, 잎을 떨구고 있어 그나마 다른 세상과 소통할 수 있었다.

오른쪽으로는 길이 길게 이어지고 그 길 끝에 마을이 자리하고 있는 것이 눈에 들어온다. 전망이 시원하지 않은 대간길이라 아쉬웠지만 그래도 걷기는 편안하다. 해발고도 1000m를 유지하며 오르고 내려가는 길이 연속되고 있다. 경사가 심하지 않고 자갈이 거의 없는 길이라 무릎에 무리가 가지는 않는 산행이었다.

　그렇게 걸어 도착한 곳이 연가리골 샘터다. 정각 10시에 도착해 보니 대장은 이미 물을 뜨러 갔고 남은 일행이 기다리고 있다. 정감록에 나오는 피난처인 '3둔 4가리'에 해당하는 곳이란다. 3둔은 살둔, 달둔, 월둔이고 4가리는 아침가리, 적가리, 연가리, 명지가리를 가리킨다. 둔은 사람이 숨어서 살만한 은둔처를 뜻하고, 가리는 한나절 밭갈이할 만한 곳을 뜻한다. 이곳 연가리도 몸을 숨기고 밭갈이를 하면서 굶지는 않을 정도의 피난처인 셈이다. 넓은 구릉에 밭을 일구고 작물을 경작했던 땅이 지금의 고랭지 경작지로 변하지 않았을까? 아침가리인 조경동이 옆에 있고 앞으로 걸어갈 곳에는 진동계곡이 이어진다. 바로 이런 곳이 산속에 몸을 맡기고 여생을 즐길 만한 곳이 아닐까? 늦가을 같지 않은 따뜻한 날씨에 마음까지 기분 좋은 상태라, 이곳으로 숨어들어 한생을 살고 싶다는 생각이 간절해진다.

　걸음은 속도를 더하고 날씨는 기분을 들뜨게 하는 여정이다. 1080봉을 향해 걷는데 막바지 오르막이 숨을 헐떡이게 한다. 따스한 햇살을 등에 지고 땀을 말리며 시원한 물로 갈증을 해소한다. 지도를 보며 앞으로 가야 할 길을 살피는데, 계곡이 이어지며 산마루가 눈에 보이지 않는다. 대장은 계곡을 나란히 옆에 끼고 뻗어 있는 산줄기가 대간길로 이어지는 길이라 한다. 상식적으로 이해가 안 되는 얘기인지라 그건 불가능한 일이라고 설득해도 말이 안 통한다. 지금 걷고 있는 길이 대간길이든지 아니면 계곡의 반대편 줄기가 대간길일 수밖에 없다는 설명에도 고개를 갸웃한다. 지나온 대간길을 사례로 들면서 주장하는데 더 이상 말로 공감하기는 어렵다. 아니 설득할 필요가 전혀 없는 일인 것이다. 잠시 후면 명확히 드러날 일이기 때문이다. 물은 산을 넘지 못한다는데 계곡만 있다면 어떻게 대간길이 이어질 수 있겠는가.

　궁금증을 안고 급격한 내리막을 조심스레 내려가 보니 그 궁금증은 자연스레 해결된다. 낮은 줄기를 이루며 이어지던 대간길이 멀리서는 계곡처럼 보였던 것이다. 낮고 완만하지만 하나의 산줄기를 이루며 대간길을 잇고 있었던 것이다. 낮은 줄기라 해도 해발 900m인지라 생각보다 훨씬 깊은 계곡을 양 옆에 끼고 있었다. 바람불이삼거리에 도착해 살펴보니, 계곡의 반대편 산줄기가 끊어지고 더 깊은 계곡에게 물길을 내주고 있었다. 모든 것이 확연해지는 순간이다. 깊은 계곡의 이름이 진동계곡이었고 이 물길은 내린천으로 흘러가고 있는 것이었다.

　잠시 쉬면서 시간을 확인해보니 정각 12시를 가리키고 있다. 앞으로 2시간만 더 걸으면 오늘 일정이 끝난다. 산책하듯이 길을 걷는데 산죽이 고사하여 앙상한 가지만 땅을 디디고 서 있다. 산죽도 대나무와 마찬가지로 꽃을 피우면 고사한다는데 그 말이 사실임을 확인시켜 주는 순간이다. 그런 곳이 한 곳도 아니고 두 군데라 더 분명해졌다. 대간길을 걸으며 간혹 산죽의 꽃을 보았는데 그곳도 얼마 지나지 않아 고사할 것이라 생각하니 마음이 아프다. 한두 그루만 죽어가는 것이 아니라 산을 덮고 있는 푸른 산죽이 일시에 사라진다고 생각하니 드는 마음이다. 그럼에도 걷다 보면 또 다른 곳에서 왕성하게 자라는 산죽의 푸르름을 만날 수 있어 그나마 위안이 된다. 모든 산에서 일시에 사라지는 것이 아니라 한 뿌리에서 자란 산죽만이 생을 마감하는 것이라니 이 역시 자연의 순리가 아닐까?

어느덧 발걸음은 쇠나드리고개옛 조침령를 지나고 있다. 소를 방목하면서 얻는 이름이라는데 소가 나드리를 하는 고개라니 그때의 모습이 평화롭게 다가온다. 아침을 먹은 후 많은 시간이 지나 몸에서 에너지를 간절히 요구한다. 배낭에 남아 있는 초콜릿과 자유시간을 대장과 나눠 먹는데 오늘처럼 입에서 당기기는 처음이다. 몸의 요구가 얼마나 강렬했는지 몸이 여실히 확인해 주고 있었다.

어느 정도 걸을 만 해지자 조침령을 향해 다시 출발이다. 쇠나드리고개에서 13시에 출발하여 30분 정도 걸었는데 자그마한 추모비가 땅에 놓여있다. 우리와 비슷한 시기에 지리산을 출발하여 이곳까지 걸어오다 올 6월에 생을 마감했다는 내용이다. 은티마을에서도 만난 죽음을 이곳에서 또 접하니 이렇게 걷는 것이 어쩌면 평범한 일이 아닐 수 있다는 생각이 설핏 든다.

마지막을 향해 걸음은 빨라지고 조침령에 도착했을 때 지금까지 열리지 않던 전망이 눈앞에 펼쳐진다. 잠시 눈을 호강시키고 임도로 내려오니 14시를 가리키고 있다. 03시 30분에 출발하여 10시간 30분 만에 조침령에 도착한 것이다. 남은 일행을 기다리며 포근한 자리에 앉아 해바라기를 한 후 택시를 불렀다. 택시 기사와 조침령 터널 입구에서 만나기로 하고, 임도를 타고 그곳까지 이동하는데 그 길도 만만치 않다. 지쳐 있는 데다 계속된 내리막인지라 편안한 길이 아니다.

택시를 기다리며, 이학원 대원이 엄청 큰 버섯을 가방에서 보여준다. 덕다리버섯이라는데 배낭에 꽉 찰 만큼 크기가 장난이 아니다. 아무리 좋은 것이라도 나무를 탈 수 없는 다른 대원들에게는 그림의 떡에 불과할 뿐이지만, 날다람쥐인 이학원 대원에게는 식은 죽 먹는 일처럼 가벼운 일이다.

택시를 타고 이동하여 5대째 막국수를 한다는 음식점에서 막국수와 수육을 시켜놓고 잣막걸리로 오늘 산행을 자축했다.

충청도 촌놈팔과 함께한 백두대간 동행 종주기

34일차
조침령에서 한계령까지

단목령 — 북암령 — 962봉 — 조침령

군간사항

오색삼거리 — 점봉산 — 망대암산 — 1157봉 — 한계령

충청도 춘부령과 함께한 백두대간 동행 종주기

날짜 2017. 4. 28(금) ~ 4. 30(일) **산행거리 / 시간** 24km / 11시간

　작년 11월에 계획했던 산행 구간을 이제야 걷게 되었다. 준비 모임을 가졌고, 34차와 35차 백두대간 산행 일정을 잡은 것이다. 산불 방지를 위한 통제 기간이 이어졌고, 비탐방구역도 있어 일정을 잡기가 힘든 상황이었다. 오랜 기다림의 시간이 지나고 출발 날짜가 다가오자 여러모로 부담이 가중되었다. 산에 오른 지 오래되었을 뿐 아니라 상당히 힘든 산행이 예상되었기 때문이다.

　금요일 10시에 출발한단다. 바쁘게 집안일을 처리하고 저녁을 먹은 후, 대통령 5차 토론을 지켜보다가 부랴부랴 약속 장소로 향했다. 긴 시간 산행을 한다 하여 2끼의 김밥을 식량으로 준

324 · 어쩌다 백두대간

비했다. 조침령을 향해 출발한 시간이 밤 10시 10분이다. 평상시와는 달리 상당한 속도를 내며 달린다. 서해안을 거쳐 서울 순환도로를 지나고, 서울-홍천 고속도로를 달려 인제를 향하고 있다. 화양강휴게소에서 우거지 해장국으로 새벽 참을 먹었다. 밥먹을 시간이 아님에도 이인우 대장을 제외하고는 너무 맛있게먹는다. 목적지인 조침령에 도착한 시간은 새벽 2시 30분이다. 5시간을 예상하고 왔는데 4시간 반도 걸리지 않은 것이다. 낯익은 장소가 우릴 맞는다. 반갑다.

02시 40분에 출발하여 조침령 표지석까지 묵묵히 걸어 오른다. 가끔씩 하늘을 올려다보며 감탄사를 발할 뿐이다. 30분 만에표지석에 올라 기념사진을 찍는다. 새들도 자고 간다는 조침령인데 지금은 그리 높다는 느낌이 없다. 문명의 이기로 높이를 해결했기 때문이리라.

지금부터가 본격적인 대간길이다. 어둠 속에서 와글와글 웃으며 마중하는 꽃이 있었다. 몇십 년은 족히 될 진달래가 철쭉속에 숨어 있다가 생글생글 나타난 것이다. 기분 좋은 산행이다. 선선한 바람에 환한 미소로 반기는 진달래를 만나는 것만으로도 마음은 두둥실 들뜬다. 그런 마음을 알기라도 하듯 하늘은 총총한 별로 우릴 유혹하고 있다. 별의별 생각이 아니 들 수 없다. 온전히 나만의 시간이다. 그냥 주저앉아 이 시간 속에 젖어들고싶은 충동마저 느낀다.

그런 나와는 달리 일행은 속도가 무척 빠르다. 08시 전에 단목령을 지나야 한다는 일념뿐인 듯하다. 야간 산행이라 너무 뒤처지면 위험한 일인지라, 충동은 충동일 뿐 더 이상 속도를 늦춰서는 안 된다. 빠르게 일행을 따라잡지만, 또 등장하는 진달래 꽃밭은 다시 걸음을 멈추게 한다. 우와, 우우와 감탄사를 발하는 것 이외에 할 수 있는 일이 별로 없다. 수 십 년간 자연이 다듬어 놓은 진달래 산천에서 무수한 꽃봉오리들이 꽃빛을 발하고 있다. 어찌 속도만이 최선이겠는가. 보랏빛 꽃들에 빠져 있다가 정신을 차리니 일행과의 거리가 너무 멀어졌다. 마음이 바쁘다. 그렇다고 무작정 달릴 수는 없는 법! 희미한 빛을 따라 천천히 앞으로 나아간다.

완만한 오르내리막을 편안한 마음으로 걸어간다. 간혹 눈에 띄던 별꽃이 무수히 빛을 발하고 있다. 별꽃이란 이름을 어찌 얻었는지 알 것 같은 형상이다. 어둠 속에서 조명을 받고 있는 별꽃은 땅의 별임이 분명했다. 하늘을 보니 별은 총총 박혀 어두운 하늘을 빛으로 수놓고 있고, 그 별들이 나무에 걸려 별나무가 되더니 이제는 땅에 내려와 별꽃이 되어 별밭을 만들고 있다. 온 천지가 온통 별천지다. 별천지를 만든 별을 바라보며 소원을 빌어본다. 건강하게 해 달라고.

05시가 지나자 날이 밝더니 별은 어느 순간 사라져 버린다. 흑백의 뚜렷한 대비가 희미해지면서, 흑백 사이에 존재했던 무한

한 색이 드러나기 시작한다. 가장 먼저 봄의 색인 연초록이 눈에 들어온다. 남보라도 눈에 띈다. 노랑도 자주 보인다. 그러다가 붉은 기운이 높은 가지 끝에서 서서히 땅으로 내려온다. 햇살이 가지 사이를 비집고 들어오는가 싶더니 땅에 꽂힌다. 이제 모든 만물이 제 모습을 드러내며 자신의 색깔을 지닌다. 나무가 보인다. 연록의 잎으로 변신하는 나무도 있고, 겨울에서 벗어나지 못한 덤덤한 나무도 보인다. 굳은 땅을 밀고 올라온 푸르른 풀이 있는가 하면, 다양한 빛으로 자신을 치장한 꽃들도 지천으로 깔려 있다. 바위에 이끼가 덮이고 그 바위틈으로 뿌리를 박고 아름다운 자태를 뽐내고 있는 산꽃이 눈에 확 들어온다. 참으로 싱싱하고 생기가 넘치는 아름다움이다. 고마운 기분으로 걷고 또 걷는다. 이미 꽃을 피워 씨앗만 달고 있던 얼레지가 고도를 높이자 남보라 꽃으로 다시 나타나는 것이 아닌가. 지천으로 깔려 있던 조계산에서 만났던 얼레지가 새록새록 떠오른다. 그때나 지금이나 여전히 부끄러운 듯 땅만 바라보고 있는 모습이다. 이슬을 머금은 남보라색 꽃밭은 바쁜 걸음을 붙잡고 놓아줄 생각이 없는 듯하다.

　선두와 상당히 뒤처졌다고 생각하니 마음이 급하다. 박달나무가 많다고 하여 붙여진 단목령을 향해 빠르게 걸음을 옮긴다. 정신없이 걸어가는데 감시초소가 보인다. 정식 명칭은 단목령 지킴터였다. 앞서 갔던 이인우 대장과 이재문 대원이 그 지킴터 주위를 서성거리고 있다. 반가운 인사를 나누는데 눈치가 이상하다. 잠시 후 그 이유를 알게 되었다. 단목령 지킴이가 벌써 단목령을 지키고 있었던 것이다. 그러면서 '지도'를 받으란다. 뭔 말인지 몰라 어리둥절하고 있는데 사진을 찍으며 친절하게 안내를 한다. 과태료를 부과할 수도 있는데 '지도장'만 발부하겠다는 것이다. 얼마나 다행이냐 싶어 얼른 '지도장'을 받아 들고 순순히 하산한다. 지킴이가 지키고 있는데 앞으로 나갈 수는 없지 않은가.

아랫마을인 강천리를 향해 하산하고 있지만 마음은 점봉산을 향하고 있다. 다들 말은 없지만 어떻게 하면 우회로를 개척할까만 생각하며 걸음을 옮기는 중이다. 얼마 내려가지도 않았는데, 이인우 대장과 이재문 대원이 우회로를 찾아 나서는 것이 아닌가. 막상 길이 있다고 하더라도 이동하기가 만만하지 않을뿐더러 감시초소에서 보일 수 있는 상황이었다. 여러 대원들의 판단 하에 포기하기로 한다.

결국 삼거리에 도착하여 지도를 보며 우회로를 찾아 나선다. 꼼꼼하게 살핀 다음 계곡을 타고 오르기로 결정한다. 조금 걷다 보니 CCTV가 지켜보고 있어 여전히 마음은 불안하다. 그러면서 의견이 갈린다. 내려가야 한다는 팀과 과태료를 내더라도 그냥 전진하자는 팀으로 나뉜다. 그것도 잠시 개 짖는 소리가 들리고 생태탐방안내소가 있다는 안내판이 나온다. 어쩔 수 없이 다

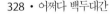

시 내려와 멧돼지 발자국이 난 어렴풋한 샛길을 따라 길을 찾아 나선다. 도둑고양이처럼 몰래 빠져나가야 한다는 생각에 모두들 말이 없다. 멀리서 개짖는 소리도 마음이 쓰인다. 속도 또한 여유로울 수가 없다. 마루금을 걷는 게 아닌 만큼 경사 또한 만만치 않다. 그래도 다행인 것은 길의 흔적이 뚜렷이 있다는 것이다. 얼마를 올랐을까. 겨우 숨을 돌린다. 지도를 보며 다시 한번 확인한다.

잠시 목을 축인 후 곧바로 출발이다. 새벽 참 이후 요기할 시간이 없었는지라 무척 허기가 느껴진다. 대간 길을 찾고 아침을 먹자는 대장의 말에 누구도 이견이 없다. 산은 늘 인간의 눈높이를 업수이 여긴다. 눈앞에 보이는 봉우리만 넘으면 될 것 같았는데, 그 봉우리를 오르면 또 다른 봉우리가 떡하니 버티고 있는게 아닌가. 여러모로 힘이 빠진다. 허나 누구 하나 말이 없다. 다들 힘들다는 것을 자신을 통해 알기 때문이다. 자신의 무게를 자신이 묵묵히 지고 오르는 것만이, 지금 자신이 해야 할 최선임을 몸으로 말하고 있다. 그때 앞서간 대장이 손짓하며 대간 길을 찾았다고 소리 없이 외친다. 오랫동안 사람의 발이 닦아놓은 편안한 산책로가 펼쳐져 있었다. 아! 참으로 다행이다.

아침 먹을 자리를 찾아 허기진 배를 붙들고 빙 둘러앉았다. 각자 준비한 아침상을 편다. 오늘은 모두 김밥이다. 이재문 대원을 제외하고는 누구에게나 언제라도 준비된 김밥이었다. 늘 도시락을 싸왔던 이인우 대장도 이번만큼은 그 김밥이다. 조진행 대원도 이학원 대원이 함께 사다 준 역시 그 김밥이다. 오늘 우린 김밥 가족이 되어 있었다. 술 한 잔이 빠질 수 없다. 대장이 짊어지고 온 치킨을 안주삼아 마시는 술은, 몸에서 술술 받는다. 여기에 우회로를 찾는 과정이 안주로 피어났으니, 그 맛이야 더 말해 무엇하겠는가.

먹고 마시고 쉰 다음 오늘의 최고봉인 점봉산을 향해 걸음을 옮긴다. 지금까지의 산행과는 판이한 상황이다. 급격히 고도가 높아지면서 상당한 오르막이 이어지고, 더구나 온도까지 급격히 올라가고 있었다. 여기에 조진행 대원은 족저근막염 때문에 고통을 호소한다. 앞으로 걸어야 할 길이 상당한 데다 위험한 여정이 많은 상황이라 고민이 깊을 수밖에 없다. 이런 여건임에도 의외로 결정은 쉽게 내려진다. 당사자가 '천천히'라도 가겠다는 것이다. 그 말을 묵묵히 인정하며 몸소 실천하는 이학원 대원이 옆에서 걷는다. 이곳에서 탈출하면 이곳을 다시 온다는 것이 어떤 상황인지 충분히 알고 있기에 대장이 먼저 공감을 표한다. 이를 너끈히 상상할 수 있는 이재문 대원과 나 또한 그 말에 동의할 수밖에 없다.

비상 상황에서 팀이 재구성되었다. 이인우 대장이 길라잡이를 하고 내가 후미를 맡게 되었다. 이학원 대원은 언제나 조진행 대원과 보폭을 같이하기로 했다. 이런 상황에서도 우릴 흥분하

충청도 촌놈들과 함께한 백두대간 동행 종주기

게 하는 것이 있다. 드문드문 보이던 얼레지가 꽃밭을 이루며, 나무숲 속에 양탄자처럼 깔려 있는 것이 아닌가. 놀라지 않을 수 없는 풍경이다. 인간은 도저히 만들 수 없는, 인간의 상상력을 뛰어넘는 풍경이 펼쳐져 있다. 점봉산이 가꾼 아름다운 얼레지 꽃밭을, 어찌 인간의 상상력으로 꿈꿀 수 있단 말인가. 감히 그냥 즐길 뿐이다.

오색약수터로 내려가는 오색 삼거리를 지나서 오르막을 또 오른다. 숨도 가빠 오른다. 그 힘든 순간에도 얼레지는 남보라색으로 피어 남부끄럽지 않게 살아가라고 격려하는 듯하다. 사진에 담아 보지만 생각처럼 담을 수 없는 아쉬움이 무척 컸다. 기계의 한계 더 나아가 나의 한계가 명확히 보인다. 그저 보는 것만으로 만족해야 한다.

힘들지만 즐거운 마음으로 오르다 보니 어느 순간 전망이 눈앞에 펼쳐진다. 오른쪽으로 설악산 대청봉이 한눈에 들어온다. 그 앞쪽이 중청이고 설악산의 문턱에 끝청이 자리 잡고 있다. 가장 높은 봉우리인 설악산과 점봉산을 사이에 두고 한계령의 옛길이 구절양장 이어져 있다. 그 길의 깊은 계곡 사이에 안온하게 자리하고 있는 오색리도 보인다. 오색약수가 나오면서 설악산의 주 등산로가 그곳에 만들어졌단다.

드디어 점봉산1424.2m이다! 오늘 걸었던 길고 긴 여정이 한눈에 보인다. 설악산 줄기도 길게 늘어져 있다. 서북능선을 따라 대청부터 중청, 끝청, 귀때기청봉이 길게 줄지어 서 있다. 그외의 산줄기들이 사방팔방으로 이어져 흐르고 있었다. 물만 흐른다고 생각했는데 높이 올라보니 산도 줄기를 따라 흐른다는 것을 알게 되었다. 물이 아래로 흘러가듯이 산은 위로 위로 이어가고 있었다. 이렇게 흘러 흘러 더 높은 곳을 향하는 것이 산의 본질인 듯싶다. 물이 낮은 곳으로 수렴한다면 산은 높은 곳으로 수렴되는 것이 자연의 순리가 아닐까.

이인우 대장은 벌써 도착하여 바람이 닿지 않는 곳에서 지금까지 걸어온 길을 지긋이 바라보고 있다. 아마도 점봉산 남쪽에 자리한 작은점봉산1297m과 그 아래로 이어진 가칠봉을 바라보는 듯싶다. 작은점봉산과 가칠봉 중간에 그 유명한 곰배령이 있다던데 그곳이 어떤 모습일지 어느 정도 상상이 된다.

싸한 바람을 시시때때로 느끼며 올라왔는데 정상은 싸한 바람이 거세게 몰아친다. 카메라 초점을 맞추기 어려울 정도였다. 서쪽에서 부는 바람이 돌풍을 일으키며 몸을 때리고 지나간다. 단목령에서 서쪽을 향해 걸어왔던 걸음이 이제는 북쪽을 향하기에, 바람이 뺨을 거칠게 때릴 것으로 예상된다. 하지만 예상은 예상일 뿐, 거칠게 몰아치지 않는다. 나무가 숲을 만들어 바람을 막아준 덕분이다. 마디게 자라는 진달래나 철쭉의 관목들을 감싸면서 숲을 지키고 있는 갈참나무가 있었기 때문이다. 그 갈참나무와 수많은 활엽수가 숲을 이룬 가운데 살아 천년, 죽어 천년을 지낸다는 주목이 점점이 수를 놓고 있다.

드디어 망대암산에 도착했다. 전망을 바라볼 수 있는 바위라는 뜻이다. 점봉산이 코앞에 있고 설악산도 손에 잡힌다. 표지석은 없고 누가 썼는지 알 수 없는 망대암산의 손팻말이 소탈하게 서 있다. 표지석도 없는 곳에서 설악산을 배경으로 사진을 한 장 남긴다. 수십 년의 풍상을 견뎌온 진달래가 아직도 꽃봉오리를 터트리지 못하고 있다. 자연이 만든 고풍스런 진달래의 무수한 꽃봉오리들이 즐거운 비명을 지르며 아우성치는 모습이 눈에 선하다. 이를 상상하는 것만으로도 마음은 행복하다.

걸음이 늦춰질 수밖에 없는 상황이 펼쳐진다. 대간 길에서 가장 위험하다는 암릉이 이어지는 데다, 숲이 막아주던 바람까지 거칠게 몰아 부친다. 더욱 조심스러울 수밖에 없다. 마음을 다잡는다. 이 와중에도 기암괴석이 만들어내는 만물상을 감상하느라 눈을 뗄 수가 없다. 12담 계곡이 천길 낭떠러지로 이어져 오색리로 흘러 들어간다. 그 사이사이 바위들이 만들어낸 수많은 형상들은 깊은 계곡의 '담 거울'에 자신의 모습을 비춰보며 서 있다. 귀때기청봉부터 서북능선으로 이어지는 설악산도 더욱 가까워지면서 장엄함이 느껴진다. 부드럽고 완만한 능선이 아니라 크고 작은 바위로 만들어진 악산으로서의 설악이 보인다. 암릉은 걷기에는 불편하고 힘들지만 멀리까지 바라볼 수 있어 보는 맛이 솔솔하다. 또한 멀리서는 아름다운 자태를 또렷이 볼 수 있어 느끼는 멋이 장쾌하다.

바람이 거칠어 주저앉아 사진을 찍은 다음, 선두를 따라잡기 위해 급하게 이동한다. 로프가 매여 있는 암릉에서 대장이 기다리고 있다. 이제부터는 천천히 함께 가야 한다는 것이었다. 기어오르고 다시 엉금 엉금 내려가는 일을 반복한다. 로프도 자주 보인다. 공원을 관리하는 차원에서 만든 생명줄이 아니라 산꾼들이 설치한 최소한의 안전줄이 매여 있었다. 오래전부터 고통을 호소했던 조진행 대원을 비롯하여 모든 대원이 험한 코스를 무사히 통과하였다.

이제 마지막 코스를 통과하는 것만 남겨두고 있는 상태다. '지도장'을 받은 상황에서 국립공원 관리원에게 다시 걸리는 순간 과태료 부과는 당연하기에 더욱 조심스럽다. 세 차례나 백두대간을 종주했다는 사람이 전해준 말대로 갈림길에서 왼쪽으로 길을 찾아 내려가야 한다. 선두에서 걸어가던 대장이 되돌아오며 속삭인다. 감시초소에 감시원이 보인다는 것이다. 즉각 왼쪽 길을 다시 찾아 나선다. 그 길을 따라 내려가던 대장이 또 초소가 보인다고 한다. 자세히 보니 초소가 아니라 여러 정황이 만든 허상이 그리 보였던 것이다.

무사히 탈출하여 택시를 부른 다음 바람을 피해 자리를 잡는다. 우리가 내려온 길을 바라보니 온통 바위투성이다. 왜 이곳이 비법정탐방로인지 분명히 알 수 있었다. 다들 한마디씩 한다. 비

충청도 춘덕팀과 함께한 백두대간 동행 종주기

법정탐방로를 해지해서는 안 된다고.

택시를 타고 조침령으로 이동한다. 택시 기사가 얼레지 이야기를 꺼낸다. 끝없이 펼쳐진 얼레지 꽃밭이 이곳 주민에겐 무한한 산나물 밭이었던 것이다. 얼레지 나물이 엄청 맛있고 고급진 나물이라는 것이다. 예전에 이 지역 사람들은 얼레지 나물을 한철 뜯어 일 년을 먹고 살았다고 한다.

먼 이동거리 때문에 1박 3일로 일정을 잡은 첫 산행이었다. 숙박을 위해 차를 타고 인제로 향한다. 대장의 후배인 김택용 씨에게 신세를 지기로 한 것이다. 숙박부터 시작하여 여러모로 도움을 받았다. 저녁식사까지 그가 운영하는 식당에서 해결하기로 하였다.

늘어진 몸을 이끌고 숙소에 도착하니 생각했던 상황이 아니다. 반갑게 손님을 맞이해야 할 주인이 자리에 없다. 이리저리 통화를 하고 나서야 예약했던 방이 아닌 다른 방 두 개를 겨우 배정받았다. 다른 곳으로 옮길까도 생각했는데 그날따라 전국 배구대회가 개최되는 바람에 숙소가 전무하다는 것이다. 할 수 없이 주인이 시키는 대로 열쇠를 찾아 방에 들어가니 2인실 침대방이다. 여러모로 짜증이 솟는다. 그래도 자신의 일을 묵묵히 아니할 수 없다.

몸을 씻고 가벼운 마음으로 대장의 후배가 운영한다는 식당으로 이동했다. 석이버섯을 푸짐하게 넣은 닭백숙이다. 먼저 술

충청도 충북팀과 함께한 백두대간 동행 종주기

을 시킨다. 소주와 맥주만 배달된다. 몸이 요구하는 욕망에 차지 않는 술이다. 땀 흘린 후 마시는 술은 역시 막걸리가 아닌가. 가게에 없다는 막걸리를 주문하고 그 새를 못 참아 소맥을 한잔씩 걸친다. 다시 막걸리로 건배를 한다. 하루가 길고 묵직하게 느껴졌다. 주인이 자연산 천마주를 내온다. 고맙다. 더워진 몸에 마음까지 따뜻해진다. 몸에 좋다니 다들 한잔씩 마신다. 두 잔을 채우더니 더 이상은 욕심을 내지 않는다. 술에 술을 부어봤자 마냥 헛것이라는 것을 잘 알고 있는 것이다. 그러면서 한두 잔이면 마음을 받는데 충분하다고 느꼈기 때문이다. 주인장 내외의 마음을 맘속에 새기며 소주와 맥주로 흥겨움을 깨운다. 인제에서의 밤을 이렇게 마무리하니 기분이 더욱 좋아진다. 설악산에 대한 무한 기대를 품으며!

35일차

한계령에서 미시령까지

설악산국립공원

대청봉 ─ 중청 ─ 끝청 ─ 서북능삼거리 ─ 한계령

희운각대피소 ─ 1275봉 ─ 마등령 ─ 황철봉 ─ 미시령

날짜 2017. 5. 26(금) - 5. 28(일) **산행거리 / 시간** 34km / 17시간

기대가 무척 큰 산행이었다. 온 가족의 건강과 특히 한빛을 생각하며 설악을 걸으려 하니 마음 또한 행복하다. 단톡에 21시에 출발한다고 대장의 공지가 떴다. 긴 일정을 소화하기 위해 당연히 일찍 출발하려나 보다고 생각했다. 허나 일정 공지가 잘못된 것을 우여곡절 끝에 알게 되었다. 23시를 무심코 21시로 적었다는 것이다. 결국 예전처럼 23시에 출발하기로 했다. 모든 대원을 실은 차는 전용도로처럼 신나게 달린다. 서해안을 거쳐 서울 순환을 타다가 서울-춘천 고속도로를 지난다. 동홍천 나들목에서 빠져나와 인제를 향하다가 화양강 휴게소에서 아침인 듯 새벽 참을 먹는다. 잠시 쉰 다음 또 달리고 달려 한계령 휴게소에

충청도 춘님벌과 함께한 백두대간 동행 종주기

338 · 어쩌다 백두대간

도착하니 03시 20분을 가리킨다. 밤공기는 몸을 움츠러들게 하지만 밤하늘은 별이 총총 빛나고 있다. 차 안에서 한 시간 정도 휴식을 취한 후 산행을 시작하기로 했다. 화창한 날씨가 예상되기에 좀 더 환할 때 풍광을 느끼면서 걷자는 뜻이다. 난방을 한 상태에서 잠을 청한다. 잠이 들지는 않았지만 몸을 잠시라도 쉬게 할 수 있어, 마음까지 편안해진다. 지금까지 운전하고 온 이학원 대원은 너무 좋아한다. 참 다행이다.

부옇게 날이 밝아오자, 산행 준비를 갖추고 계단을 오르기 시작한다. 위령비가 세워져 있는 곳에 도착하니 이재문 대원이 해설을 붙인다. 우리가 알고 있는 '그' 김재규가 공병대원을 데리고 도로를 건설할 때의 일이란다. 그때 한계령 도로 공사 중 숨진 군인들을 위해 세운 비라고 한다. 더구나 가파르게 오른 계단이 108계단이라고 하니 그 마음이 충분히 느껴진다.

얼마 오르지도 않았는데 벌써 전망이 열린다. 이곳저곳을 향해 카메라를 들이댄다. 우리가 걸어온 점봉산 줄기가 눈앞에 있다. 가리봉을 이인우 대장이 손으로 가리킨다. 이름 모를 나무가 꽃을 피운 채 우산처럼 받들고 서 있다. 온갖 풀에서 새벽 기운이 느껴진다. 멀리 운해가 펼쳐져 있어 바쁜 발걸음을 멈추게 한다. 구름바다에 햇살이 내려와 구름을 어루만지는 듯하다. 보고 또 보아도 아름다운 절경이다. 산마루에 오르니 햇살이 산봉우리를 감싸고 있다. 귀떼기청봉을 비롯한 서북능선의 마루금이 길게 이어져 있다.

　한 시간 반을 걸어 서북능선과 만나는 한계령 삼거리에 도착했다. 안산을 출발하여 대승령을 지나 귀때기청봉을 거쳐 대청으로 이어지는 서북능선이 한눈에 들어온다. 점봉산도 눈앞에 우뚝 서 있다.

　잠시 쉰 다음 걸음을 옮기자 암릉이 나온다. 걷기는 불편하나 대신 시원한 전망을 선사하여 또 다른 매력으로 다가온다. 기암괴석으로 만물상을 이루고 있는 용아장성릉이 병풍처럼 펼쳐져 있다. 앞으로 걸어 갈 공룡능선은 용아장성릉에 가려 모습을 보여 주지 않는다. 아침 햇살을 받고 있는 용아장성릉의 장쾌한 풍광에 눈을 뗄 수가 없다. 30km가 넘는 긴 여정을 걸어야 한다는데 발걸음은 앞으로 나아갈 생각을 않는다.

　거대한 주목이 주목을 받는가 싶더니, 더 확실한 주목을 받은 주목은 벼락 맞은 주목이다. 벼락을 맞아 속이 거의 타 버리고 겉껍질로 간신히 생명을 이어가고 있었다. 그 와중에 숲의 일원인 야생화들 중에 꽃대를 올리고 있는 놈이 있었으니 바로 큰앵초라는 놈이다. 하나의 꽃대에 여러 개의 자주색 꽃을 달고 있는 큰앵초가 숲에 점점이 박혀 있다.

　이제 점봉산 줄기도 뚜렷이 보인다. 점봉산에서 이어진 작은 점봉산도 손에 잡힐 듯하다. 넓게 펼쳐진 점봉산 자락이 엄마 품처럼 느껴진다. 그 많던 얼레지를 온몸으로 키우던 품이 충분히 이해가 된다. 저런 산자락이기에 그 많은 식생들을 품고 있는 것이 아닌가. 점봉산에서 바라보던 서북 능선을 걷고 있다는 것이 실감이 나는 순간이다. 걸으면서 나무숲 사이로 틈만 보이면 어김없이 점봉산이 얼굴을 내미는 것이 아닌가. 밋밋한 산줄기를 타고 서에서 동으로 해를 바라보며 걷고 또 걷는 중이다. 오른쪽으로 열리는 너른 품의 점봉산 줄기를 바라보다가 왼쪽을 슬쩍 쳐다보면 기기묘묘한 바위가 서로를 자랑하듯 우뚝 솟아 있다.

너덜지대를 오르내리며 걸어가자 피어 있던 철쭉은 꽃봉오리를 다물고 있다. 대신 진달래가 아직도 꽃을 달고 있는 게 아닌가. 함께 어울려 피어 있는 곳도 있었지만, 진달래와 철쭉은 서로의 영역이 있기라도 하듯 각자 영역에서 자태를 뽐내고 있다. 활짝 핀 철쭉을 만나기 어려운 고도에서 진달래는 마지막을 향해 몸부림치며 붉게 수놓고 있다. 서북능선과 점봉산 줄기 사이로 오색이 보이고 오색을 지나 한계령 옛길이 구불구불 휴게소를 향하고 있다. 오색은 약수로 유명하지만 점봉산을 오르내리기 위해, 더 나아가 대청봉 오를 때 출발지로 그 이름이 높아졌다.

좌우를 둘러보며 걷자니 나아가기가 쉽지 않다. 보고 또 만나는 풍경이 발을 붙잡고 놓아주지를 않는다. 자연이 만든 아름다운 풍경에, 멋진 햇살 조명까지 있으니 그 풍광에 빠지지 않을 수 없다. 배고픔도 잊고 황홀한 풍광에 젖어 카메라에 담다 보니 어느새 끝청과 중청, 대청이 눈앞에 나타났다. 길은 끝없이 이어지고 그 길 위에서 만나는 풍경은 다른 각도의 풍경에 되어 나타났다 또 사라진다. 앞에 보이던 산봉은 시나브로 발아래 놓이고, 좌우로 나타났다 사라졌던 풍경은 여전히 그 자리에 서 있다.

아침 8시가 되자 잠시 쉬어 가기로 한다. 이인우 대장의 처가 마련해준 치킨에 담근술로 행복한 건배를 나눈다. 더 바랄 것 없이 행복하다. 쟁쟁한 햇살이 있어 반갑고, 서늘한 바람이 불어 또한 고맙다. 깊이 들이마실 맑은 공기가 있어 감사하고, 시원하게 펼쳐진 풍광이 있어 더욱 즐겁다. 서로를 생각하며 걷고 있는 사람이 있어 기쁘고, 이런 사람들을 끝없이 품어 주는 자연이 있으니 이 또한 반갑지 않겠는가.

큰앵초는 여전히 햇살 속에서 얼굴을 내밀고 진달래는 철쭉의 자리를 대신 메우고 있다. 고도가 높아질수록 고사목은 오랜 삶의 흔적을 앙상한 몸짓으로 드러내고 있다. 죽어서까지도 하늘을 향해 무엇을 그렇게 외치고 싶은 것일까? 흔적 없이 사라질 때까지 자신의 추억에 대해 말하고 싶은 건 아닐까? 이런저런 상념에 젖다가 나무가 빽빽한 숲을 걷는 재미에 빠져든다.

어느 순간 오르막이 시작된다. 끝청을 향해 올라가는 듯싶다. 숨이 목까지 차오른다. 갈수록 경사는 더욱 가팔라진다. 숨을 헐떡거리며 주위를 보니 멋진 경관이 펼쳐져 있다. 고통 속에 얻는 기쁨이다. 마침내 끝청1610m 정상에 선 것이다. 시간은 9시를 가리키고 있다. 끝청에서는 보이지 않는 곳이 없는 듯하다. 사방팔방이 한눈에 들어온다. 동쪽으로 중청과 대청이 보이고 서쪽으로는 멀리 서북능선을 따라 귀때기청봉이 솟아 있다. 남쪽으로는 당연히 점봉산이 넓은 자락을 펼치고 있고 북쪽으로는 앞으로 걸어갈 능선인 공룡이 기다리고 있다. 멀리 울산바위가 옹기종기 모여 있고 더 멀리는 금강산이 몇 개의 점으로 간절함을 불러일으킨다. 아름다운 풍경을 배경으로 멋진 포즈를 취한다. 풍경에 취해 시간을 많이 지체하게 되었다. 그만큼 걸음은 더욱 바빠진다. 이런 상황에서도 현실의 유혹은 만만치 않다. 푸르른 숲바다에는 기묘한 바위가 만물상을 만들어 놓았고, 파아란 하늘에는 뭉게구름이 온갖 그림을 펼쳐 보이고 있다.

이런저런 유혹에 늦춰진 걸음을 다시금 재촉한다. 가쁜 숨을 내쉬며 바라본 나무에 흰 꽃이 피어있다. 처음 보는 나무니 이름을 알 리가 만무하다. 집에 와 검색을 해보니 귀룡나무란다. 귀룡나무와 아카시아는 잎은 다른데 꽃은 매우 흡사했다.

산마루에 오르니 하얀 꽃을 뒤덮고 있는 산비탈이 펼쳐져 있고, 그 건너편에는 대청이 가까이 다다와 있다. 중청과 대청을 번갈아 바라보면서 평탄한 길을 걷는 맛은 무엇과도 바꿀 수 없는 즐거움이다.

중청과 대청 사이 포근한 자리에 중청대피소가 다소곳이 앉아 있다. 이학원 대원이 10분도 넘게 기다리고 있었단다. 늘 후미에서 뒤처진 이와 함께하는 이 대원의 마음이 읽혀진다. 그 마음 덕분에 외설악과 울산바위 그리고 속초시가 한눈에 보이는 자리에 앉아 기념사진을 찍을 수 있었다. 오늘 걸어갈 희운각 대피소와 신선대가 코앞에 보이고, 멀리 마등령과 황철봉이 까마득히 서서 우릴 손짓하고 있다.

사진에 담길 풍경들은 끝없이 발걸음을 붙잡고, 일행은 벌써 대청에 올라 사진에 풍경을 담고 있다. 마음이 급하고 몸은 바쁘게 움직인다. 일행을 따라잡아야 한다는 생각에 몸을 재촉하나 역시 마음뿐이다. 마음으로만 담기에는 아쉬운 풍경이 끝없이 계속되기 때문이다. 이 유혹을 떨치고 오른다는 것은 결코 쉬운 일이 아니다.

아내 그리고 중학생이었던 한빛과 함께 걸었던 설악산 종주 능선을 눈에 담으며 걷고 있자니 감회가 더욱 새롭다. 그 당시 아쉬워하며 그냥 지나쳤던 대청봉을 품 안에 담을 생각을 하니 마음 또한 무척 설렌다. 나만의 아쉬움으로 끝나는 일이 결코 아니었던 것이다. 그때 함께 걸었던 아내와 한빛도 한마음이지 않았을까? 그러하기에 온 마음으로 대청봉을 담고 싶은 것이다.

온갖 풍경이 한눈에 파노라마처럼 펼쳐 보인다. 천연기념물인 눈잣나무가 겸손하게 앉아 있고, 그 너머로 화채봉을 중심으로 화채능선이 펼쳐져 있다. 돌아다보면 포근한 자릴 차지한 중청대피소가 있고, 그 뒤로 하얀 기상관측소와 전문대가 녹음 속에서 또렷이 보인다. 끝청이 눈앞에 있고, 그 뒤를 이어 우리가

충청도 춘듸님과 함께한 백두대간 동행 종주기

걸어온 서북능선이 길게 뻗어 있다. 바위틈에 뿌릴 박고 오랜 비바람을 견디며, 고풍스레 자란 진달래도 하나의 풍경을 만들고 있다. 오르내리며 마음을 담아 쌓은 돌탑도 그냥 지나칠 수는 없는 풍광이다. 가족과 한빛의 안녕을 위해 돌탑에 마음을 담는다. 끝없이 이어진 설악산 줄기를 한눈에 담을 수 있는 돌탑의 앉음새가 새삼 갸륵하다. 화채봉에서 양 갈래로 나뉜 화채능선을 사진에 담고 나서야 간신히 일행과 상봉할 수 있었다.

낯익은 대청봉1707.9m 표지석을 배경으로 단체사진을 찍었다. 모처럼 오마루와 함께 설악의 기운을 담고 오늘의 행운까지 추억으로 챙긴다. 정신없이 바쁜 우리와는 달리, 양지에 앉아 멋진 풍광을 감상하며 여유롭게 식사를 즐기는 사람들이 눈에 띈다. 참 부럽다. 이제 하산이다. 그만 찍어야지 생각하며 내려왔는데도 그 다짐을 몇 번이나 어겼는지 모른다. 이는 내 잘못이기보다 자연 탓이 더 크다. 화각을 최대한 넓혀 서북능선과 공룡능선을 담아본다. 수많은 능선의 줄기들은 힘차고 시원스레 뻗쳐 있고, 파란 하늘에는 두둥실 들뜬 구름이 이를 지긋이 지켜보고 있다. 내려가고 싶지 않을 만큼 아름답고 마냥 바라보고 싶을 만큼 매혹적이다. 허나 어찌하랴. 오늘 걸어가야 할 길이 앞에 놓여 있으니.

결국 지체한 만큼 혈떡거리며 일행을 따라나선다. 중청대피소를 지나며 기웃거려보나 아무도 없다. 소청을 향해 발걸음을 옮긴다. 다른 대간 길과는 달리 설악산은 등산객이 많아 속도를 내

345

기가 어렵다. 쉬지 않고 꿋꿋이 걷는 게 장땡이다. 얼마 지나지 않아 소청봉 1650m이 나타났다. 사진에 담기에는 마음이 바쁘다.

용아장성릉을 지나 백담사에 이르는 길을 뒤로하고, 바로 희운각 대피소를 향해 발길을 돌린다. 머물면서 뭔가를 하기에는 너무 뒤처졌다. 내리막 경사가 만만치 않게 계속된다. 무릎 관절에 무리가 갈 만한 내리막이다. 멀리 이학원 대원이 천천히 내려가고 있다. 일행을 놓치지 않았나 걱정을 하던 차에 무척 반갑다. 경사가 심한 데다 바삐 걸어야 할 상황이라 주위를 둘러볼 여유가 없다. 그런 중에도 고개를 언뜻 들면 고사목이 살아온 흔적을 몸으로 들이대며 서 있다. 반 살고 반은 죽은 엄나무 고목이 바쁜 걸음을 잡는다. 그런가 하면 멀리만 보이던 울산바위가 가까이 다가와 있다. 어떤 연유로 이곳을 찾았는지 모르지만 외국인도 자주 만나게 된다. 반갑게 웃으며 한국말로 인사를 거는 모습이 무척 인상적이다.

희운각 대피소에 도착하여, 배낭을 풀어놓고 물을 가득 보충한다. 옛날의 추억이 생생하게 떠오른다. 숙소를 예약하지 않아 밖에서 비박을 했던 기억이 또렷하다. 비까지 내렸던 그날을 어찌 잊을 수 있으리오.

점심을 먹으며 이곳에서 쉬지 않을까 기대했는데 대장이 단칼에 기대를 잘라버린다. 진행 속도가 너무 느릴 뿐만 아니라, 오늘의 일정이 매우 길어 엄청 걱정된다는 것이다. 충분히 공감

충청도 충남팀과 함께한 백두대간 동행 종주기

하기에 누구도 대꾸하는 이가 없다. 그래도 이 좋은 풍경을 그냥 스쳐 지나친다는 것은 말이 안 된다. 시간이 걸리더라도, 오늘의 일정이 걱정스럽더라도, 아홉 시가 넘는 시간까지 산에 있을지라도 볼 것은 보고 즐길 것은 즐겨야 하지 않겠는가.

　이런 생각을 하며 걷고 있는데 갑자기 바위가 길을 막아서는 게 아닌가. 암벽 등반을 할 정도로 경사가 만만치 않다. 주위를 돌아볼 여유가 없다. 아차 하면 큰 사고로 이어질 수 있는 상황이다. 암벽을 무사히 타고 넘어, 급경사의 오르막을 거친 숨을 내쉬며 오르니 신선봉이 나타났다. 충분히 신선이 놀만한 장소였다. 설악의 모든 봉우리가 한눈에 보인다. 대중소청과 끝청이 눈앞에 있고, 서북능선을 따라가다 보면 귀때기청봉도 멀리 보인다. 그 앞으로 용아장성릉의 산줄기가 이어져 있고, 수많은 골짜기를 만들며 내설악이 안마당처럼 발아래 펼쳐져 있다. 오늘 걸어야 할 나한봉과 마등령이 이어져 있고, 그 끝자락에 황철봉이 까마득히 자리하고 있다. 울산바위를 비롯한 외설악의 자태도 뚜렷이 확인된다. 이 멋진 풍경을 여유롭게 카메라에 담지 못한 것이 못내 아쉽다. 바쁜 일정도 있었지만 이미 다른 산악회 회원들이 그곳을 차지하고 사진놀이를 하고 있었기 때문이다.

　그런 아쉬움도 잠시, 얼마를 걷지 않아 또 다른 전망대가 나온다. 거리 때문에 약간의 각도 차이가 있을 뿐 대부분의 풍경은 비슷비슷하게 열린다. 그러니 또 지체할 수밖에 없지 않은가. 약

347

간씩 다른 풍경일지라도 여전히 그 풍경에 압도될 수밖에 없다. 결국 감탄사를 연발하는 것 이외에 다른 할 일이 없는 듯하다.

12시가 넘어서야 점심을 먹었다. 허기진 점심이라 밥이 먹히지 않는다. 그래도 꼭꼭 씹어 1인분의 김밥을 다 먹어치운다. 치킨을 안주삼아 담금주를 몇 잔 마시니 한결 몸이 풀린다. 더 이상 바랄 것이 없는 즐거움이다.

다시 걷기를 시작한다. 눈을 유혹하는 풍경은 봉우리를 오를 때마다 계속된다. 이름 없는 크고 작은 산마루에 서서도 설악이 보이니, 눈은 휘둥그레지고 발은 휘청거릴 수밖에 없다. 이런 상황을 수차례 반복한 이후에야 나한봉1298m을 거쳐 마등령 삼거리에 도착할 수 있었다. 이곳에서 비선대로 내려가는 다른 산악회 사람들과 헤어져, 16시에 마등봉1326m 정상에 오를 수 있었다. 자그마한 표지석이 앙증맞게 서 있다. 표지석을 끌어안고 사방으로 펼쳐진 풍경을 배경 삼아 기념사진을 찍는다. 공룡릉선을 타고 암봉을 오르내리며 4시간은 족히 걸어왔다. 4km도 안 되는 거리를 4시간이나 걸린 것이다. 한 시간에 1km라니 지금까지 걸었던 속도와는 완연히 다른 걸음이었다. 앞으로도 이 속도를 넘어서기가 쉽지 않을 전망이라니, 대장을 비롯하여 모두 한걱정이다.

그렇다고 걱정만 하고 있을 수는 없는 법! 결국 스스로 걸어야 할 길이기에 배낭을 메고 지친 몸을 일으킨다. 지치고 힘들지만 기기묘묘한 바위들이 기운을 북돋아주고 어디라도 따라오는 대

충청도 촌놈답과 함께한 백두대간 동행 종주기

중소청이 산행의 투지를 용솟음치게 한다. 어려운 산행에 끝까지 동행해 주는 설악의 맏형들이 있어 마음이 든든하다. 걸어온 길에는 대중소청이 수많은 봉우리를 거느리고 우릴 지켜보고 서 있다. 앞으로 걸어갈 길은 여러 봉우리가 가로놓인 끝에 불뚝 솟은 황철봉이 우릴 기다리고 있다.

마등봉을 지나자 너덜지대가 나타난다. 크고 작은 바위 덩어리가 쌓인 너덜지대는 생물이 생존하기가 매우 어려운 지대다. 더구나 산꾼들의 발걸음을 엄청 불편하게 하는 지형이기도 하다. 발자취의 흔적이 뚜렷하지 않아 길을 잃을 가능성도 높다. 그럼에도 특이한 풍광에 이끌려 사진에 담느라 시간이 꽤 지체되었다. 이를 만회하기 위해 속도를 내지만 온통 돌길이라 마음처럼 쉽지 않다.

이제 울산바위는 지척이다. 그럼에도 거대한 바위 덩어리가 아기자기하게 모여 있는 듯이 귀엽게 보일 뿐이다. 지금까지 거대한 바위로 이루어진 봉우리를 걸었다면, 이제부터는 그 바위가 부서져 만든 수많은 돌덩어리 시대를 걷고 있는 것이다. 그런 너덜지대가 수없이 계속되었다. 내려가는 길에도, 올라가는 길에도 어김없이 나타난다. 길을 표시하기 위해 줄을 매 놓았으나 그마저도 끊어져 제 역할을 못 하는 곳이 많다. 모로 가도 서울만 가면 되듯이, 서로 다른 길로 봉우리에 오르는 게 다반사다.

그렇게 걷고 걸어, 때로는 건너고 건너, 까마득히 보이던 황철봉1381m에 오른 시간은 19시 20분이다. 해가 서산으로 서서히 기울고 있다. 구름 속에 숨어 산하를 붉게 물들이고 있는 해를 바라보자니 감회가 더욱 새롭다. 겹겹의 산 그림자를 만들며 빛을 잃어가는 해는 지친 이의 마음을 보듬어주는 듯싶다.

잠시 배낭에 기대어 감상에 젖었다가, 앞으로 가야 할 길을 생각하며 급히 몸을 추스른다. 족히 두 시간은 더 걸어야 오늘의 종착지인 미시령에 도착할 수 있다. 어스름 빛을 이용하여 너덜지대를 건너고 또 건넌다. 빛이 완전히 사라지고, 조명이 필요해질 무렵 북황철봉에 올라섰다. 가냘픈 초승달이 서녘 하늘에 걸렸다. 마지막 셔터를 누른다.

충청도 촌늙은네와 함께한 백두대간 동행 종주기

이제부터는 어둠 속을 걸어야 한다. 오면서 눈에 이물질이 들어가 이물감이 있는 상태인 데다, 헤드랜턴을 준비하지 않은 상황이라 어둠 속을 걷는 기분이다. 너덜지대를 지날 때는 더욱 난감할 수밖에 없다. 이학원 대원이 어렵게 주는 빛을 받으며, 묵묵히 한몸처럼 걸어야 했다. 같은 보폭으로 쉬지 않고, 걷고 또 걸었다. 속도를 낼 수 없는 어둔 길을 걷자니 힘은 힘대로 들고 시간은 시간대로 늘어진다. 모두 지쳐 말이 없다.

어느 순간 발걸음은 목적지에 와 있다. 아! 드디어 미시령에 도착했구나. 시간을 알아본다. 시계는 21시 50분을 가리키고 있다. 장장 17시간을 넘게 걷고 또 걸은 여정이었다. 대단한 기록이다!

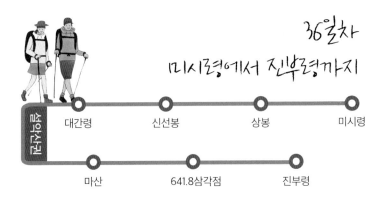

36일차
미시령에서 진부령까지

대간령   신선봉   상봉   미시령

마산   641.8삼각점   진부령

날짜 2017. 7. 1(토) - 7. 2(일)   **산행거리 / 시간** 15.6km / 8시간

드디어 백두대간의 마지막 구간이다. 36일 차 산행으로 백두
대간이 마무리되는 순간이다. 매달 한 번씩 산행을 했다면 꼬박
3년이 걸리는 시간인 것이다. 마지막 걸음이라고 아내들이 응원
차 동행해 주었다. 산을 함께 걸은 건 아니지만, 배웅과 마중을 받
으며 걸었던 산행이었다. 부부가 함께 출발할 것인지에 대해 이
런저런 얘기가 오간 끝에 동반 출발하기로 결론이 났다. 대장의
최후 결단으로 이런 결정이 내려졌다. 금요일 밤 12시 즉 토요일
0시에 부부가 함께 출발하기로 한 것이다. 다른 때와 마찬가지
로 잠을 설치고, 알람보다 일찍 일어나 산행 준비를 했다.

아내와 함께 집에서 출발하는데, 차가 가리키는 시간이 '0'을 가리킨다. 시계가 고장 난 것이 아닌가 하며 순간 놀랐다. 주포 농협에서 일행과 만나 광천 나들목으로 접어들어 서해안 고속도로를 달린다. 이후 서울 순환고속도로를 거쳐 새롭게 개통된 서울-양양 고속도로를 타고 목적지를 향한다. 6월 30일 20시에 개통된 고속도로는 우리의 마지막 산행을 위해 준비된 듯 미시령까지 편안하게 우리를 안내한다.

4시간 40분을 달려 미시령 출발지에 도착했다. 국립공원 관리원은 보이지 않는다. 이 감시초소는 시도 때도 없이 지킨다는데, 참으로 다행이다. 대신 철조망이 길을 막고 있다. 가로막고 있는 철조망을 뛰어넘고, 거친 바람을 온몸으로 헤치며 산행을 시작했다. 미시령 옛길이 대간을 가로질러 속초 시내로 길게 뻗쳐 있다. 그 옆으로 우뚝 솟아 있는 울산바위가 새벽 여명 속에서 우리의 산행을 배웅하는 듯하다. 또한 힘들게 걸었던 황철봉의 너덜지대가 멀리서 우리의 걸음을 지긋이 지켜보고 있다. 거칠게 몰아치는 바람이 무거운 발걸음을 등 뒤에서 떠밀고 있다.

20분 정도 걸었을까 맑은 물이 흐르는 샘터가 나온다. 산마루에 이렇게 많은 물이 흐른다는 것이 이상할 정도다. 샘물을 기대하며 물을 준비하지 않았는데 무척 다행이다. 물통에 물을 가득 담아 넣는다.

경사는 더욱 심해지고 안개는 무척 자욱하다. 울산바위뿐만 아니라 대청봉도 시원하게 보인다는데 아무것도 보이는 게 없다. 무척 아쉽다. 멀리 보이는 게 없으니 가까운 것이 눈에 들어온다. 눈개승마가 거친 바람 속에서 온몸을 흔들며 환영한다. 산목련도 흰 색깔로 환하게 웃는다. 너덜지대는 꽃을 더욱 돋보이게 하고, 안개는 은은함을 더해주며 배경을 만들어 내고 있다.

06시 15분 상봉(1244m)에 도착했다. 오늘의 최고봉답게 바람은 더욱 거칠다. 몸을 가눌 수가 없다. 탑은 그럴듯한데 표지석은 아쉬움을 남게 한다. 다행히 대장이 그 바람 속에서 일행을 기다리고 있다. 돌탑을 배경으로 기념사진을 찍어준다. 바람이 너무 심해, 사진을 찍기가 어려울 정도다. 이미 이재문 대원과 조진행 대원은 앞서 가고 없다. 마음이 급한 데다 바람까지 거칠게 부니, 더 이상 머물 수가 없는 것이다. 아니 머물 필요도 느껴지지 않는다. 안개가 자욱하여 조망조차 없는 산정에서 무얼 바라겠는가.

급히 내리막길을 향해 발길을 돌린다. 마음을 아는지 모르는지 경사는 급하여 더욱 걸음을 더디게 만든다. 앞서가는 대원을 기다리게 해서는 안 된다며 대장은 계속 걸음을 몰아친다. 그럼에도 안개 속에서 은근히 얼굴을 내미는 풍경이 발을 멈추게 만드는 것은 어쩔 수가 없다. 바람 속에서 온몸을 흔들며 걸음을 붙잡는 야생화도 눈에 띈다. 잠시 멈춰서 카메라 렌즈를 통해 바라보는 풍경은 바쁜 여정 속에서도 여유로운 평화를 안겨준다. 안개 속의 들꽃들은 잠시라도 바쁜 일상을 잊고 자연 속에 젖어

보라고 유혹하고 있다. 온갖 나무들이 꽃을 피우며 향기를 내뿜는 너덜지대를 지나자, 잣나무가 잣을 매달고 바람을 견뎌내고 있었다.

걸음은 화암재를 거쳐 신선봉을 향한다. 안개가 자욱한지라 신선봉1214m인지 아닌지도 모르겠다. 그곳엔 작은 공터도 있고, 사방으로 전망이 있는 산마루가 있다는데, 어떤 봉우리인지도 분간할 수가 없다. 그런 곳을 한참이나 헤맨 후에야 어렵사리 길을 찾을 수 있었다. 시간을 보니 07시를 가리킨다.

구름에 갇힌 신선 노릇을 잠시 하고는 바로 하산이다. 어찌나 빨리 걸었는지 한 시간 거리를 40분 만에 달려 도착한 곳은 헬기장이다. 그곳에 서서 달려온 길을 돌아보니, 구름이 서서히 걷히며 신선봉의 모습이 온전히 눈에 들어온다. 30분만 늦게 왔더라면 멋진 풍경을 만날 수 있었을 텐데 아쉬운 마음이 크다.

상당한 속도로 걸어 내려왔는데도 앞서간 두 대원이 보이질 않는다. 그 새를 못 참고 아내를 보고파서 재빨리 내달린 것은 아닌가 생각해 본다. 그도 아니면 보충 산행을 하며 단련된 산행 실력이 드러난 결과라 믿어 본다. 얼마를 기다려도 보이지 않는다. 전화도 없다. 마냥 기다릴 수가 없다. 어쩔 수 없이 통화를 시도한다. 세 번의 시도 끝에 전화가 연결된다. 앞서 가고 있다고 믿었던 일행이 우리보다 훨씬 뒤에 있단다. 상봉을 지난 후, 암릉 너덜지대를 지나다가 길을 잃었단다. 30분가량 알바를 하고 열심히 따라오는 중이란다. 결국 바람을 피할 수 있는 방공호에 앉아서 기다리기로 했다. 두 대원이 도착하면 함께 아침을 먹고 출발하잔다. 시바스 리갈로 차가워지는 몸을 덥히니 마음이 둥둥 떠오른다.

그런 사이 일행이 도착하고 아침상을 차린다. 새로운 메뉴로 샌드위치가 등장했다. 양주도 담금주도 그리고 김밥 샌드위치도 모두 모두 배에 가득 채운다. 얼큰하고 든든하다. 마음도 몸도.

잠시 내려오니 대간령이다. 이곳의 해발고도는 610m라 한다. 1000m가 넘는 높이에서 내려왔다가 다시 1000m가 넘는 마산봉을 올라야 하는 까탈스러운 고갯마루다. 대간꾼에게는 그렇다는 말이다. 대간꾼에게는 상당히 힘든 고개지만 동서를 넘나들던 장사꾼들에게는 엄청나게 고마운 고갯마루였을 것이다. 큰새이령이라는 곳은 보부상들이 넘나들던 고개였단다. 소간령을 지나 마장터를 거쳐 대간령을 넘는 옛길이었다. 이 길을 오가며 무사하기를 간절히 기원했던 흔적이 아직도 남아 있다. 바로 탑이었다. 세 개의 탑이 두렵고 힘들게 오르내리던 사람들의 마음에 위안을 건네지 않았을까. 탑에 몇 개의 돌을 얹어 나도 마음의 위안을 삼는다. 나와 가족과 그리고 우리 대원들의 안녕과 행복한 삶을 위하여. 그리고 우리 사회가 복지사회로, 더 나아가 이 민족이 하나된 통일 국가로 나아갈 수 있도록 작으나마 마음을 쌓는다.

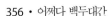

다시 1000m가 넘는 봉우리를 향해 오른다. 15분쯤 오르니 암릉이 나타난다. 비바람에 시달린 흔적이 뚜렷한 잣나무가 바위 틈에 뿌리를 내리고 우뚝 서 있다. 잣나무 가지는 비바람에 꺾여 이미 한쪽으로 균형을 잃고 있었다. 그럼에도 묵직한 잣을 매달고 매서운 바람을 견디는 모습을 보니, 마음이 짠해지다가도 자연의 위대함에 고개가 숙여진다. 소나무는 이상하게도 눈에 띠지 않고, 잣나무만 산마루를 가득 차지하고 있다. 어찌해서 소나무도 아닌 잣나무만이 이곳에 뿌릴 내렸을까? 수백 년을 자라 이렇게 씨앗을 품을 때까지, 견디고 이겨낸 세월이 가슴 뭉클하게 다가온다. 순간 마음이 따뜻해진다. 삶에 지쳐 있는 마음을 보듬어 주는 듯하여 걸음 또한 한결 가벼워진다. 기분 좋은 산행이다. 뒤를 돌아보니 지금까지 걸어왔던 길이 신선봉까지 쭉 이어져 있다.

병풍바위를 향해 너덜지대를 걸어 오른다. 바위에 서 있는 나무는 어김없이 바람의 영향을 받고 서 있었다. 어쩌다 바람을 맞는 것이 아니라, 오랜 바람 탓에 나무 모양도 변해 있었다.

너덜지대를 지나자 편안한 길이 계속 이어진다. 여유로운 마음으로 걸어가며, 백두대간 산행팀의 이름을 생각해본다. 다섯 명이 한 팀이라는 것을 살리며 산과 관련 있는 이름을 지었으면 좋겠다는 생각이다. 오래전부터 언뜻언뜻 생각한 이름이 바로 '오마루'였다. '오'는 다섯이라는 숫자를 뜻하기도 하면서 감탄

357

사를 의미하는 단어이고, '마루'는 다양한 뜻 중에 산꼭대기라는 의미를 지니고 있어 꽤 괜찮은 이름이 아닐까 생각한 것이다.

눈개승마가 자주 얼굴을 내밀며 걸음을 멈추게 하더니, 어느새 병풍바위에 도착했다. 시계는 정각 11시를 가리킨다. 정상에 서서 바라보니 걸어갈 방향으로 너덜지대가 보인다. 푸른 숲 속에 바위가 널려있는 지역이기에 눈에 확 들어온다. 더 매력적인 것은 너덜지대에 뿌리를 내린 산목련이 숲을 이루고 있다는 것이다. 멀리서도 확연히 보이는 흰빛의 점들이 가득하다. 너덜지대를 둘러싸고 있는 산목련이 꽃으로 점점이 박혀 있었던 것이다. 무리의 아름다움이 느껴졌다. 병풍바위는 바위가 병풍처럼 줄기를 따라 이어져 있어 붙여진 이름이다. 그 바위 사이사이에 얌전히 앉아 있는 양지꽃이 걸음을 옮기려는 순간 눈에 확 들어온다. 발아래 노랑 점으로 바위 틈틈이 박혀 있었다.

아직도 바람은 거세다. 잠시 시원하다는 느낌이 들다가, 몸이 추위를 느끼는 것은 순간이다. 더 이상 지체해서는 안 된다. 바로 마산봉을 향해 걸음을 옮긴다. 이학원 대원이 산다래를 가리킨다. 바쁘게 걷든지 여유롭게 걷든지 이학원 대원의 눈에만 띄는 게 신기할 따름이다. 온갖 종류의 버섯도 그렇고 산나물과 약초도 이학원 대원의 눈에는 여지없이 잡힌다.

30분 만에 마산봉에 도착했다. 이미 다른 산꾼들이 올라와 있었다. 이런저런 기념 촬영을 하더니 우리가 도착하자 단체사진

충청도 촌놈들과 함께한 백두대간 동행 종주기

을 찍어 달란다. 우리도 대장이 만들어온 플래카드를 들고 단체 사진을 찍는다. 백두대간 종주 기념으로 일일이 이름을 넣어 만든 플래카드다. 이인우 대장의 마음이 충분히 읽힌다. 더불어 오르내리고, 함께 땀 흘렸던 긴 시간이 고스란히 담겼다고 생각하니 마음이 찡하다. 거의 표시 내지 않고 다녔던 2천 리 길을 이 정도의 흔적으로 드러내도 될 듯싶었다. 사진을 찍어주며 부러움과 함께 감탄사를 연발한다. 이 정도의 자랑은 할 만도 하지 않을까 잠시 생각해본다. 스스로에게 자랑스럽다. 이학원 대원이 짊어지고 온 사과를 하나씩 나눠먹으며 서로의 감회를 나눈다. 우리 백두대간 종주팀의 이름도 슬며시 제시해본다. '오마루' 산꾼으로 부르면 어떻겠냐고. 모두들 흔쾌히 동의한다. 그리하여 종주 마지막 날 우리의 이름이 생긴 것이다. 다시 한번 '오마루' 산꾼의 백두대간 종주를 축하한다!

미시령에서 우릴 배웅했던 아내들과 13시 20분에 진부령에서 만나기로 약속했기에 부지런히 걸음을 옮긴다. 얼마 지나지 않아 알프스리조트가 나타난다. 이미 문을 닫아 운영을 하고 있지는 않았다. 멀리서 보이던 시계탑의 시계가 멈춰 있더니 그 이유를 이제야 알게 되었다. 알프스리조트를 거쳐 사이사이 설치된 표지목을 따라 걷는다. 도로가 자주 등장한다. 살짝 산 속으로 대간길이 숨어들다가 바로 도로로 나온다. 땡볕에 아스팔트를 걸어 이동하는 대간길이라 다들 힘들다고 아우성이다. 스키장

대여점들은 모두 문을 닫았고, 수많은 비닐하우스에는 다양한 채소들만이 무심히 자라고 있었다. 깊은 산골인데도 채소 주산지란다.

땀을 뻘뻘 흘리며, 약속한 시간에 백두대간 종주 기념 공원에 도착했다. 몇 컷의 사진을 찍고 바로 진부령 표지석이 있는 곳으로 이동한다. 대간의 마지막인 진부령 표지석을 배경 삼아 기념 촬영을 한다. '오마루'가 함께 서서 촬영을 한다. 찰칵! 다시 '오마루'와 마루금이 다 함께 기념 촬영을 한다. 찰칵찰칵!! 그런 후 제를 올린다. 무사히 걸을 수 있었던 감사한 마음을 담아 한잔! 아름다운 자연 풍광을 품었던 모든 순간을 담아 한잔! 앞으로 이어질 백두산까지의 대간길이 열리길 바라며 또 한잔! 우리를 온전히 받치는 순간이다. 가족 모두 건강하고 화목한 삶을 기원하며, 더 나아가 한반도의 평화와 통일을 위하여 마음을 올린다. 이곳을 출발하여 백두산을 걸을 수 있도록 간절히 발원하며 마지막 소원을 빈다.

다시 지리산을 밟으며
- 중산리에서 성삼재까지

지리산권

칠선봉 · 명신봉 · 세석대피소 · 촛대봉 · 장터목 · 천왕봉 · 법계사 · 중산리

덕평봉 · 벽소령 · 형제봉 · 명선봉 · 삼도봉 · 임걸령 · 노고단 · 성삼재

날짜 2017. 7. 25(금) - 7. 26(토) **산행거리 / 시간** 39km / 24시간

　오래전부터 준비한 산행이었다. 여러 번의 시도 끝에 이뤄진 산행이란 뜻이다. 매번 포기할 수밖에 없었던 핵심은 대피소 예약 때문이다. 예약 문제로 매번 포기할 수밖에 없던 차에 불현듯 꿈꾸던 기회가 찾아온 것이다. 장터목과 벽소령 대피소를 예약했으니 함께 가자는 것이다. 제안을 받고 고민할 수밖에 없었다. 함께 하고픈 사람들인지라 마음은 당연히 가는 쪽으로 기운다. 그런데 선약이 있어 아쉽지만 포기하기로 마음을 먹는다. 어쩔 수 없이 포기는 했지만 간절함이 그냥 놔두질 않는다. 일정을 조정해서라도 함께하자고 대장에게 강력히 요구한다. 2박 3일의 일정을 하루만 줄일 수 있다면 가능한 일이기 때문이었다. 애초

준비된 산꾼들은 2박 3일 일정으로 종주를 하고, 대간팀은 1박 2일로 종주를 한다면 가능하리라 생각했던 것이다. 장터목과 벽소령에서 숙박하는 팀과 벽소령에서 1박만 하는 팀으로 나눠서 산행을 하기로 결정되었다. 이같은 결정 사항을 진의식 대원에게 분명하게 전달했는데, 결론은 엉뚱한 방향으로 흘러버렸다. 모든 대원이 중산리에서 성삼재까지 1박 2일로 종주를 하는 것으로 일정이 조정됐다는 것이다. 그러면서 장터목 대피소 예약을 모두 취소했다는 것이다. 결국 한몸으로 움직일 수밖에 없게 되었다. 최종 8명이 1박 2일의 일정으로 지리산 종주를 하게 된 것이다.

준비모임은 당연한 순서였다. 경험이 많은 이인우 대원이 대장을 맡고, 김태린 대원이 총무 역할을 하기로 했다. 2박의 일정도 힘든 코스인데, 1박으로 종주를 해야 하는 상황이라 힘든 산행이 될 거란다. 나름의 훈련을 해야 한다고 이인우 대장은 누차 강조 또 강조한다. 종주 경험을 가지고 있는 대원들도 모두 한목소리로 우려와 걱정을 드러낸다. 조가 짜지고 준비물이 공지되었다. 24일 밤 11시에 만나 짐을 분배한 후, 12시에 출발하기로 하였다.

일찍 출발하기에 더 이른 시간에 잠을 자야 하는데, 잠은 오지 않는다. 고된 산행이 기다리고 있는데도 잠은 올 생각을 않는 것이다. 오늘도 역시다. 몸을 뒤척이고 숫자를 끝없이 헤아려도 꿈을 꿀 수가 없다. 그러다가 순간 잠이 찾아온 듯하다. 아내만을 찰떡같이 믿고 잠을 불렀는데 순간 잠 속에 빠져든 모양이다. 전화 소리에 아내가 눈을 비비며 날 부른다. 벌떡 일어나 시간을 보니 정각 11시를 가리킨다. 급히 씻고 집을 나서려는데 전화가 다시 울린다. 대장의 전화다. 바로 배낭을 메고 급히 집을 나선다. 약속 장소에 도착하니 모두 밖에서 나를 기다리고 있다. 내 몫의 짐을 따로 챙겨 놓았다. 짐을 배낭에 넣고 배낭을 메는데 무게가 장난이 아니다. 카메라가 화룡점정처럼 확실한 무게로 점을 찍고 있다.

출발 시간이 23시 30분으로 당겨졌다. 차는 서해안 고속도로를 달려 전주-군산 산업도로를 거쳐 익산-장수 고속도로를 타고 달린다. 진안 마이산 휴게소에서 휴식을 취하고 대전-통영 고속도로를 거쳐 산청휴게소에서 아침을 먹었다. 단성 나들목을 나와 굽이굽이 돌고 돌아 지리산국립공원 산청분소에 도착했다.

산행 장비를 갖추고 천왕봉을 향해 걸음을 뗀다. 시계가 02시 30분을 가리키고 있다. 낯익은 길이다. 가족과 함께 걸었던 그 길을 다시 오르니 감회가 새롭다. 헤드랜턴 불빛만 바라보며 걷는 어두운 길임에도 당시의 산길이 눈에 선하다. 힘차게 앞만 보고 걸어 나가니 속도가 생각보다 빠르다. 천천히 몸을 풀면서 오르고 있지만 어두움은 마음을 재촉하는가 보다. 보이는 것이 없고 들리는 것도 없는 길을 오르다 보니 결국 속도만 더해지는 것

이 아닐까? 힘들어서 가끔 쉴 뿐, 걸음은 앞을 향한다. 칼바위를 지나자 경사가 급해지고 대원들의 속도는 급격히 떨어진다. 특히 여소영 대원은 몸이 힘들다고 노골적으로 말한다. 이학원 대원이 후미에서 끝까지 챙기며 오르고 있는 중이다.

　로타리 대피소를 향해 마지막 힘을 낸다. 이런 와중에 더욱 힘들게 하는 일이 벌어졌다. 어떤 등산객이 노래를 크게 틀고 산에 오르고 있었던 것이다. 고요한 적막을 뽕짝이 갈가리 찢고 있는 상황이다. 스틱 소리마저 미안한 산꾼의 심정을 짓이기고 있는 것이다. 참는 것도 분수가 있지 모두 화가 나 있다. 한 마디씩 돌려 말하지만 들을 생각이 없는 듯한 태도다. 결국 후미의 이학원 대원이 노골적으로 요구한 후에야 뽕짝이 어둠 속에서 사라졌다. 뽕짝이 사라진 자리에 아이러니하게도 목탁소리가 그 자리를 메운다. 하늘과 땅 차이의 느낌이다. 이 역시 인간의 관념일지 모르지만 그렇게 느껴지는 건 어쩔 수 없다.

　은은하던 목탁소리가 점점 가까이 들린다. 소리에 젖어 아직도 아직도 하며 오르다 보니 어느새 로타리 대피소가 나타난다. 날은 이미 훤하고 사물은 자신의 존재를 뚜렷이 드러내고 있다. 물을 찾아 돌아다니다 보니 대피소에는 물이 없다. 물이 없는 대피소는 상상할 수 없기에 이상하다 여겼는데, 30m를 올라야 물이 있다는 안내판이 나온다. 물을 찾아 올라가니 바로 법계사 일주문 앞이다. 대피소가 법계사와 상당한 거리에 있는 줄 알았는데 지척에 있었던 것이다. 쫄쫄거리는 물을 받기에는 마음이 너무 바쁘다. 물을 보충할 겸 법계사에 오른다. 전망이 확 열리니 기분까지 열린다. 이곳의 고도가 1250m라니 그럴 만도 하다. 가족과 올랐던 예전과는 또 다른 느낌이다. 겨울과 여름이란 계절이 주는 차이일 듯싶다. 그러면서 오후와 아침이 주는 차이일 수 있다는 생각을 한다. 그도 저도 아니라면 내 맘의 변화가 느낌을 달리 하는 게 아니었을까?

잠시 오르니 전망이 확 트인다. 새벽 6시니 날은 이미 밝고 빛은 산줄기를 어루만지며 많은 능선을 보여주고 있다. 보는 이의 눈을 즐겁게 하기에 충분했다. 카메라에 담느라 정신없이 셔터를 누른다.

3분이라는 긴 시간이 지체되고 말았다. 일행을 따라잡기 위해 무거운 배낭을 추스르고 빠르게 걸음을 옮긴다. 숨이 턱까지 차오른다. 다행스럽게도 전망 좋은 너른 바위에 앉아 간식을 먹고 있다. 보는 것만으로도 배가 부른데, 간식을 먹으며 소라 안주에 소주를 걸치니 마음까지 풍성해진다. 이 풍성한 잔치에 끼어드는 사람이 별로 없다. 몸이 힘든 탓이다. 나와 진의식 대원, 조진행 대원만이 소라 미끼에 넘어갔다. 진의식 대원과 김희섭 대원의 밀당이 이어진 후 결국 김태린 대원도 합류한다. 여기서 가만 있을 김희섭 대원이 아니다. 여소영 대원을 꼬드기는데 여대원은 워낙 힘들어 하기에 가능성이 희박하다. 김태린 대원을 슬슬

꼬여 술을 마시게 만든다. 그의 입담에 넘어가지 않을 사람이 없다. 김희섭 대원의 입담은 어색한 분위기를 화기애애하게 바꾸는데 한몫을 하고도 남는다. 남녀간 노소간 어떤 관계도 부드럽게 만드는 감각을 타고난 듯하다. 결국 소주 한 병이 나가떨어졌다. 안주인 소라도 다섯 마리가 사라졌다. 진의식 대원의 얼굴이 희희낙락하다. 그 무게만큼 덜었으니 얼마나 좋겠는가?

06시 30분에 다시 산행을 시작하여 급경사를 치고 오르니 풍경이 발걸음을 잡는다. 몸이 고달퍼야 눈이 호강한다는 진리를 또 한 번 확인하는 순간이다. 배낭을 짊어지기가 쉽지 않은 무게지만, 그 정도의 수고는 눈의 호강에 비하면 아무것도 아니다. 이번 산행의 핵심 목표가 충분히 느끼며 걷자는 것이 아니던가? 몸으로 부딪히고 눈으로 즐기며 가슴으로 느끼는 지리산을 맛보고 싶은 것이다. 그러기에 길라잡이도 후미도 마다한 산행인 것이다. 오로지 카메라를 메고 일행과 앞서거니 뒤서거니 하며 풍광을 담고 싶은 것이다.

힘겹게 나무계단을 오르니 멀리 반야봉이 보인다. 앞으로 걸어야 할 마루금이 길게 이어져 노고단이 한 점으로 또렷이 다가왔다. 남쪽으로 삼신봉이 보인다. 세석에서 삼신봉까지 이어진 삼신 능선이 길게 펼쳐져 있다.

잠시 오르니 개선문이 나타난다. 하늘의 왕인 천왕봉에 오르는 유일한 문인가 보다. 천왕샘이 자리를 차지하고 있고, 작지만 물이 흐른다. 목을 축이기에는 아쉽지만 손을 담그고 싶은 충동을 일으키는 샘이다. 힘들게 오른 몸의 요구가 그리 표현하고 싶은 게 아니었을까?

마지막 나무 계단만이 남아 있다. 숨을 고르고 계단을 오른다. 또다시 오르다가 땀을 훔치며 숨을 고른다. 풍광은 계단을 오를 때마다 다르다. 자꾸 되돌아보게 한다. 가슴에 담으며 오르던 순간, 더 이상 참지 못하고 카메라를 꺼내 든다. 정상까지 카메라를 들고 셔터를 누르는 시간이 이어진다.

천왕봉1915.4m 정상에 서니 동서남북이 한눈에 열린다. 다섯 시간을 오르고 올라 08시 30분에 정상에 다다른 것이다. 동으로는 중봉1874m에서 뻗어 내린 싸리봉이 황금능선을 이루며 이어져 있다. 서로는 우리가 오늘 걸을 수많은 봉우리가 길게 길게 펼쳐져 있다. 그리고 남으로는 삼신봉이 솟아 있고 북쪽으로는 중봉, 하봉을 거쳐 성불 능선이 뻗어 나가고 있었다. 천왕봉 표지석에서 각자 포즈를 취하며 추억을 담는다. 사진놀이를 충분히 하며 맘껏 즐기는 시간이다. 이른 시간에 오른 자만이 누릴 수 있는 행운인 것이다. 선선한 바람이 불고 햇살 또한 포근히 몸을 감싼다. 눈은 시원하고 가슴이 뻥 뚫린다. 이 또한 산에 오른 자만이 누리는 특권이다. 산정에서 기쁨을 만끽하고 안온한 자리를 찾아 간식을 나눈다. 여소영 대원이 기증한 양주를 한 모금 입에 털어 넣으니, 짜릿함이 산줄기처럼 마음에 뻗친다. 참으로 행복한 시간이다.

09시에 하산을 시작한다. 그렇다고 끝은 아니다. 천왕봉을 내려가는 것뿐이다. 눈에 띄지 않던 야생화가 자주 나타난다. 무척 반갑다. 양지꽃이 바위틈에서 활짝 웃고 있다. 산오이풀도 꽃봉오리를 서서히 열고 있는 중이다. 참바위취도 가끔씩 눈에 보인다. 자그마한 꽃송이를 가는 줄기에 매달고 바위에 흰 점으로 붙어 있다. 언뜻 때 아닌 구절초도 자리를 편다. 동자꽃은 당연한 듯 스스럼없이 나타난다.

어느덧 제석봉1808m에 도착했다. 고사목이 군락을 이루었다는 얘기가 실감 나지 않는다. 복원 사업을 통해 구상나무들이 거침없이 제석봉을 푸르게 덮고 있기 때문이다. 고사목만이 허허롭게 지키던 옛 모습을 떠올릴 날도 얼마 남지 않은 듯하다. 아직도 그 자리를 지키며 아련함을 느끼게 하는 고사목이 있기는 하지만 말이다.

하늘과 통한다는 통천문을 빠져나오자, 겨울 산행 때 눈 속에 허리까지 빠져 있던 표지목이 지금은 같은 자리에 묵묵히 서 있다. 그 뒤로 온통 흰 바탕에 푸른빛을 띠던 구상나무가 여전히 푸르름을 자랑하며 서 있는 것이 아닌가? 변한 듯 변하지 않으며 자기 자리를 지키고 있는 것들이 소중하게 느껴진다. 사람 엉덩이 같은 반야봉이 더욱 또렷이 보인다. 전망대에서 배낭을 내려놓고 한껏 여유를 즐긴다. 길을 따라 오가는 사람들의 모습이 매우 한가롭게 보인다. 완만한 구릉에 넓은 초원이 주는 안락함 때문이리라. 푸른 초원에 하얀 고사목이 서 있고, 파란 하늘을 이고 산줄기는 끝없이 이어져 있다. 마음을 무한정 풀어놓게 하는 풍광이다. 그렇다고 마냥 즐길 수는 없는 법!

다시 배낭을 둘러메고 푸른 언덕을 내려온다. 학생들이 단체로 올라온다. 조금 힘들어하는 친구도 있지만 다들 즐거운 표정들이다. 몸은 힘들지만 마음만은 기쁘지 않을까 하는 생각을 하며 부러운 시선을 떼지 못한다. 학생들이 올라온 숲으로 잠시 내려가니, 바로 장터목 대피소가 눈에 띈다.

10시 30분에 대피소에 도착하니, 이인우 대장이 자리를 잡고 쉬고 있다. 잠시 후 진의식 대원과 조진행 대원이 내려와 합류한다. 다음은 김희섭 대원과 김태린 대원이 내려온다. 마지막으로 여소영 대원과 이학원 대원이 내려와 천천히 자리를 잡는다. 자신이 가져온 간식을 나누기 바쁘다. 조금이라도 짐을 덜기 위한 아름다운 포석이다. 간식에도 나름의 생각과 취향이 있어, 나눠준 간식을 대뜸 받는 이는 드물다. 결국 자신이 준비한 간식을 조금 먹어 치우는 것으로 끝나기 십상이다. 그런 중에 큰딸인 한빛이 정성스레 만들어준 수제 빵을 조심스레 내놓는다. 다들 맛있게 먹는다. 고맙다. 만들어준 한빛! 넘 감사하다. 맛있게 먹어준 대원들!! 넘 고맙다.

세석 대피소에서 점심을 먹기로 하고 다시 출발이다. 같은 속

충청도 충남팀과 함께한 백두대간 동행 종주기

도로 걸을 수 없는 상황이므로 선발대를 파견하여 미리 가서 점심을 준비하기로 한다. 자리를 확보하는 것부터 점심을 준비하는 일까지 동시에 해결해야 하는 상황이다. 속도를 낼 수 있는 사람 중 코펠과 버너를 지닌 사람이 선발되었다. 나를 비롯하여 이인우 대장, 그리고 진의식 대원과 조진행 대원이 먼저 출발하기로 했다.

정각 11시에 장터목을 출발했다. 부드러운 곡선의 내리막을 지나 완만한 곡선의 오르막을 오르니 연하봉1780m이다. 특이한 풍경은 없다. 눈을 사로잡을 만한 풍경이 없으니 걸음은 빠를 수밖에 없다. 자세히 보면 멋지고 그럴듯한 풍경이지만, 이미 천왕봉을 지나 여기까지 오며 감흥이 무디어진 탓이리라. 따가운 햇살이 내려쬐지 않아 참 다행이다. 지리산의 생태 환경이 많이 복원되었다는 것을 실감할 수 있는 시간이다.

촛대봉1703.7m에 도착해 시간을 확인하니 12시 30분을 가리킨다. 진의식 대원, 조진행 대원과 사진놀이를 하며 즐기다 보니 시간이 꽤 흘러버렸다. 천왕봉과 제석봉은 그새 구름이 밀려와 보이지 않는다. 봉우리와 구름이 어깨를 걸고 힘겨루기를 하는 형상이다. 앞에는 넓게 세석평전이 자리를 잡고 있다. 그 자리에 안온하게 자리를 차지하고 있는 세석 대피소가 보인다. 멀리 반야봉도 눈에 들어온다. 초원에 야생화가 만발했던 옛 모습과는 달리, 이제는 구상나무를 비롯한 온갖 나무들이 숲을 이루고 있다. 몸을 추스르고 세석 대피소를 향해 걸음을 옮긴다. 바쁘긴 해도 볼 건 다 봐가며 걷는 시간이다. 일월비비추가 꽃대를 곧추 세우고, 원추리도 샛노란 꽃을 피우고 있어 몸을 굽히게 만든다.

13시에 세석 대피소에 도착했다. 이미 이인우 대장은 자리를 잡고 기다리고 있다. 짐을 풀고 점심을 준비한다. 오늘 점심은 떡라면에 햇반이다. 물을 떠 와 라면을 끓이고 햇반을 덥힌다. 오는 대로 먹기로 하고 선발대가 우선 먹는다. 김희섭 대원과 김 태린 대원이 도착하여 2차로 점심을 먹는다. 한참 시간이 지난 후에 여소영 대원과 이학원 대원이 몹시 지친 모습으로 나타난 다. 여 대원의 배낭을 이 대원이 자신의 배낭에 넣고 힘겹게 도 착한 것이다. 둘다 밥맛이 없단다. 억지로라도 먹어야 한다며 자 리에 앉힌다. 몇 수저 뜨고 자리를 정리한다. 다들 한걱정이다. 이 상태가 계속된다면 일정을 접어야 할지 모른다는 생각을 하 게 한다. 비상 체제를 가동할 수밖에 없는 상황이다. 이인우 대 장이 이학원 대원과 함께 여소영 대원을 지원하기로 한다. 김희 섭 대원과 김태린 대원은 자신의 보폭대로 걸으면 될 듯하여, 두 대원을 동행하도록 묶어준다. 나머지 대원들은 선발대로 파견 되었다. 벽소령은 공간이 협소하고 여러 가지 미흡한 부분이 많 은 대피소라, 미리 도착하여 챙기라는 명령이 떨어졌다.

14시에 벽소령을 향했다. 완만한 산길을 걸어가다 보니 경사 가 급해진다. 잠시 땀을 흘리며 명신봉1651.9m에 올라서니 전망

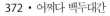

충청도 촌늠딜과 함께한 백두대간 동행 종주기

이 장쾌하다. 앞으로 걸어갈 칠선봉과 덕평봉이 길게 이어져 있다. 남쪽으로는 여러 산줄기가 겹겹이 흐르면서 한 폭의 산수화를 펼쳐 보이고 있다. 오른 만큼 내려가는 게 순리라는데 나무계단이 가파르게 놓여 있다. 또다시 오르내리는 길이 계속된다. 그러다가 때때로 멋진 풍경을 보여주기도 한다. 구상나무가 품위 있게 자리를 차지한 곳에, 노송 몇 그루가 멋들어지게 어우러져 있는 것이 아닌가. 더구나 몇 개의 산마루가 멋진 배경이 되어주고 있었다. 이런 멋진 풍경이 있어 고단함을 잊게 만든다. 갈 길은 멀어도 풍경에 취해 모든 걸 멈추게 하는 순간들이다. 몸이 고달퍼도 마음은 평화로운 시간이다. 풍경에 취해 사진을 찍느라 선발대 역할을 제대로 못하는 것만이 마음을 괴롭힌다. 뒤처진 거리를 극복하느라 쉬지 않고 걷고 또 걸어간다. 그렇게 일행을 따라잡을라치면 방해하는 놈이 또 나타나 일행과 동행하는 것을 방해하기 일쑤다.

  칠선봉_{1558m}에 오르니 대성골 골짜기가 길게 늘어져 있고, 그 계곡에 지그재그로 산줄기가 모여드는 풍경이 또 발을 붙잡는다. 배낭을 내려놓고 사진기를 꺼내서 구도를 잡고 셔터를 누른다. 시간은 이삼 분밖에 흐르지 않았지만 그 시간은 산행 시간으로는 꽤 긴 시간이다. 다시 배낭을 짊어지고 쉬지 않고 걸어야만 한다. 때때로 편안한 길이 나타나 편안한 마음으로 걸을 수 있어 다행이었다.

쉬지 않고 걸은 덕분에 선비샘에서 일행을 만날 수 있었다. 1400 고지에서 맑은 물이 퀄퀄 흐른다니 신기하기만 하다. 선비샘의 유래까지 알게 되니 더욱 새롭게 다가온다. 목을 축이고 물을 보충한다. 간식을 먹으며 여유롭게 휴식까지 취한다.

얼마 지나지 않아 덕평봉 1521.9m 에 도착했다. 원추리꽃이 환하게 피어 있는 오솔길을 걷는 호강을 누린다. 일행을 따라잡기 위해 쉼 없이 걷는데 또 걸음을 멈추게 하는 풍경이 있다. 이번에는 큰 날개를 펴고 덕평봉을 향해 날아오르는 형상의 산줄기가 한눈에 들어온다. 카메라를 꺼내 들고 셔터를 누르는데 방해하는 놈이 있다. 고추잠자리가 무수히 날면서 앵글 속에 잡힌다. 그마저도 자연스럽게 받아들이기로 한다. 깎아지른 절벽 옆으로 평평한 길이 쭉 이어져 있다. 터덜터덜 걷기에 편안한 길이다. 예전엔 날빛이 온몸을 고스란히 내리쬐던 길인데 지금은 나무가 터널을 만들어 주고 있었다. 원추리가 곳곳에 피어 샛노란 모습을 하며 우릴 반기고 있다.

17시가 조금 지나서 벽소령에 도착할 수 있었다. 조진행 대원이 마지막 남은 자리를 확보하고 기다리고 있었다. 참으로 다행이다. 쉼 없이 걷고 걸은 조 대원이 있었기에 가능한 결과였다. 짐을 정리하고 옷을 갈아입은 후 저녁을 준비한다. 오늘 메뉴는 김치찌개에 밥, 그리고 삼겹살과 소라 안주에 술이다. 먼저 김치찌개를 끓인다. 삼겹살과 김치를 넣고 어느 정도 졸인 다음 물을 붓고 팔팔 끓이면 끝이다. 다음은 밥을 할 차례다. 밥은 물을 많이 잡고 센 불로 끓인 다음 여린 불로 오랫동안 뜸을 들여야 한다. 마지막으로 삼겹살을 구우면 된다. 삼겹살을 프라이팬에 넣고 센 불로 익힌 다음, 끄느름하게 기름에 튀기면 고소한 삼겹살 구이가 된다. 17시 30분에 저녁 준비를 시작하여 30분 만에 모든 준비가 끝났다. 여섯 시가 되어서야 김희섭 대원과 김태린 대원이 도착했다. 그러고도 30분이 더 지나서야 여소영 대원을 모시고 이인우 대장과 이학원 대원이 나타났다. 박수로 맞이하는 것 이외에 달리 다른 말을 건네기가 어렵다. 한 잔의 술로 저녁을 시작한다. 깻잎에 삼겹살과 소라를 넣고 쌈장을 찍은 다음 마늘을 올리면, 더 이상 부러울 것이 없는 안주가 된다. 양주와 소주가 번갈아가며 시에라 컵에 채워진다. 낮지만 묵직한 건배 추임새에 따라 잔은 기분 좋게 비워진다. 얼큰한 김치찌개가 안주로 등장하더니 밥도 때때로 입에 땡긴다. 나름의 저녁 순서가 있었는데 그 질서가 뒤엉켜 또 다른 질서가 되어버렸다. 다양한 조건의 사람이 모여 자신의 취향에 따라 즐기기 때문이다. 밥조차도 먹기 힘든 사람이 있는가 하면 술이 술술 들어가는 사람이 있으니, 어찌 순서를 지킬 수 있으리오. 모든 안주가 질릴 즈음, 서쪽 하늘에 떠오른 초승달을 바라보며 마시는 한 잔의 술은 신선주와 다를 바가 없었다. 반야봉의 엉덩이가 어둠의 옷을 입을 즈음, 술과 이야기에 취해 오늘의 고단함은 흔적도 없이 사라져 버렸다.

21시가 넘어가자 이야기꽃이 시들고 술 마시는 속도도 느려지더니 한둘씩 사라진다. 마지막을 지킨 이는 나와 이학원 대원 그리고 김태린 대원이다. 너무 일찍 자리가 파했다며 이 대원이 서운한 듯 말한다. 어렵사리 지리산에 왔으면 진하게 술을 마시며 질기게 이야기를 나누는 게 순리가 아닐까? 이 긴 밤을 잠으로 때워야 하는 게 무척 아쉽다. 오늘의 힘듦이 내일을 충분히 연상시키기에 일찍 잠자리에 찾아든 것이리라.

모두에게 행복한 지리산의 밤이길 간절히 바랄 뿐이다. 그러나 그 바람은 무참히 깨지고 말았다. 피곤한 몸을 끌고 잠자리에 들었으나, 다락방 같은 곳이라 너무 더워 잠을 청하기가 무척 힘들다. 몸부림치며 간신히 잠이 들었는데 기기묘묘한 소리에 잠은 천리로 달아나 버렸다. 익숙해지려 해도 익숙해지지 않는 변화무쌍한 코 고는 소리는 잠을 설치게 만든다. 간신히 견뎌가며 꿈나라에 빠진 듯했으나, 일찍 출발하는 산꾼들의 짐 챙기는 소리에 잠은 만리로 떠나 버렸다. 이래저래 고단한 하루다.

05시에 일어나 짐을 챙기고 아침을 준비한다. 오늘 아침은 컵밥이다. 간단한 줄 알았는데 준비가 까다롭다. 컵밥에 들어 있는 밥을 햇반처럼 끓여야 하고, 밥에 얹을 양념도 데워야 먹을 수 있다. 이럴 바에야 누룽지가 훨씬 간편하지 않을까 하는 생각이 간절히 든다. 점심에 먹을 주먹밥까지 꼼꼼히 준비해야 한다. 밥

충청도 촌부님과 함께한 백두대간 동행 종주기

을 푼 뒤에 김을 부셔 넣고 잣을 뿌린 다음, 꾹꾹 뭉치면 주먹밥 완성이다. 아침을 먹은 후, 주먹밥 한 덩이씩 챙겨 넣고 오늘 일정을 시작했다.

06시 45분에 벽소령의 추억을 담아 기념사진을 찍는다. 오늘은 16km를 10시간에 걷는 일정이다. 삼도봉에서 점심을 먹기로 하고, 그런 후 삼도봉에서 운전할 사람을 선발대로 파견하기로 한다. 오늘은 어제와 달리 안개가 자욱하다. 하늘을 보여준 어제라면 오늘은 땅을 보여주고 싶은가 보다. 형제봉을 향해 출발하는데 출발부터 심상치 않다. 어두움이 가시지 않은 짙은 숲에 자주색 꽃이 지천으로 피어 있다. 산수국이 어두움을 밝히고 길을 안내하는 듯하다. 천천히 걸어올라 바위 협곡에 잠시 배낭을 내려놓는다. 마지막 일행이 도착한 것을 확인하고, 다시 출발이다. 안개 때문에 흐릿한 능선이 어렴풋하게 보인다. 아직은 안개가 짙지 않아 그나마 다행이다. 숲을 지날 때는 땅을 보게 마련이지만, 바위를 만날 때는 당연히 하늘을 봐야 되는데 그럴 상황은 아니다. 비가 내린다는 예보 때문에 한걱정이었는데, 이 정도의 안개라면 더 이상 바랄 것이 없을 듯하다.

그럼에도 약간의 아쉬움을 달래며 형제봉1452m에 도착했다. 거대한 바위가 길을 막고 서 있는 봉우리였다. 아쉽게도 봉우리가 하나만 보인다. 두 개의 봉우리가 형제처럼 나란히 있어 붙여진 이름 같은데 하나만 코앞에 우뚝 솟아 있다. 이게 다 안개 탓이다. 아쉬움을 뒤로하고 잠시 걸어 오르니 다행스럽게도 전망이 펼쳐 보인다. 안개와 구름 때문에 뚜렷한 산줄기는 아니지만 오히려 신비스러운 느낌이 든다. 산줄기가 은은하게 펼쳐져 있고, 그 줄기를 타고 오르내리며 구름이 만든 풍경은 자연이 그린 산수화 그 자체였다. 땅만 보며 걷게 된다. 숲이 우거진 데다 안개까지 자욱하니 당연한 일이다. 그러기에 또 다른 만남의 기쁨이 주어진다. 걸음마다 야생화가 나타나 즐거움을 선사하기에 걸음은 더욱 가벼워진다. 마주하는 꽃들에게서 다양한 감정을 느끼게 된다. 옹기종기 핀 모싯대에선 소박한 부끄러움의 몸짓이 느껴진다. 조금 걷다 보면 동자꽃도 얼굴을 내민다. 꽃의 유래가 투영되어서인지 애잔한 마음이 읽힌다. 이런저런 생각을 담다 만나는 꽃은 일월비비추다. 꽃대를 높이 쳐들고 아우성치는 모습이 간절함을 말하는 듯하다.

삼각고지에 왔다. 삼정산으로 이어진 삼정능선의 시작점이다. 그리고 음정으로 내려가는 길도 여기서 갈린다. 꽃의 마중과 배웅을 받으며 즐겁게 걸음을 옮긴다. 어느새 연하천 대피소가 나타난다. 시계는 09시를 가리킨다. 벽소령에서 떠온 물로 머리를 헹구고 다시 물을 보충한다. 물맛이 무척 좋다. 간식을 먹으며 후발대가 도착하기를 기다리며 사진놀이에 빠진다.

10여분 휴식을 취하고 다시 명선봉을 향한다. 나무 계단을 끝없이 오르고 오른 끝에 명선봉1586.3m에 도착했다. 특별한 것이

충청도 춘궁님과 함께한 백두대간 동행 종주기

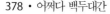

없어 그냥 스쳐 지난다. 숲에 들어서자 걸음이 빨라진다. 사진을 찍지 않고 걷기에 집중하지만 오래가지 못한다. 쓰러진 나무에 뿌리를 박고 싹을 틔우고 있는 모습이 경이롭다. 그런가 하면 꼬리풀이 꽃을 피워 나비를 불러들이고 있는 모습도 눈에 잡힌다. 자욱한 안개 속에 나무들이 은은한 자태로 서 있는 모습도 아름답다.

카메라에 담으며 빠르게 걷다 보니 토끼봉1534m은 알게 모르게 지나쳤다. 구상나무가 빽빽한 숲을 이루었던 곳으로 기억된다. 그런 구상나무가 고사하여 지금은 고사목이 더 많은 지대가 되어 버렸다. 하나하나 죽어간 것이 아니라 떼죽음을 당했다고 해야 할 상황이다. 기후의 변화가 아니고선 일어날 수 없는 현상 같았다. 기후 변화가 생태계의 변화로 이어진 현장인 듯싶다.

아픔을 가슴에 묻고, 꽃을 보는 재미에 빠져 내려가다 보니 벌써 화개재다. 뱀사골 계곡으로 내려가는 길목이기도 한 화개재에 도착한 시간은 11시 15분이다. 마음을 다잡고 삼도봉에 오른다. 만만치 않은 오르막이라는데 어느 정돈지 부딪쳐 보기로 마음을 다잡는다. 나무 계단을 오르기 시작했는데 정상까지 끝없이 계단이고 또 계단이 이어진다. 세지는 않았지만 500계단은 넘을 듯하다. 쉬지 않고 오르는데 땀이 비 오듯 흘러내린다. 기어이 삼도봉1488m 정상에 섰다. 전라남북도와 경상남도의 경계를 이루는 봉우리다. 세 개의 도를 한걸음에 돌고 돈 다음 기념

사진을 찍었다.

　정각 12시에 주먹밥으로 점심을 해결한 후, 선발대인 이인우 대장과 진의식 대원은 먼저 출발하고 나와 조진행 대원은 후미를 기다리기로 했다. 선발대가 출발한 시간은 12시 20분이다. 30분 후 김희섭 대원과 김태린 대원이 도착했고, 마지막으로 여소영 대원과 이학원 대원이 13시에 나타났다. 예상보다 훨씬 빠른 속도다. 선발대에 이 사실을 전달하고 17시에 성삼재에서 만나기로 약속했다.

　이제부터는 가벼운 산책길의 연속이라고 서로를 위로한다. 지금의 속도라면 차량보다 먼저 성삼재에 도착할 것 같은 불길한(?) 예감이 들었다. 다시 걷기를 시작한다. 얼마 걷지 않아 반야봉_{1732m}으로 오르는 길이 나타난다. 서쪽에서 가장 높은 봉우리로 동쪽의 천왕봉을 마주 볼 수 있는 매력적인 봉우리다. 안개 때문에 시야를 확보할 수 없어, 그 매력을 만끽할 수 없는 것이 안타까울 뿐이다. 전망이 열린다고 해도 지금 우리 처지에선 그림에 떡이다. 체력이 고갈되어 어떤 것도 즐길 여유가 없기 때문이다.

　반야봉에 오를 생각이 전무하기에 지름길로 빠르게 이동한다. 벌써 노루목이다. 묵직한 배낭만 놓여 있고 사람은 없다. 반야봉에 오른 것이 아닐까 하는 짐작만 한다. 약간의 아쉬움을 떨치고 급히 발걸음을 돌린다. 걷기에 무리가 없는 산책길이 이어지면서 모든 이의 산행 속도가 거의 비슷한 상태다. 가끔 힘들 때 나타나는 보약과 같은 것이 우릴 반긴다. 언제나 어디서나 누구라도 즐겁게 웃으며 반기는 들꽃이다. 산꿩의다리, 노루오줌, 미역줄나무, 공조팝, 박새, 수리취 등등이 걷는 이를 위로하기에 바쁘다. 간혹 만나는 원추리는 새초롬한 당당함으로 다가온다. 그런가 하면 무리를 지어 환영하는 참취는 수더분한 소박함이 묻어난다.

어느새 임걸령에 도착했다. 출발한 지 한 시간만인 14시 20분에 도착한 것이다. 배낭을 내려놓고 물을 마시러 샘으로 내려갔다. 물이 엄청 차가울 뿐 아니라 수량도 엄청나다.

시원한 물로 재충전하고 다시 걸음을 옮긴다. 나무 터널도 있고 숲을 이루고 있는 지역도 나타난다. 어느 곳도 걷기에는 불편하지 않다. 힘이 있는 상태라면 날아갈 것만 같은 여유로운 길이다. 피아골로 내려가는 피아골 갈림길을 지나 돼지평전에 도착했다. 길은 걸음을 재촉하게 만든다. 또 얼마 지나지 않아 왕시루봉 갈림길이 나온다. 왕시루봉 능선을 따라 내려가면 왕시루봉이 나오고, 구례 토지면을 만나는 길이다. 산책길을 걷고 걷다 보니 나무 잎의 모양이 다양하다는 것을 새삼스레 알게 되었다. 안개 속에서 하늘을 보다 보면 안개를 배경 삼아 나무 잎이 뚜렷이 자신을 드러내 보여준다. 각각의 잎을 바라보느라 고개를 들고 걷는 재미도 쏠쏠하다.

15시 50분에 노고단 고개에 도착했다. 배낭을 부리고 몸을 편히 쉬게 한다. 노고단까지 갔다 오는 것은 시간상 무리다. 더구나 안개가 자욱하여 아쉬움은 크게 줄은 상태다. 노고단의 모형을 사진에 담는 것으로 만족한다. 술패랭이를 만난 건 그냥 행운이라 여기기로 했다.

다시 한 시간은 족히 걸어야 성삼재다. 돌계단을 내려가니 대피소가 나온다. 편안한 길과 지름길 중에 지름길을 택해 걸어 내려간다. 돌계단이라 다리가 상당히 불편하다. 잘못된 선택이다. 다시 편안한 길을 따라 내려오니 무넹기가 나온다. 화엄사 쪽 사람들이 물을 보충하기 위해 그쪽으로 물줄기를 바꿔 놓은 곳이란다. 산책로를 걷고 걸어 17시가 되어서야 성삼재에 도착할 수 있었다. 파전과 도토리묵을 안주삼아 막걸리 한 잔이 들어가니 모든 고단함이 슬슬 풀린다. 두세 잔을 마시니 술술 풀려 아무 생각이 없다. 그냥 좋다! 마냥 행복하다!!

백두대간을 함께 걸으며

대간 종주를 2014년에 시작했으니 벌써 6년이 지났다. 지금도 그때 보았던 수많은 산과 봉우리, 고개, 계곡들 그리고 마을들이 내 속에서 꿈틀거린다. 안타깝게도 그러한 기억들이 시간이 갈수록 희미해진다. 어쩔 수 없는 일이지만….

그럴 때마다 지도와 산행일지를 본다. 이럴 때, 우장식 대원님께서 같이했던 대간 길의 이야기들을 책으로 펴낸다 하니 너무 고맙고 감사 드린다.

지리산에서 진부령까지 690km로, 구간마다 들머리 날머리 그리고 보령에서 구간 구간까지 왕복거리까지 하면 아마 수 천 km가 될 것이다.

누구나 대간 종주는 할 수 있지만, 그리 만만한 일이 아니다. 시간과 체력, 거리 등의 제한과 강한 의지력 같은 요건들이 수반되어야 하기 때문이리라.

이런 조건 속에서 함께 완주한 이재문, 조진행, 우장식, 이학원 대원님께 감사했다고, 고마웠다고, 행복했다고 전한다.

종주 내내 우장식 대원님은 카메라를 항상 메고 다녔다. 어느 날 들어 봤는데 무게가 상당했다. 어떨 땐 거추장스럽고 귀찮고 힘들었을 텐데… 걷기도 힘들 텐데 하고… 걱정도 했지만, 그때마다 늘 평온하고 즐거운 모습이었다. 담백한 그런 마음이 남한 구간 백두대간의 아름답고 멋진 모습들을 사진에 담았으리라.

지금도 대간 어디쯤에서 어느 누군가 걷고 있을 것이다. 그 어느 누군가가 우리였다는 것, 나였다는 걸 느끼게 해준 우장식 대원님께 고마운 마음을 드린다.

백두대간 종주단상 縱走 斷想

시작하며

2014년 10월 하순의 어느 날 단골 대폿집인 함지박에서 백두대간 종주를 하는데 같이 하지 않겠냐는 제의를 받았다. 군 생활이후 오래 걸어본 적이 없었지만 체력은 자신하였고, 맴버들이 좋아서 깊은 생각 없이 즉시 응낙을 했다. 그해 11월 추풍령에서 큰재 구간을 시작으로 북진하는 백두대간 종주를 시작하였다. 그렇게 시작된 '사연 많은' 백두대간 종주를 무사히 마치고 3년이 지난 지금, 대간 종주를 같이 했던 동료의 요청으로 대간 종주를 하면서 인상 깊었던 일 몇 가지를 기억해 본다.

악몽 같았던 갈령삼거리의 무릎 아픈 기억

2015년 1월 신의터재에서 갈령삼거리까지의 구간을 걸었다. 20km쯤 걸어 봉황산을 올랐다 내려가는데 무릎이 아프기 시작하였다. 내리막을 걸을 때는 가끔 있던 일이라 그러려니 했다. 형제봉을 오르는데 그 정도가 심해졌다. 스틱에 의지해 겨우 정상에 올라 의미 있는 의형제 결의_{結義}를 맺었다. 그러나 내 마음속에서는 그 즐거움보다 아픈 무릎의 고통이 더 컸다. 다리를 끌다시피 하여 갈령삼거리로 내려왔다. 돌아온 다음날 오후 '이 무릎으로 완주할 수 있으려나?'하는 의구심을 가지고 정형외과를 찾았다. 병원장이 퇴행성 관절염이라고 하면서 이제 그러려니 하고 살란다. 그럴 수 없어 인터넷을 뒤지다보니 무릎 근육을 강화하는 운동이 보였다. 따라하기가 어렵지 않아 꾸준히 했다. 효과는 아주 좋았고 그 덕에 대간 종주를 마칠 수 있었다.

버리미기재에서 방향을 잘못 잡아 곰넘이봉으로

내가 참가하지 못한 천왕봉에서 추풍령 구간을 비롯하여 산행을 계획한 날짜에 다른 일이 있어 참가하지 못하면 나중에 혼자라도 그 구간을 걷는 것이 우리의 원칙_{우리는 그걸 숙제라고 불렀다}이었다. 버리미기재에서 은티재까지의 구간을 동료 한 사람과 숙제를 하게 되었다. 촛대봉 – 블란치재 – 곰넘이봉 – 버리미기재는 단속구간이라 아침 일찍 버리미기재에 도착하였다.

적당히 차를 세우고 전날 인터넷에서 확인한 대로 개구멍(?)을 통해 대간에 진입하였다. 얼마 가지 않아 가파른 경사구간이 보이고 길도 굉장히 험했다. 힘들게 봉우리 정상에 올라보니 전에 왔었던 '대야산'이었다. 북진을 해야 하는데 방향을 잘못 잡아 남진을 한 것이다. 그 순간의 허탈함!

그래도 늘재 – 버리미기재 구간에서 단속이 심해서 포기했던 촛대봉 – 블란치재 – 곰넘이봉 – 버리미기재를 걸리지(?) 않고 우리만 걸었다는 것에 위안을 삼고 돌아왔다.

그 구간의 숙제는 후에 다시 하게 되었는데 버리미기재에서 잠입하여 장성봉으로 가는 길을 찾은 후 잠깐 쉬면서 땀을 닦느라 안경을 벗어 놓고는 그냥 출발하였다. 장성봉에 도착하여 사진을 찍으려고 안경을 찾으니 없었다. 안경을 놓고 온 생각이 났지만 왕복 2시간의 거리라 그냥 포기하고 걸었다. 돌아와서 새로 안경을 마련한 이후에도 그 안경 생각이 자꾸 났다. 이 주일쯤 지나 시간이 있길래 버리미기재를 다시 갔다. 압축 다촛점 렌즈라 값도 값이었지만, 그 지역은 단속이 심하여 사람이 많이 다니지 않는다는 생각에 혹시나 하는 기대였다. 역시 안경은 없었다.

참고로 백두대간 마루금 비법정 구역에는 속리산 : 문장대 – 밤티재 – 늘재약 6.5km, 대야산 : 대야산 정상 – 버리미기재약

4.5km, 희양산 : 버리미기재 - 장성봉약 2.0km, 희양산 : 막장봉 갈림
길 - 악휘봉 3거리약 4.5km, 대미산 : 마골치 - 대미산 - 작은차갓재
약 16.5km, 황장산 : 감투봉 - 벌재약 5.5km, 선자령 : 매봉 - 소황병
산 - 노인봉약 11km, 오대산 : 두로봉 - 신배령약 4.4km, 점봉산 : 단
목령 - 점봉산 - 한계령약 12.2km, 설악산 : 마등령 - 황철봉 - 미시
령약 9.0km, 북설악 : 미시령 - 신선봉 - 대간령약 6.7km 등이 있다.

이화령의 산거울 군락지

북진할수록 보령에서 멀어지는 관계로 은티재 - 이화령 구간
은 은티재에서 민박을 하고 산행을 시작하기로 하고 민박을 하
였다. 그날 밤 중국을 다녀온 동료 한 사람이 합류하면서 중국
술을 가져왔다. 술을 마신 즐거움은 다음날 희양산을 오르는데
고통으로 돌아왔다. 힘들게 오른 희양산 정상의 시원함! 봉암사
를 갔을 때 산의 웅장함을 보고 꼭 올라가 보고 싶은 느낌이 들
었던 산이었기에 그 즐거움은 더 했다. 큰 어려움 없이 이화령으
로 내려오는 길에 산거울내가 생각하기에는 '산거웃'이라고 불러야 옳을 듯한
군락지를 만났다. 5월의 청량한 햇살이 비치는 소나무 숲에 펼
쳐진 녹색 바다는 덕유산의 눈 다음으로 강한 인상을 주었다.

옛대관령 휴게소의 양꼬치와 막걸리

한여름 백복령 - 닭목령 - 대관령구간을 1박 2일로 걸었다. 닭

목령에서 민박을 하면서 샤워를 하는데 샤워실이 엉성하고 온수가 제대로 공급되지 않아 굉장히 추웠다. 잠을 자는데 난방을 해야 할 정도였다. 근육의 피로를 풀기엔 따뜻한 게 좋을 것 같아 난방 온도를 올렸다. 기분 좋은 잠을 잤다_{더웠다고 투덜거리는 동료가 하나 있었음}. 다음 날은 13km쯤 걸으면 되기 때문에 대수롭지 않게 생각하였다. 그러나 오산이었다. 전날 30여km의 구간을 걷고 난 후 체력 회복이 안되었던 것이다. 걷다 쉬다를 반복하면서 겨우 고루포기산을 올라 한참을 쉬고 내려가는데 해발 고도가 낮아질수록 숲속의 청량감을 주던 공기가 점점 뜨거운 공기로 바뀌었다. 더운 땀, 식은땀이 범벅이 된 채 지친 발걸음을 재촉하여 겨우 옛 대관령 휴게소에 도착하여 갈증을 해소할 수 있는 게 있을까 두리번거리다가 양꼬치에 막걸리를 파는 집을 찾았다. 양꼬치에 막걸리를 주문하고, 큰 잔을 찾으니 없단다. 주방에 가 보니 자루가 달린 바가지가 눈에 띄었다. 그 바가지에 막걸리를 가득 채워 단숨에 들이켰다. 그 시원함이란!!!

오대산 취나물

어느 봄날 진고개 - 구룡령 구간 숙제를 혼자 했다. 오대산 아래 홍천군 창촌면은 내가 그전에 3년 동안 근무한 적이 있던 곳이라 친근감이 느껴지는 곳이기도 하였다. 해 뜨기 전 진고개 휴게소에 차를 세워 놓고 산행을 시작하였다. 시작부터 1433m의 동대산을 오르는 길은 진을 빼기에 충분하였다. 간혹 새소리만 들리는 호젓한 산길을 아무 생각 없이 걷는 호사를 누리는데 갑자기 인기척이 들린다. 긴장을 하고 들어보니 나물을 채취하는 사람들의 대화다. 얼마를 더 걷다가 길 옆에서 쉬고 있는 두 사람을 발견하였다. 내친김에 나도 쉬면서 말을 붙였다. 아뿔싸! 그중 한 아주머니가 그 전에 근무하던 직장의 동료 부인이었다. 그 반가움이란…! 얘기 중에 그 직장에서 퇴근 후에 맛있게 먹었던 취나물 얘기가 나왔는데 그 아주머니도 그걸 기억하면서 그 나물을 자기가 뜯었단다. 그러면서 배낭에서 자기가 채취한 취나물을 한 움큼 꺼내 주었다. 한사코 사양하는 손에 내려가서 막걸리라도 한 잔 하라고 2만 원을 쥐어주고, 집에 가서 택배로 취나물을 주문하겠다는 약속을 하고 헤어졌다. 사람의 인연이란…그날 구룡령으로 내려와서 내 차가 있는 진고개까지의 택시비는 12만 원이었다.

남덕유산의 겨울

2016년 2월 어느날, 나와 동료 둘이서 신풍령빼재 - 샅갓재대피소 - 육십령 구간을 2일 동안 남진하여 걷기로 하고 빼재 적당한 곳에 차를 세워두고 대간길로 접어들었다이 구간은 두 번째 도전이었다. 첫 번째 도전은 몇 주 전에 있었는데 눈이 많아서 입산을 통제한다는 샅갓재 대피소의 연락을 듣고 산행을 포기하였었다. 오후로 접어들면서 날씨가 흐려지더니 가랑비가 오기 시작하였고 해질녁 기온이 떨어지면서 진눈깨비로 변하였다. 흠빡 젖은 채로 삿갓재 대피소에 도착하여 저녁을 해 먹고 젖은 옷을 걱정하며 누웠는데 다행히 실내가 따듯하여 다음 날 아침, 옷은 바싹 말라 있었다. 이른 아침을 해 먹고 밖으로 나오니 그때까지도 눈이 오는데 천지가 하얘서 길 찾기가 어려울 정도였다. 다행히 앞선 발자국이 하나 있어 그걸 따라 삿갓봉의 가파른 계단을 오르며 산행을 시작하였다. 바람이 닿지 않는 곳에는 나뭇가지에 수북히 눈이 쌓였고, 능선에는 칼바람이 불었다. 사진을 찍으려고 장갑을 벗은 그 몇 초 사이에 손이 얼었고, 한 번 언 손은 한참을 걸어도 녹지 않았다. 그런 사이에 앞선 발자국을 추월해버렸다. 감각에 의존하여 길을 찾으며 남덕유산에 올랐다. 그때의 풍광과 감흥이란!

마무리

2014년 11월에 시작한 종주는 총 735.60km의 거리들머리, 날머리의 접속구간 79.33km를 포함하면 총 821.93km를 35구간으로 나누어 대략 한 달에 한 번씩 진행되었고, 2017년 7월에 미시령 - 진부령 구간을 끝으로 내가 걷기 시작한 지 32개월 만에 끝났다. 그러나 나는 그 후에도 숙제가 남아 있어 2017년 8월 12~13일 동안 지리산 천왕봉에서 성삼재까지 걷는 것으로 대간 종주를 마쳤다. 이 일은 지리산 천왕봉에서 강원도 진부령까지 이어지는 그 길에 내 발자국을 남겼다는 자부심과 함께 헝클어진 머릿속을 정

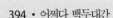
충청도 춘향별과 함께한 백두대간 동행 종주기

리하는 데는 걷는 것이 최고라는 교훈을 남겨 주었다. 우수마발 ⁺牛溲馬勃을 남길 수 있는 기회를 준 백두대간 종주 동료 우공愚公 에게 고마움을 전한다.

내 삶의 변곡점, 대간 종주!

사람이 한세상 살아가다 보면 온갖 풍상을 겪게 마련이다. 아무리 금수저로 태어나 꽃길만을 걸어온 사람도 한두 번 우여곡절은 있기 마련. 그래서 마르지 않는 화수분처럼 별의별 희한한 개인사를 다룬 막장 드라마는 오늘도 전파를 독점하고 뭇사람들을 중독시킨다. 드라마의 소재만큼 극적인 재미는 없지만, 나의 삶을 되돌아보면 대체로 무난한 듯하면서 순간순간의 고비들이 있었다.

하긴 이 세상 살아가는 장삼이사의 삶이 거기서 거기지 별반 다를 게 뭐 있겠냐마는 나름의 개인사적 영욕의 순간은 한두 번 있기 마련. 중요한 것은 그 인생의 변곡점에서 어떤 선택을

통해 어느 방향으로 삶의 내용과 질을 변화시켜나가느냐 하는 것이다.

기상청 데이터에 근거한 순위는 잘 모르겠지만 개인적 경험 치로 2012년 여름 태풍 볼라벤의 위력은 가히 역대급이었다.

그해 8월 24일 서해안 도서 지역을 따라 북상하는 태풍의 위력에 보령지역은 급기야 휴업령을 내리게 되었고 내가 근무하던 시내 D 중학교도 교직원 비상 근무체계로 태풍에 대비하게 되었다.

당일 새벽부터 점점 거세지기 시작한 바람은 아침을 지나면서 태풍의 상륙을 실감하게 하며 공포감이 극에 달하고 있었다.

교무실에서 동료 교사들과 상황의 추이를 지켜보던 나는 11시경 외산의 작업실이 걱정되어 교감 선생님께 저간의 사정을 설명하고 부랴부랴 작업실로 차를 몰았다. 작업실까지는 차로 20분, 다행히 폭우는 동반되지 않았지만, 정점에 이른 강풍은 길가의 가로수를 통째로 쓰러뜨리며 경차를 금방이라도 날려버릴 기세였다.

사단이 안 났을까 조마조마한 마음으로 작업실에 도착하자마자 2층 옥상에 올라가 옥상의 구조물을 살피던 순간의 그 공포감을 지금도 잊을 수 없다. 옥상에는 건물미관을 위해 사방으로 목재 구조물을 설치하고 처마형 지붕을 설치했는데 그 구조물이 노후하여 작업실 매입 시 와이프가 위험하니 철거하자는 것을 미루고 미뤄 왔던 터였다. 문제의 노후 구조물은 바람이 한번 옥상의 내부공간을 한번 휘감고 갈 때마다 파도를 타듯 휘청거렸다. 가만히 보고만 있을 수 없어 돌에 빨랫줄을 묶어 노후 구조물에 묶으려는 순간, 그 순간을 기억하면 지금도 소름이 돈다. 구조물의 높이는 약 1.8m로 평소 아미산과 만수산의 풍광을 제대로 조망할 수 없는 것이 늘 아쉬웠는데 웬걸 파도타기처럼 들썩거리던 구조물은 순식간에 쓰나미에 쓸리듯 시야에서 사라지고 가려져 있던 주변의 풍광이 파노라마처럼 눈앞에 다가오는 것이었다 그러나 그 풍광은 금세 처참한 구조물 잔해가 초래한 재앙 앞에 처참히 묻히고 그 구조물에 휩싸여 함께 변을 당하지 않은 것만으로 위안을 삼으며, 낙하 구조물에 피해를 입은 옆 건물의 복구비로 적잖은 비용을 지불하고, 작업실에 대한 아름다운 청사진은 미완의 꿈으로 남겨둔 채 십수 년간 정들었던 공간을 결국 처분하게 되었다.

와이프에게 남편은 늘 이랬다. 태풍으로 인한 불가항력이라고 변명하기에는 너무도 명백한 직무유기로(?) 야기된 예고된 참사였고 엄청난 손실이었다.

나름대로 작품 영감의 산실이자 특히 주변 풍광이 매력적이었던 작업실 처분 후 멘붕의 시간이 이어지던 그즈음 위기는 꼬리를 문다고 했던가?

교직 입문 후 처음으로 아이들이 죽도록 싫다는 느낌이 들면

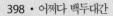

서 스스로에게 소름이 끼치기 시작했다. 그간 다양한 학교를 경험하면서 훌륭한 선생은 아니라도 나름대로 아이들과 소통하려 노력한 선생이라는 자부심 하나는 있었는데, 급격히 변화하는 교육 환경에서 아이들과의 갈등의 간극은 너무 벌어져 있었고, 학생 생활지도 전문 교사의 알량한 자존감은 이미 구겨질 대로 구겨진 상태였다.

엎친 데 덮친 격으로 잦은 술자리와 특히 연극 연습 후 술자리 등으로 망가질 대로 망가진 몸은 심리적 마지노선을 훌쩍 넘겨 체중계에 올라서는 게 두려울 정도였다.

그해 12월 연극 <작은할머니>라는 작품을 연출하고 남편역을 맡았는데 공연 후 비디오 모니터링하던 순간의 낭패감을 잊을 수 없다. 망가진 몸을 가누지 못하고 대사를 따라가지 못하는 굼뜬 액션에, 결국 나는 아마추어 동호인을 면할 수가 없구나라는 자조감만 깊어갔고, 그동안 지역 예술문화에 대한 절박한 소명의식으로 동고동락했던 동료들과의 유대감도 점차 희박해지고 이유 없는 남 탓과 불신감만 팽배해지고 있었다.

이대로는 안 되겠다, 무언가 내 삶의 변곡점이 필요하다고 판단한 나는 연극 모니터링 후 우선 마지노선을 넘은 체중 조절이 절실하다고 판단, 그해 겨울방학을 이용 오성지간을 뒷동산 삼아 매일 4시간 이상의 산행을 통해 2013년 3월 개학 즈음엔 15kg 감량에 성공하게 되었고, 산행에 심취해 있을 즈음 인터넷

기사를 통해 뉴질랜드인 로저 셰퍼드 씨의 백두대간 종주기를 접하고 백두대간 종주(이하 대간종주)의 꿈을 갖게 되지만, 현실적인 여러 가지 한계로 도전을 미뤄가던 중 그 기회는 아주 가까운 곳에서 우연치 않게 찾아왔다.

2014년 시내 D 여중으로 전출 후 벚꽃이 만개할 즈음 와이프로부터 우공이 대간 종주를 시작했다는 것이다. "아뿔싸 한발 늦었구나." 탄식하며 제안을 못 받은 것이 서운하기도 하고 한편 부럽기도 한 복잡한 속내를 눈치챈 와이프가 혹시 동행할 수 있는지 알아봤지만 돌아온 대답은 종주 산행의 특성상 경비 절감을 위해 차 한 대에 다섯 명 한 팀으로 팀을 구성 진행하다 보니 합류가 불가하다는 것이다. 내색은 하지 않았지만 내심 서운한 마음을 떨쳐 버릴 수 없었다.

"그래, 혼산이 정답이야. 산행은 혼자 하는 것이 진정한 산꾼의 자세야."라고 스스로를 위로하며 포기하려 할 즈음, 한 두세 달이 지났을까, 우 선생으로부터 반가운 제안이 들어왔다. 일행 중 한 명이 개인 사정으로 종주 산행을 포기하여 합류할 의사가 있으면 함께하자는 것이었다. 이런 경우를 불감청이언정 고소원이라고 했던가. 마다할 이유가 없지 않은가. 간절하게 원하고 준비하고 있었으니, 그렇게 그해 7월 신풍령빼재 구간 종주를 시작으로 꿈에도 그리던 대간 종주의 장도에 오르게 되고 3구간 정도 진행 중에 초기 멤버 2인이 직장 사정으로 중도 포기한 그 자리를 재문, 학원 님이 합류하며 환상의 대간조 오마루가 탄생하게 되었다.

오마루의 탄생으로 비로소 완전체를 이룬 대간 팀은 추풍령 구간부터 탄력을 받아 북으로 북으로 직진, 중간중간 개인별, 작은 팀별 미답 구간 보충 산행을 곁들이며 3년간의 대장정 끝에 2016년 7월 진부령에 도착했다. 더 이상 직진할 수 없는 아쉬움은 남과 북이 하나 되는 그날 이어가기로 약속하며, 그간 응원해준 가족들과 속초에서 여흥을 함께 하는 것으로 마무리를 하게 된다.

지리산에서 진부령까지 대간 종주 36구간 678km로 대장정의 생생한 후일담을 어찌 필설로 다 표현할 수 있겠냐마는 이런저런 우여곡절을 다 아우른 말로 '아름다운 동행'이라는 말밖에 달리 표현할 말이 없다.

특공 중대장 출신으로 덩치만큼 마음이 하해와 같은, 산행 후 막걸리 1병을 한잔에 들이킴으로 보는 것만으로도 모두의 피곤함을 날려주는 '오마루'의 영원한 큰형님 재문 님, 배낭에 더하여 덩치 큰 카메라를 메고 동에 번쩍 서에 번쩍 홍길동이 따로 없는 백만돌이 에너자이저로 우리 팀 일거수일투족과 풍경을 앵글에 담아준 우공, 대간 종주를 기획하고 선경험을 토대로 우리 팀의 안전 산행과 길잡이 역할을 솔선하며 위기 때마다 "기냥 가는 겨." 이 한마디로 상황을 정리하며 특유의 추진력을 보여준 영원한 등반대장 작은 거인 인우 님, 오르막에 약한 내가 뒤처질 즈음 소리 없이 다가와 말동무를 해주며 구수하고 토속적인 입담으로 귀를 호강시키고 가끔은 불가사의한 천리안으로 숲속 귀물 버섯을 찾아내는 신통력을 가진 만물박사 학원 님…. 돌이켜 보면 3차에 걸쳐, 속된 말로 땜방으로 조직된 팀이라고 보기에는 완벽해도 너무 완벽한 팀웍 덕분에 더욱 의미 있는 산행이었고 간절히 원했던 산행이었기에 대간 종주는 내 삶의 변곡점이 된 것만은 분명하다.

누군가 그 변곡점이 가져다준 당신 삶의 변화가 무엇이냐고 묻는다면 딱 집어 이것이라고 말할 순 없다. 그러나 자신 있게 말할 수 있는 건 오늘도 난 36년 전 지리산 천왕봉이 지척으로 조망되는 교실에서 종종걸음으로 등교하던 첫 발령지의 아이들을 맞이하던 설렘으로 옥마봉이 마주 보이는 미술실에서 아이들을 기다리고 있고, 이른 새벽 대간 길 떠나던 습관이 일상화되어 아침형 인간의 여유를 즐기고 있으며, 또한 무기력하고 무책임한 모습에서 좀 더 주어진 책무에 고민하는 가장의 모습을 보여주게 된 점 또한 긍정적 변화라 할 수 있고 와이프는 절대 공감 제로, 무엇보다 함께했던 좋은 사람들을 통해 사람에 대한 믿음을 회복했다는 것이다. 그리고 덤으로 산행 기간 금연에 확실히 성공했다는 점이다 사실 금연의 시작은 태풍 볼라벤의 선물이다. 낙하물 피해 복구액을 통칠 요량으로 금연을 선언했는데 보기 좋게 성공했으니 말이다.

충청도 춘냥병과 함께한 백두대간 동행 종주기

대간 종주 중 우리에게 들려줬던 구수한 입담을 엮어 수필집을 출간한 학원 님에 이어 또 하나의 경사인 우공 님의 대간 기록 사진 문집 출간을 오마루와 함께 축하하며 진부령에서 염원했던 남북의 대간이 한 줄기로 이어지는 날, 오마루 또 함께 기냥 가는겨!

요즘 트로트가 대세다. 조항조 님의 노랫말로 끝을 맺고자 한다.
"고맙소 고맙소 오마루 함께해서 고맙소 늘 사랑하오!"

6월의 태백산 산행기

2016년 3월 11일은 우리 백두대간 답사 대원들이 태백산 구간인 도래기재에서 화방재까지 25km 걷는 날이었는데 마침 어머님이 병원에 입원하셔서 혼자만 참석하지 못했고, 장식이 형님도 개인 사정이 있어 태백산 다음 다음 구간인 댓재에서 피재삼수령까지 26km 구간을 걸을 때 참석하지 못했습니다. 다 같이 산행을 할 때 참석하지 못하면 시간이 날 때 알아서 그 구간을 걸어야 하는데, 나는 태백산 구간을 장식이 형님은 댓재에서 피재구간을 걷기 위하여 둘은 6월 3일 오후 5시 30분에 보령을 출발하여 오후 9시 30분에 태백시에 도착한 후 알프스 모텔에 짐을 풀었습니다. 맹숭맹숭 그냥 자기 아쉬워 낙동강의 발원지인 황지연못 옆에 있는 원조할매 구종점 동동주 집에서 동동주 한 주전자와 두툼하게 부친 감자전으로 4시간에 걸친 여독을 푼 다음 11시에 취침했습니다.

다음날 새벽 4시에 기상하여 김밥나라에서 아침을 해결하고 점심에 먹을 김밥을 산 후 장식이 형님의 출발지인 댓재로 가 장식이 형님은 내리고, 다시 태백을 지나 6시 15분에 태백산 등산로 입구인 화방재에 주차를 하였습니다. 장식이 형님이 댓재에서 피재까지 걸어와 택시를 타고 화방재로 온 후, 화방재에 주차된 차를 운전하여 도래기재까지 와서 함께 보령으로 출발하기로 했습니다.

등산이 시작되는 화방재의 해발 높이는 1000m로 쌀쌀했는데, 등산을 시작하자 쌀쌀한 느낌은 사라지고 신록을 스쳐오는 상쾌한 바람에 마음은 그지없이 즐겁습니다. 눈 두는 곳마다 겹겹이 굽이치는 아름다운 산세에 감탄사를 연발하며 오르다 보니, 8시에 아름드리 고사목인 주목이 운치를 더해주는 1566m의 태백산 정상 장군봉에 오를 수 있었습니다.

정상 부근에는 천제단을 중심으로 붉은 인가목, 붉은병꽃, 철쭉꽃, 마가목, 섬 매발톱, 눈개승마 등이 천상의 화원을 이루고 있습니다. 보드랍고 향기로운 야생화를 정신없이 카메라에 담고 천제단과 태백산 표지석을 배경으로 증명사진을 찍는데, 날씨가 돌변하여 찬바람이 불고 후두두둑 빗방울이 떨어집니다.

서둘러 주변 풍경을 카메라에 담고 둘러보니 아까 보이던 몇몇 분들이 찬바람을 피해 모두 하산하고 혼자뿐입니다.

체온이 너무 떨어져 서둘러 남쪽으로 발길을 옮겨 부쇠봉을 지나 발길을 재촉하는데 산나물을 채취하는 아저씨가 보입니다.

"나물이 아주 연하고 실하네요."

"심심풀이로 뜯고 있습니다."

"신선이 따로 없으십니다."

"좀 전에도 한 분이 가셨는데요."

"많이 뜯으세요."

한참 걷다 보니 빗방울도 그치고 이제 체온이 올라 느긋한 마음이 됩니다. 6월 초의 태백산 등산로는 아주 보드라운 야생초와 야생화의 천국입니다. 울창한 등산로 주변에는 감자난, 야생라일락, 산목련, 백당나무 등 온갖 야생화가 아름답게 피어 있습니다. 정상에서 곰넘이재까지는 시원한 나무 그늘로 길이 이어지는데 초록의 신록과 곳곳에 피어 있는 울긋불긋한 꽃들은 눈의 피로를 풀어주고, 두견이와 검은등 뻐꾸기와 비둘기와 각종 새소리가 귀를 즐겁게 해 주고, 꽃과 신록을 스쳐오는 향긋한 바람은 가슴속을 상쾌하게 해 줍니다. 무념무상의 상태에서 혼자 걷기 아주 좋은 길입니다.

신록에 취하여 시원한 바람을 맞으며 걷는데 앞에서 딸랑딸랑

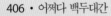

충청도 춘용님과 함께한 백두대간 동행 종주기

방울 울리는 소리가 들립니다. 좀 더 앞으로 가니 건장한 노인장께서 배낭에 매단 방울을 울리며 앞으로 나아가고 계십니다.

"혼자 걸으시나 보네요."

"어데서 소셨소?"

"충남 대천에서 왔습니다."

"거게서 뭐해요?"

"학교에서 근무합니다."

"어느 학교요?"

"대천고등학교입니다."

"시내에 있소?"

"아니요. 시내는 시내인데 산 밑에 있습니다."

"대천중학교와 같이 있어요?"

"예전에는 같이 있었는데, 지금은 떨어져 있습니다."

"바다와 가까워요?"

"아닙니다. 바다와는 좀 떨어져 있습니다."

"대천중학교는 바다와 가깝다던데…."

"바다와는 좀 떨어져 있습니다."

"조카가 대천중학교로 이번에 발령을 받았는데 어느 고등학교와 운동장을 같이 쓴다고 들었소."

"아하, 그곳은 대천중학교가 아니라 대천서중입니다. 조카분의 성함이 어떻게 됩니까?"

충청도 충북연합과 함께한 백두대간 동행 종주기

"채〇〇이요, 채소 할 때 채. 부산이 고향인데 대천으로 발령 났소."

"아 예. 그럼 같이 사진 한 장 찍으시지요. 조카님 통해서 전달해 드릴게요."

"아. 그럽시다."

'찰칵.'

"그런데 어데까지 가요?"

"예. 도래기재까지 갑니다."

"거기에 몇 시쯤에 도착할 것 같소."

"오후 4시쯤 예정하고 있습니다."

"내는 거기까지는 안 되겠소. 춘양에서 4시 30분 기차를 타고 부산으로 가야 하는데."

"그럼 곰넘이재에서 하산하시면 되겠네요."

"내도 그렇게 생각하고 있소. 거기서 차가 있겠지요?"

"아래로 2km쯤 내려가면 마을이 있다고 들었습니다. 거기서 택시를 부르시면 될 것 같습니다."

"아. 그러면 될 것 같소."

"그런데 혼자 대간길을 걸으시는 겁니까?"

"예. 지리산에서 속리산까지는 걸었고, 진부령에서 속리산으로 내려가고 있는 중이요."

"아이고, 그럼 얼마 안 남았네요."

"아직 많이 남았소. 시간 될 때마다 조금씩 걷고 있소."

"아주 멋진 시간을 보내고 계시네요."

"먼 데까지 가시니까 먼저 가시오."

"예, 그럼 먼저 가겠습니다. 사진은 조카님을 통해 보내드리겠습니다."

시간이 날 때마다 버스나 기차를 타고 대간길을 조금씩 걸으시는 것 같은데, 오랫동안 산을 걸으셔서 그런지 아니면 원래 순수한 마음을 지니셔서 산을 좋아하시는지 참 순박한 미소를 간직한 체 여유만만한 발걸음을 옮기십니다.

가만히 생각해 보면 내 인생에서 가장 행복한 일 중 하나가 백두대간을 걷는 다섯 사람 중 한 사람으로 참여한 일입니다. 한 달에 한 번 산행하는 일정을 다섯 사람이 맞춰야 함에도 지금까지 별 무리 없이 진행했고, 운전을 담당한 날은 대천에서 산행지까지 왕복 네다섯 시간에서 여덟아홉 시간을 견뎌야 함에도 아무 탈 없이 진행해 왔고, 한번 산행을 시작하면 20여 km의 짧지 않은 길을 걸어야 함에도 마음속으로 서로 격려하면서 묵묵히 걸을 수 있는 분들과 함께할 수 있는 행복! 봄이면 노루귀, 복수초, 얼레지, 은방울꽃, 진달래 등의 아름다운 꽃들을 만나고, 여름이면 신록을 스쳐오는 시원한 바람을 맞으며 노루궁뎅이 버섯을 만나는 행운도 누려보고, 마귀할멈퉁시바위 위에서 김밥을 먹으며 오전에 걸어왔던 유장한 가을 산 능선을 말없이 내려다보고, 무릎까지 푹푹 빠지며 눈을 헤치고 올라 눈도 제대로 뜰 수 없는 칼바람 속에서 기념사진을 찍었던 남덕유산의 추억도 든든한 네 분과 함께했기에 가능한 일이었습니다.

앞으로도 10여 차례는 더 가야 목표지점인 진부령에 도착할 텐데 얼마나 아름다운 풍광을 만나게 될지 설레고, 어떤 끈끈한 추억을 쌓게 될지 기대가 되고, 이 산행이 다 끝난 뒤에도 또 다른 산행이 계속되었으면 좋겠다는 생각을 해봅니다. 그리고 훗날 나도 좀 전에 헤어진 어르신처럼 해맑은 미소를 간직한, 군더더기가 없는 소박한 모습이었으면 좋겠다는 야무진 생각도 해봅니다.

구룡산을 지나니 미끈하게 자란 아름드리 금강송들이 잠시 쉬었다 가라고 발걸음을 잡습니다. 붉은빛이 은은히 감도는 줄기에 쭉쭉 뻗어 올라간 아름드리 소나무를 가슴으로 안아보고, 줄기에 귀를 대보고 셀카봉으로 기념사진을 찍으며 소나무들과 말 없는 대화를 나눕니다. 잠시 후, 반갑게 맞이해 주었던 소나무들과 눈인사를 주고받고, 홀딱벗고 새의 노랫소리를 들으며 가벼운 마음으로 또다시 발걸음을 옮깁니다.

사람을 품고 믿어주는 마음이 이뤄낸 백두대간 완주

'백두대간白頭大幹'

민족의 영산인 백두산에서 비롯되었고 한반도 모든 산의 근간이 된다. 백두산에서 시작되어 지리산까지 이어지는 장장 1,625km에 이르는 거대한 산줄기로 '백두'와 '대간'이라는 최상급의 낱말 둘이 합쳐져서 그 어감부터 자못 위엄이 있다. 예부터 삼천리로 일컬어져 온 한반도 남북 거리보다도 더 긴, 한반도의 등줄기가 되는 산줄기이다. 산맥으로 표현하면 한반도의 모든 1차 산맥들을 망라하는데 마천령산맥 – 함경산맥 – 낭림산맥 – 태백산맥 – 소백산맥으로 그 맥이 이어진다.

그런데 백두대간이라는 이름이 널리 알려진 지는 그리 오래

되지 않았다. 1990년대 초반, 「산경표」라는 책이 새롭게 조명되면서 오랫동안 잊혔던 그 이름이 세상에 다시 알려졌다. 1994년에 「산경표」 해설서인 「산경표를 위하여」가 출간되었을 때다. 일제 강점기 이후 가까이 100여 년 동안 잊혔던 이름이므로 '처음으로' 알려졌다고 해도 크게 틀리지 않을 것 같다. 조선 후기의 실학자 신경준이 지은 것으로 추정되는 「산경표山經表」에는 제목처럼 산山의 경로經路가 자세하게 수록되어 있다. 「산경표」는 족보처럼 구성된 책이다. 백두산을 시조로 해서 그 후손들로 백두대간을 수록해 놓았고 백두대간에서 갈라진 정맥, 또는 정간들을 중시조에서 파생한 산줄기로 표현해 놓았다.

잊혔던 「산경표」를 부활시켜서 빛을 보게 한 사람은 어느 아마추어 산악인이었다. 의사로 알려진 그 분은 자신이 살고 있던 광주 주변에 많은 산이 있음에도 불구하고 그때 당시까지 널리 알려져 있던 산맥도山脈圖에는 한반도 서남부에는 산이 없는 것으로 표현되어 있으며 심지어 노령산맥은 이어진 산줄기가 아니고 섬진강으로 끊어져 있다는 점에 주목하여 자료를 탐색하기 시작했다고 한다.

산을 '줄기'로 인식하고 산과 산을 잇는 능선을 타는 '종주'가 산악인들의 주목을 받기 시작했던 때가 그 즈음이었다. 백두대간, 금북정맥, 호남정맥, 낙남정맥… 그중 단연 으뜸은 백두대간이었고 지금도 역시 백두대간이다. 보통 사람은 감히 접근을 꿈

충청도, 춘천팔경과 함께한 백두대간 동행 종주기

413

꾸지 못할 만큼 이름부터 크고 무겁다. 나에게도 백두대간은 넘사벽같은 존재다. 그래서 백두대간에 대한 내 관심은 지리학도로서의 호기심을 넘지 못했다. 백두대간은 책 속에나 있는 이론상의 존재이지 직접 걸어갈 수 있는 존재가 '절대로' 아니었다. 종주기가 처음김춘일, 1996, 『71일간의 백두대간』 수문출판사 나왔을 때 그 놀라움이 얼마나 컸는지 모른다. '세상에 이런 사람이 다 있구나!'

그런데 그런 사람들이 자꾸 늘어났다. 전문 산악인이 아닌 아마추어들이 백두대간을 타기 시작했다. '백두대간', 이론이 아니라 직접 밟아볼 수 있는 현실이라니! 가까이 있는 금북정맥을 종주하는 것으로 아쉬움을 달래보고 있지만 백두대간을 종주한 사람들을 만날 때마다 훨훨 날아가는 기러기 떼를 바라보는 집오리 같은 심정이 되곤 한다. 햇수로 어언 5년째, 완성은커녕 가물에 콩 나듯 떠듬거리고 있으니….

그러던 중 어느 날 장식이 형으로부터 백두대간을 타기 시작했다는 얘기를 들었다. 듣는 순간 아주 당연하게 느껴졌다. 마치 오래 전에 예정이라도 되었던 듯, 오랫동안 들어왔던 것 같은 느낌이 들었다. 드디어 장식이 형이 백두대간을 타는구나!

우장식!
그 이름을 처음 들었던 때는 대학 4학년 때쯤이었던 것 같다.

충청도 촌눔덜과 함께한 백두대간 동행 종주기

후배들에게 전해들은 '장식이 형' 얘기는 가히 전설이었다. 형이 이미 졸업한 후여서 만날 수가 없는 상태였으므로 더 그랬는지도 모른다. 해방전후사를 토론하면서 신입생 중에는 책을 집어던진 사람도 있었다고 했다. 고등학교 때까지 금과옥조로 믿었던 역사들이 많은 부분 사실과 다르다는 것을 인정할 수 없었기 때문이었다. 그 토론의 리더가 바로 '우장식'이라는 분이었다. 이름에서 풍기는 포스부터 남달랐다. '우직하고牛, 덩치도 크고長, 심지가 깊은植' 사람이 연상되었다. 그래서 그 이름이 기억 한 켠에 뚜렷하게 남아 있었다.

그 후 몇 년이 지나서 마침내 그 분, '장식이 형'을 만났다. 전교조 결성과 관련한 모임에서였다. 이름만 듣다가 만난 '장식이 형'은 듣던 것과 똑같았다. 다부진 체구에 진실한 표정과 말투, 그리고 굵직한 음성은 '우장식'이라는 이름과 너무 잘 어울렸다. 그리고 우린 해직교사가 되었다. 거리의 교사가 되어 집회 때 마다 자주 만나는 사이가 되었다. 그 인연의 끈이 이어져 마침내 '너른마당'이라는 집을 함께 지어서 마주보며 사는 사이가 되었다. 함께 살면서 매일 만나는 장식이 형은 한결같이 '장식이 형'이었다. 심지가 굳고, 의리를 지키며 언제나 사람을 품었다.

한 번은 이런 일이 있었다. 우리의 '너른마당'이 있는 주포에서 대천 시내까지 산이 길게 이어진다. 주포 진당산 자락에서 흘러내린 산줄기가 대천의 봉산으로 이어지는 것이다. 매일 출퇴

근길에 그 산줄기를 바라보며 지나가면서 그 줄기가 어떻게 이어지는지 궁금했었고 당연히 우린 그런 얘기를 나누었다. 나는 단지 궁금했을 뿐이었다. 그런데 어느 날 장식이 형이 너른마당 식구들을 불러 모았다. 그 산을 타보자는 것이었다. 얼결에 따라나섰고 길도 없는 숲 속을 헤맨 끝에 청라저수지 어디쯤에 당도할 수 있었다. 그때 그 성취감은 백두대간이 부럽지 않았다. 오랫동안 묵혀 두었던 숙제를 말끔하게 해결한 것 같은 기분까지 더해져서 정말 기뻤다. 나 혼자라면 죽었다 깨어나도 못할 일이 분명했는데 장식이 형 덕분에 새로운 눈을 뜨게 되었다.

또 한 번은 이런 일도 있었다. 보령에 아미산이라는 이름처럼 아름다운 산이 있다. 중대암이라는 암자에 여럿이 함께 답사를 가는 중이었다. 그 산에는 얇고 널직한 돌이 많았다. 지나가다 계곡에서 우연히 널직한 돌을 장식이 형이 발견했다. 그 돌을 들고 나오면서 하는 말씀이 '고기를 구워먹자'는 것이었다. 다들 웃었다. 산토끼라도 잡아와야 하지 않느냐고 농담을 던졌다. 하지만 장식이 형은 아무렇지도 않게, 아니 진지하게 산을 내려가서 고기를 사오겠다며 말에 흙이 묻기도 전에 벌써 저만큼 내려가는 것이었다. 남은 사람들은 천상 산에 들어가서 나뭇가지를 주워오고 칡잎이며 소르쟁이 잎이며를 뜯어다 쌈 거리를 마련해야 했다. 땀을 뻘뻘 흘리며 고기를 사오기까지 꽤 긴 시간을 기다렸지만 돌판 하나 때문에 만들어진 때 아닌 술판은 너무도

충청도 충남일과 함께한 백두대간 동행 종주기

걸판지고 유쾌했다. 칡잎 쌈으로 삼겹살을 싸서 나뭇잎 잔에 소
주를 곁들여 먹는 맛이라니!

몇 해는 같은 학교에서 함께 근무도 했다. 별로 말이 없는데도
그 반 아이들은 무슨 일이든 스스로 해냈다. 이상하리만치 해마
다 그랬다. 아이들도 그 품 안으로 들어간다는 사실을 옆에서 지
켜보면서 차츰 알 수 있었다. 사람의 장점을 잘 파악하고 잊지
않고 어떤 기회를 만들어 장점을 살려주곤 하는 장식이 형의 품
은 언제나 넓었다. 역시 장식이 형!

백두대간을 시작했다는 얘기를 들은 지 3년, 마침내 백두대간
을 완주했다는 소식을 들었다. 그때 '대단하다'보다 '당연하다'
는 느낌이 들었던 것도 장식이 형이기 때문이었다.

백두대간과 우장식,

어쩌면 이렇게 잘 어울릴 수 있단 말인가!

백두대간은 보통 사람으로서는 범접하기 어려운 존재이다.
더욱이 보령 사람이 백두대간을 타기란 정말 쉬운 일이 아니다.
백두대간에 접근하는 데만 보통 몇 시간이 걸리기 때문이다. 한
밤중에 출발해야 하는 날이 대부분이니 체력 소모가 클 수밖에
없다. 어지간한 사람은 산을 밟아 보기도 전에 지칠 일이다. 더
구나 주말 밖에는 시간을 낼 수 없는 직장인에게는 더욱 힘든 일
이다.

그래서 장식이 형의 백두대간은 남다르다. 특유의 뚝심과 한

충청도 촌눔덜과 함께한 백두대간 동행 종주기

417

결 같음이 없었다면 불가능한 일이었다. 사람을 품고 끝없이 믿어주는 마음 씀씀이 또한 백두대간 완주의 배경이 되었음이 분명하다.

그동안 글을 쓰고 사진을 찍어서 한 권의 책으로 묶게 되었으니 내가 한 일보다 더 기쁘다. 마치 실록을 기록하듯 꼼꼼하게 적은 여정이 직접 산을 밟는 것처럼 생생하다. 기꺼이 집오리가 되어 날아가는 기러기에게 힘찬 축하 인사를 드린다. 더 멀리, 더 힘차게 나는 강철 날개 기러기가 되어 통일이 되는 날 향로봉을 넘어 백두산까지 모두 완주하시기를 기원하면서.

800km인 2,000리를 걸었다. 지리산에서 진부령까지 산마루를 걷고 또 걸었다는 말이다. 시간당 2km를 걸을 수 있다고 하더라도 400시간을 산속에서 자연과 함께하지 않으면 불가능한 일이다. 하루 10시간씩 꼬박 40일을 걸은 후에야 도착할 수 있는 거리다.

우린 그 거리를 40일이 조금 넘는 44일 동안 백두대간 줄기를 걷고 또 걸었다. 짧게는 15km 내외에서 길게는 30km를 넘는 긴 거리를 걸었던 경우도 있었다. 백두대간 산마루에 올라타기까지 오갔던 거리는 산행 거리의 10배에서 수십 배는 될 것이다. 왕복 10시간을 운전하고 가서 20km를 걷고 돌아오는 경우도 있었다. 남에서 북으로 순방향을 걸은 경우가 대부분이지만 때론 역방향으로 걸었던 구간도 있었다. 맘 편하게 진입하여 마음 후련하게 내려오는 지역도 있었지만 비탐방구역은 맘 졸이며 오르다가 숨이 턱을 조이는 경우도 있었다. 이런저런 상황을 겪으며 2014년 1월에 시작한 대간 길이 2017년 7월에 마무리되었으니 3년하고도 6개월이 흘렀다.

이인우 대장과 지리산 종주를 하며 의기투합해서 시작한 길이었다. 애초 5명이 시작하여 1명이 포기하고 그 자리를 조진행 대원이 채웠고, 그 후 2명이 또 그만두면서 이재문 대원과 이학원 대원이 자릴 메꿨다. 늦게 들어온 대원들은 보충 산행까지 하면서 백두대간 일정을 소화하느라 상당한 무리가 따랐다. 이런 상황에서도 아무 사고 없이 끝까지 함께할 수 있어 다행이었다. 몸이 건강한 것은 물론이거니와 마음이 얼마나 강하고 간절했는지 지나고 나서 여실히 알 수 있었다. 포기하고 싶은 순간이 왜 없었겠는가? 다리가 천근만근이 되어 더 이상 나가고 싶지 않을 때도 때때로 있었다. 그럼에도 끝없이 끝을 향해 걸어 나갈 수 있었던 힘은 강인한 체력을 지녔기 때문은 분명 아니었다. 결국은 마음의 문제였다.

함께한다는 것이 무엇인지 확실히 알게 된 산행이었다. 처음 네 명의 대원도 마찬가지이지만 끝을 장식한 이인우 대장을 비

충청도 촌놈들과 함께한 백두대간 동행 종주기

롯한 세 명의 대원과 동행할 수 있어 즐겁고 기뻤다. 동행함으로써 얻을 수 있는 그 무엇을 몸으로 체득하게 해준 날들이었다. 그들이 아니었으면 자연의 거대함 앞에서 쉽게 무너지고 포기하고 말았을 텐데 하는 생각이 아직도 그득하다. 무기력하고 자그마한 존재인 내가 끝까지 걸을 수 있었던 힘은 분명 네 명의 대원이 발을 맞춰 주었기 때문이었다. 나 또한 그들에게 조금이라도 그런 힘과 마음이 깃들였기를 바라본다. 사람을 배웠고 사람의 삶을 깨달았으며 사람과의 관계를 온몸으로 느꼈던 여정이었다. 산은 자연스럽게 우릴 받아주었고 그 산속에서 우린 많은 것을 얻었다. 모든 게 고맙고 감사한 일이다.

　어느 누가 말했던가 산이 있어 산에 오른다고. 난 산이 있어 살아갈 희망이 있었고 꿈이 있었다. 산이 삶이었고 산에 오르는 것이 삶을 살아가는 것 그 자체였다고 해도 과언이 아니다. 산에 오르고 산에 깃들을 수 있어 삶이 그만큼 여유로워지고 느긋해질 수 있었다. 삶이 아무리 고단하고 찌들어 있어도 산에 들면 산은 자연스레 산으로 나를 끌어당기는 느낌이었다. 번민과 고달픔도 사라지고 몸의 피로와 노곤함도 한순간에 날아가는 신비함을 경험하게 해 주었다. 모든 걸음이 순간순간 힘들었지만 지나서 생각해 보면 그 걸음 하나하나가 즐겁고 행복한 시간이었다. 산을 걸으며 자연을 만났고 자연 속에 깃들을 수 있어 무척 행복했다. 산에게 고마움과 감사함을 최우선적으로 전한다.

다음은 나를 있게 한 어머님과 아버님께도 무량한 고마움을 전하고 싶다. 그렇다 해도 산행 동지가 없다면 어찌 그 아득한 거리를 감히 꿈이라도 꿀 수 있었겠는가. 함께한 이인우 대장을 비롯하여 처음 시작한 3명, 그리고 끝까지 함께한 3명의 대원인 재문, 진행, 학원 대원님에게 무한한 고마움을 느낀다. 많은 시간을 동행하며 지녔던 생각과 느낌을 흔쾌히 보여준 대원님들의 마음이 느껴지는 글에도 감사함을 표한다.

너른마당을 이루고 동고동락했던 인문지리학 박사인 임병조 선생님의 과분한 글을 고마운 마음으로 받아안는다. 어설픈 글과 장황한 사진을 일목요연하게 정리하고 편집하여 책이라는 것을 만들어 준 작은숲 강봉구 사장님께도 감사함을 전하지 않을 수 없다. 늘 즐거운 마음으로 재잘거리고 항상 신나는 몸짓으로 포옹하는 셋딸 한빛, 예지, 듣지에게 미안함과 동시에 고마운 마음을 한아름 보낸다. 마지막으로 언제나 곁을 지키며 곁의 마음과 느낌을 전해주는 나의 아내 안혜옥에게 깊은 존경의 마음을 바친다.